Uli T. Swidler wurde neben Bayer Leverkusen geboren, machte Rockmusik, studierte in Köln, schnupperte Theaterluft und arbeitete viele Jahre als Autor und Moderator für Radio und Fernsehen. 1997 hängte er den Journalismus an den Nagel. Der Autor lebt seit mehr als zwanzig Jahren abwechselnd in Deutschland und Italien. Als Rowohlt Taschenbuch sind außerdem sein Roman «Toskana für Arme» (rororo 24944), «Das Leben ist eine Nudel» (rororo 25492) und «Der Poliziotto» (rororo 25398) lieferbar.

Pressestimmen zu «Der Poliziotto»:

«Äußerst kurzweilig: 317 Seiten und eine ordentliche Portion italienischer Dramatik, gespickt mit Humor. Genau die richtige Mischung für den Sommerurlaub.» (BERLINER KURIER)

«Mit viel (Wort-)Witz, kleinen Spitzfindigkeiten und einem atmosphärischen Gesamtbild über die Schönheit Italiens wird hier eine Story auf den Leser losgelassen, die vor allem eines bedeutet: intelligenten Krimi-Spaß.» (LITERATURMARKT.INFO)

«Typisch italienisch.» (SIEGENER ZEITUNG)

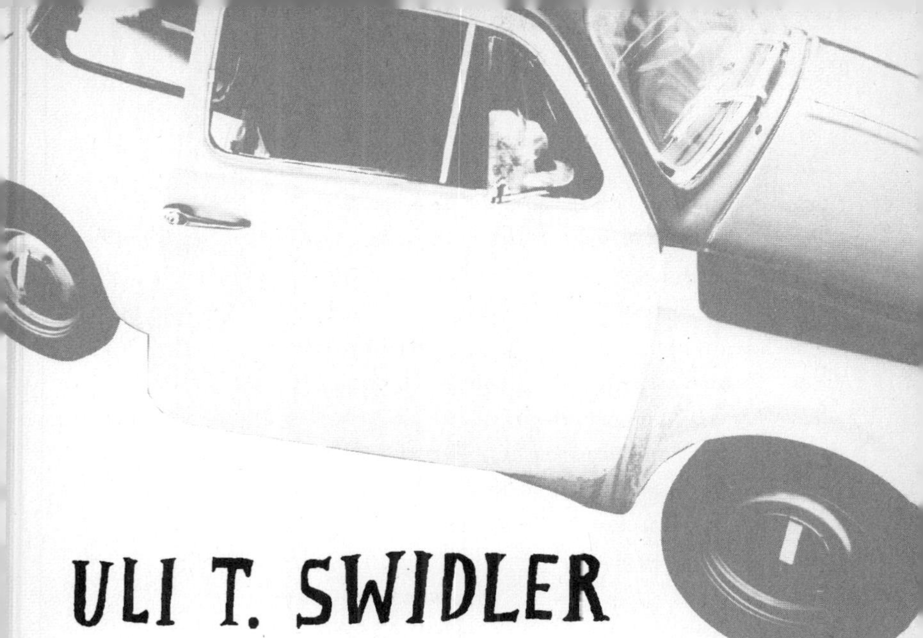

ULI T. SWIDLER

Der Poliziotto tappt im Dunkeln

KRIMINALROMAN

Rowohlt Taschenbuch Verlag

Originalausgabe
Veröffentlicht im Rowohlt Taschenbuch Verlag,
Reinbek bei Hamburg, Dezember 2012

Redaktion Werner Irro
Umschlaggestaltung any.way, Barbara Hanke / Cordula Schmidt
(Foto: Alberto Guglielmi / Getty Images;
thinkstockphotos.de; Archiv any.way)
Vignetten Niko Reitze de la Maza
Karte Peter Palm, Berlin
Satz ITC Legacy PostScript (InDesign) bei
Dörlemann Satz, Lemförde
Druck und Bindung CPI – Clausen & Bosse, Leck
Printed in Germany
ISBN 978 3 499 25982 1

Für Nicole, Helena und Celli

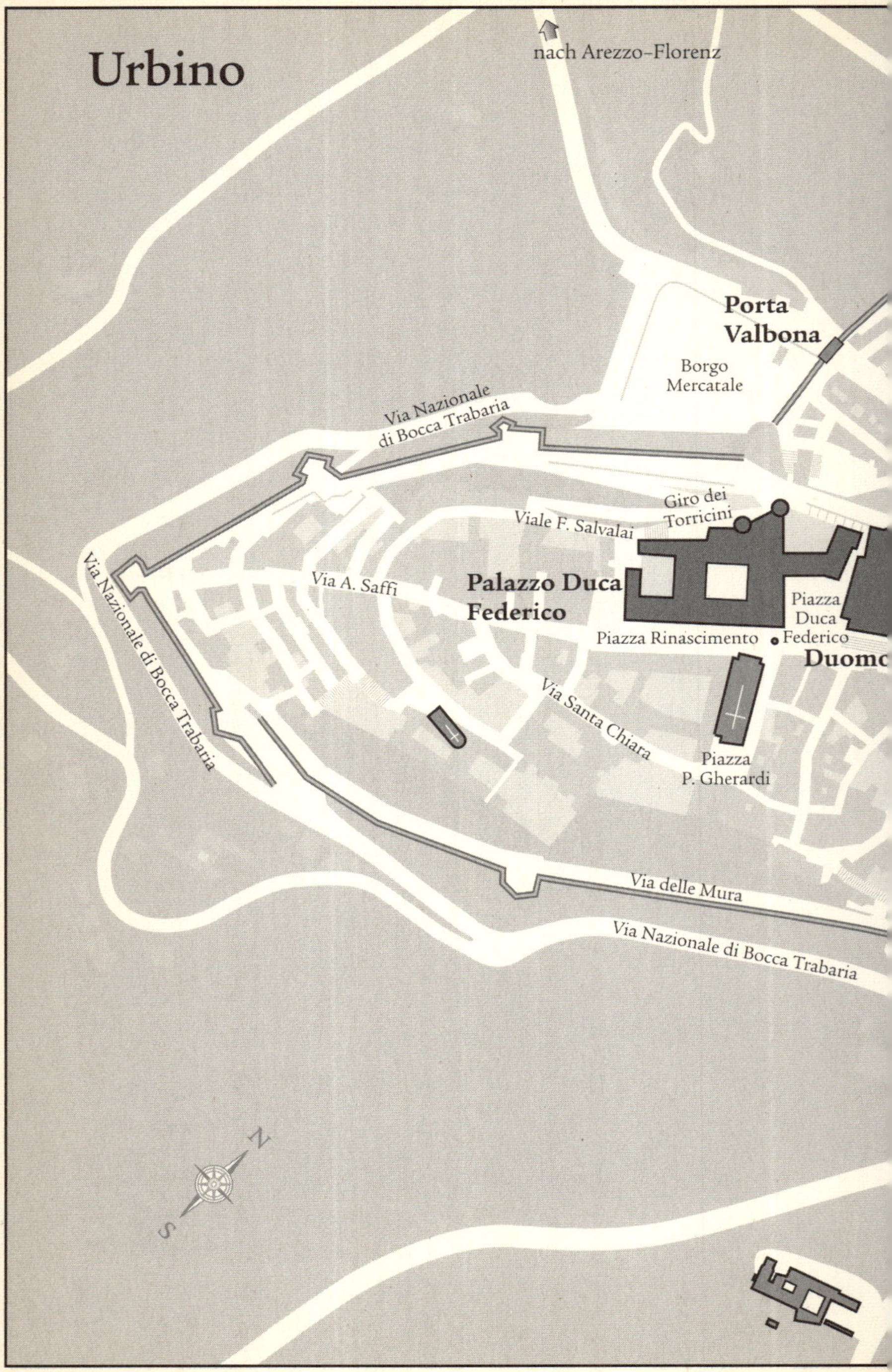
Urbino
nach Arezzo–Florenz
Porta
Valbona
Borgo
Mercatale
Via Nazionale
di Bocca Trabaria
Giro dei
Torricini
Viale F. Salvalai
Via A. Saffi
Palazzo Duca
Federico
Piazza
Duca
Federico
Piazza Rinascimento
Duomo
Via Nazionale di Bocca Trabaria
Via Santa Chiara
Piazza
P. Gherardi
Via delle Mura
Via Nazionale di Bocca Trabaria
N
S

Viale B. Buozzi
Parco della Resistenza
Viale A. Gramsci
Viale Don Minzoni
Schuhgeschäft Carlo Manzoni
Via Raffaello
Via G. Mazzini
Polizia Municipale
Via D. Bramante
Piazza S. Francesco
Corso Garibaldi
Piazza della Repubblica
Via D. Bramante
Porta S. Lucia
Totos Bar
Via S. Andrea
Via C. Battisti
Via dei Morti
Porta Lavagine
Via delle Mura
Via S. Bartolo
Viale G. di Vittorio-Circonvallazione

Die Personen

Roberto Rossi, Verkehrspolizist in Urbino. Hätte seinerzeit fast die Ausbildung zum *commissario* der Polizia di Stato geschafft. Ein wenig korrupt, ein wenig übergewichtig, ziemlich faul und extrem abergläubisch.

Malpomena Del Vecchio ist Medizinstudentin im 20. Semester und von altem Adel. Oft depressiv oder wenigstens melancholisch, aber äußerst selten euphorisch. Sie und Roberto sind beste Freunde seit Kindertagen.

Antonia Del Vecchio, Chefin des Palazzo Ducale in Urbino. Sie ist die intelligenteste der vier Del-Vecchio-Schwestern. Körperkontakte sind ihr ein Gräuel.

Talia Del Vecchio arbeitet nicht, liebt das Leben, die Männer und die Nacht. Eine Venusfalle.

Raffaella Del Vecchio, die edelste der Schwestern. Bewegt sich sicher zwischen Hochadeligen und Großindustriellen.

Thilo Gruber, frühpensionierter Kripokommissar aus München. Liebt die Italiener und das Italienische. Hat das halbe Dorf aufgekauft, in dem Roberto lebt. Roberto kann ihn nicht leiden, kommt aber nicht ohne ihn aus.

Nevio Cottelli ist Robertos direkter Vorgesetzter. Ein Wadenbeißer. Quält Roberto gerne mit unmenschlichen Dienstplänen. Hat Roberto vor zehn Jahren die Frau ausgespannt, und zwar:

Maria Corbucci. Sie hat's immer noch raus, Roberto weiche Knie zu machen. Sie ist die Sekretärin von:

Pretoro Galdroni. Er ist der letzte der ehemals drei *commissari* bei der

Polizia di Stato. Plötzlich arbeitsunfähig. Muss dringend nach Hintertux.

Toto Scaglioni, Barista mit akademischem Abschluss. Ein Fuchs, der sich jede Information beschaffen kann. Kein Humor. Spindeldürr. Geizig. Fernziel: Bürgermeister von Urbino zu werden. Ist Robertos liebstes Opfer.

Franco Varese, Klangkünstler und Komponist von Neuer Musik. Glaubt, dass der Mörder ein Golem ist, und halb Urbino glaubt wiederum ihm.

Osvaldo, Robertos Cousin, ist extrem gelenkig und klettert wie eine Gämse. Als Automechaniker gibt es keinen schlechteren. Ein zäher Bursche.

Ivana, Osvaldos schwergewichtige Frau. Sie ist mit goldenen Kreolen und riesiger Lockenpracht versehen und immer unzufrieden.

Fidel heißt eigentlich Juan und stammt aus Kuba. Hausdiener, Gelegenheitsliebhaber und Bodyguard von Talia Del Vecchio. Muskulös.

Domenica Galeotti entstammt einer Familie, die ihr Geld vor Jahrhunderten als Steuereintreiber des Papstes gemacht hat.

Carlo Manzoni, ihr Mann, ist Schuhverkäufer. Mehr muss man nicht wissen.

Baronessa Concetta Del Vecchio Onori, die Oma der Del-Vecchio-Schwestern. Imposant. Mag Roberto sehr, weil er nicht adelig ist. Ihr Rat: «Leg mal einen Zahn zu.» Will ihre vier Enkelinnen enterben.

Sergio Buonasera, ein undurchsichtiger Typ. Mailänder. Behauptet, zwei Jahre in New York gelebt zu haben, aber das stimmt nicht.

Attilio Brozzi und **Egidio Cecchetti,** Rentner, hängen bei **Remo Carlucci** in der Bar Complotto herum und sondern eine Verschwörungstheorie nach der anderen ab.

Ernesto Quatriglio, Kellner aus Monte Merano in der Maremma.

Ruggero Grilli führt auf dem Monte Cesane einen gutgehenden Öko-Agriturismo.

Spartaco Mori, Ruggeros Nachbar, mit Errol-Flynn-Schmalzblick und dünnem Oberlippenbärtchen. Hat auf dem Monte Cesane einen schlechtgehenden Albergo.

1.

Franco gähnt und reißt den Mund dabei so weit auf, dass es schmerzt. Weil er einfach nicht genug Luft in seine Lungen bekommt. Wie denn auch. Es ist frostig, es ist feucht, es ist November, und der Nebel ist zäh wie kaltes Olivenöl. Selbst das kräftige natriumgelbe Licht der schmiedeeisernen Straßenlaternen oben an den Häuserfassaden kämpft vergeblich gegen die graue Dunkelheit an. Mittlerweile hat Franco keinen Schimmer mehr, in welcher Straße von Urbino er sich befindet. Ist auch nicht wichtig. Sich zu verirren ist in dieser kleinen Renaissancestadt unmöglich. Das Problem besteht eher darin, in den engen, steilen Gassen nicht zu stolpern oder sich den Kopf zu schrammen. Überall lauern irgendwelche Mäuerchen, Begrenzungssteine, winzige Erker in Schulterhöhe oder parkende Motorroller, die in dieser dumpfen Finsternis einfach nicht auszumachen sind. Allerdings ist Franco nach über fünfzig Stunden ohne Schlaf ohnehin in einer Verfassung, in der er schon stolpert, wenn er nur an ein Hindernis denkt. Und das alles nur wegen dieses verdammten –

«Wwrrrrgh ...»

Was war das? Eine eisige Welle pulst durch seinen Körper. Mit Geräuschen kennt Franco, der Komponist und Musiker, sich aus, und dieses gehört eindeutig in die Kategorie der beunruhigenden Geräusche. Angestrengt lauscht er. Kam es von vorne? Oder von hinten? Er tastet sich weiter voran. Via dei Fornari, kann er auf einem Straßenschild lesen, der Nebel scheint hier ein wenig lichter zu sein. Die Via dei Fornari endet in einer Sackgasse, vielleicht ist das der Grund, warum der Nebel zwischen den Häusern weniger –

«Aah ... Aaargh!»

Francos kurzgeschnittenes Kopfhaar steht plötzlich senkrecht. Das sind keine Geräusche mehr, das sind Schreie. Schreie eines Menschen in Todesangst! Oder Schreie eines Brüllaffen auf der Suche nach einem begattungswilligen Weibchen?

Was hat die Welt nicht schon alles gesehen, denkt Franco und macht einen weiteren Schritt. Er weiß, wie verwirrt er sein kann, deswegen nimmt er nicht jeden Gedanken ernst, der ihm durch den Kopf geht. Da, vor ihm, zwei Männer, sie liegen sich in den Armen, sie, nein – Franco reibt sich die Augen –, die beiden kämpfen. Einer massig und breit. Der andere kräftig und größer und trotzdem eindeutig unterlegen. Franco drückt sich in den nächsten Hauseingang und versucht noch einmal, sein Gehirn durch heftiges Gähnen mit mehr Sauerstoff zu versorgen. Plötzlich Stille. Franco beugt sich vor und sieht, wie der Kräftige langsam wie ein gefällter Baum zu Boden geht, ohne den geringsten Reflex, den Sturz abzumildern. Der Massige beugt sich über ihn, fühlt nach dem Puls. Franco presst sich, so tief es geht, in den Hauseingang, und doch kann er nicht anders, als weiterhin um die Ecke zu schielen.

Mit merkwürdig hölzernen Bewegungen richtet sich der Massige auf und sieht sich prüfend um. Dann stakst er los, als hätte er gleich beide Beine in Gips. Und ausgerechnet als er Francos Versteck passiert, bleibt er stehen. Franco hält den Atem an, dummerweise, nachdem er ausgeatmet hat. Er starrt den Kerl an, unfähig, seinen Blick abzuwenden. Zum Glück ist Franco wie immer vollkommen in Schwarz gekleidet und hat wegen der Kälte seinen schwarzen Schal um den Kopf gewickelt. Wenn er sich nicht rührt, wird der Massige ihn nicht entdecken.

Die große Glocke der Chiesa San Domenico schlägt einmal, dann die kleine zweimal: 1.30 Uhr. Mit jedem Schlag zuckt Franco zusammen, Sauerstoffmangel lässt seinen Schädel fast platzen, jetzt bloß nicht röcheln ...

Der Massige zündet sich eine Zigarette an. Als die Flamme des Feuerzeugs sein Gesicht für einen Moment erhellt, muss Franco sich in seine Hand beißen, um nicht aufzustöhnen. Noch vier, fünf Sekunden, dann wird er atmen *müssen* ... Wieder sieht sich der Kerl misstrauisch um – und verschwindet endlich im Nebel.

Franco japst nach Luft, allerhöchste Zeit. Die bunten Punkte, die vor seinen Augen herumtanzen, haben schon die Größe und die Physiognomie von indianischen Schrumpfköpfen angenommen. Ein Schwächeanfall will ihn in die Knie zwingen, gerade noch gelingt es ihm, sich an der Türklinke festzuhalten. Ein dumpfes Stöhnen entfährt seiner Kehle, jetzt weiß er, wo er sich befindet: Das ist die Tür von Rabbi Shlomo, der sich von dem Bildhauer Giacomo Pipistrello einen bronzenen Davidsstern als Klinke hat gießen lassen.

Die Schritte des Massigen verklingen langsam in der Via Balcone della Vita, links von Franco. Er selbst könnte ein paar Meter weiter rechts in die Via Budassi abbiegen und das Weite suchen, weg, nur weg, doch stattdessen – er hat keine Wahl, er hat einfach keine Wahl – heftet er sich an die Fersen des Mörders, von Grauen geschüttelt, mit unsicherem Schritt, aber entschieden.

2.

«Brüllaffen? Indianische Schrumpfköpfe?» Roberto starrte Franco an, schlecht gelaunt wie selten. Nevio Cottelli, sein Chef, hatte ihn jetzt schon fast drei Wochen lang mit Dienstplänen beglückt, die aus einer abenteuerlichen Mischung von Früh-, Spät- und Nachtschichten bestanden und gegen die er vor dem Europäischen Gerichtshof für Menschenrechte locker ein Schmerzensgeld von einigen Zehntausend Euro einklagen könnte.

«Das war ja nur, um dir ein Bild zu vermitteln», versuchte Franco sich zu rechtfertigen, allerdings ließ ihn sein ständiges Gähnen irgendwie unseriös wirken.

«Was für ein Bild?», giftete Roberto zurück und fing an, mit drei Espressotassen zu jonglieren. Malpomena Del Vecchio hatte ihm das empfohlen als «Kalmierungstechnik, wenn der innere Druck einmal in bedrohliche Größenordnungen ansteigen sollte». Kalmierungstechnik – das Wort hatte Toto Scaglioni, der Barista der Bar Federico, für ihn erst mal im Internet recherchieren müssen, bevor er damit etwas anfangen konnte. Dann allerdings sehr viel, die Beruhigungstechnik funktionierte bestens, und wenn so wie jetzt drei Espressotassen in perfekten Bögen vor ihm durch die Luft flogen, fühlte er sich gleich besser. Roberto visierte die vierte Tasse an. Vier Tassen waren kalmierender als drei.

«Ich glaube, der Große ist tot.»

Oha. Vorsichtshalber ließ Roberto das mit der vierten Tasse erst einmal sein. Seit er letzten Sommer die arme Carmela Tozzi tot in der Zisterne unter dem Palazzo Ducale gefunden hatte und den Fall im Alleingang hatte lösen müssen – gut, nicht ganz, Malpomena

Del Vecchio, Medizinstudentin im mittlerweile 20. Semester, hatte auch einiges dazu beigetragen, so wie durchaus auch ihre Schwester Antonia Del Vecchio, die *Sovrintendentessa per i Beni Artistici e Storici delle Marche* und Chefin des Palazzo Ducale, und wenn er ehrlich war, auch Toto Scaglioni, ja, sogar sein missratener *cugino* Osvaldo, den alle nur *camoscino* nannten, das Gämslein – jedenfalls machte ihn das Wörtchen ‹tot› seit dem Fall Carmela Tozzi furchtbar nervös.

«Das Wesen ist am Palazzo Ducale vorbei. Ich bin ihm gefolgt. Am Teatro Sanzio die Treppe hinunter, ins jüdische Ghetto. Dann ist es in der Synagoge verschwunden.»

«Wesen? Was für ein Wesen?» Die unästhetischen Würgegeräusche, die Franco inzwischen von sich gab, machten es Roberto noch schwerer, sich weiter zu kalmieren.

«Eine Kreatur aus Lehm», stieß Franco schaudernd hervor und bekreuzigte sich gleich mehrmals.

Plötzlich ging gar nichts mehr, die drei Tassen stürzten auf den Boden aus gebrannten *mattoni*, zwei zersplitterten, während die dritte unversehrt unter den Schreibtisch rollte. Wütend sprang Roberto auf.

«Eine was?»

Franco hatte Mühe, seine in einem irren Tempo herumflitzenden Augen wenigstens einigermaßen still zu halten. «Ein aus Lehm erschaffener Mensch.»

Eine lange Pause breitete sich aus. Roberto nutzte sie, um sich wieder hinzusetzen, seine Beine auf den Schreibtisch zu legen, zum Telefon zu greifen und Pretoro Galdronis Privatnummer zu wählen. Pretoro war der letzte der vormals drei *commissari* im Büro der Polizia di Stato in Urbino, nachdem Babini pensioniert und Primo Marzotti von einer privaten Sicherheitsfirma in Mailand abgeworben worden war, die ihm monatlich mehr als das Doppelte zahlte. Während es klingelte, klaubte Roberto eine Prise Friedhofserde aus seiner Hosentasche und pfefferte sie Franco mitten ins Gesicht. Frische Friedhofserde war einer der besten Abwehrzauber gegen jede Art von bösen Geistern.

«Wieso hast du das getan?», fragte Franco, während er sich die Erde aus den Augen pulte.

«Weil du gerade dabei bist, mir eine fette Portion Unglück zu bringen, und wenn es etwas gibt, was ich überhaupt nicht gebrauchen kann, dann Unglück. Und weißt du auch, warum?» Galdroni hob immer noch nicht ab.

«Ich bin dem Wesen begegnet, nicht du», maulte Franco, während er ein Erdkörnchen genauer untersuchte. Handelte es sich um mineralische Erde oder etwa um Reste einer Leiche?

«Ich brauche kein Unglück mehr, weil mir bereits ein sadistischer Chef im Nacken sitzt. Weil ich in diesen Nachtschichten vor Langeweile dem Tod näher bin als dem Leben. Und weil ich in», ein Blick auf die Kuckucksuhr, die sein Chef Cottelli vor zwei Jahren aus einem total verregneten Urlaub im Schwarzwald mitgebracht hatte, «drei Stunden meine Oliven zur Mühle bringen muss, damit sie nicht oxidieren, was die Qualität meines Olivenöls ruinieren würde.»

Franco betrachtete das Erdkörnchen jetzt mit unendlicher Hingabe und einem entrückten Lächeln. Sein Verhalten war wirklich sehr sprunghaft.

«Franco?» Roberto wedelte mit einer Hand vor dessen Gesicht herum. Keine Reaktion. Waren das erste Anzeichen von Irrsinn? «Ist dir nicht gut? Hast du –»

«Pretoro Galdroni hier, *porca madosca*!», kratzte die Stimme des *commissario* aus Robertos Handy.

«*Ou*, Galdroni. Roberto Rossi. Wir haben einen Toten. In der Via dei Fornaci. Du musst sofort kommen.»

«Wer soll denn der Tote sein?» Galdroni brüllte, als müsste er eine Demo der letzten und entsprechend trotzigen Kommunisten alleine mit der Kraft seiner Stimme stoppen. Im Hintergrund waren merkwürdige, irgendwie unanständige Laute zu hören.

«Keine Ahnung. Ich weiß noch nicht mal, ob er wirklich tot ist. Wir haben hier einen Zeugen. Franco Varese.»

«Leck mich, Poliziotto. Franco ist ein Spinner.»

Da konnte Roberto nicht viel dagegenhalten. Franco hatte jetzt angefangen, das Geräusch eines brunftigen Brüllaffen nachzuahmen, leise zwar, aber unverkennbar.

«*Porca troia*, Poliziotto. Du gehst nachsehen. Wenn da tatsächlich ein Toter rumliegt, ruf mich wieder an. Aber nur dann, verstanden?»

Klack, aufgelegt. Roberto hatte umsonst tief Luft geholt, um sich irgendwie rauszureden. *Cazzo!* Um vier Uhr musste er mit seinen Säcken vor der *frantoio* in Cartoceto im Val del Tarugo stehen, wenn er der Erste sein wollte, dessen Oliven heute gepresst wurden. Andererseits: In dieser bitterkalten Polizeiwache war es kaum wärmer als draußen. Immer wenn Roberto Nachtdienst hatte, drehte Cottelli die Zentralheizung runter, sobald er das Gebäude der Polizia Municipale verließ, und er drehte sie erst wieder hoch, wenn er am nächsten Tag seinen Dienst antrat. Da nur er einen Schlüssel zum Heizungskeller hatte und die alten Stromleitungen des Palazzo del Legato Albani zu schwach waren, um einen elektrischen Heizlüfter anzuschließen, blieb Roberto nichts anderes übrig, als der Kälte mit einer Daunenjacke Paroli zu bieten und sich, wenn es ganz schlimm wurde, eine Mikrofaserdecke über die Beine zu legen. Warum also nicht stattdessen einen kleinen nächtlichen Spaziergang machen?

Ächzend hievte er seinen Körper aus dem Schreibtischstuhl. Es war wie verhext, er konnte machen, was er wollte: Aus einem unerfindlichen Grund wog er immer mindestens fünf Kilo zu viel. Und wenn er Nachtschicht hatte, kamen ihm die fünf wie zehn vor. Heute sogar wie fünfzehn. Die sich aus einem weiteren unerfindlichen Grund alle genau da materialisierten, wo sein Hosengürtel ihn einschnürte.

Robertos Hand zuckte zurück. Logisch, dass die Leiche bei den Temperaturen schon reichlich ausgekühlt war, aber warum musste sie überhaupt tot sein? Ausgerechnet wenn er Dienst hatte? Überhaupt war ein kalter, lebloser Körper etwas Furchtbares. Weil er mit endgültiger, unmissverständlicher Klarheit sagte: Irgendwann bist du selber der Kalte. «Und dann? Dann ist Schicht», flüsterte Roberto.

Er packte einen Arm der Leiche und versuchte, sie auf den Rücken zu drehen. Aber wie sehr er auch zog und zerrte, der Tote war zu schwer, er bekam ihn einfach nicht gedreht.

«Könntest du vielleicht mal mit anfassen, *porca miseria, eh*?»

Franco reagierte nicht. Mit weit aufgerissenen Augen starrte er in die Dunkelheit, als erwarte er von dort den Angriff eines Zombies.

«Hast du wenigstens ein Feuerzeug?» Dummerweise hatte Roberto die MagLite in seiner Schreibtischschublade vergessen.

Franco reagierte immer noch nicht. Roberto gab auf und holte sein Uralt-Handy hervor, ein Nokia 6310 ohne Kamera, ohne MP3-Player, ohne Bluetooth und ohne Touch Screen. Ein Telefon zum Telefonieren.

«Galdroni? Der Mann ist tatsächlich tot.»

«Was? Wie? Eh ...» Galdroni klang, als hätte Roberto ihn mitten aus einer Drei-Stunden-Meditation gerissen. Erst jetzt fiel Roberto ein, dass Galdroni für zwei Wochen alleine zu Hause war, weil seine Frau Ornella mit den beiden Kindern zum Skilaufen nach Hintertux gefahren war. Ohne seine Familie wusste Pretoro nichts Besseres mit sich anzufangen, als sich rauschhaft eine DVD nach der anderen reinzuziehen. Dabei trank er pausenlos Grappa Nardini, der mit seinem Alkoholgehalt von 50 Prozent selbst den robusten Galdroni irgendwann in die Horizontale zwang. Dem Klang seiner Stimme nach dürfte Galdroni diesem Punkt schon sehr nahe sein.

«Die Leiche liegt in der Via dei Fornari. Am Ende. In der Sackgasse.»

«Und, äh, wer ist es?»

«Kann ich nicht erkennen.»

«Ist er bloß tot oder auch noch unsichtbar, oder was!», pflaumte Galdroni zurück. Langsam ging er Roberto auf die Nerven. Sollte der *commissario* seine schlechte Laune doch mit Hilfe seiner obskuren DVDs abreagieren.

«Ich habe meine Taschenlampe vergessen.»

«Dann nimm ein Feuerzeug, *porca puttana*!»

«Habe ich keins. Nichtraucher.»

Galdroni stöhnte wie ein Mammut. «Und Franco? Typen wie der rauchen doch ständig Marihuana und Crack.»

Roberto warf dem Komponisten einen Blick zu. Franco zitterte hoffnungslos vor sich hin. Kurzerhand durchwühlte Roberto die Außentaschen von Francos Daunenjacke und wurde tatsächlich fündig: ein Mickey-Mouse-Feuerzeug. Nach ein wenig Herumprobieren fand er heraus, dass man die Löffelohren nach hinten drücken musste und die Flamme dann aus der Nase herausfauchte. Selbst bei diesem dürftigen Licht betrachtet war die Sache klar.

«Es ist Ruggero Grilli.»

«Kenn ich den?»

«Hat einen Agriturismo oben auf dem Monte Cesane.»

Galdroni fluchte ein wenig herum, nicht lange, höchstens eine Minute, und dann: «Also gut, ich bin in zehn Minuten da. Angefasst hast du ja nichts, Roberto, eh?»

«Ich? Also, ich käme doch nicht im Traum darauf, Beweismittel zu –»

Klack, Galdroni hatte aufgelegt.

Wie hatte dieser Fleischkloß noch gelegen? Roberto zerrte den Arm des Toten mal nach links, mal nach rechts, bis ihm aufging, dass es niemanden gab, der wusste, was richtig war. Außer Franco. Aber der machte mittlerweile den Eindruck, als würde er selber in Kürze den Löffel abgeben. Anstatt sich zu beruhigen, wurde seine Verfassung immer bedenklicher.

Nach einigen Minuten drangen bedrohliche Geräusche aus dem

Nebel. Roberto drehte sich nicht einmal um. So klang es eben, wenn Pretoro Galdroni sich näherte. Böse Zungen behaupteten, Galdroni könnte durch eine Ziegelmauer hindurchgehen, ohne sein Tempo zu verlangsamen und irgendwie Schaden zu nehmen. Ein Baum von einem Kerl. Wahrscheinlich weil er väterlicherseits deutsche Vorfahren hatte, genauer gesagt bayrische, aus der Gegend von München, was Robertos Meinung nach auch der Grund war, warum Galdroni sich so gut mit Thilo Gruber verstand. Thilo Gruber! Den Namen auch nur zu denken regte Roberto schon auf, und reflexartig sah er sich nach Espressotassen zum Jonglieren um.

«Verdammter Saltara!», fluchte Galdroni zur Begrüßung und steckte sein Handy wieder ein, eins mit Bluetooth, Touch Screen, MP3-Player, Taschenlampe und Kameras für vorne und hinten und beladen mit so vielen Apps, dass Galdroni längst den Überblick verloren hatte, was er da mit sich herumtrug. Er hielt Roberto eine Rolle mit rot-weißem Absperrband hin. «Mach mal.»

«Hör zu, Galdroni, ich habe Nachtdienst, und ich bin alleine. Bei mir auf der Wache ist die Hölle los, ich muss wieder –»

«Red keinen Scheiß, Rossi, die einzige Hölle in deinem Büro ist die tickende Kuckucksuhr», unterbrach ihn der *commissario*. «Und jetzt mach hin.»

Galdroni begann, die Leiche aus verschiedenen Blickwinkeln zu fotografieren, wobei er weiterhin besorgniserregende Geräusche von sich gab. Franco starrte ihn an, als wäre er ein Monster aus *Herr der Ringe*.

«Zu dir kommen wir später, Franco Varese. So heißt du doch, oder?» Galdronis Stimme hatte einen Unterton, der Roberto überhaupt nicht gefiel, und er nahm sich vor, Franco auf keinen Fall mit dem *commissario* allein zu lassen. Ohne seine Familie war Galdroni bissig wie eine Viper nach dem Winterschlaf, und der sensible Komponist war ihm definitiv nicht gewachsen.

Galdroni wählte noch einmal Dottor Saltara an, den für die Provinz Pesaro-Urbino zuständigen Gerichtsmediziner. Dieses Mal hob der Dottore ab, schien sich aber zuerst einmal bitterlich zu beschweren. Galdroni hörte sich das Gejammer keine drei Sekunden an.

«Jetzt hören Sie mal zu, Saltara!», brüllte er los. «Dein Schlaf ist mir scheißegal! Mörder haben keinen geregelten Arbeitstag von neun bis fünf! Das sind keine Angestellten. Das sind Freiberufler, die arbeiten, wann's ihnen passt. Und jetzt stell dich auf deine Absätze und tippel los! Urbino, Altstadt, Via dei Fornaci!»

Ein paar Sekunden war Ruhe, weil der Dottore etwas sagte, was nicht unwichtig zu sein schien. Dann legte Galdroni einfach auf.

«Der ist auf Fortbildung auf Capri, *porca puttana*. Ja, verdammt, wer soll denn jetzt –» Weiter kam er nicht, weil sein Handy das Geräusch einer zersplitternden Glasscheibe von sich gab. Eine SMS. Galdroni holte die Nachricht aufs Display, in dessen erstaunlich hellem Licht Roberto erkennen konnte, wie der *commissario* abwechselnd blass wurde und rot anlief. Gleichzeitig knetete er mit der freien Hand einen imaginären Hefeteig und hechelte wie ein Karnickel, über dem schon der Bussard kreist. Wäre Galdroni nicht Galdroni gewesen, hätte Roberto sich jetzt Sorgen gemacht. Aber eins war sicher: Was immer das Schicksal für den *commissario* bereithielt, er würde es aushalten, einen wie ihn konnte schlichtweg nichts umhauen.

Galdroni sackte zu Boden.

«Was ist los?», fragte Roberto, jetzt doch ein wenig besorgt.

«Hä», sagte Galdroni und starrte auf das Display.

«Geht's ein bisschen genauer?»

«Hä.»

Roberto rupfte ihm das Handy aus der Hand und las: «habe mich in südtiroler skilehrer verliebt. einfühlsamer mann, toller sex. will die scheidung. kinder bleiben selbstverständlich bei mir. ornella.»

«Das ist ja ein Hammer, Pretoro.» Roberto schüttelte mitfühlend den Kopf. So war es damals bei ihm auch gewesen, als Maria Corbucci ihn hatte sitzenlassen, um sich fortan mit seinem verdammten Chef Nevio Cottelli zu vergnügen.

Galdroni reagierte nicht.

«Ein Skilehrer. Und dann noch aus Südtirol.»

Galdroni reagierte immer noch nicht.

«Sobald du den Fall hier geklärt hast, Galdroni, nimmst du am besten ein paar Wochen Urlaub. Mach eine Kur, die kannst du dir ja von Dottor Saltara verschreiben lassen.»

Galdroni reagierte immer noch nicht, nicht einmal als Franco ihn jetzt hektisch antippte.

«Hier, *commissario*, sehen Sie sich das an.»

«Was ist das?», fragte Roberto stellvertretend.

«Das ist Lehm. Der lag bei der Leiche.»

Oddio. Roberto bedeutete Franco unauffällig, die Klappe zu halten. Leider nicht unauffällig genug. Schwer hob Galdroni seinen Kopf. «Was soll das heißen, Lehm?»

«Der ist von dem Mörder», schauderte Franco.

Galdroni zog eine Augenbraue hoch: Wie das?

«Der Mörder ist ein Wesen, aus Lehm gemacht. Ich habe ihn gesehen. Er ist in die jüdische Synagoge. Da versteckt er sich. Ein Monster.»

Galdroni fixierte Franco mit einem stahlharten Dirty-Harry-Blick, ohne auch nur einmal zu blinzeln, kam langsam auf die Beine und nahm seine Grundstellung ein: breitbeinig, stabil wie eine Eiche, zu allem entschlossen, angriffslustig. Franco warf Roberto hilfesuchende Blicke zu. Galdroni nahm sein Handy, wählte und stellte es auf laut.

«Was soll das? Es ist zwei Uhr nachts!», tönte es aus dem Lautsprecher. Roberto erkannte sofort die Stimme seines Chefs, *maresciallo capo* Nevio Cottelli.

«Galdroni hier.»

«*Ou, commissario!* Wie geht es Ihnen? Wie kann ich Ihnen helfen?»

Typisch, dachte Roberto, kaum hatte Cottelli es mit einem Ranghöheren zu tun, wurde er zum eifrigen Speichellecker.

«Sie müssen mir Ihren besten Mann ausleihen, Nevio. Ein schwieriger Mordfall.»

«Na, aber gerne. Ich stelle Ihnen Battistelli ab.»

«Nichts da. Ich brauche Roberto Rossi.»

Roberto reckte sich und lächelte selig. Weil er sich vorstellen konnte, was jetzt in Cottelli vorging.

«Nun ja», quengelte dieser, «Sie sprachen von dem Besten, da wäre Battistelli sicherlich –»

«Rossi hat den Fall mit der Tozzi letzten Sommer praktisch im Alleingang gelöst.»

«Das würde ich so nicht unterschreiben, vor allem war ich selber in nicht unerheblicher Weise beteiligt und –»

«Rossi. Nicht Battistelli.»

Roberto wippte gut gelaunt auf den Zehenspitzen. In Cottellis Eingeweiden dürfte gerade gehöriger Aufruhr herrschen.

Schwerer Seufzer. «Na gut, wenn Sie darauf bestehen.»

«Danke und gute Nacht, *maresciallo capo*. Ende», sagte Galdroni und legte auf.

Roberto wippte noch beschwingter. Für Galdroni zu arbeiten würde eine angenehme Abwechslung sein: Zumindest auf absehbare Zeit kein lebensbedrohlicher Schichtwechsel mehr, außerdem wurden die Räume der Polizia di Stato konstant auf 25 Grad beheizt.

«Hör zu, Rossi», sagte der *commissario*. «Ich mach mich auf den Weg nach Hintertux.» Mit einem Ruck schloss er den Reißverschluss seiner Daunenjacke bis unters Kinn. «Ich lass mir doch von einem Südtiroler Yeti nicht die Frau ausspannen! Und die Kinder schon gar nicht!» Er verstaute sein Handy in einer kleinen Tasche auf dem linken Ärmel, in die es sich jedoch nur mit einiger Mühe hineinpressen ließ, Robertos altes Nokia war um einiges kleiner als dieses moderne App-beschwerte Smartphone. «Jetzt pass auf: Sag niemandem etwas von meinen privaten Problemen und mach meine Arbeit. Wie, ist mir schnuppe. Finde den Mörder. Hast du verstanden?»

«Eh, wie soll ich denn –» Roberto verstummte, als Galdroni mit ausgestrecktem Arm auf ihn zeigte. Offenbar hatte er zuletzt eine DVD mit einem Tom-Cruise-Film gesehen.

«Wenn du mich verrätst, erschieß ich dich. Dasselbe gilt für den da.» Er deutete auf Franco, der aus dem Lehm einen kleinen Klumpen geformt hatte und daran roch.

Roberto hatte plötzlich das Gefühl, sich sehr bald schon nach Cottellis menschenunwürdigen Wechselschichtdienstplänen zurückzusehnen. «Galdroni, jetzt warte mal. Hier geht es um einen brutalen Killer!»

«Ein Mensch aus Lehm, Poliziotto, wo ist das Problem? Ein Schlag auf die Nuss, und der zerbröselt.» Galdroni lachte merkwürdig, mit Humor hatte das rein gar nichts zu tun. Dann verschwand er in der Dunkelheit.

3.

Roberto konnte seine Armbanduhr in der Dunkelheit nicht lesen, dafür waren die Glocken von San Domenico nicht zu überhören. Dreimal die große, einmal die kleine. 3.15 Uhr.

Plötzlich Geräusche. Ein merkwürdig hohles Schaben. Und unregelmäßiges Poltern, hölzern, bedrohlich langsam, monströs. Franco und Roberto starrten in den Nebel.

«Er kommt zurück, er kommt zurück», stammelte der Musiker. Roberto nestelte hektisch an seinem Gürtelholster. *Che diamine*, seine Pistole lag in der Schublade seines Schreibtisches in der Wache, zwischen der MagLite und der noch unangetasteten *salsiccia piccante*, der höllisch scharfen Wildschweinwurst. Die sich jetzt ganz gut als Schlagstock machen würde, so steinhart, wie sie war.

Ein Schatten bildete sich im Nebel heraus, merkwürdig breit und unförmig. Und riesig. Verdammte Sackgasse, fluchte Roberto und tastete nach der Regenrinne an der Hausecke neben sich. Würde eine durchschnittliche italienische Regenrinne aus Kupfer stabil genug sein, um sein Gewicht auszuhalten? War er erst mal auf das Dach geklettert, dann konnte er leicht –

«Roberto?», fragte der Schatten.

Franco stieß einen spitzen Schrei aus.

«Heilige Scheiße, Malpomena!» Roberto entspannte sich.

«Höre ich da eine gewisse Panik in deiner Stimme?» Malpomena legte den riesigen Rollenkoffer, den sie im Schlepptau hatte, flach auf den Boden.

«Wieso hast du so lange gebraucht? Du wohnst doch keine hundert Meter von hier entfernt», maulte Roberto.

«Die rechtsmedizinische Untersuchung einer Leiche ist kein Pappenstiel, mein Lieber», antwortete Malpomena und begann, ihren Koffer auszupacken: ein Kamerastativ, einen schweren Akkuhandstrahler, ein 100er-Pack Gummihandschuhe, diverse forensische Fachbücher, sterile Gefäße und medizinische Instrumente, ein Diktiergerät und einen Helm mit Stirnlampe, wie ihn Höhlenforscher benutzen. Sie befestigte den Strahler auf dem Stativ und schaltete ihn ein. Grelles Licht beleuchtete den armen Ruggero Grilli in seiner ganzen verblichenen Masse. «Da haben wir ja unser Corpus Delicti.» Schnell schnallte sie sich noch zwei Knieschoner um, wie sie von Inlineskatern und Fliesenlegern benutzt werden, schaltete das Helmlicht an, ließ sich neben Ruggero auf die Knie sinken und tastete nach seiner Halsschlagader.

«Tot.»

«Ah, deswegen liegt er hier seit über einer Stunde auf dem Boden herum!», ätzte Roberto. «Das kam mir doch gleich komisch vor.»

«Dein Sarkasmus ist der Situation nicht angemessen, mein Lieber.»

«Dass der tot ist, war ja wohl klar.»

Malpomena wurde plötzlich sehr giftig. «Jetzt hör mal zu, falls du es noch nicht gemerkt hast: Ich tu dir hier gerade einen Gefallen, weil Dottor Saltara, den man meiner Meinung nach ohnehin nicht zu den großen Leuchten in unserer Profession zählen darf, ein Rezepteschreiber, wenn du verstehst, was ich meine –»

«Malpomena, bitte.»

«– weil Saltara gerade nicht greifbar ist. Was meinst du denn, was ich um», sie warf einen Blick auf ihre riesige Digital-Analog-Armbanduhr, die sie als Ausdruck ihrer Individualität am rechten Handgelenk trug, «drei Uhr einundzwanzig an einem Novembermorgen normalerweise mache?»

«Also, dass der Mann tot ist –»

«Richtig. Ich schlafe. Und zwar befinde ich mich – und nicht nur ich, sondern alle menschlichen Lebewesen, die gegen 22 Uhr ins Bett gehen – zu der Zeit in der längsten REM-Phase einer jeden Nacht, wie die Professoren Aserinsky und Kleitman von der University of Chicago schon 1953 nachgewiesen haben. Das ist die Phase des intensivsten Träumens. Und warum träumt man, Roberto? Um die Anspannungen und Nackenschläge und Widrigkeiten und üblen Ereignisse, um all das *bashing* und *mobbing*, um all die deprimierenden Erlebnisse des vorangegangenen Tages zu verarbeiten und – hoffentlich! – in einen Zustand der Ruhe und Ausgeglichenheit zu überführen. Und in genau diesen Prozess hast du eingegriffen, indem du mich geweckt hast, um mir eine Arbeit abzuverlangen, die nun wahrlich nicht zu meinem ureigensten Betätigungsfeld zu zählen ist.»

Roberto hatte mehrfach vergeblich versucht, sie zu unterbrechen. «Tut mir leid, Malpomena. Ich bin etwas angespannt. Wahrscheinlich weil meine letzte Rennphase schon ein halbes Jahr zurückliegt. Weißt du, Cottelli überzieht mich seit Wochen mit Dienstplänen, die –»

«REM-Phase, bitte schön. Rapid Eye Movement. Eine Rennphase, lieber Roberto, hattest du zuletzt allenfalls in deiner frühen Kindheit.»

Roberto hob beschwichtigend beide Hände. Malpomenas Erziehung als Spross des uralten Adelsgeschlechts der Del Vecchio war von grundsätzlichem Respekt gegenüber den Mitmenschen geprägt. Wenn sie derart unter die Gürtellinie schlug, dann war höchste Vorsicht geboten.

Wütend wandte Malpomena sich wieder dem toten Ruggero zu. Eine Weile hörte man sie nur Worte in ihr Diktiergerät bellen, und Roberto hütete sich, sie noch einmal zu stören. Auch weil er von Franco abgelenkt wurde, der schon wieder ganz nah an ihn heranrückte.

«Was soll das, Franco? Sind wir jetzt ein Paar, oder was?»

Der Musiker grinste verzerrt.

«Der Mörder hat dich nicht gesehen», versuchte Roberto ihn zu beruhigen. «Du hast also nichts zu befürchten.»

Franco nickte hektisch wie ein Kapuzineräffchen und fing plötzlich an, aus purer Angst ein Lied zu pfeifen.

Roberto boxte ihn in die Rippen. «Würdest du das bitte lassen? Pfeifen in der Nacht lockt den Teufel an, und der ist ein ganz anderes Kaliber als deine beknackte Kreatur.»

Sofort setzte Francos Pappelzittern wieder ein, und er rückte erneut näher an Roberto heran. Der nahm es resigniert hin, nicht zuletzt weil Franco eine erstaunliche Körperwärme ausstrahlte, ein nicht unerheblicher Vorteil in einer kalten Nacht wie dieser.

«Schwer zu sagen», meldete sich Malpomena nach einem tiefen Seufzer. «Eine tödliche Verletzung kann ich auf die Schnelle nicht erkennen.» Sie wandte sich Franco zu. «Wie war noch gleich der Ablauf?»

Im grellweißen Licht der Helmlampe sah Franco mit seinen panischen Augen wie ein Irrer aus.

«Die beiden haben ... und er ... tot», flüsterte er. «Plötzlich ... ohne, da war kein, weißt du?»

«Nein, weiß ich nicht. Außerdem, ich frage mich: Konntest du mit diesen Flitzeaugen überhaupt irgendetwas sehen, Franco? Eh? Und deine Pupillen, warum sind die so klein? Und woher», sie strich dem Musiker über die Stirn, «woher kommt diese exorbitante Menge kalten Schweißes auf deiner Frons?»

«Ich, also ...»

«Dann vermerke ich im Gegensatz dazu eine geradezu fiebrige Körpertemperatur. Für all dies muss es einen Grund geben.»

Franco sah Roberto hilfesuchend an.

«Er steht unter Schock, Malpomena», sagte der Poliziotto.

Malpomena griff nach Francos Handgelenk, fühlte den Puls und startete die Stoppuhrfunktion ihres Analog-Digital-Chronometers.

«Über zweihundert. Nicht schlecht. Ich habe schon Menschen sterben sehen, die –»

«Lass ihn in Ruhe», ging Roberto dazwischen. «Franco ist nur ein Zeuge, er –»

«Er ist möglicherweise der Täter», unterbrach sie ihn und stach Franco mit ihrem Zeigefinger in den weichen Raum zwischen vierter und fünfter Rippe, den zu finden für sie als angehende Medizinerin kein Problem war. «Wie hast du ihn kaltgemacht, eh? Sag's lieber gleich, ich finde es sowieso heraus.»

«Jetzt reicht's aber!» Roberto schob sich erneut zwischen die beiden. «Musst du nicht erst einmal eine Obduktion machen oder so was?»

Malpomena trat einen Schritt zurück. «Muss ich. Aber den da würde ich an deiner Stelle nicht aus den Augen lassen.» Sie zog eine Augenbraue hoch, machte ein Zeichen für Handschellenanlegen und wandte sich wieder dem toten Ruggero Grilli zu.

«Erzähl mir mehr, du kalter Mann. Wie hat man dich über den Jordan geschickt?»

Eine halbe Stunde später kam ein Krankenwagen, der allerdings vor dem Palazzo Corboli in der Via Vittorio Veneto parken musste, weil er zu breit war für die Via dei Fornaci. Die Sanitäter machten ein großes Gewese, weil sie die Rollliege lächerliche 50 Meter zu Fuß durch die enge Gasse schieben mussten, angestachelt von Marco Bruglia, dem Notarzt, der sauer war, dass eine Medizinstudentin im 20. Semester mit der Untersuchung der Leiche betraut worden war.

Roberto ließ ihn eine Weile herumschimpfen, bevor er ihn zur Seite nahm und ihm einige Worte ins Ohr flüsterte. Plötzlich wurde Bruglia zahm wie eine Butterblume und sorgte für den reibungslosesten Abtransport, den Urbino je erlebt hatte.

«Wie hast du ihn besänftigt?», fragte Malpomena, während sie ihre Utensilien einsammelte.

«Marco hat sich als stiller Teilhaber in eine kleine Firma eingekauft, die Mullbinden herstellt. Jetzt rate mal, wer seitdem praktisch alle Mullbinden für das Krankenhaus liefert?»

Malpomena produzierte eine ansehnliche Menge waschbrettartiger Falten auf ihrer Stirn, Korruption war ihr zutiefst verhasst.

«Ich weiß, was du sagen willst», sagte Roberto. «Aber Marco macht das so geschickt, dass man ihm schwerlich etwas nachweisen kann.»

«Und woher weißt du es dann?»

Eine unangenehme Frage. «Von Talia.»

Stille. In Malpomenas Gesicht tat sich einiges, vom Malmen der Kiefer bis zum Zucken der Lider, nur das Stirn-Waschbrett blieb unverändert. Talia war die jüngste der vier Del-Vecchio-Schwestern. Ein lebenspralles Energiebündel, von Männern umschwärmt, gesellig, ein Nachtmensch, sie kannte Gott und die Welt, und Männer neigten dazu, ihr selbst intimste Geheimnisse zu verraten. Wahrscheinlich um sich wichtig zu tun. Manche machten sich regelrecht lächerlich mit ihren Angebereien, natürlich vergeblich. Talia ließ sich nie verführen, das übernahm sie selbst. Auch die ihr anvertrauten Geheimnisse behielt sie grundsätzlich für sich. Einzig bei Roberto machte sie eine Ausnahme, aus welchem Grund auch immer. Einer Arbeit ging sie nicht nach, sondern lebte als einzige der Schwestern von den Früchten des gewaltigen Familienbesitzes. Kurz gesagt und auf den Punkt gebracht: Talia war in allem das genaue Gegenteil von Malpomena. Gemeinsam hatten sie einzig ihre atemberaubende Schönheit, was Malpomena allerdings völlig gleichgültig war.

«Soviel ich weiß, ist Marco Bruglia verheiratet», sagte Malpomena mit deutlicher Missbilligung.

Roberto zuckte mit den Schultern. Seit wann spielte das für Talia eine Rolle? Wenn sie mit einem Mann ihren Spaß haben wollte, fragte sie nicht dessen Ehefrau um Erlaubnis.

Mit einem tiefen Seufzen stieg Malpomena in den Rettungswagen und ignorierte wortlos Marco Bruglias Angebot, doch den bequemen Beifahrersitz einzunehmen. «Mercurius solubilis Hahnemanni C30», rief sie und warf Roberto ein kleines, mit Kügelchen gefülltes Glasröhrchen zu. «Stündlich fünf Globuli! Das hilft gegen das Augenflitzen!»

Roberto kehrte mit Franco zur Wache zurück. Eile war angesagt. Am Nachmittag vor seinem Nachtdienst hatte er mit Hilfe von einigen Nachbarn alle seine Olivenbäume abgeerntet, und nun mussten die Oliven nach Cartoceto gebracht und so schnell wie möglich gepresst werden.

«Ich bring dich in deinen *palazzino*», sagte Roberto und schob Franco vor sich her zum Ausgang, wobei er peinlich genau darauf achtete, auf keinen Fall auf die Türschwelle zu treten. Wahrscheinlich warteten die Schwellengeister nur darauf, ihm einen reinzuwürgen. «Mach dir keine Sorgen, du bist sicher.»

Franco wehrte sich wie ein Schwein, das zum Schlachten gebracht wird, und fing schon wieder mit dem Schlottern an.

«Hör auf damit!», fuhr Roberto ihn an.

«Ich kann nichts dafür», jammerte der Komponist und stemmte sich noch vehementer gegen Robertos Druck.

«Hast du die fünf Globuli genommen?»

«Fünf?» Franco hielt das leere Röhrchen hoch.

«Alle auf einmal?»

Franco nickte geistesabwesend. Roberto hatte den Eindruck, dass seine Augen noch schneller umherflitzten.

«Hör zu, Franco, ich muss weg.»

Da hatte sich Franco schon auf den Boden gesetzt und sah Roberto an wie ein Hundewelpe, dem ein vorbeifahrender Lkw nicht nur die Mutter, sondern gleich die gesamte Familie platt gefahren hatte. Und den eine äußerst seltene Augenkrankheit plagte.

4.

Roberto lenkte den Fiat-Scudo-Lieferwagen mit äußerster Vorsicht. Osvaldo, der *camoscino*, sein Cousin, der seinen Lebensunterhalt mit dem Reparieren von Autos aller Marken verdiente, natürlich in Schwarzarbeit, hatte ihm den Wagen besorgt und darauf hingewiesen, dass der Besitzer über jeden einzelnen Kratzer Buch führte und einen neuen sofort entdecken würde. «Ist ein Albaner», hatte Osvaldo hinzugefügt, was wohl eine Erklärung sein sollte, die Roberto allerdings nicht verstand. Waren Albaner besonders pingelig? Schnitten sie einem für jeden Kratzer einen Finger ab?

Franco schlief selig lächelnd auf dem Beifahrersitz. Das sanfte Wiegen und Wogen des schwer beladenen Scudo musste bei ihm ein Gefühl der Geborgenheit ausgelöst haben. Das allerdings jedes Mal jäh unterbrochen wurde, sobald Roberto anhielt. Als hätte Franco Angst, an einem unbekannten Ort mitten in Sibirien hinausgeworfen zu werden, krallte er sich dann mit beiden Händen an den Haltegriff auf dem Armaturenbrett und warf Roberto um Gnade bittende Blicke zu.

Zum Glück musste Roberto nicht allzu oft anhalten, null Verkehr um diese Zeit. Nach der schlechten, von Schlaglöchern und schrägen Bodenwellen durchsetzten *strada bianca* von Rombolina hinunter nach Canavaccio rollte er die nächsten 30 Kilometer auf der Via Nazionale SS 73, bis zur Ausfahrt Fossombrone Est. Von dort schlängelte er sich auf kurvenreichen Straßen durch die hügelige Landschaft nach Isola di Fano und dann weiter nach Cartoceto, wo er die Abzweigung ins Val di Tarugo nahm. Ab hier wurde die Straße sehr schmal, beengt vor allem durch das steil zum Bach abfallende Ufer auf der einen Seite und durch uralte Eichen auf der anderen, die niemand gewagt hatte zu fällen, nur um der Straße einen geraden Verlauf zu ermöglichen. Ebenso grenzten uralte, schiefe *rustici* unmittelbar an den Rand der Straße und engten sie zusätzlich ein, gebaut zu einer Zeit, als es hier nur einen staubigen Weg für Ochsenkarren gegeben hatte. Ramponierte oder gar fehlende Steine in den Hauswänden zeugten von vielen unfreiwilligen Begegnungen zwischen Mauern und vorbeifahrenden Fahrzeugen. Manche Hausbesitzer hatten reflektierende rot-weiße Bänder angebracht, andere stattdessen die Mauern mit armiertem Beton verstärkt, mit Erfolg, wie man an den vielen unterschiedlichen Autolackfarben erkennen konnte.

Die Zeichen der Armut, wie sie hier seit Jahrhunderten herrschte, waren allgegenwärtig. Nichts wurde weggeworfen, alte Schnüre wurden gesammelt, ebenso Holz- und Metallreste, Plastikplanen oder Zaundrahtreste, die zusammengeknüpft wieder ein paar Meter neuen Zaun hergaben. Die Felder waren winzig, viel Platz bot das schmale Tal nicht, und die Hügel rechts und links des Rio di Tarugo waren in der Regel zu steil, um ihnen zusätzliche Anbauflächen abzuringen. War es in anderen Gebieten wie zum Beispiel auf dem nahen Monte Dolciano üblich, dass Söhne, wenn sie eine eigene Familie gründeten, an das Haus der Eltern weitere Zimmer anbauten und so ausufernde Gehöfte erzeugten, so waren die *rustici* im Val di Tarugo winzig geblieben, weil das Tal keine zusätzlichen Familien hätte ernähren können. Die jungen Leute waren immer schon gezwungen gewesen, wegzugehen und sich in anderen Gegenden niederzulassen. Was auch ein Grund war, warum man heute im Val di Tarugo fast nur noch alte Leute sah, für die die moderne Welt lediglich aus den vorbeifahrenden Autos bestand, die hin und wieder ihre Außenwände rammten und es manchmal sogar schafften, mit ihren Stoßstangen bis ins Wohnzimmer oder in die Küche vorzudringen.

Einzigen bescheidenen Wohlstand hatte sich die Familie Lorenzetti mit ihrer Ölmühle, der *frantoio oro*, erwirtschaftet, die sie seit Generationen unweit des winzigen, wehrhaften Örtchens Torricello betrieb, unmittelbar am Ufer des schmächtigen *Rio di Tarugo*, den sie mit einfachen Mittel aufgestaut hatten, um genug Wasserdruck für den schweren Mühlstein zu schaffen. Unter Kennern galt die *frantoio oro* als die beste weit und breit, weil sie noch heute mit wunderbar alten, mit dem Öl von Jahrhunderten getränkten Mühlsteinen arbeitete.

Punkt vier Uhr, freute sich Roberto, als er den Scudo auf den Hof der *frantoio* lenkte und neben der stockdunklen Laderampe hielt. Wieder diese wohlige Gewissheit, zu derart früher Stunde der Erste zu sein, so wie jedes Jahr. Kaum hielt er an, wimmerte Franco auf und starrte entsetzt in die Dunkelheit.

«Ölmühle», sagte Roberto.

«Ich sehe nichts.»

«Weil es dunkel ist.»

«Das seh ich.»

«Na also.» Roberto stieg schnell aus. Franco ging ihm gehörig auf die Nerven. Er war ein sensibler Künstler, und einen Mord zu beobachten hatte schon stärkere Menschen umgehauen, aber musste er deswegen zu einem Schoßhündchen mutieren? Sobald Roberto hier fertig war, würde er ihn endgültig in dessen *palazzino* in der Via Minore abliefern. Franco hatte das kleine Stadthaus von seinem Großvater geerbt, andernfalls hätte er sich als Musiker und Komponist ein Häuschen in der Altstadt von Urbino ganz sicher nicht leisten können.

Roberto ertastete die Kante der Laderampe und flankte hinauf – er versuchte es zumindest. Erst beim vierten Versuch gelang es ihm, seinen ganzen Körper und nicht nur ein Bein hinaufzuwuchten. Einmal mehr schwor er sich, ein paar Kilo abzuspecken. Unbedingt.

Der Lichtschalter für die Hofbeleuchtung befand sich an der Wand neben dem Schiebetor, daran erinnerte er sich. Vittore Lorenzetti, der *padrone*, war ein extrem geiziger Kerl, der nichts von nächtelang brennenden Lampen hielt. Noch hat jeder meine Mühle gefunden, lautete seine Devise, und einen Schalter zu betätigen, wenn man sein Ziel erreicht hatte, war ja wohl nicht zu viel verlangt.

Die Energiesparlampe flackerte müde auf – und Roberto prallte zurück. Vor ihm zehn, fünfzehn Säcke voller Oliven. Welcher Mistkerl war ihm denn hier zuvorgekommen? Wütend trat er gegen den ersten Sack in der Reihe.

«Aaah! Verdammt noch mal!», ertönte eine dumpfe Stimme.

Roberto sah genauer hin. Das da vor ihm war gar kein Sack voller Oliven, sondern ein aufgeplusterter Hightech-Daunenschlafsack in Nato-Look und Nanga-Parbat-Qualität, wasserdicht und wahrscheinlich schwimm- und flugfähig, mit integriertem Chemie-Klo und Einbauküche. Ein Reißverschluss öffnete sich, die Kapuze wurde zurückgeschlagen, und zum Vorschein kam – Thilo Gruber, der deutsche Immobilienfresser, der Dorfvernichter.

«*Porca zozza!*» Roberto konnte es gar nicht fassen. Ausgerechnet der deutsche Mistkerl, dieser frühpensionierte Kripokommissar aus München! Nicht nur dass er gleich sieben Häuser in Robertos Heimatdorf Rombolina auf einen Schlag für sich und seine deutschen Freunde gekauft hatte – sieben von neun, wohlgemerkt –, nein, er hatte darüber hinaus Robertos Vorkaufsrecht mit dem miesesten aller Geometertricks ausgehebelt, dem 1-Meter-Abtrenn-Trick. Und jetzt machte er ihm auch noch den ersten Platz an der Ölmühle streitig. Wo sollte das enden?

«Haben Sie mich gerade getreten?»

Roberto überhörte die Frage und zählte Grubers Säcke durch. Siebzehn. Das würde etwa achtzig Liter Olivenöl ergeben.

Der deutsche Exkommissar wühlte sich aus dem Schlafsack heraus. «Sie stehen auf meiner Isomatte, Roberto.»

«Und Sie belegen meinen Platz», entgegnete dieser.

«Wer zuerst kommt, mahlt zuerst. Schon mal gehört, den Satz, Roberto?»

«Für Sie heiße ich immer noch Rossi.»

«Na, gut: Wer zuerst kommt, mahlt zuerst, Rossi.»

Roberto deutete auf seine Uniform. «*Agente* Rossi.»

«Oliven pressen gehört zu Ihren Dienstaufgaben?» Gruber schüttelte lächelnd den Kopf. «In Italien ist ja wirklich manches anders.» Er zog einen kleinen Camping-Gaskocher zwischen den Säcken hervor. «Wie wär's mit einem kleinen *caffè*?»

Roberto verzog das Gesicht, deutscher Kaffee, das war ja wohl das Letzte, was er freiwillig trinken würde. Oder das Vorletzte, amerikanischer war noch schlimmer. Er sprang von der Rampe herunter, wobei er sich fast den Fuß verstauchte, öffnete die Ladetür des Scudo und schulterte den ersten Sack. Plötzlich stand Franco neben ihm, das Problem mit seinen Augen hatte sich noch nicht gelegt.

«Roberto?»

«Was willst du!»

«Der Mann da», er deutete auf Gruber, «ist das –»

«Er ist nicht aus Lehm, *porca miseria*! Los, fass mal mit an.»

Franco nickte, packte einen Sack und zog und zerrte, um ihn sich auf den Rücken zu hieven.

«Roberto?»

«*Dio santo*, was denn jetzt?»

«Ich schaff's nicht.»

Roberto atmete tief durch und ermahnte sich zur Ruhe. Franco war nun mal ein eher dem Geistigen zugewandter Künstler. «Weißt du was, Franco? Setz dich wieder ins Auto und schlaf noch eine Runde. Ich mach das hier schon.»

Franco nickte, rührte sich aber nicht von der Stelle. Roberto war es egal. Der Sack drückte schwer auf seinen Rücken. Er schleppte ihn zur Rampe, schob ihn behutsam hinauf, hangelte sich selber hoch und platzierte seine erste Olivenladung neben der von Gruber.

«Sie wollen sich doch nicht vordrängeln, *agente* Roberto?» Gruber blies auf seinen *caffè* aus löslichem Pulver. Der Geruch war nicht schlecht.

Roberto antwortete nicht und machte einfach weiter. Nach einer halben Stunde musste er zum Pinkeln um die Ecke. Als er wieder zurückkam, saß Franco bei dem Deutschen und nippte an einem Tässchen Espresso.

«Der ist gut», sagte er entschuldigend zu Roberto. «Und schön heiß.»

«Deutsche und guter *caffè*, das passt nicht zusammen», grummelte Roberto und ließ den nächsten Sack vorsichtig zu Boden gleiten, frisch geerntete Oliven waren sehr empfindlich.

Gruber fixierte den Musiker aufmerksam, dessen Flitzeaugen hatten es ihm offenbar besonders angetan.

«Ein Mann wurde umgebracht», sagte Franco tonlos.

Gruber reagierte lässig, lehnte sich an die Hauswand, holte einen Torrone-Riegel hervor und bot Franco ein Stück an. «Erzähl mal.»

«Auf keinen Fall!», ging Roberto dazwischen. «Ich bin mitten in polizeilichen Mordermittlungen.»

«Schon wieder?»

Was sollte das denn heißen? War da etwa wieder dieses Grinsen? «Das geht Sie nichts an.»

«Was ist mit Pretoro Galdroni? Von der di Stato?»

Das war ja nicht auszuhalten! Was bildete sich dieser Mensch ein? «Franco, komm, wir setzen uns ins Auto.»

«Ich bleibe lieber hier», antwortete dieser und hielt seine Hände vor den kleinen Heizstrahler, den Gruber inzwischen auf die Camping-Gasflasche statt des Kochers aufgeschraubt hatte und der eine angenehme Wärme verbreitete.

Auch gut. Roberto zog sich in den Scudo zurück und tat so, als würde er schlafen. In Wahrheit ärgerte er sich viel zu sehr: über Gruber, über den Mord, über seine mindestens fünf Kilo zu viel und dass er die Wildschweinwurst in der Schreibtischschublade vergessen hatte. Sein Magen knurrte, und angenehm war es auch nicht, wie jedes Mal, wenn Gruber seine Thermosflasche öffnete, in der er sich einen kleinen *caffè*-Vorrat angelegt hatte, eine verführerische Duftwolke zu ihm herüberwehte.

Um Punkt sechs öffnete Vittore Lorenzetti die Schiebetür. Roberto griff nach seinem Bußgeldblock und sprang ins Freie. Vittore war derart geizig, dass schon die Androhung einer 20-Euro-Strafe reichen müsste, damit er Robertos Oliven zuerst presste. Dummerweise klingelte in dem Moment sein Handy.

«Rossi, bist du völlig übergeschnappt?», brüllte *maresciallo capo* Nevio Cottelli gleich los. «Hast du Oberwasser? Glaubst du, du wärst was Besonderes? Willst du mir auf die Eier gehen? Eh?»

«Für deine Eier ist ja bekanntlich jemand anderes zuständig, Cottelli», spielte Roberto auf Maria Corbucci an, die Roberto seinerzeit verlassen hatte, um sich mit Cottelli zusammenzutun.

«Weil du keine hast, du Flachwichser!»

Roberto gähnte, den Teufel würde er tun und sich anmerken lassen, wie sehr ihm das mit der Corbucci auch heute noch, zehn Jahre später, zu schaffen machte. «Worüber regst du dich auf, Cottelli?»

«Was ist mein Rang? Eh? Was ist mein Rang?»

«Komm zur Sache. Ich habe zu tun.»

«*Maresciallo capo!* Und deiner? Was ist dein Rang?»

«Mensch.»

Stille.

«Ich bin also ranghöher als du.»

«Jetzt pass mal auf.» Cottellis Stimme war plötzlich ganz leise. «Legst du es darauf an, dass ich dich rausschmeiße? Ist es das? Das kannst du haben.»

Natürlich würde er ihn nicht rausschmeißen. Wen sollte er denn dann mit seinen Dienstplänen quälen? Auf der anderen Seite wollte Roberto den Job auf keinen Fall verlieren. Wovon sollte er sonst leben? Von den paar Oliven? Sicher nicht.

«Dein Dienst endet um 6.30 Uhr. Das ist erst in einer halben Stunde. Und wo steckst du?»

«Schon vergessen? Du hast mich an Pretoro Galdroni ausgeliehen.»

«Solange ich nichts Schriftliches habe, hast du deinen Dienstplan zu erfüllen. Vielleicht hast du ja deine Stimme verstellt und dich selber angefordert.»

«So ein kompletter Sch–»

«Sag jetzt nichts, was ich als Beleidigung auslegen könnte», ging Cottelli dazwischen. «Denn das wird dir bis ans Ende deiner Tage leidtun!»

«Du bist doch schon beleidigt, wenn einer nur einen Kopf größer ist als du!»

«Das war's! Das war's! Ich habe dich gewarnt, Rossi. Du läufst jetzt sofort hier in der Wache auf. Zehn Minuten! Mehr geb ich dir nicht!»

«Geht nicht, Cottelli. Dringende Ermittlungen. Ich verfolge gerade einen Mann. Eine heiße Lehmspur. Muss jetzt aufhören.» Grinsend lauschte er noch ein paar Sekunden, wie Cottelli schrie und tobte, dann unterbrach er die Verbindung.

Leider war sein Vergnügen nur von kurzer Dauer. In der Zwischenzeit hatte Vittore mit dem Pressen der ersten Oliven begonnen. Die von Thilo Gruber.

5.

Logisch, dass jetzt, im Winter, Carlo Manzoni und Domenica Galeotti ihn nicht schon von weitem aus ihrem Schuhladen heraus erspähten und für ihn wie üblich einen perfekt gebrühten *caffè macchiato* mit sehr wenig Milch und sehr viel Zucker bereithielten. Im Winter hockten beide während der Geschäftszeiten vor ihrem mobilen Gasofen, der viel zu schwach war, um den gesamten Raum zu heizen, und bewegten sich so wenig wie möglich. Also legte Roberto auf dem beschwerlichen Weg die Via Mazzini hoch, 20 Prozent Steigung!, vor ihrem Schuhgeschäft eine kleine Pause ein, lehnte sich gegen das Schaufenster und spähte in den Laden hinein. Wenn's zu einem *caffè* nicht reichte, würde es auch einer von Domenica Galeottis unvergleichlichen *cantuccini* tun.

Auf dem Rückweg von der *frantoio oro* hatte Roberto einen Zwischenstopp bei sich zu Hause eingelegt, zum einen um den geliehenen Fiat Scudo bei Osvaldo abzustellen, zum anderen um den alten kupfernen Wasserboiler mit gut abgelagertem Eichenholz anzuheizen. Danach hatte er Franco noch schnell in seinen *palazzino* in der Stadt gebracht. Der hatte zwar gejammert, war aber inzwischen so kraftlos und apathisch, dass er sich nicht wehrte, als Roberto ihn kurzerhand aus dem Auto warf und davonfuhr, heilfroh, ihn endlich los zu sein. Wieder zurück in Rombolina, hatte er ein ausgiebiges Bad genommen. Heiß bis an die Schmerzgrenze und viel länger als geplant, weil er in der Badewanne in einen komaartigen Tiefschlaf gefallen war, und als er wieder wach wurde, war das Wasser empfindlich abgekühlt, und er fror so erbärmlich, dass er den Boiler noch einmal nachheizen musste.

Im Schuhladen saß nur Carlo vor dem Öfchen, während Domenica ausladend gestikulierend auf und ab ging. Streit. Richtiger Streit. Roberto wollte sofort weiterziehen, aber zu spät. Domenica hatte ihn entdeckt und stürmte aus dem Laden heraus.

«*Caro* Roberto!» Sie legte ihre Hand auf seinen Arm, ließ ihre goldenen Armreife klimpern und brachte ihre brüllrot geschminkten Lippen ganz nah an sein Ohr. «Weißt du schon das Neueste?»

Roberto versuchte, den Abstand zu vergrößern, aber Domenica zog sofort nach. Keine Chance. «Meinen Sie den Mord an Ruggero Grilli, Donna Domenica?»

Die Frau des Schuhverkäufers winkte ab – ein Mord, was ist denn daran interessant? «Ich habe Carlo verlassen. Es ist aus. Ein für alle Mal.» Sie verdrehte die Augen. «Was soll man sagen? Er ist ein Schuhverkäufer. Durch und durch. Mein Leben aber», sie warf Roberto einen Blick zu, der ihn in Angst und Schrecken versetzte, «mein Leben soll wieder etwas Pfeffer bekommen. Vielleicht sogar noch ein Kind? Wer weiß?»

«Aber Donna Domenica, Sie sind doch auch schon –»

«Gianna Nannini», unterbrach sie ihn streng, «hat noch mit vierundfünfzig eins bekommen!»

«Wer ist Gianna Nannini?»

«Eine Rockmusikerin. Weißt du, was die für ein Leben führen, diese Musiker? Drogen, Schlägereien, täglich mehrmals Sex und Nachtarbeit. Das lässt dich früh altern.»

Roberto gähnte, da war was dran. An Letzterem.

«Sieh mich an. Kneif mich.» Sie hielt ihm ihre linke Wange hin. «Ich habe die Haut einer 35-Jährigen. Und ich gehe seit ein paar Wochen in die *palestra*. Hier, fühl mal.» Sie hob ihren rechten Arm und spannte den Bizeps an. Roberto sah sich schnell um: War denn da niemand, dem er unbedingt und entschieden seine Aufmerksamkeit zuwenden musste? Ein Falschparker, ein Raser, ein Lieferant ohne Lizenz, in die Altstadt einzufahren, ein betrunkener Student auf einem *motorino*, ein orientierungsloser Tourist, ein

Rollstuhlfahrer ohne die in dieser Stadt vorgeschriebenen Bremsen?

Vorsichtig versuchte Roberto, sich zu befreien, was lediglich zur Folge hatte, dass Domenica noch entschiedener zupackte. Und wie. Das Training im Fitnesscenter zahlte sich definitiv aus.

«Ich muss los, Donna Domenica. Ein äußerst komplexer Mordfall, und ich stehe erst am Anfang der Aufklärung.»

«Armer, müder Roberto», sagte Domenica und legte ihren Arm um seine Schulter. Ein Schraubstock war nichts dagegen.

«Es geht schon. Ich werde bei Toto mein frischgepresstes Olivenöl probieren. Vielleicht danach ein kleines *tramezzino* oder ein Stück *torta con cioccolato*, mehr wird nicht nötig sein.»

«Hör zu, ich begleite dich», sie deutete auf die letzten 200 Meter bis hinauf zur Piazza della Repubblica, «und dann stärken wir uns beide mit einem Gläschen Prosecco.»

Nein, auf keinen Fall, wollte Roberto sagen, aber daraus wurde ein «Sehr freundlich», als er sah, wie sich Carlo im Laden aufraffte, ebenfalls herauszukommen. Ganz sicher um dem Poliziotto seine Sichtweise auf die Hintergründe der Trennung zu erläutern.

«Weißt du, Roberto», sagte Donna Domenica, um Atem ringend, als sie die Piazza della Repubblica erreichten. «Menschen passen zusammen oder nicht. Welche Rolle spielen da schon Alter und Aussehen? Nimm Demi Moore und Ashton Kutcher.»

«Sind die nicht schon seit vielen Jahren nicht mehr zusammen?»

«Weil Demi angefangen hat herumzuzicken», sagte Domenica verächtlich.

«Meinen Sie?»

«Na, ganz sicher. Manche Ältere benehmen sich wie Kinder. Und manche Jüngere sind von einer großen Reife. So wie du, Roberto. Du bist zwar ein winziges bisschen jünger als ich» – immerhin fünfzehn Jahre, dachte Roberto –, «hast aber etwas Erhabenes, etwas Weises.»

Roberto lief ein Schauer über den Rücken.

«Ach Gott», schluchzte Donna Domenica plötzlich auf und lehnte ihren Kopf an seine Schulter. «Wo soll ich nur unterkommen? Ich kann mich doch nicht von Carlo trennen und noch am selben Abend wieder unter die gemeinsame Bettdecke kriechen.»

Noch ein Schauer. Sie klebte an ihm wie Juckpulver, und als er einige Minuten später die Tür zu Totos Bar Federico aufstieß, hatte er größte Mühe, einigermaßen sicher über die Türschwelle hinwegzukommen, ohne zu stolpern oder gar draufzutreten.

Bei Toto war die Hölle los. Eine Traube von Menschen stand eng gepackt mitten in der Bar. Alle schnatterten durcheinander. Außerdem plärrte eine unsägliche Musik aus den kleinen Boxen, die in jeder Ecke unter der Decke hingen. «*Una festa sui prati, una bella compagnia*», Adriano Celentano. Das war selbst für Roberto, dem die Vergangenheit grundsätzlich interessanter erschien als jede Facette der Gegenwart, ein wenig zu viel des Guten. Toto werkelte mit einem glückseligen Dauerlächeln hinter der Theke. Offenbar wurde eine Menge bestellt.

«Toto, einen Passerina. Und ein paar Scheiben *pane comune*», rief Roberto.

«Ich dachte, wir trinken einen Prosecco», maulte Donna Domenica.

Roberto holte schweigend ein Fläschchen mit seinem frischgepressten Olivenöl hervor. Eigentlich war er nach dieser langen Nacht viel zu müde für einen Wein, aber es gehörte nun mal zu seinem alljährlichen Ritual, sein Öl bei Toto mit einem Glas lokalen Weißweins und mit frischem, ungesalzenem Weißbrot das erste Mal zu probieren. Er griff noch einmal in seine Tasche und holte ein zweites Fläschchen hervor, mit einem Etikett beklebt, auf dem mit krakeliger Schrift *tedesco* geschrieben stand; er hatte sich von Lorenzetti eine Probe von Grubers Öl mitgeben lassen.

Die Tür öffnete sich erneut. Die Rentner Attilio Brozzi und Egidio Cecchetti. Sofort wurde ein Teil der Traube ganz hektisch, rief und winkte und machte Platz für die beiden. Ein Gang öffnete sich, und jetzt sah Roberto, wem das Interesse der Menschenmenge galt: Franco Varese stand dort in der Mitte, bleich, mit aufgerissenen Augen und leicht schwankend, in der Hand ein Glas mit frischgepresstem Orangensaft, das er so schräg hielt, dass es sich schon halb auf den Boden entleert hatte. Offenbar hatte er es zu Hause nicht alleine ausgehalten. Attilio ging mit ernstem Gesicht auf ihn zu, gefolgt von Egidio, dessen Miene nichts anderes sagte als: Bitte sehr, haben wir es euch nicht immer schon gesagt?

«Erzähl, Franco», sagte Attilio. «Wir haben Kunde von einer Erscheinung erhalten.»

«Es war ein Mensch aus Lehm», schauderte Franco.

«War er plötzlich da, oder hast du ihn zuvor kommen sehen?»

«Es war am Ende der Sackgasse», antwortete Franco.

Attilio und Egidio nickten sich wissend zu. «Er war plötzlich am Ende einer Sackgasse, ohne zuvor an unserem Freund», Attilio meinte Franco, «vorbeigegangen zu sein. Wie ist der wohl dahin gekommen?» Er gestikulierte in den Himmel. Gut eine Hälfte der Traube nickte konzentriert, die andere Hälfte wirkte skeptisch.

«Ganz einfach, er war schon vor Franco in der Sackgasse», sagte Roberto. Er entkorkte das kleine Fläschchen mit seinem Öl und goss etwas davon über das Weißbrot. Sofort verbreitete sich der frischfruchtige Duft, wie ihn nur die Leccino-Olive hervorbringen kann. Lächelnd biss Roberto ab und schloss die Augen. Wenn jetzt noch der ebenso typische, sanft-bittere Geschmack und im Abgang dieses leichte Kratzen im Hals hinzukamen, dann war alles bestens. Er schluckte ein wenig. *Porca madosca*, herrlich, ein Gedicht von einem Öl! Oder? Mit der Zunge verteilte er das Öl in der gesamten Mundhöhle. Fehlte da doch eine gewisse Note? War da vielleicht ein Hauch von durch Oxidation hervorgerufenem Muff? Weil seine Oliven doch eine Spur zu spät gepresst worden waren? Weil sich dieser

Deutsche an der *frantoio oro* vorgedrängelt hatte? Misstrauisch roch er an dem Fläschchen.

«Willst du mir nicht auch etwas anbieten?», giftete Donna Domenica.

Roberto schwieg demonstrativ, irgendwie musste er die Ex-Schuhverkäufergattin wieder loswerden. Erst als er die Augen wieder öffnete, bemerkte er die vorwurfsvollen und bösen Blicke der etwas größeren Hälfte der Traube, die ihn offenbar die ganze Zeit angestarrt hatte.

«Für den Herrn Poliziotto mag ja eine Erscheinung, die aus dem Nichts kommt, etwas Normales sein», sagte Attilio. «Für uns nicht.» Jetzt nickte nicht nur die halbe, sondern die gesamte Traube. Attilio Brozzi hatte es ziemlich gut raus, zaudernde Menschen auf seine Seite zu ziehen. Bevor er Rentner wurde, war er Funktionär bei CISL, der *Confederazione Italiana Sindacati Lavoratori*, gewesen, dem Arbeitergewerkschaftbund.

«Franco hat einen Mord beobachtet. Das hat ihn ein wenig aus der Bahn geworfen», sagte Roberto.

«Es war ein Golem», sagte Franco, und wieder spielten seine Augen verrückt.

Attilio breitete die Arme aus. «Aha, ein Golem. Ein jüdisches Wesen. Ein jüdisches», er senkte die Stimme, «Monster.» Allgemeines Geraune.

«Einer meiner Onkel ist auch Jude», flüsterte Donna Domenica.

Roberto biss ein weiteres Stück Olivenölbrot ab und spülte mit einem Schluck Passerina nach. Attilio Brozzi, Egidio Cecchetti und ihre Anhänger waren das Nervigste, was Urbino zu bieten hatte. Die beiden litten unter Verschwörungs-Diarrhö, hatte Malpomena einmal diagnostiziert, einem geistigen Durchfall, wie ihn nur Rentner hervorbringen, die sich tödlich langweilen. Tatsächlich sonderten sie täglich einen Strom von Geschichten ab, von denen eine abstruser war als die nächste: über die Regierung in Rom, die es gar nicht gibt; über einen Hangar der US-Air-Force, in dem ein Außerirdischer lebt, ein Energie-Lotse, der Energieströme ins Weltall leiten kann und für die weltweit sich häufenden Stromausfälle verantwortlich ist; und über Kondensstreifen am Himmel, mit denen Außerirdische Stück für Stück unsere Atmosphäre mit einer Substanz sättigen, die die DNA der Menschen verändert. Zum Glück verkehrten Attilio und seine Weltuntergangs-Apologeten nur in der Bar della Mura, die deswegen im Allgemeinen Bar Complotto genannt wurde.

«Er löste sich an der Synagoge in Luft auf», sagte Franco.

«Hört ihr das? Hört ihr das?», rief Attilio.

Allgemeines Schaudern.

«Es war ein –»

«Franco?» Roberto blieb ganz ruhig. «Wenn du das Wort noch einmal sagst, bring ich dich in die alte Beugehaftzelle im *Palazzo di Giustizia*. Und du, Attilio, du nimmst am besten deine Bande und verziehst dich. Geht in eure Bar Complotto, da könnt ihr weiterspintisieren.»

«Wir haben Grundrechte, wir dürfen –»

«Ihr habt vor allem einen Sprung in der Schüssel. Und wenn ihr mir weiter auf die Eier geht, kann ich ja mal aufzählen, was ihr sonst noch so habt.»

«Da ist es, das hässliche Gesicht unserer Staatsmacht! Willkür, reine Willkür», höhnte Egidio und sah Attilio beifallheischend an. Natürlich waren das nicht seine eigenen Worte, er zitierte lediglich seinen Herrn und Meister, den ehemaligen Gewerkschaftsfunktionär. Egidio Cecchetti war der geborene Speichellecker.

Roberto wandte sich dem Rentner zu. «Beleuchten wir doch mal das Gehirn hinter deinem Gesicht, Egidio. Da haben wir es mit einer Rosine zu tun, die sich einbildet – nur ein Beispiel –, dass niemand merkt, wie du jedes Jahr beim Pflügen deines Feldes unten an der Via Crocicchia die Grenzsteine einen halben Meter weiter in das Land deines Nachbarn schiebst. Das hast du jetzt zum dritten Mal gemacht. Macht ein Meter fünfzig.»

«Also, wenn», stammelte Egidio, «wenn, dann kann das nur ein Versehen sein, Roberto, ehrlich.»

«Ein Versehen, aha. Nun, aus Versehen habe ich es immer vergessen, dich darauf hinzuweisen. Aber ich denke, dieser Moment ist ganz günstig, findest du nicht?»

Plötzlich herrschte betretene Stille. Jeder dachte wohl über eigene kleine Verfehlungen nach und fragte sich, wie viel der Poliziotto davon wusste.

«Grenzen sind was Heiliges, Cecchetti. Wer die verletzt, bekommt es mit den im Jenseits herrschenden dunklen Mächten zu tun, und die ahnden so was auch im Diesseits aufs strengste.»

«Du siehst dich also als Vertreter der dunklen Mächte im Jenseits, Poliziotto?», mischte sich Attilio ein.

«Halt die Klappe», pflaumte Roberto zurück, erstaunt über Attilios Unverfrorenheit.

«Hört mal her», sagte Toto und platzierte sein Laptop oben auf der Theke, nachdem er zuvor lässig ein wenig auf der Tastatur herumgetippt hatte. *«Ata bra Golem devuk hakhomer v'tigtzar tzedim khevel torfe yisrael.»*

«Drehst du jetzt auch durch, Toto?», fragte Roberto, entkorkte das Fläschchen mit Grubers Öl und träufelte etwas davon auf ein weiteres Stück Weißbrot. Von der Farbe her war da kein Unterschied zu seinem eigenen Öl.

«Das ist Hebräisch und bedeutet: ‹Schaffe du aus Lehm einen Golem und überwinde das feindselige Pack, welches den Juden Übles will.› Diese Worte hat der Himmel dem Rabbi Löw 1583 in Prag im Schlaf eingegeben. Daraufhin erschuf der Rabbi diese Kreatur, die mit unmenschlicher Präzision und eisiger Kälte jeden Befehl ausführte.»

«Waren es nicht meine Worte? Ein jüdischer Auftragskiller», sagte Attilio.

«Allerdings hatte die Sache einen fatalen Schwachpunkt», fuhr Toto fort. «Der Rabbi konnte sein Geschöpf nicht vollständig unter

Kontrolle halten. Deshalb, so heißt es, kehrt der Golem seitdem regelmäßig alle 33 Jahre zurück, um erneut sein Unwesen zu treiben.»

«Dieser Onkel ist natürlich nur angeheiratet», flüsterte Donna Domenica Roberto zu. «Blutsverwandt sind wir nicht.»

Porca miseria. Roberto vergewisserte sich mit einem zweiten Bissen. Das Öl von dem Deutschen war tatsächlich eine Spur reiner, klarer im Geschmack und ohne auch nur einen Hauch von Muff.

«Wie ihr alle wisst, kenne ich mich mit Zahlen und Berechnungen bestens aus», sagte Toto. Wie viele Urbinati verfügte er über einen akademischen Abschluss, in seinem Fall Informatik und Politologie. «Aufgepasst.» Er legte einen Zettel auf die Theke und notierte mit demonstrativer Langsamkeit Zahlen. «Wir schreiben das Jahr 2012. Seit 1583, seit Rabbi Löw den –»

«Sag's noch mal, Toto, und du fährst mit Franco zusammen ein», knurrte Roberto, stürzte einen großen Schluck Passerina hinunter und nahm sich vor, Vittore Lorenzetti von der Ölmühle bei der nächsten Gelegenheit mit einem empfindlichen Bußgeld zu belegen, egal wofür.

«Seitdem sind 429 Jahre vergangen. Wenn wir 429 durch 33 teilen, ergibt das 13. Also ist der ... dieser ... jener Besagte kehrt folglich dieses Jahr zum 13. Mal zurück.»

Ein großes Schaudern zog durch die Stille der Bar, und zwar sowohl bei den Verschwörungsadepten als auch bei den noch Unentschiedenen.

«Zum 13. Mal. Fällt da jemandem etwas auf?», triumphierte Attilio.

Selbst Roberto fand das ein wenig beunruhigend, mit der 13 war auch ohne Golem nicht zu spaßen.

«Ich frage euch», Attilio sprach jetzt sehr laut, «gilt die 13 nicht als Synonym für den Teufel, ist sie im Tarot nicht dem Tod zugeordnet, wohingegen sie bezeichnenderweise in der jüdischen Tradition eine Glückszahl und ein Symbol Gottes darstellt? Und war nicht

Judas Ischariot der 13. Anwesende beim letzten Abendmahl Jesu Christi gewesen, Judas, der Verräter?»

Atemlose Stille.

«Was der Mensch aus Lehm ausgerechnet in Urbino will, ist mir ein Rätsel», sagte Toto.

In dem Moment wurde die Stille von zersplitterndem Glas zerrissen, gefolgt von einem dumpfen Schlag: Franco lag ohnmächtig auf dem Boden, umrahmt von den Scherben des Orangensaftglases.

«Lasst ihn!», rief Attilio, als der eine oder andere aus der Traube Anstalten machte, sich um den Musiker zu kümmern. «Wir wissen nicht, wer – oder was – er wirklich ist.» Sofort vergrößerte sich der Abstand zwischen dem Ohnmächtigen und der Traube wieder. Roberto pulte kopfschüttelnd die weiche Mitte aus der letzten Scheibe Brot, spülte mit dem restlichen Wein nach und kniete sich neben den Komponisten. Der Puls war ziemlich matt.

«Wer ist wohl das ‹feindselige Pack›, das dieser Golem überwinden soll», fragte Attilio in die Runde und gab sich gleich selber die Antwort: «Das sind wir, die wir hinter die sogenannten Wahrheiten blicken, Wahrheiten, die gar keine sind, weil mächtige Interessengruppen wie der CIA oder der MI6 sie verbreiten, um unsere Gehirne zu konditionieren. Wir, die wir uns nicht täuschen lassen, wir, die wir die weltweit laufenden Verschwörungen durchschauen.»

«Halt's Maul, Attilio», knurrte Roberto und verpasste Franco ein paar sanfte Ohrfeigen. Nichts.

«Folgt mir, liebe Leute», sagte Attilio salbungsvoll. «Dies ist nicht der richtige Ort, um der wahren, wirklichen Wahrheit zu ihrem Recht zu verhelfen. Wir gehen in unsere Bar.» Er schritt zur Tür hinaus. Erstaunlicherweise folgten ihm nicht nur seine Anhänger, sondern auch die, die bisher Zweifel hatten erkennen lassen.

«Na toll», meckerte Toto. «Super. Einsame Spitze. Du hast alle meine Kunden verjagt. Bravo, Roberto.» Sein Gesichtsausdruck ließ darauf schließen, dass er schon dabei war, mit einer Dreisatzrechnung die ihm entgangenen Einnahmen zu überschlagen.

«Tu mir einen Gefallen, Toto, und stell Adriano Celentano aus. Was soll das überhaupt, dass die Musik hier neuerdings so laut herumplärrt?»

«Es handelt sich um meine Bar, falls du es vergessen hast.»

«Mag ja sein, aber mir als Gast geht sie auf die Nerven.»

«In einer Bar gilt kein demokratisches Prinzip.»

«Eben. Und ich will, dass du die Musik ausmachst.»

«Das hat Konzept», maulte Toto und drückte die Stopptaste. «Es gibt eine Studie, die besagt: Wird in einer Bar der Musikpegel verdoppelt, trinken die Gäste ihre Getränke im Schnitt drei Minuten schneller und bestellen häufiger nach.»

«Was soll's, wenn keiner da ist?», grinste Roberto. Manchmal hatte er ein schlechtes Gewissen, weil er Toto so gerne ärgerte, aber lange hielt das nie an. Er wandte sich wieder dem Ohnmächtigen zu, und dieses Mal verpasste er ihm eine richtige Ohrfeige. Franco schreckte hoch. Sofort fing er wieder mit der Zitterei an, seine Augen flitzten umher wie Glühwürmchen auf Koks, und er brabbelte Unverständliches vor sich hin. Roberto brachte sein Ohr ganz nah an seinen Mund.

«Er will mich», flüsterte Franco, «er will mich, mich, ich bin es, den er will ...»

«Na klar», antwortete Roberto und zog ihn auf die Beine. «Nur für den Fall, dass du es noch nicht gemerkt hast: Du lebst, und es ist Ruggero Grilli, der tot ist.»

Franco packte ihn mit beiden Händen. «Ich bin nirgends mehr sicher. Nirgends. Du musst mich verstecken.»

Donna Domenica warf Roberto einen vorwurfsvollen Blick zu. War ihre Situation nicht wesentlich dramatischer, brauchte sie nicht viel dringender seine Hilfe?

Roberto musste nicht lange überlegen. «Geht klar, Franco. Auch wenn ich äußerst beengt lebe», was natürlich Blödsinn war, «und bei mir eigentlich ganz und gar kein Platz für einen Mitbewohner ist – für ein, zwei Tage kannst du bei mir wohnen.»

Donna Domenica würdigte ihn keines Blickes mehr und dampfte hoch erhobenen Hauptes davon. Francos Zittern legte sich ein wenig und zum ersten Mal erspürte Roberto bei ihm etwas, was ihm sehr zu denken gab: eine beklemmende, tiefe Todesangst.

6.

Malpomena zog an ihren Latexhandschuhen, bis sie mit einem lauten Knall von ihren Händen flitschten. Der tote Ruggero Grilli lag auf einem metallenen Seziertisch im *Istituto di Chimica Generale ed Inorganica* gegenüber dem Palazzo Ducale, wohin Malpomena die Leiche hatte bringen lassen, falls sie für die forensische Diagnose einen Dünnschicht- und Gaschromatographen benötigen würde.

«Er wurde brutal zusammengeschlagen. Gebrochene Nase, ein Hämatom am Rücken, etwa dort, wo sich die linke Niere befindet, und es gibt eine Pression des Kehlkopfes. Hat er sich gewehrt? Ich weiß es nicht. Ist er an einer dieser Verletzungen gestorben? Ich glaube nicht.»

«Und wieso ist er dann tot?»

«Ach, Roberto, für uns Mediziner ist das Leben ein flüchtiges Gut. Manchmal», sie schnippte mit den Fingern, «geht es einfach so von uns.» Deprimiert starrte sie den toten Ruggero Grilli an und wippte ein wenig seinen linken Arm auf und nieder. «Sieh an. Rigor Mortis. Vorhin beschränkte sich die Leichenstarre noch auf Kinn und Nacken. Doch bald, bald wird sie den gesamten Körper erfasst haben. Und hier?» Sie stach mit dem Zeigefinger in Ruggeros Gesäß, dort, wo es den Tisch berührte und im Gegensatz zur oberen Seite eine tief purpurne Farbe abgenommen hatte. «*Fixed lividity*. Im liegenden Körper sackt alles Blut nach unten, daher die purpurne Farbe der Haut. In den ersten Stunden nach dem Tod färbt sich eine Druckstelle noch weiß. Nach sechs bis acht Stunden jedoch gibt es keine Weißfärbung mehr, wie wir hier beobachten können. Ein weiteres Mittel, um den Todeszeitpunkt festzustellen.»

Ein dumpfes Geräusch ließ beide herumfahren. Wieder lag Franco ohnmächtig am Boden.

«Was hat er?», fragte Malpomena kopfschüttelnd.

«Mir scheint, er kann mit Leichen nicht so gut.»

«Hast du ihm die Mercurius solubilis Hahnemanni C30 gegeben?»

«Er hat sie alle auf einmal geschluckt.»

«Herrgott noch mal.»

«Ist das schlimm?»

Malpomena überlegte eine Weile. «In einer Sache unterscheiden sich Schulmedizin und Homöopathie kaum: Bei beiden beruhen Heilungen zu gut fünfzig Prozent auf dem Placeboeffekt.» Sie sah Roberto auffordernd an, aber der tat ihr nicht den Gefallen nachzufragen. Stattdessen verpasste er dem Musiker eine saftige Ohrfeige, was deutlich wirksamer war als jeder Placeboeffekt. Mit einem tiefen Seufzer, als wäre er gerade dem Ertrinken entronnen, riss Franco seine Augen auf und fing an, vor sich hin zu brabbeln.

«Was sagt er?», fragte Malpomena ein wenig verärgert und blätterte in ihrem Fachbuch *Cause of Death – a guide to death, murder and forensic medicine*, und zwar in dem Kapitel *What a medical-legal autopsy includes.*

«Er will mich, er will mich, ich bin es, den er will – so was in der Art», erwiderte Roberto.

«Und was soll das heißen?»

«Franco glaubt, der Golem hätte es eigentlich auf ihn abgesehen.»

«Der wer?»

Das war Roberto jetzt sehr unangenehm. «Der Mörder. Ein Golem.»

«Ah, jetzt verstehe ich! *‹Ata bra Golem devuk hakhomer v'tigtzar tzedim khevel torfe yisrael›* – meinst du diesen Unsinn?»

Roberto war baff. Woher wusste sie das denn schon wieder?

«Weißt du denn nicht, dass ich als einzige meiner Schwestern in einen jüdischen Kindergarten gegangen bin? Auf eigenen Wunsch übrigens.»

Nein, wusste er nicht. Er hatte Malpomena ja erst in der Grundschule kennengelernt.

«Wir Mädels haben immer ‹der Golem jagt die Jungs› gespielt. Außerdem», sie lächelte, ein wenig verrucht, wie Roberto fand, «hatte ich einmal ein ... also, eine Bekanntschaft, wobei, das wäre vielleicht zu wenig, zu beliebig ... vielleicht eine Beziehung? Aber, definiert sich Beziehung nicht durch eine gewisse Regelmäßigkeit? Nun ja, ich nenne es der Einfachheit halber eine Beziehung. Mit einem Rabbi. Einem sehr liberalen, muss ich dazu sagen. Wir haben freitags vor dem Sabbat immer Golem-Plätzchen gebacken. Aus Mürbeteig. Natürlich koscher.»

«*Du* hattest eine Beziehung?» Roberto war geschockt. Er hätte geschworen, dass Malpomena noch Jungfrau war.

«*Oddio*, Roberto, auf welchem Stern lebst du denn?» Sie musste seinen Gedanken erraten haben. «Wenn man sich ein Bild von den Männern an sich machen will, muss man ja ein wenig näher an sie heran. Nur eins hatte ich nie: eine Beziehung, die mich von meinem Leben entfremdet hätte, oder gar eine, der ich dauerhaft hintertrauern würde.»

Damit spielte sie natürlich auf die von Roberto und Maria Corbucci an. Roberto deutete ungeduldig auf die Leiche. «Und was ist jetzt?»

«Dieser Mann ist infolge eines Kreislaufstillstands gestorben, klinischer Tod, wie wir Mediziner sagen. Ein Zustand übrigens, der potenziell reversibel ist, wenn man sogleich mit einer kardiopulmonalen Reanimation beginnt.» Sie warf Franco einen vorwurfsvollen Blick zu. «Eine Herz-Lungen-Wiederbelebung, die jeder Laie durchführen kann. Allerdings nur in einem Zeitfenster von wenigen Minuten.»

Franco riss die Augen auf. «Aber ich, da war, und dann ...», stammelte er.

«Wie soll Franco denn eine Wiederbelebung durchführen, wenn der Mörder noch neben der Leiche steht?», kam Roberto ihm zu Hilfe.

«Ich stelle die Frage mal anders: Warum sollte der Mörder nach seiner schändlichen Tat sein Opfer wiederbeleben?»

Roberto spürte einen gewissen Unmut in sich aufsteigen. Malpomena konnte einem ganz schön auf die Nerven gehen. «Wir haben also eine Todesursache: Tod durch Kreislaufstillstand.»

«Gestorben ist er, weil sein Herz zu schlagen aufgehört hat. Aber warum es dies tat –», sie zuckte mit den Schultern.

«Hm.» Roberto fand das etwas verwirrend.

Malpomena streifte sich zwei frische Latexhandschuhe über. «Du erinnerst dich, Carmela Tozzi, das tote Mädchen im Palazzo Ducale?»

«*Cazzo*, Malpomena, komm zur Sache!»

«Carmela Tozzi war an Herz- und Atemlähmung gestorben, das war die Todesursache. Aber der Grund dafür war natürlich die Einnahme von Aconitin, enthalten in *radix aconitum napellus*, vulgo: in der Wurzel des Eisenhuts.»

«Hm.»

«Und wie ich eingangs schon sagte», sie tätschelte den Bauch der Leiche, «weder die gebrochene Nase noch das Hämatom am Rücken, beides wahrscheinlich durch einen Schlag mit der Faust verursacht, noch die Pression des Kehlkopfes taugen als direkte Todesursache. Frage ist und bleibt demzufolge: In welcher Weise wurde das Kreislaufversagen herbeigeführt? Infolgedessen», sie pickte aus der Schüssel mit den chirurgischen Instrumenten ein erschreckend großes Skalpell heraus, lächelte merkwürdig und wandte sich an die Leiche, «muss ich dich leider zerlegen, Ruggero Grilli.»

Wieder ein dumpfer Schlag. Franco küsste den Boden, zum dritten Mal, dieses Mal jedoch hatte Roberto das Gefühl, selber nur noch wenige Sekunden Zeit zu haben, bis es auch ihn erwischte. Also hievte er sich den Musiker auf den Rücken, vermied jeglichen Blickkontakt mit Malpomena, der Leiche oder dem Skalpell und taumelte zur Tür hinaus.

«Wenn ich in das Innere seines Körpers vorgedrungen bin, werde ich mit einiger Sicherheit mehr wissen!», rief Malpomena ihnen hinterher.

Verdammt, wäre es nicht auch ohne Hinterherrufen gegangen? Roberto fischte mit größter Mühe ein wenig Friedhofserde aus seiner Hosentasche, warf sie über seine Schulter, überquerte mit einem großen Schritt die Türschwelle, hakte Francos Fuß in den Türgriff ein und zog die Tür zu. Kaum war er im Treppenhaus, klingelte sein Handy. Er stützte sich an der Wand ab, um Franco nicht absetzen zu müssen, und nahm das Gespräch an.

«Zum Rapport, Rossi, und zwar sofort!», bellte ihm Cottellis Stimme entgegen.

«Ist gerade schlecht», stöhnte Roberto.

«Sofort!»

Klick. Aufgelegt. Fluchend ließ er Franco zu Boden gleiten und pfefferte ihm eine, vielleicht ein wenig zu fest, aber manchmal reizte Cottelli ihn mit seiner Art so sehr, dass er kurzfristig die Kontrolle verlieren konnte.

Franco stöhnte auf und sah ihn vorwurfsvoll an. «Könntest du das nächste Mal vielleicht die andere Seite nehmen?» In der Tat war seine linke Wange, die Roberto bisher ausschließlich bedient hatte, ein wenig geschwollen. Ziemlich geschwollen.

«Und warum fällst du wegen jeder Kleinigkeit in Ohnmacht?»

«Diese Verrückte hätte ihn vor unseren Augen zerschnippelt.» Franco schüttelte sich.

Roberto nickte, das stimmte allerdings. Und wahrscheinlich hätte sie sogar mit dem besonders spektakulären Y-Schnitt begonnen, von dem sie ihm schon oft vorgeschwärmt hatte: von Schulter zu Schulter, dann vom Brustbein hinunter bis zur Peniswurzel, und schon hatte man Zugriff auf alle Organe. Bis auf das Gehirn. Aber kein Problem, dafür müsste man lediglich den Haarskalp herunterklappen und dann mit der Knochensäge ran. *Porca zozza.*

«Hör zu, ich muss mal eben zu meinem Chef. Am besten, du gehst nach Hause und –»

Franco reagierte, als hätte er gesagt: Lass dir mal eben von einem Krokodil ein Bein abreißen. Seine Hände krallten sich in Robertos Körper fest. Franco war zwar eher ein weicher Typ, aber in seinen Fingern wohnte die Kraft von dreißig Jahren Klavier- und Cellospielen.

«Nein», röchelte er.

«Was soll das? Was will der hier?», rief Nevio Cottelli, als Roberto dessen Büro betrat und Franco ihm wie ein Putzerfisch folgte.

«Er ist mein wichtigster Zeuge», erwiderte Roberto und sah interessiert zu, wie Cottelli das vierte Bein seines neuen Besucherstuhls absägte; die anderen drei hatte er schon um etwa fünfzehn Zentimeter gekürzt. Der alte Stuhl war in Flammen aufgegangen, als Massimo Pompili, der Chef der Filiale der *Banca delle Marche*, seine glühende Zigarre dort hineingedrückt hatte. Aus Wut. Worüber, wusste niemand.

«Franco ist ein Spinner», sagte der *maresciallo capo*, als wäre Franco nicht anwesend, und stellte den Stuhl auf seine vier Beine.

Roberto drückte mit dem Zeigefinger auf die Lehne und kippelte den Stuhl ein wenig hin und her; er wackelte erheblich. «Da musst du irgendwas falsch gemacht haben, Cottelli.»

«*Non mi rompere le palle*», knurrte sein Chef, dann verstaute er die Säge in einer Schublade, setzte sich hinter seinen Schreibtisch und bedeutete Roberto, sich ebenfalls zu setzen. Mit seinen 1,60 Meter war Cottelli deutlich kleiner als die meisten seiner Mitmenschen. Daran war nichts zu ändern. Jedoch konnte er mit dem tiefergelegten Besucherstuhl wenigstens im Sitzen eine überlegene Größe vortäuschen. Roberto setzte sich, während Franco sich einfach neben ihn auf den Boden hockte. Ein Glück, dachte Roberto, dann fällt er wenigstens nicht so tief, wenn er wieder ohnmächtig wird.

«Rapport, Rossi!»

Roberto ließ sich Zeit und wackelte genüsslich mit dem Stuhl hin und her.

«Was ist? Willst du eine schriftliche Einladung?»

«Ruggero Grilli heißt der Tote.»

«Kenne ich nicht.»

«Ruggero ist ein ziemlich ruppiger, cholerischer Kerl.»

«War. Oder hast du ihn wieder zum Leben erweckt mit irgendeinem von deinen Krötensäften oder mit Schneckenschleim?» Cottelli lachte laut.

«Er betreibt einen Agriturismo oben auf dem Monte Cesane», fuhr Roberto unbeirrt fort. «Läuft gut. Seine Gäste sind vor allem Naturliebhaber aus Großstädten.»

Cottelli kreiselte herrisch mit einer Hand: Behellige mich nicht mit Kleinkram, *cazzo*.

«Seine Frau ist vor ein paar Jahren gestorben. Sein einziger Sohn hat null Interesse am Landleben und studiert in Urbino an der Scuola del Libro Industriegraphik und Computerdesign.»

«Und jetzt ist der Mann tot.»

«Herzversagen. Aber das ist nur die Todesursache. Der Grund dafür ist noch unklar.»

Kunstpause. Cottelli machte ein Gesicht wie ein Fragezeichen, sagte aber nichts, um sich keine Blöße zu geben.

«Malpomena Del Vecchio macht gerade eine Autopsie.»

«Eh, eh, was ist mit Dottor Saltara? Wieso hat diese Medizinstudentin da die Hände im Spiel?»

«Weil ich es entschieden habe.»

«*Ascolta*, Rossi, noch bin ich hier der Ranghöhere, verstanden?»

«Ist alles mit Galdroni abgesprochen.»

«Dann hat *commissario* Pretoro Galdroni das entschieden, und nicht du.»

Roberto verdrehte die Augen und stöhnte. Mit kleingewachsenen Männern hatte man nichts als Probleme.

«Wieso bringt einer Ruggero Grilli um? Eh, hast du dich das mal gefragt?»

«Damit, lieber Cottelli, bist du zu der Kernfrage jeder Mordermittlung vorgedrungen.»

Cottelli sah ihn prüfend an: War das Ironie oder Anerkennung?

«Es war ein Mensch aus Lehm», sagte Franco und fixierte schaudernd die Türklinke.

Cottelli schnappte nach Luft. «Ist der auch so einer wie du? Stellt einen Besen umgedreht in die Tür, wenn er das Haus verlässt, und beschmeißt andere Menschen mit Friedhofserde?»

Roberto schwieg. Er war zehnmal lieber abergläubisch als so ein Idiot wie Cottelli. Irgendwie musste sein Gesicht das mehr als deutlich ausgedrückt haben, denn Cottelli beugte sich weit vor und stocherte wild mit seinem Zeigefinger in Robertos Richtung.

«Irgendwann, Rossi, ist die Sache hier zu Ende, und du arbeitest nicht mehr für Galdroni. Dann gnade dir Gott.»

Roberto erhob sich und sah gähnend auf seinen Chef hinunter. «Du bist so verspannt, Cottelli. Hast du Probleme zu Hause?»

«Raus mit dir!», schrie Cottelli. «Und nimm dein Hundchen mit!» Er meinte Franco, der immer noch auf dem Boden hockte.

Roberto ging zur Tür, während er mitfühlend den Kopf schüttelte. «Maria ist anspruchsvoll. Keiner weiß das besser als ich. Da kann man schon mal an seine Grenzen kommen, habe ich recht, Nevio?»

Roberto war zur Tür hinaus, bevor Cottellis Wut richtig hochkochte. Er wollte auf Franco warten, aber der klebte längst im 30-Zentimeter-Abstand an ihm.

Draußen schob Roberto sich zwischen den Tischen und Stühlen der Hosteria il Portico hindurch, die wie immer die Fläche vor dem Palazzo del Legato Albani fast völlig blockierten, und das, obwohl jetzt im Winter sowieso niemand dort sitzen würde. Der Besitzer, Paolo Cervelotti, hatte sich daran gewöhnt, die ihm von der *comune* zugewiesene Terrassenfläche nach Belieben immer weiter auszudehnen, weil er ein *compagnone* des ehemaligen *vicesindaco* Manchetti war. Der saß aber inzwischen im Knast und konnte ihn nicht mehr schützen. Zeit, endlich einmal ein Bußgeldverfahren gegen Cervelotti auf den Weg zu bringen.

Am Springbrunnen auf der Piazza della Repubblica blieb Roberto stehen. «Jetzt hör mal zu, Franco, ich habe es mir anders überlegt. Du kannst doch nicht für ein, zwei Tage bei mir wohnen.» Sofort fuhr Franco seine Arme aus, um sich bei ihm festzukrallen. Roberto machte schnell einen Schritt zurück. «Ich brauche für diesen Fall absolute Bewegungsfreiheit.»

Franco senkte den Kopf, plötzlich hing alles an ihm herunter, eine Trauerweide war nichts dagegen.

«Das musst du verstehen. So eine Mordermittlung ist kein Sonntagsspaziergang.»

Franco nickte betroffen, den Blick kraftlos auf den Boden gerichtet.

«Du hast doch Freunde, bei denen du eine Weile unterkommen kannst.»

«Dich», flüsterte Franco. «Du bist mein Freund.»

Roberto ermahnte sich, jetzt nicht schwach zu werden. «Was ich meine, Franco: andere Freunde, die im Moment weniger im Stress sind.»

«Die meisten sind so wie ich.»

«Eben. Und du bist ein netter Kerl und würdest keinen hängenlassen.»

«Wir sind nicht sehr stark», sagte Franco. Da hatte er allerdings recht. Die Menschen, mit denen er sich umgab, waren zwar ungewöhnlich und interessant, wirkten aber wie Pusteblumen, die Angst vor dem Wind hatten.

«*Dai*, Franco», ärgerte sich Roberto, weil er spürte, wie sein

Widerstand nachließ. «Du bist doch gerade erst für ein paar Wochen alleine durch den Amazonasregenwald geschlurft. Ich kenne keinen anderen, der sich das trauen würde. Mich eingeschlossen.»

«Das ist was anderes. Hier ist jemand entschieden darauf aus, mir das Leben zu nehmen.»

«Na ja, ich finde, ein hungriges Krokodil ist auch nicht gerade von guten Absichten beseelt.»

Franco hob langsam seinen Kopf und richtete seinen Blick auf Roberto. «Er wird mich töten, und ich bin zu schwach, etwas dagegen zu tun.» Auch wenn er sich nach wie vor weigerte, die Existenz eines Golems anzuerkennen – Francos Todesangst stand außerhalb jeden Zweifels.

«*Salve*, Poliziotto Rossi.»

Roberto fuhr erschrocken herum. Diese Stimme, dieser Akzent, unverwechselbar Gruber. Wo war der denn so schnell hergekommen, eben war die Piazza noch menschenleer gewesen. «Was wollen Sie?»

«Nur ein paar freundliche Worte wechseln», lächelte der Münchner und wandte sich Franco zu. «Wie geht es denn inzwischen?»

«Ja», erwiderte Franco.

«Sie haben mir heute Morgen gar nicht von Ihrem klangökologischen Projekt erzählt. Eine tolle Idee, die Klänge vom Aussterben bedrohter Tierarten mit dem Tonband aufzuzeichnen und für die Nachwelt zu konservieren.»

«Mit einem digitalen Field-Recorder, der WAV-Dateien mit 24-Bit/192 kHz im Broadcast Wave Format auf SD-Karte aufzeichnet. Kein Tonband.»

«Spannend. Da würde ich gerne mehr drüber hören.»

«Eine internationale Kooperation von Klangkünstlern, die –»

«Wir haben wichtige Dinge zu erledigen», ging Roberto dazwischen und schob Franco einfach weiter. In seiner Hosentasche vibrierte und zwitscherte sein Handy. Eine SMS.

«Schade. Na, vielleicht ein andermal.»

«Lassen Sie den Mann in Ruhe.»

«Eine mysteriöse Sache, dieser Mord an Ruggero Grilli», rief Gruber hinterher.

«Es war –»

Roberto schlug dem Musiker mit der flachen Hand auf den Hinterkopf. «Kannst du vielleicht mal deine Klappe halten? Nur ein einziges Mal?»

«Du hast mich schon wieder geschlagen.»

«Aber nicht auf die linke Wange. Also beschwer dich nicht.» Roberto schob Franco weiter und vermied es, sich umzudrehen.

«Worüber habt ihr geredet, der Deutsche und du, heute Morgen an der Ölmühle?»

«Er hat mir eine Menge Fragen über den Tathergang gestellt. Ist wirklich ein sehr netter Mensch.»

«Der Mann ist ein Scheusal», erwiderte Roberto und holte sein Handy hervor. Die SMS war von Malpomena.

«Erste Ergebnisse um 16 Uhr. Komme bitte ins Istituto di Chimica Generale ed Inorganica. Malpomena»

Roberto musste lächeln, Malpomena schrieb selbst in einer SMS alle Worte aus, setzte die richtigen Satzzeichen und hielt sich an die Regeln von Groß- und Kleinschreibung. Er warf einen Blick auf die antike Uhr an der Hausfassade Ecke Via Garibaldi und Via Veneto. Gerade erst 13 Uhr. Noch drei Stunden. Plötzlich übermannte ihn eine Müdigkeit, so groß wie die eines Grizzlys vor dem Winterschlaf. Zugleich beschäftigte ihn eine Frage, auf die er gerne eine Antwort gehabt hätte. Auch wenn das hieß, dass er die furchtbar steile Via Mazzini bis zur Porta Valbona hinuntergehen mussten; was wiederum nichts anderes bedeutete, als dass er diesen anstrengenden Weg wieder würde hinaufgehen müssen. Also, eigentlich mehr etwas für Sisyphos als für ihn, Roberto Rossi.

«Wo genau ist er verschwunden?»

«Dahinein.» Franco deutete auf den gewölbeartigen Vorraum in der Synagoge.

«Va bene.» Roberto trat mit einem großen Schritt über den Schwellenstein hinweg in den Vorraum. Mit jüdischen Türschwellengeistern kannte er sich überhaupt nicht aus. Möglicherweise waren die noch empfindlicher als die – ja, was? Christlichen? «Und was dann?»

«Dann war er plötzlich weg.» Franco schnippte mit den Fingern. «Einfach weg. Wie eine Seifenblase, die man antippt.»

Drei Türen gingen von hier ab. Hinter der rechten befanden sich die Vorbereitungsräume und der Betsaal, also die eigentliche Synagoge. Hinter der linken führte eine Treppe hinauf zur Empore für die Frauen, die dem Gottesdienst nur getrennt von den Männern beiwohnen durften. Hinter der Tür in der Mitte befand sich eine Art Warteraum ohne Fenster.

Roberto rüttelte an den Türen. «Alle verschlossen. Und zwar immer. Wegen der wertvollen ...», er wedelte mit den Armen. Hieß es bei den Juden auch Devotionalien?

«Dann hat der ... der ..., dann hat der eben einen Schlüssel.»

«Und du meinst, der hockt jetzt dadrin? In diesem Moment?»

Franco sah sich ängstlich um. Roberto überlegte, ob er Rabbi Shlomo anrufen sollte, damit der ihm die Synagoge aufschloss. Aber was sollte er ihm sagen? Da soll sich ein Golem in Ihrer Synagoge verschanzt haben? Das klang genauso bescheuert, wie zu Giovanni Tani, dem Erzbischof von Urbino, zu gehen und ihm zu sagen: Einer der apokalyptischen Reiter soll sich aktuell in der Krypta des *duomo* aufhalten, darf ich mal die Schlüssel haben und nachsehen?

Vor allem würde das dem Getratsche noch mehr Futter geben. Am besten war es, sich ausschließlich auf die faktische Seite der Ermittlungen zu konzentrieren.

7.

Im *Istituto di Chimica Generale ed Inorganica* war nur noch eine marokkanische Putzfrau, die von Malpomena ausrichtete, dass sie im Palazzo Ducale gegenüber dem Institut zu finden war.

Roberto eilte auf die andere Seite der Piazza Rinascimento hinüber, er hasste Umwege. An seiner Müdigkeit hatte sich trotz des Nickerchens, das er sich inzwischen auf der Couch im Hinterzimmer von Totos Bar gegönnt hatte, nichts geändert. Franco hingegen wirkte frisch und ausgeruht. Er hatte sich vor die Couch auf einen Bastteppich gelegt und war sofort eingeschlafen, während Roberto noch eine Weile von seinen Gedanken wach gehalten worden war. Sein Ärger über Thilo Gruber, diesen lästigen Eindringling, wuchs mit jeder Begegnung. In seinem Dorf Rombolina konnte er ihm leicht aus dem Weg gehen. In Urbino hingegen hatte er das Gefühl, der Kerl lauere ihm regelrecht auf, um ihm mit seiner widerlichen Freundlichkeit auf den Nerven herumzutrampeln.

Der unscheinbare Eingang an der Längsseite des Palazzo war außen mit zwei Kameras und innen mit einer Sicherheitsschleuse versehen, die aus zwei Panzerglastüren bestand, die man nicht gleichzeitig öffnen konnte. Roberto wollte gerade klingeln, als die Baronessa Concetta Del Vecchio Onori heraustrat, die rüstige Oma der vier Schwestern.

«*Ou*, Roberto, mein Junge, wie geht es dir?» Sie sah ihn streng an. «Du hast dich nun schon eine ganze Weile nicht mehr sehen lassen.»

«Ich war doch vor vier Tagen erst bei Ihnen, Baronessa. Zum Tee, am Nachmittag.»

Die Baronessa winkte ab. «In meinem Alter sind vier Tage eine Ewigkeit. Weil man nie weiß, ob es nicht die letzten sein werden.»

Das war natürlich Unsinn, die alte Dame war erst einundachtzig und äußerst robust. «Leider habe ich sehr viel zu tun», erwiderte Roberto. «Die Arbeit, der neue Rotwein, die Olivenernte.»

Die Baronessa lächelte versonnen. «Ach, wie ich das geliebt habe als Kind, die Olivenernte! Man musste vorsichtig hantieren, und trotz allem musste es schnell gehen, der Ölmüller wartete schon, und er hatte alles vorbereitet.»

So weit der Unterschied zwischen Adel und Normalsterblichen, dachte Roberto. Vittore Lorenzetti von der *frantoio oro* würde niemals auf ihn warten, im Gegenteil.

«Und das Öl! Rein und herrlich duftend lief es in die irdenen Amphoren. Und dann das gerade erst gebackene, frische Weißbrot ins Öl getunkt – welch ein Genuss!» Sie spürte ein wenig der Erinnerung nach, dann drückte sie mit beiden Händen Robertos Rechte. «Geh hinein, Robertino. Meine vier Grazien», sie lächelte, «stehen etwas unter Schock.»

Sie nickte zum Abschied, packte ihren silberbeschlagenen Gehstock fester und marschierte los, aufrecht, mit kräftigen Schritten und großer Würde. Als Stütze brauchte sie den Stock nicht, sondern nur für den Fall, dass ihr jemand den Weg versperrte. Dann klopfte sie demjenigen gegen die Brust und sagte nicht mehr als: «Respekt.» Selbst die demonstrativ selbstbewussten amerikanischen Studenten nahmen sofort Haltung an und entschuldigten sich.

Hinter der Schleuse wurden Roberto und Franco von Talia empfangen. «Robertaccio!», rief sie gut gelaunt und hakte sich bei ihm und Franco ein. «Und den *maestro* hast du auch mitgebracht!» Es gab niemanden in Urbino, den Talia nicht kannte, auch wenn Franco nicht gerade zu ihrer bevorzugten Klientel zählte. Wenn er und seine Leute zusammenhockten, konnten sie stundenlang über Themen reden wie: War die Quartenschichtung von Akkorden, wie Arnold Schönberg sie verwendete, der erste Schritt zu einer durchgängigen Atonalität, wie Stockhausen sie später zur Meisterschaft gebracht hatte? Hasste Erik Satie den Kontrapunkt? Talia hatte ganz andere Vorstellungen von einem Künstlertreffen. Für sie waren Künstler schrille, egomane Lautsprecher, die sich ständig in Szene setzten und Dinge taten, über die man am nächsten Tag etwas in der Zeitung lesen konnte.

«Er weigert sich, sich mehr als dreißig Zentimeter von mir zu entfernen», muffelte Roberto. Wie immer fühlte er sich von Talias guter Laune und ihrem Temperament gleichermaßen genervt wie angezogen. Von den Del-Vecchio-Schwestern war sie bei weitem die Verführerischste. Allein schon der Duft, den sie benutzte, wirkte wie ein mittelstarkes Aphrodisiakum. Und er hielt sich in einem geschlossenen Raum mit der Hartnäckigkeit von Tränengas, selbst wenn Talia schon lange fort war.

«Was ist denn los? Die Baronessa –»

«Krisensitzung!», strahlte Talia, als wäre das die beste Nachricht der Welt.

«Eigentlich muss ich dringend mit Malpomena sprechen.»

«Tu es», sagte Talia und zog beide hinter sich her ins Büro ihrer Schwester Antonia, die leichenblass hinter ihrem antiken Schreibtisch saß, ein Möbel aus dem musealen Inventar des Palazzo Ducale. Raffaella, die jüngste Schwester, stand mit verschränkten Armen am Fenster, Zeige- und Mittelfinger ihrer rechten Hand spielten sehr dezent mit ihrer Nasenspitze. Cool wie immer, fand Roberto. Wenn überhaupt ein Mensch erhabenes, edles, adeliges Selbstbewusstsein ausstrahlte, dann Raffaella. Malpomena saß auf einem der Besuchersessel und machte einen trotzigen, ja regelrecht widerspenstigen Eindruck. In der Tat: dicke Luft.

«Was ist los?»

«Wir hatten gerade eine Unterredung bei unserer Oma, und die –», begann Malpomena, wurde aber von Raffaella unterbrochen, die für einen Moment und sehr dezent ihre Finger von ihrer Nasenspitze wegdrehte und auf Franco deutete.

«Wer ist dieser Herr, Roberto?»

«Franco Varese. Musiker. Und Mordzeuge. Der Einzige, der den Täter hautnah gesehen hat.»

«Es war ein –»

«*Stai zitta!*», ging Roberto dazwischen.

«Wir sollten in unsere familiären Themen nicht die Öffentlichkeit involvieren», sagte Raffaella mit ihrer ruhigen, dunklen Stimme. Malpomena schwieg zerknirscht, gleichzeitig spürte Roberto, wie sehr es seine Freundin seit Kindertagen drängte, ihm zu erzählen, was der Inhalt der Unterredung mit ihrer Oma gewesen war.

«Geh mal einen Moment in die Sicherheitsschleuse, ich hole dich dann wieder ab», sagte Roberto und schob Franco in Richtung Ausgang. Der wehrte sich und verkantete sich im Türrahmen. «Franco, *ti prego*. Für das Panzerglas braucht man eine Bazooka, um ein Loch hineinzubekommen. Ein Mensch aus Lehm hat da keine Chance.»

Aus dem Augenwinkel sah Roberto, wie Malpomena missbilligend ihren Kopf schüttelte, während Antonia erschrocken ihren Seidenschal vor den Mund zog, sie hielt nichts von unkontrolliert zitternden Menschen und schon gar nichts von Gewalt, selbst wenn sie virtuellen Charakters war. Nur Raffaella behielt ihre würdevolle Haltung bei und wartete regungslos ab, bis Roberto den bebenden Künstler in die Sicherheitsschleuse hineingepresst hatte, wo er sich mit geschlossenen Augen auf den Boden kauerte.

«Wer ist ermordet worden?», fragte Raffaella.

«Ruggero Grilli.»

«Der mit dem Agriturismo?»

«Du kennst ihn?», fragte Roberto erstaunt. Raffaella betrieb zwar selbst einen Agriturismo, aber der war ein ganz anderes Kaliber: edel, unglaublich teuer und nur von Vertretern des europäischen Hochadels und von Großindustriellen frequentiert. Sie war mit einem französischen Dokumentartierfilmer verheiratet, der mindestens die Hälfte des Jahres Grizzlybären in Alaska oder seltenen Büschelohrmakis im Regenwald auf Madagaskar hinterherspürte.

«Wir sind beide Mitglied im WWOOF.»

«Das ist ein Verein, Roberto», mischte sich Antonia ein, «der weltweit Bauernhöfe vermittelt, auf denen Interessierte durch ihre befristete Mitarbeit ökologische Landwirtschaft kennenlernen können, ohne Bezahlung, nur gegen freie Kost und Logis, ein etwas fragwürdiges System, wenn du mich fragst, das durchaus der Vorteilsnahme durch das Ausnutzen Schwächerer gleichzusetzen ist.»

«Ruggero war Ökobauer?» Alles hätte Roberto dem ruppigen Kerl zugetraut, nur keine idealistische Grundeinstellung.

Raffaella winkte ab. «Erst seit einem Jahr. Außerdem war mein Eindruck, dass es ihm tatsächlich mehr», sie deutete mit einem geschmackvollen Lächeln auf Antonia, «auf billige Arbeitskräfte ankam. Aber wer weiß, vielleicht tu ich ihm unrecht.»

«Nun, er ist tot», ging Malpomena ungeduldig dazwischen, sie hatte schon viel zu lange nichts mehr gesagt. «Was ist jetzt? Soll ich die Ergebnisse der Autopsie referieren, oder geht es um das, was Oma gesagt hat?»

«Oma», sagte Antonia.

«Mich würde die Sache mit Ruggero Grilli interessieren», sagte Raffaella. «Allerdings habe ich eine wichtige Verabredung.»

«Beides», sagte Roberto.

«Ich bringe es auf den Punkt, Roberto. Du weißt ja, wie viel wir vier ihr bedeuten, und wir können, glaube ich, jede für sich sagen, dass Oma uns den frühen Tod unserer Eltern mehr oder weniger hat vergessen lassen. Wie viele unvermittelt zu Waisen gewordene Kinder haben später mit großen Traumata zu kämpfen!»

Die vier Schwestern schwiegen. Roberto auch, aber möglicherweise war er in diesem Moment nicht der Einzige, der zumindest bei Malpomenas fast durchgängiger Deprimiertheit und Todessehnsucht, bei Antonias dünnhäutiger Ängstlichkeit und Phobie vor Körperkontakten und bei Talias wildem Verschleiß an Männern an die Möglichkeit von tiefsitzenden Traumata dachte. Einzig Raffaella machte einen unbelasteten Eindruck, wenn man davon absah, dass sie eine Ehe mit einem weitgehend abwesenden Mann führte, der, wenn er mal zu Hause war, meist erschöpft herumhing, gebeutelt von den ständigen Tropenimpfungen und Malariabehandlungen.

«Oma hat nicht viele Worte gemacht. Sie ist es leid, dass keine von uns bisher mit einem Erben aufwarten kann, der oder die das Fortbestehen der Familiendynastie sichert. Also will sie uns enterben, wenn wir nicht für Nachwuchs sorgen.»

«*Oddio*», entfuhr es Roberto. «Und jetzt?»

Die vier Schwestern warfen sich Blicke zu. «Wir reden heute Abend darüber», sagte Raffaella und begann, ihren Pelzmantel zuzuknöpfen. «Komm doch einfach hinzu, Roberto.»

Ihre drei Schwestern nickten erleichtert. Roberto kannte das schon. Immer wenn die Schwestern ein grundsätzliches Problem zu lösen hatten und dafür eine Prise gesunden Menschenverstand brauchten, baten sie ihn um Hilfe. Die Oma hatte Roberto schon sehr früh in ihre Familie integriert, damit ihre Enkelkinder nicht nur zwischen Adeligen und Schwerreichen aufwuchsen. Im Gegensatz zu denen war Roberto kein Freund von Getue und zudem völlig uneitel, was Besitz und Status betraf. Nicht zuletzt weil er über beides nicht verfügte.

«Mach ich, gerne», erwiderte Roberto.

«Enterbung», stöhnte Antonia, «das bedeutet doch, der generationenalte Besitz der Del Vecchio wird zerrissen, zerfleddert, der Willkür irgendwelcher Notare und Rechtsanwälte ausgeliefert, pulverisiert, vaporisiert, fraktalisiert, perfringiert, disperkutiert – schrecklich!»

«Über den Mord würde ich bei Gelegenheit gerne mehr erfahren, Roberto», sagte Raffaella und ging zu der kaum auszumachenden Geheimtür, die direkt in den Palazzo Ducale hineinführte. Raffaella litt unter Klaustrophobie und konnte demzufolge nicht die Sicherheitsschleuse nutzen.

«Warte», rief Talia und folgte ihr. «Ich komme mit!»

«Immer noch fehlt mir der Grund für die Todesursache. Aber eins sage ich dir», Malpomena warf einen bedeutsamen Blick in Richtung der Schleuse, in der Franco hockte, «auch wenn ich das Mordinstrument nicht kenne – noch nicht –, so spüre ich die dunkle Gewalt des Täters. Ruggero Grilli war kerngesund und kräftig. Ein Mann wie der fällt nicht einfach zur Seite und stirbt.»

«Ja, aber, bitte sehr», warf Antonia ein, «du gedenkst doch nicht etwa, die Einzelheiten dieses Gewaltaktes hier vor mir auszubreiten?»

Malpomena sprang auf. «Gehen wir, Roberto», stieß sie hervor und verließ grußlos das Büro in Richtung Sicherheitsschleuse.

«Wohl denn», erwiderte Antonia und warf Roberto einen feindlichen Blick zu. Der nahm es gelassen, Antonias Angst führte mitunter zu merkwürdigstem Verhalten.

«Ach, Roberto, warte», säuselte sie plötzlich hinter ihm her. «Was ich dir die ganze Zeit schon sagen wollte, wir haben übrigens noch zwei Zimmer in unserem Besitz, in dem Turm, mitten in Rombolina, also, in dem Teil, den dieser Deutsche gekauft hat, die wir gerne veräußern wollen. Auf sie hat Gruber, da er keine Landwirtschaft betreibt, kein Vorkaufsrecht, also, wenn du Interesse hast.» Sie winkte und wandte sich ihrem Schreibtisch zu.

Na toll, dachte Roberto, jetzt ist es zu spät. Thilo Gruber hatte ja längst schon mehr als das halbe Dorf gekauft.

Zu dritt war es eng in der Schleuse. Nur Franco schien sich wohl zu fühlen. Malpomena klopfte ungeduldig gegen die Glastür. «Irgendwann wird Antonia an ihrer Empfindlichkeit ersticken. Und Talia? *Dio Santo*, die geht jetzt zu Bett! Um die Zeit!»

«Malpomena, noch mal zur Autopsie.»

«Logisch, wenn man sich ständig die Nacht um die Ohren schlägt.»

«Ich habe es genau gesehen», flüsterte Franco, «ich war Zeuge, ich –»

«*Stai zitto*», sagten Roberto und Malpomena praktisch zeitgleich. Draußen marschierten sie entlang der östlichen Fassade des Palazzo Ducale in Richtung des *duomo*. Im Sommer tummelten sich hier entsetzlich viele Touristen, jetzt jedoch waren sie weit und breit die einzigen Menschen. Roberto wartete ab. So wie er seine Freundin kannte, würde sie nicht lange warten, um ihre Erkenntnisse loszuwerden.

«Geld, Signori? Pah, ist mir nicht wichtig. Die Ländereien? Was soll's. Aber die wundervollen Palazzi, die antiken Möbel, die Ölgemälde berühmter Vorfahren und das zehnteilige Silberbesteck für 256 Gäste? Raffaella hat einen Ehemann, sie hat ein gesittetes Leben, warum kann sie nicht für Nachwuchs sorgen? Oder Antonia? Eh? Körperkontakte? Soll sie's doch künstlich in vitro machen. Niemand muss heute mehr schwitzen, um – du weißt, was ich meine.»

«Vielleicht ändert die Baronessa ja noch ihre Meinung.»

«Du kennst sie.» Malpomena schauderte. «Es muss sich eine opfern, die nicht viel zu verlieren hat. Talia oder Raffaella.»

«Manchmal ist es besser, wenn Familien sich nicht mehr fortpflanzen und einfach aussterben», flüsterte Franco.

«Eine merkwürdige Meinung ist das für einen, der in den Amazonas-Regenwald fliegt, um da die Klänge von aussterbenden Tierarten aufzuzeichnen.»

«Menschen sind Raubtiere.»

«Was meinst du, was ein Jaguar oder eine Aga-Kröte ist?»

«Harmlos.»

Am besten gar nicht beachten, signalisierte Roberto seiner Freundin. Malpomena zog ihre Stirn in Falten und fixierte Franco wie ein Beutetier.

«Möglicherweise handelt es sich also um Totschlag und nicht um Mord?», versuchte Roberto das Gespräch endlich auf seinen Fall zu lenken.

Malpomena löste ihren Blick nur widerstrebend von Franco.

«Mord.»

«Aber es gibt keinen Beweis.»

«Doch. Aber ich habe ihn noch nicht gefunden.»

«Also gibt es im Moment keinen.»

«Herrgott noch mal!»

Roberto wandte sich an den Komponisten. «Franco, erinnere dich. Der Kampf zwischen den beiden. Wie hat der Täter reagiert, als Ruggero zu Boden ging? Erstaunt? Betroffen? Zufrieden?»

«Es war ein Go–»

Roberto konnte nicht anders, seine Rechte packte Francos Daunenjacke und schüttelte den Musiker hin und her. «Ich schwöre dir, *compagno*: Sag's noch einmal, und ich liefere dich höchstpersönlich in der Psychiatrischen in Bologna ab. Hast du mich verstanden?»

Franco starrte ihn mit angsterfüllten Augen an.

«Vielleicht hat er ja recht», sagte Malpomena, und ihre Augen blitzten vor Vergnügen.

«Was?», brüllte Roberto.

«Der Angreifer war ein Monster aus Lehm, und bei Ruggero Grilli haben vor Schreck und Entsetzen sowohl Kreislauf als auch Atmung ausgesetzt. Im Ersten Weltkrieg, in Verdun, sind aus ebendiesem Grund reihenweise Soldaten –»

«Malpomena, bitte! Grilli war ein kräftiger Kerl, ein Mann vom Land, einer, der Schweine massakriert und Hühnern die Köpfe abhackt. Der gibt doch nicht den Löffel ab, weil irgendeinem Typen ein wenig Lehm aus dem Gesicht bröckelt.»

«Nun, wie würde es dir gehen, wenn du, nur als Beispiel, nachts um zwei bei Nebel in das Gesicht von Graf Dracula schautest, der sich daranmacht, seine scharfen Eckzähne in deinen Hals zu schlagen?»

«Das ist doch ausgemachter Blödsinn!»

«Ach ja? Wer von uns beiden ist denn derjenige, der, nur als Beispiel, absurde ballettöse Tänze über Türschwellen hinweg aufführt, um nicht die Spukgestalten zu reizen, die angeblich darunter hausen?»

«Das ist etwas völlig anderes!»

«Ach ja? Ich sage dir eins: Wenn so ein Türschwellengespenst tatsächlich einmal vor dir stünde und dir a) einen auf die Nase, b) einen in die Nieren und c) einen gegen den Kehlkopf geben würde, dann hörtest gerade du mit höchster anzunehmender Wahrscheinlichkeit vor Entsetzen auf zu atmen. Schwupp – tot.»

Malpomena lächelte ihn liebenswürdig an, was Roberto noch zorniger machte. Ohne ein weiteres Wort machte er sich auf den Weg und zog Franco hinter sich her. Der folgte ihm wie ein Hundewelpe: widerstrebend zwar, aber doch heilfroh, dass jemand die Führung übernahm.

Francos Verhalten insgesamt war in der Tat merkwürdig. Vielleicht hatte Malpomena recht, und Franco versuchte davon abzulenken, dass er selber Ruggero auf dem Gewissen hatte. Nur, wie soll er es getan haben? Franco war kein Typ, der einen Faustschlag wirkungsvoll platzieren konnte, und die Verletzungen des Opfers standen bei allen Unklarheiten außer Frage. Roberto warf einen Blick auf den Musiker, wie er tief in sich versunken hinter ihm her trottete.

Unsinn, Franco hatte die Tat beobachtet und wurde mit dem Erlebten nicht fertig. Mehr war da nicht. Franco lebte in einer Welt, in der die Realität nur eine Facette war. Ein Mord jedoch war ungeschminkte, harte Wirklichkeit.

8.

«Hallo?» Pretoro Galdroni hatte zwar das Gespräch angenommen, er schwieg jedoch, und Roberto hörte nur Musikgedröhne. «Galdroni? Hallo!»

Hastiges Atmen, schnelle Schritte, dann wurde der Lärm zu einem leisen Säuseln. «Wer da?», flüsterte der *commissario* der Polizia di Stato.

«Roberto hier.»

«*Porca!* Was willst du?»

«Dich über den Stand der Ermittlungen –»

«Was hab ich dir gesagt, Rossi, eh?», brüllte Galdroni los, was komisch klang, weil er gleichzeitig weiterhin flüsterte. «Finde den Mörder, mach meine Arbeit, wie, ist mir schnuppe! Das habe ich gesagt.»

«Die Sache ist undurchsichtig. Möglicherweise ist Ruggero vor Schreck gestorben.»

«Ist mir scheißegal! Regle die Sache alleine.»

«Das ist nicht leicht, Galdroni. Was ist, wenn ich Unterstützung brauche?»

«Pass mal auf, Poliziotto.» Galdroni klang jetzt gefährlich leise. «Wenn du mich noch einmal störst, ramm ich dich in den Boden.»

Roberto schüttelte missbilligend den Kopf. Wenn Galdroni schlechte Laune hatte, dann richtig. «Was machst du da eigentlich genau, Galdroni? Was ist das für eine Musik?»

«Ich liege auf der Lauer. Vor einer Disco. Après-Ski. Ich will den Typen erst mal sehen, bevor ich aufräume.»

«Ist das nicht ein bisschen umständlich? Warum redest du nicht einfach mit deiner Frau?»

«Ein simples Prinzip, Rossi. Man muss seinen Gegner kennen. Nur dann sitzt der Erstschlag.»

«Meinst du, Ornella hat dich mit den Kindern verlassen, weil der Skilehrer mehr Muskeln hat?»

«Halt's Maul, Rossi. Davon verstehst du nichts.»

«Ich bin auch schon mal verlassen worden, Galdroni.»

«Meinst du etwa Maria Corbucci?»

«Genau die.»

Galdroni lachte geringschätzig. «Du hast sie widerstandslos ziehen lassen. Und jetzt ist sie mit diesem Schwachkopf von Cottelli zusammen.»

«Ist mir schnurzegal.»

Galdroni lachte wieder, dieses Mal allerdings fies. «Red kein Blech. Jeden Tag siehst du diesen Idioten vor dir, und jeden Tag denkst du: Wenn Maria mich wegen so einem Hampelmann verlassen hat, dann muss ich ja ein noch größerer Hampelmann sein.»

«Blödsinn.»

«Ich jedenfalls werde das Feld nicht kampflos räumen. Ein verdammter Skilehrer aus Südtirol! Ja, wer bin ich denn?»

Der Gehörnte, wollte Roberto eigentlich sagen, ließ es jedoch vorsichtshalber bleiben. Galdroni war nachtragend, hatte ein Gedächtnis wie ein Elefant und rastete manchmal aus wie ein Tasmanischer Teufel.

«Ah! Ich glaube, da kommt er. Weiße Hose, rotes Jackett, circa 1,80 Meter groß, 75 Kilo, blondes Haar, scharfe bis dämliche Gesichtszüge. Garantiert vorbestraft.» Galdroni würgte ein Lachen hervor. «Ein Würstchen!» Er schnaubte siegesgewiss.

«Du bist doch nur 1,75», warf Roberto mit einer gewissen Schadenfreude ein.

«Hör zu, Rossi», offenbar hatte der *commissario* ihn nicht gehört, «wenn du was brauchst, wende dich an Maria.»

«Na, herzlichen Dank.»

«Und ab jetzt: Funkstille. Kapiert?»

Roberto steckte sein Handy ein und nahm sich vor, lieber Tag und Nacht durchzuarbeiten, als auch nur ein einziges Mal Maria Corbucci um Hilfe zu bitten.

Galdroni peilte vorsichtig über die Schneewehe. Der Skilehrer wartete vor der Disco, kein bisschen ungeduldig und ständig schmachtend nach rechts und links grüßend, immer nur Frauen, die sich wie kleine Mädchen gerierten und deren Männer sauertöpfisch so taten, als wäre es ihnen egal.

«Wart's ab, *leccaculo.*» Galdroni tauchte seine mit einem engen Lederhandschuh bedeckte Rechte in den Pulverschnee und verrieb den Schnee, bis er getaut und in das Leder eingezogen war. Jetzt saß der Handschuh noch enger. Er zog seinen spitzen Filzhut, den er von seiner letzten Sauftour zum Münchner Oktoberfest mitgebracht hatte, tiefer ins Gesicht und schlenderte los. Der Skilehrer beachtete ihn gar nicht. Galdroni wartete, bis eine lustige Gruppe von drei pelztragenden, extrem braun gebrannten Mittvierzigerinnen in der Disco verschwunden waren. Ohne ein Wort zu verlieren, trat er an den Südtiroler heran.

«Was gibt's?», fragte der und lächelte Galdroni, genauer gesagt dessen Zipfelhut, mitleidig an.

Galdroni ballte die Rechte und setzte sie ansatzlos auf die linke Braue des Skilehrers. Blut schoss hervor, der Mann taumelte, ging zu Boden und sah Galdroni fassungslos an. Der schwieg, auf keinen Fall wollte er irgendwelche Spuren hinterlassen, auch keine akustischen, und ging davon.

«Du Arsch!», brüllte der Südtiroler. «Komm zurück, du feige Sau!»

Galdroni stapfte weiter. Gerade noch rechtzeitig sah er seine Frau

Ornella die Straße heraufkommen. Er drückte sich in einen schmalen Durchgang zwischen zwei Kuhställen.

«Erich, was ist passiert?», hörte er Ornella rufen. Vorsichtig peilte er um die Ecke. Ornella hockte vor dem Skilehrer, der sich einen Schneeball auf die Wunde presste und theatralisch stöhnte.

«Irgend so ein Kerl. Ist abgehauen. Ich habe ihm noch eine verpasst. Dir reiß ich den Arsch auf!», brüllte der Skilehrer ins Dunkel.

«Das war der Erstschlag», brummte Galdroni zufrieden – bis er mit ansehen musste, wie seine Frau den Südtiroler streichelte und sich an ihn schmiegte. Galdroni verdrückte sich durch die Gasse, in der sich frischer, weicher Kuhmist mehr als knöchelhoch türmte. Alles in allem war seine Laune jetzt noch schlechter. Es war Zeit, über den Zweitschlag nachzudenken.

9.

Roberto tastete sich vorsichtig die steile Via Mazzini hinunter. Heute schon zum zweiten Mal. Die kalte Luft und der hartnäckige Nebel hatten das Pflaster noch schlüpfriger gemacht. Franco neben ihm achtete überhaupt nicht auf den Boden und wäre schon einige Male gestürzt, hätte Roberto ihn nicht in letzter Sekunde aufgefangen. Inzwischen machte sich Roberto wirklich Sorgen um den sensiblen Musiker. Er wirkte wie ferngesteuert, wie weggetreten, wie ein Schizophrener, dessen kranke zweite Persönlichkeit komplett das Kommando übernommen hatte.

Normalerweise hätte Roberto den Fiat-Panda-Dienstwagen der Polizia Municipale genommen. Doch er hatte vor, seinen Dienst gleich nach seinen Ermittlungen in Ruggero Grillis Agriturismo zu beenden, denn von dort war es nicht mehr weit bis hinunter zu seinem *rustico* in Rombolina. Wo schon die Zutaten für *trippa alla marchigiana* auf ihn warteten und natürlich sein selbstgekelterter roter Sangiovese, der mit seinen fast 15 Prozent Alkoholgehalt jede Form von Entspannung begünstigte.

Da Roberto keine Lizenz zum Einfahren in die Stadt besaß – noch nie eine besessen hatte, und seit Manchetti im Knast saß, war Cottelli für die Lizenzvergabe zuständig, und der würde sich eher die rechte Hand abhacken, als Roberto eine zuzugestehen –, hatte er seinen alten Cinquecento wie immer auf dem öffentlichen Parkplatz unten auf dem Borgo Mercatale abgestellt. Wenigstens brauchte er als Bediensteter der *comune* keine Parkgebühren zu bezahlen. Cottelli hatte auch dieses winzige Privileg mit einer internen Verwaltungsvorschrift zu kippen versucht, hatte daraufhin jedoch Krach mit

Maria Corbucci bekommen, die dann ebenfalls hätte Gebühren zahlen müssen. Maria hatte sich gar nicht erst die Mühe gemacht, mit ihm herumzustreiten, sondern hatte ihrem Mann eine sexfreie Zeit in unbestimmter Länge verordnet, worauf der ziemlich schnell das Handtuch geworfen hatte.

Kurz vor Carlo Manzonis Schuhladen wechselte Roberto auf die andere Straßenseite. Auf keinen Fall wollte er noch einmal in Donna Domenicas Fänge geraten. Zum Glück waren sie und Carlo wieder in einen Streit verwickelt, beziehungsweise Carlo hockte wie ein begossener und schockgefrorener Pudel vor der Gasheizung, und Donna Domenica schrie und tobte durch den Raum und warf hin und wieder mit Schuhen nach ihrem Noch-Ehemann, denen er nicht einmal auswich, obwohl es sich hauptsächlich um Frauenschuhe mit spitzen Absätzen handelte. Was für ein Elend. Roberto machte drei Kreuze und sah zu, schnell weiterzukommen.

Sein Topolino parkte gleich hinter der Porta Valbona. Wie immer standen ein paar Bewunderer daneben, wahrscheinlich Studenten. Seit Osvaldo, Robertos Cousin, ihn nach einem unseligen Brand neu lackiert und mit neuen Kunststoffsitzen versehen hatte, war dieses Autochen in der Tat zu einem optischen Schmuckstück geworden, das aus dem Design-Einerlei moderner Kleinwagen herausstach wie ein Diamant aus einer Ansammlung von Rasengittersteinen.

Der Wagen sprang nicht sofort an, was Roberto ihm nicht übelnahm. Immerhin hatte der 18-PS-Motor inzwischen fünfundvierzig Jahre auf dem Buckel, sieben Jahre mehr als Roberto selber, und er selber kannte das Gefühl sehr gut, morgens oder bei Kälte, schlimmer noch, wenn beides zusammenkam, einfach nicht in die Gänge zu kommen. Nach dem vierten Versuch röchelte der Motor los, verreckte jedoch in dem Moment, als Roberto die Scheinwerfer anschaltete.

Porca puttana Eva! Bevor Osvaldo Hand an den Topolino gelegt hatte, hatte es solche Schwierigkeiten deutlich seltener gegeben. Andere ebenfalls nicht. Zum Beispiel zog es seitdem kalt neben der Lenksäule herein, weswegen Roberto sich bei längeren Fahrten immer eine Mikrofaserdecke über die Oberschenkel legen musste.

Roberto kurbelte das Fenster herunter. «Könnt ihr mal anschieben?», fragte er die Studenten.

«*Push start?*», fragte einer.

Amerikaner! *Puscestarte?* Was sollte das denn heißen? Roberto signalisierte: Nix da, *puscestarte*. Anschieben!

«*That's what I said*», erwiderte derselbe und warf Roberto einen mitleidigen Blick zu, als müsste der sein Leben ganz ohne Gehirn auf die Reihe kriegen. Wütend kurbelte er das Fenster wieder hoch und betätigte noch einmal den Anlasser. Glück gehabt, blubbernd und spuckend drehte das Motörchen hoch. Die Amerikaner klatschten Beifall und jubelten. Roberto gab Gas und machte sich davon. Der nächste US-Student, schwor er sich, den ich bei einer Ordnungswidrigkeit ertappe, wird auf jeden Fall Bekanntschaft mit meinem Bußgeldblock machen. So weit kam es noch, dass er Englisch lernte, um sich in seinem eigenen Land mit schlecht erzogenen Ausländern verständigen zu können!

Jetzt, am frühen Nachmittag, war der Verkehr moderat. Zum Glück, denn Roberto war sehr mit dem Wischen seiner ständig aufs Neue beschlagenden Frontscheibe beschäftigt. Bis die Heizung warme Luft produzierte, musste er erst einmal ein paar Kilometer zurücklegen, und selbst dann war die Wirkung der Scheibenbelüftung eher dürftig. Selbstverständlich verfügte der Topolino über kein Gebläse.

«Mach du mal», sagte Roberto, als er am zweiten Kreisverkehr in die schmale und sehr schnell sehr kurvenreich werdende Strada Provinciale delle Cesane einbog, und hielt Franco den Lappen hin. Der reagierte langsam wie ein Bär im Winterschlaf.

«Was?»

«Wischen. Die Scheibe.»

Franco nahm den Lappen und fing an, die Scheibe der Beifahrertür neben sich zu wischen.

«Was soll das? Vorne. Die Windschutzscheibe.»

«Ah.» Langsam schwenkte er seine Hand nach vorne, vergaß jedoch zu wischen. Wütend riss Roberto ihm den Lappen wieder aus der Hand. Doch dann sah er, dass Franco weinte, und seine Wut verpuffte augenblicklich. Er nahm sich vor, sich am Abend etwas intensiver um ihn zu kümmern. Schließlich hatte der Musiker recht: Sie waren Freunde, nicht wie Malpomena und er, aber befreundet genug, dass ihm Francos Leiden nicht gleichgültig war.

Der Monte Cesane war kein Berg im eigentlichen Sinn, sondern ein langgestreckter Höhenzug ohne eindeutigen Gipfel. Er begann am südöstlichen Ende von Urbino und erstreckte sich von dort in einem unübersichtlichen Gewirr von Tälern und Hügeln bis nach Fossombrone zur Via Flaminia, einer 220 vor Christus erbauten römischen Heeres- und Handelsstraße. Wie eine Spinnwebe durchzog die Strada Provinciale delle Cesane den Höhenzug mit so vielen Abzweigungen und Nebenstraßen, dass man sehr schnell den Überblick verlieren konnte. Fragte man Einheimische nach dem Weg, bekam man meist eine lange Liste von markanten Punkten aufgezählt, an denen man auf keinen Fall rechts oder links abbiegen oder unbedingt geradeaus fahren sollte, aber nur wenn es zuvor nicht geregnet hatte, weil dann die eigentliche Straße unpassierbar war und man besser schon zwei Kilometer vorher an der Madonnina in die entgegengesetzte Richtung abgebogen wäre, dies aber nur, wenn man einen geländegängigen *fuoristrada* fuhr, andernfalls wäre es ratsam, einen völlig anderen Weg zu nehmen, der dann allerdings bedeutend länger war – oder den Hinweis, es morgen noch einmal zu versuchen.

Zum Glück war der Weg zu Ruggero Grillis Agriturismo von Anfang an ausgeschildert. Roberto kannte sich hier oben nicht gut aus, er mochte den Monte Cesane nicht besonders: insgesamt zu wenig Wildnis, zu viele bewirtschaftete Flächen und zu viele in

Reih und Glied gepflanzte Bäume. Natur sah für Roberto anders aus. Zum Beispiel so wie auf dem Monte Dolciano auf der anderen Seite der Furloschlucht, wo sich sogar ein Rudel Wölfe angesiedelt hatte und seit vielen Jahren ein Königsadlerpärchen hauste und jedes Jahr Nachwuchs aufzog.

Die Fahrt dauerte. Immer wieder zwangen Nebelfelder Roberto, sein Tempo zu verlangsamen. Überall Feuchtigkeit und ein farbloses Grau, der November war mit Abstand die mieseste Jahreszeit, fand Roberto, geprägt von der deprimierenden Gewissheit, dass die Tage immer kürzer wurden und der eigentliche Winter noch bevorstand.

Am *cimitero Genghe* bog Roberto von der asphaltierten Straße in eine *strada bianca* ab. Zu seinem Erstaunen begann hier längs der Straße ein nagelneuer, zwei Meter hoher, verzinkter Zaun, der sich die nächsten zwei Kilometer bis zum Albergo von Spartaco Mori zog und dann in den Wald hinein abbog. In dem Albergo brannte Licht.

«Hör zu, Franco», sagte Roberto und hielt an, «ich muss mal mit dem *padrone* hier reden. Bleib so lange im Auto.»

Franco starrte ihn entsetzt an. «Kann ich nicht mit?»

«Nein.» Roberto zog die Mikrofaserdecke von seinen Beinen. «Hier, falls dir kalt wird. Wenn was ist, drückst du einfach auf die Hupe.» Er stieg aus, langte noch mal hinein und drückte die Hupe ein paarmal, einerseits um zu beweisen, dass sie funktionierte, andererseits um Spartaco Mori Bescheid zu geben, dass Besuch im Anmarsch war.

«*Ou*, wer da?», ertönte eine gutgelaunte Stimme von drinnen.

«Poliziotto Roberto Rossi.»

«Aus Urbino? Was willst du hier?»

Es geht doch nichts über eine freundliche Begrüßung, dachte Roberto und sah sich ein wenig um. Der Albergo machte von außen einen guten Eindruck: die Mauern aus altem Naturkalkstein frisch verfugt, alle Fenster zwar neu und mit Doppelglasscheiben versehen, aber nach dem alten Prinzip mit Innenläden gebaut, die Eingangstür originalgetreu marchigianisch, ohne Fenster, die Bretter quer vernagelt, und die Außenlampen sahen exakt aus wie die antiken Straßenlaternen in Urbino. Neben dem Haus ein nierenförmiger Pool, der jetzt ohne Wasser war und in dem sich eine Menge Blätter angesammelt hatten. Der Garten machte einen gepflegten Eindruck, wenn er auch für Robertos Geschmack ein wenig zu verschnörkelt angelegt und mit zu vielen Betongussskulpturen bestückt war, die verschiedenste Variationen nackter Frauen zeigten, allesamt fett und schwülstig wie dreidimensional gewordene Rubens-Gemälde.

Die Eingangstür wurde aufgerissen. «Rossi, was treibt dich denn hierher? Falschparker gibt es hier zurzeit keine.» Spartaco Mori lachte laut und ziemlich despektierlich, wie Roberto fand.

«Ich komme dienstlich. Willst du hier draußen reden, oder können wir reingehen?»

Spartaco trat zur Seite und machte eine einladende Geste. Roberto kannte ihn nicht besonders gut. Er galt als geselliger, verträglicher Typ, allerdings auch als *furboione*, einer, der sich immer eine Spur zu toll fand. Dazu passte sein Schmalzblick und sein dünnes Oberlippenbärtchen, beides hatte er sich wahrscheinlich von Errol Flynn abgeguckt.

«Willst du einen Schluck Wein?», fragte Spartaco.

«Kommt darauf an. Wo ist der her?»

«Mach ich selbst. Aus Pecorino-Trauben.»

Roberto nickte anerkennend. Pecorino war eine alte Traube, die außerhalb der Marken als Grundlage für einen guten Weißwein längst in Vergessenheit geraten war.

Spartaco goss zwei Gläser ein. «Salute.»

Roberto nahm erst mal nur einen kleinen Schluck – falls Spartaco es nicht draufhatte, wie man einen guten Wein kelterte.

«Nicht schlecht, Mori. Allerdings ein wenig zu viel Schwefel. Hast du die Fässer nach dem Ausräuchern nicht gründlich gewaschen?»

Spartaco Moris Gesicht gefror. «Nichts da, Schwefel. Der ist rein wie Quellwasser.»

Roberto nahm noch einen Schluck, dieses Mal einen großen. «Für Leute, die gerne an Streichholzköpfen lutschen, ist er in Ordnung.»

«Dann lass ihn doch stehen, *porca puttana.*»

Roberto leerte sein Glas. «So schlecht ist er auch wieder nicht. Hast du mal ein Stück Weißbrot?»

Spartaco langte hinter sich auf den *armadio*, holte ein halbes *pane comune* hervor und schob es Roberto hinüber. «Vielleicht noch ein Stück Käse dazu?», giftete er.

«Du bist einer, der mit konstruktiver Kritik nicht umgehen kann, eh?» Roberto holte das Fläschchen aus seiner Jackentasche hervor, brach ein Stück Brot ab und träufelte etwas Olivenöl darauf.

Spartaco schnüffelte konzentriert. «Deine Oliven?»

«Eh già.»

Ehe Roberto etwas dagegen tun konnte, hatte Spartaco ihm das Fläschchen entrissen und sich ein paar Tropfen in den Mund geträufelt. «Passabel. Aber ist da nicht ein wenig Muff, nicht viel, aber ich würde wetten, du hast die Oliven nach der Ernte nicht schnell genug gepresst.»

Natürlich nicht. Weil dieser Gruber ihm zuvorgekommen war! «Blödsinn, Mori, mit deinen ausgefransten Geschmacksnerven kannst du das gar nicht beurteilen.»

Spartaco nahm einen Schluck Wein. «Also, was gibt's? Was will die Polizia Municipale von mir?»

Wieder dieser süffisante Unterton. Roberto war sich jetzt sicher, Spartaco Mori nicht leiden zu können. «Dein Nachbar Ruggero Grilli wurde letzte Nacht ermordet.»

Für einen winzigen Moment huschte ein Lächeln über Spartacos Gesicht. «*Ostia!* Wirklich? Das ist ja tragisch. Wer war es?»

Roberto zuckte die Schultern. «Du?»

Spartaco riss die Augen auf. «Sakrament, du willst mich ...?»

Roberto freute sich darüber, wie nervös der Schlaumeier plötzlich wurde, und ließ ihn zappeln.

«Wir sind keine Freunde, ja, aber warum sollte ich –»

«Jetzt beruhig dich mal, Mori. Erzähl mir was über Ruggero Grilli.»

«Der lebt dahinten, ich hier. Der macht einen Agriturismo, ich einen Albergo. *Madonna*, wir sind Nachbarn, schon seit ewig. Mehr nicht.»

«Hatte er Feinde?»

«Feinde, Feinde, was sind denn Feinde?», erregte sich Spartaco.

«Feinde. Stress. Gab es irgendwelche Auseinandersetzungen in der letzten Zeit?»

Spartaco malmte ein wenig mit den Kiefern und dachte angestrengt nach.

«War die Frage zu kompliziert? Soll ich sie noch mal stellen?»

«Also, seit Sergio Bonasera hier sein *rustico* gekauft hat, ist zwischen den beiden dicke Luft. Genau genommen, seit Sergio diesen Zaun gezogen hat.»

«Zwei Meter hoch, verzinkt, die gesamte Strecke vom Friedhof bis hier hoch?»

«Nicht nur. Oben geht er noch viel weiter. Insgesamt hat Bonasera sein gesamtes Land eingezäunt. Fünfzig Hektar.»

«Und wo ist das Problem?»

Spartaco deutete im Kreis. «Sieh dich um. Ich habe einen Albergo für normale Menschen. Die kommen her, sitzen am Pool, abends gibt's was Gutes zu essen, manchmal fahren sie nach Urbino, ans Meer – was weiß ich. Ruggero aber, der macht auf Öko. Seine Leute laufen sich hier im Wald die Füße wund, die kriechen am Boden rum und schnüffeln Pilzen und Blumen und Würmern hinterher. Die essen nur Sojawürste und Buchweizenpfannkuchen, und das Wasser, das die trinken, muss unbedingt bei Vollmond gezapft sein. So.»

Roberto wedelte ungeduldig mit der Rechten durch die Luft: Na und?

«Seit der Zaun da ist, können die Grünlinge aber nicht mehr gleich gegenüber in den Wald schleichen. Jetzt müssen die erst mal ganz weit außen herum. Das ärgert den Grilli, und seitdem fetzt er sich mit Sergio.»

«Sergio Bonasera, das ist doch dieser Typ aus Mailand?» Roberto wusste nur, dass er zusammen mit Davide Manchetti, dem missratenen Sohn des ehemaligen *vicesindaco*, einen Nachtclub mit dem schönen Namen Purgatorio unten am alten Bahnhof geführt hatte, der vor ein paar Monaten in Flammen aufgegangen war. Offiziell hieß es, ein unglücklicher Zufall, eine Zigarette oder ein Kurzschluss. Doch jeder kannte den wahren Grund: Die Anwohner hatten die Nase gestrichen voll gehabt von dem nächtlichen Lärm und per Los einen aus ihrer Mitte bestimmt, eines nachts mit einer Flasche Spiritus ein kleines Fegefeuer zu entfachen.

Spartaco zuckte mit den Schultern. «Ein Mailänder. Heißt es. Hat die letzten Jahre in New York gelebt. Heißt es. Vor ein paar Monaten hat er das Haus und das Land gekauft.»

«Heißt es.»

«Nein.» Spartaco guckte verständnislos. «Das weiß ich. Ich wohn ja hier.»

Roberto biss noch einmal von seinem Brot ab und kaute genüsslich und mit zufriedener Ruhe. Eigentlich, weil das Öl eben doch gut schmeckte, aber dann fiel ihm auf, wie nervös Spartaco durch die Verzögerung wurde. Der Effekt gefiel ihm. Also nahm er sich noch etwas Wein, spülte nach, zählte im Geiste langsam bis zehn und fixierte dabei Spartacos Nasenwurzel. Auf dessen Stirn bildete sich Schweiß.

«Und zwischen dir und Ruggero? Gibt's da was?», fragte Roberto.

«Nichts», antwortete Spartaco. Roberto hätte in diesem Moment seine gesamte Jahresernte Olivenöl verwettet, dass der Errol Flynn für Arme log.

Die *strada bianca* führte u-förmig um den Albergo herum. Hundert Meter weiter, etwas erhöht über der Straße und über einen schmalen, beidseitig von Pinien eng begrenzten Weg erreichbar, befand sich Ruggero Grillis Agriturismo. Im schwächlichen Scheinwerferlicht von Robertos Topolino war nicht viel von dem Gebäude zu erkennen. Inzwischen war es dunkel geworden, richtig dunkel. Roberto hupte ein paarmal, vielleicht war ja doch jemand zu Haus. Keine Antwort. Er stieg aus und rüttelte an der Eingangstür. Verschlossen. Jetzt wäre seine MagLite hilfreich, aber die lag immer noch in seiner Schreibtischschublade. Neben der Pistole und der *salsiccia piccante*, der höllisch scharfen Wildschweinwurst. Roberto überlegte, ob er sich trotz der Dunkelheit ums Haus herumtasten sollte. Die Wahrscheinlichkeit, irgendwo eine offene Tür zu finden, war groß. Hier auf dem Land verbarrikadierten sich die Menschen in der Regel nicht. Er streckte die Hand aus, berührte die Hauswand und tat den ersten Schritt. Plötzlich war da ein Geräusch. Roberto erstarrte. Da war auch eine Stimme ... Woher, war schwer zu lokalisieren. Er tastete sich ein paar Schritte zurück. Aus dem Haus kam sie nicht. Noch zwei Schritte zurück. Ein Stöhnen. Und ein helles Rasseln.

So leise wie möglich schlich Roberto zu seinem Auto zurück. Er würde sich hineinwerfen und abhauen. Sofort. Blöderweise hatte er den Wagen nicht gedreht, und rückwärts fahren war schwierig, weil der Topolino keinen Rückscheinwerfer hatte.

Plötzlich sah er eine Gestalt, schemenhaft, in seltsam gebeugter Haltung, den Oberkörper hin und her wiegend. Nicht hinsehen, ermahnte er sich, auf keinen Fall hinsehen. Wenn man unter freiem Himmel merkwürdige Wesen im Dunkeln tanzen sieht, handelt es sich meist um Unterirdische, die es nicht mögen, wenn Oberirdische ihnen dabei zusehen. Friedhofserde half in so einem Fall gar nicht, im Gegenteil; wie denn auch, gegen Unterirdische. Eher hilfreich war der zu einem Ring geformte Hufnagel, den er am kleinen Finger trug. An der rechten Hand natürlich, denn alles Üble kam von links. Warum wohl bedeutete das lateinische Wort sinistra sowohl links als auch dunkel? Die Augen geschlossen, drehte Roberto den Hufnagel, so schnell er konnte. Fünfmal. Plötzlich stöhnte der Unterirdische auf, das Rasseln, eher ein Klappern, hörte auf, und das Wesen begann mit einem dünnen Stimmchen zu singen. «*Una festa sui prati, una bella compagnia.*»

Ärgerlich reckte sich Roberto. «*Pazzesco*, Franco! Was machst du da? Eh?»

«Pinkeln», erwiderte der Musiker. «Ich muss schon seit einer Stunde.»

«*Porca madosca*, und ich dachte schon ...» Roberto verkniff sich weitere Worte, um sich keine Blöße zu geben.

Franco kam mit schnellen Schritten auf ihn zu. «Mir war auch so, als hätte ich etwas gesehen.»

«Franco, *ti prego*!» Roberto deutete auf Francos offene Hose, aus der nicht nur ein Stück der Unterhose herausbaumelte. «Würdest du bitte? Bevor du näher kommst?»

Eilig schloss Franco seinen Reißverschluss. «Wir müssen weg, Roberto, da ist was, da –»

«Halt die Klappe, *va bene*?» Roberto öffnete die Fahrertür und stieg ein. Er bemühte sich, einen souveränen Eindruck zu machen, aber auch er hatte das unangenehme Gefühl, dass in der nebeligen Dunkelheit etwas auf ihn wartete, dem er auf keinen Fall begegnen wollte. Deshalb gab er schon Gas, bevor Franco die Beifahrertür richtig geschlossen hatte.

10.

Ohne wie sonst Rücksicht auf Stoßdämpfer und Reifen zu nehmen, scheuchte Roberto seinen alten Topolino über die Hügel. Fast die ganze Zeit jaulte der Motor in einem äußerst ungesunden Drehzahlbereich, und erst als die Lichter der Häuser von Rombolina auftauchten, gönnte Roberto dem Cinquecento das seinem betagten Alter entsprechende Tempo, und er selber entspannte sich. Da unten, in seinem Dorf, in seinem Haus, hatte er alles, was nötig war, um jeden bösen Geist, Golem oder Unterirdischen auf Abstand zu halten. Zur Not konnte er für diese Nacht auch noch ein Pentagramm öffnen. Wenn man nicht die immer etwas risikobehaftete schwarze Magie zu Hilfe nehmen wollte, war dies wohl der beste Schutz überhaupt.

Kaum hatte Roberto seine Eingangstür aufgeschlossen, stapfte Franco an ihm vorbei, warf sich auf die Couch vor dem Kamin, zog die Kapuze seiner Daunenjacke über den Kopf und schlief sofort ein. *Porca miseria*, Roberto hatte das unangenehme Gefühl, seinen Musikerfreund so bald nicht mehr loszuwerden.

Im Haus war es kalt. Roberto schlug mit dem Schürhaken die Holzkohle von dem riesigen Eichenstamm im Kamin und legte die Glut frei. Mit einigen Spänen Pinienholz entfachte er eine Flamme, legte einige mitteldicke Buchenäste und zwei schwere Eichenholzscheite nach. Schnell entwickelte sich die sanft züngelnde Flamme, die sich auf der einen Seite weiter in den Eichenstamm hineinfressen und für eine dauerhafte Glut sorgen und auf der anderen Seite sehr viel Wärme in den Raum abgeben würde. Ein gutes Kaminfeuer zu machen war eine Kunst. Erlernt hatte er sie von seiner Mutter, die darin eine Meisterin gewesen war.

Obwohl Roberto todmüde war, verspürte er wenig Lust, schon so früh ins Bett zu gehen. Gleichzeitig hatte er genauso wenig Lust, sich an die *trippa alla marchigiana* zu machen, obwohl sein Magen heftig knurrte. Unschlüssig wanderte er zwischen dem Kamin und dem SATOR-Palindrom bei der Eingangstür hin und her, einem in den Boden eingelassenen Mosaik aus wunderbar weißen, glatten Flusssteinchen, das schon so gut wie fertiggestellt war. Die Wahrsagerin und Astrologin Lana Ferreo hatte ihm die Empfehlung gegeben, auf diesen schon von den Römern benutzten Schutz zurückzugreifen, um nicht immer einen mit Salz bestreuten Besen in den Türrahmen stellen zu müssen, wenn er das Haus verließ.

Das waren die Momente, in denen er sich wünschte, nicht allein zu leben, in denen er an die Zeit mit Maria Corbucci dachte, vor zehn Jahren, als er in Bologna die Ausbildung zum *commissario* bei der Polizia di Stato begonnen hatte. Maria zuliebe, denn sie war der Meinung gewesen, dass er als Poliziotto bei der Polizia Municipale nur schlecht für eine Familie würde sorgen können. Roberto war nie besonders ehrgeizig gewesen, aber ihr Argument hatte ihm eingeleuchtet. Dass sie ihn einfach nur aus der Schusslinie haben wollte, weil sie schon längst ein Auge auf seinen Chef geworfen hatte, hätte er damals nicht für möglich gehalten. Aber was Maria betraf, hatte er noch nie einen klaren Kopf gehabt.

«*Oddio*, du wirst melancholisch», sagte er zu dem Feuer, warf gleich mehrere Eichenscheite auf die Glut und verließ das Haus. Bei seinem Cousin Osvaldo gab es bestimmt etwas Gutes zu Essen.

Rombolina leuchtete wie ein Vergnügungspark. Die sieben neuen Hausbesitzer aus Deutschland hatten als Erstes Laternen und Scheinwerfer an ihren *rustici* anbringen lassen, und obwohl keiner von ihnen sich zurzeit hier aufhielt – Gruber war ohnehin der Einzige, der hier dauerhaft wohnte –, gingen jeden Abend alle Lichter an. Dabei handelte es sich noch nicht einmal um Energieverschwendung, denn Gruber hatte am Hang oberhalb seines Hauses eine Solarzellenanlage inklusive diverser Akkus installiert, und da zurzeit mangels Einwohnern kaum Bedarf an Strom vorhanden war, ließ er eben nachts die Lampen leuchten. Was für Roberto nicht unpraktisch war, denn so stolperte er auch ohne Taschenlampe nicht über Osvaldos Gerümpel, das überall herumlag.

Für einen Moment verharrte Roberto. Grubers Haus lag linker Hand weniger als einen Steinwurf entfernt, eindeutig das größte und auch schönste *rustico* in Rombolina. Aus allen Fenstern fiel Licht. Wie bei der Titanic, bevor sie den Eisberg rammte. Wieso musste ein einzelner Mensch in einem riesigen Haus jede Nacht alle verfügbaren Lampen einschalten? Totale Überheblichkeit. Vor ihm, genauso nah, der Turm, bei dem es sich eigentlich um einen drei Stockwerke hohen schmalen Anbau handelte, der alle anderen Häuser in Rombolina überragte. Einer der früheren Besitzer hatte dringend mehr Wohnraum gebraucht, und weil um das Haus herum nicht genügend Platz vorhanden war, hatte er in die Höhe gebaut. Pro Etage gab es nur ein Zimmer und eine Stiege, um in das jeweils nächsthöhere zu gelangen. Auch im Turm brannte überall Licht. Sogar in der ebenerdigen *cantina* darunter, einem fensterlosen, teilweise in den Hang gebauten Gewölbe mit perfektem Klima, um dort Wein zu lagern. Bis der deutsche Immobilienfresser hier aufgetaucht war, hatte Roberto seinen eigenen Wein dort gelagert. Natürlich hatte der Eindringling darauf bestanden, dass er die *cantina* räumte. Seitdem musste Roberto seine Weinfässer in seiner Scheune lagern, die im Sommer bei weitem nicht so kühl war und sich im Winter deutlich abkühlte. Deswegen hatte er schon vor Monaten begonnen, den Boden auszuheben, um sich sein eigenes Gewölbe zu mauern, aber da er in der Enge keinen Bagger benutzen konnte, musste er die Arbeit per Hand erledigen. Das dauerte.

Wütend kickte er einen Stein hinüber, verdammt, nichts als Ärger, seit der Teutone hier aufgetaucht war. Und während er den Flug des

Steins verfolgte, blitzte plötzlich Antonias Angebot durch seinen Kopf: die zwei Turmzimmer, die sie ihm verkaufen wollte, auf die der Deutsche kein Vorkaufsrecht hatte – handelte es sich dabei nicht um die Zimmer in der ersten und zweiten Etage? Das eine war nötig, um in die *cantina* zu gelangen, und ohne das zweite war das Zimmer im dritten Stock unerreichbar. Roberto hätte schreien können vor Freude. Natürlich würde er die zwei Zimmer kaufen! Auch wenn es vollkommen unsinnig war, denn er selbst würde ebenfalls keinen Zugang zu den Zimmern haben, außer er kletterte von außen über eine Leiter durch eines der Fenster. Aber er war entschlossen, in diesem Fall jegliche Vernunft zu ignorieren, Hauptsache, er hatte etwas in der Hand, um Gruber sein Leben in Rombolina schwerzumachen.

Roberto hörte, wie die Eingangstür auf der von ihm aus nicht einsehbaren Rückseite von Grubers Haus geöffnet wurde. Fröhliche Stimmen ertönten, die Tür schlug wieder zu, und dann kam sein *cugino* Osvaldo den Weg heruntergetappt, mit unsicheren Schritten und einem breiten Grinsen auf dem Gesicht.

«Wo kommst du denn her?», grummelte Roberto.

«Lustiger Typ, der.» Osvaldo deutete hinter sich.

«Was hast du mit dem Deutschen zu schaffen?»

«Hab ihm eine Ape besorgt und repariert. 74er Baujahr.»

«Und, funktioniert sie noch?»

Für einen Moment verschwand Osvaldos Grinsen. «Der respektiert meine Arbeit. Nicht wie du.»

«Schon vergessen, *camoscino*? Als du das letzte Mal Hand an meinen Cinquecento gelegt hast, ist der in Flammen aufgegangen.»

Osvaldo winkte ab, das Grinsen kehrte zurück. Am liebsten hätte Roberto seinen *cugino* ein wenig zurechtgestutzt, andererseits knurrte sein Magen. Nach dem Essen war ja auch noch Zeit. «Was hat Ivana heute gekocht?»

Osvaldo erstarrte für einen Moment. «Du meinst essen?»

«*Dio santo*, hat dir der Deutsche das Hirn vernebelt?»

«Du kannst nicht mitkommen.»

«Was soll das heißen? Wir sind Verwandte. Wir sind Nachbarn.»

Osvaldo wurde ein wenig nervös. «Ivana hat was vorbereitet.»

«Das will ich doch hoffen.»

«Wir hatten Streit. Hab sie ein wenig in ihrem Saft schmoren lassen.»

«Du meinst, sie hat dich rausgeworfen.»

Osvaldo deutete hoch auf Grubers Haus. «Sie hat mich angerufen. Versöhnung.» Er grinste schief.

Endlich kapierte Roberto. «Du meinst, sie zwängt ihren Körper in Kleidung, die nichts bedeckt, und steht schon hinter der Tür bereit?» Ivana wog 115 Kilo. Am Morgen. Bis zum Abend kamen da locker noch drei Kilo Biomasse hinzu.

«So was, ja.»

Roberto stöhnte auf. «Ich frage mich, wann du endlich kapierst, dass eure Ehe nur auf sexueller Abhängigkeit beruht.»

Osvaldo sah ihn verständnislos an: Ja, was denn sonst? Roberto winkte ab, dann musste er eben doch selber kochen. Oder es bei Brot, ein wenig Wurst und *formaggio di fossa* belassen. So oder so: Eine Flasche von seinem Roten war heute Abend fällig.

Osvaldo zauberte irgendwoher einen Zahnstocher und bearbeitete seine Zahnzwischenräume. «Und wer hat Ruggero –?» Er zog einen Zeigefinger über die Kehle. «Der bekloppte Spartaco?»

«Was weißt du darüber?»

Osvaldo deutete hinter sich. «Thilo.»

Thilo! Nicht der Deutsche, nicht der verdammte Immobilienfresser, nicht der Dorfvernichter, nein, sondern *Thilo*. So vertraut waren die beiden also. «Woher soll der was wissen?»

Osvaldo zuckte mit den Schultern. «Eins ist sicher: Spartaco und Ruggero hatten Ärger. Dicken.»

«Weswegen?»

«Ruggero hat einen alten Lancia. Ich hab ihn repariert. Aber so!» Er küsste die Fingerspitzen seiner Rechten.

«Und deswegen hatten sie Ärger?»

Osvaldo schwieg und bohrte weiter nach Essensresten.

«*Porca!*» Osvaldos sprunghafte Gedanken waren manchmal unerträglich. «Was hat dir der Deutsche erzählt? Und was war das für ein Ärger?»

Osvaldo überlegte. Zwei Fragen auf einmal war eine zu viel. «Die Straße an Spartacos Albergo. So was von staubig. Die Gäste ärgern sich. Und Spartaco? Kann nicht so hohe Preise verlangen wie Ruggero.»

«Ja, und? Für die Straße kann Ruggero doch nichts.»

«Doch. Spartaco will das Ding tiefer legen. Die Straße. Mehr unten rum. Seit ewig. Geht aber nicht. Eh, und warum?»

«Was weiß ich!»

Osvaldo pökelte ein Bröckchen heraus und betrachtete es genauer. «Seit Thilo hier ist, haben wir richtig Licht.»

«*Porca zozza!* Osvaldo!»

Osvaldo steckte das Bröckchen wieder in den Mund und kaute darauf herum. «Vom Bresaola. Eine Sehne.»

Roberto atmete tief durch.

«Das Land gehört Ruggero. Und der gibt es nicht her.»

«Deswegen bringt man doch keinen um.»

«Vielleicht nicht.» Osvaldo grinste. «Jetzt hat Spartaco Ärger mit den elenden Scheißern von der Guardia di Finanza.»

Roberto versuchte, den Wirrwarr von Worten etwas zu ordnen. «Was hat Ruggero damit zu tun?»

«Die von der Finanza sind viel zu blöd, um von alleine auf irgendwas zu kommen.» Osvaldo machte eine Geste für Zwitschern. «Außer sie bekommen's gesteckt. Hör zu, ich muss.»

«Du musst nicht, du willst. Das ist ein Unterschied.»

Osvaldos Gesicht bewölkte sich etwas.

«Du meinst also, Ruggero hat Spartaco bei der di Finanza angeschwärzt?»

«Heißt es.»

«Wer sagt das?»

Osvaldo dachte nach. «Ruggero?»

«Wohl kaum.»

«Spartaco?»

«Warum soll der herumposaunen, wenn er Probleme mit der di Finanza hat, eh?»

«Hm.»

Roberto verspürte einen zunehmenden Unwillen. «Jetzt rück raus damit, *cazzo*!»

Osvaldos Gesichtszüge gerieten in Bewegung, und er begann, noch heftiger zu tänzeln. «Sergio. Hat mal was angedeutet.»

«Und warum machst du da so ein Riesending draus?»

«Mach ich doch gar nicht», sagte Osvaldo eindeutig nervös und warf seinen Zahnstocher weg. «Ich muss.»

Roberto hielt ihn an seiner Daunenjacke fest. «Und was weißt du über diesen Sergio?»

«Nichts. Der bringt keinen um. Ist nicht blöd, der.»

«Woher willst du das wissen, wenn du nichts über ihn weißt?»

Osvaldo dachte einen Moment nach, dann riss er sich los und flitzte zu seinem Haus.

«Grüß Ivana von mir!», rief Roberto ihm nach.

«Mach ich nicht», erwiderte Osvaldo und öffnete die Tür. Rotes Licht drang heraus. «*Ciucciola, dove nasci-tu?*» Osvaldo tastete sich hinein. Von drinnen drangen Geräusche heraus, die Roberto lieber nicht interpretieren wollte. Schnullerchen! 115 Kilo! Zum Glück klingelte sein Handy. Es war Malpomena.

«Wo bleibst du denn, Roberto?», schrie sie atemlos. «Wir warten schon seit einer halben Stunde!»

Porca miseria, er hatte die Verabredung vollkommen vergessen! Im Hintergrund hörte er durch das Handy ein unglaubliches Getöse. Wilde, aufgebrachte Stimmen, typisch für die Del-Vecchio-Schwestern, wenn sie, was selten geschah, allen aristokratischen Anstand fahrenließen und sich einfach nur noch wie Marktfrauen fetzten. «Bin auf dem Weg», sagte er und legte auf.

Leise schlüpfte er in sein Haus, auf keinen Fall wollte er Franco wecken, sonst würde der ganz sicher mitkommen wollen. Aus der *armadio* in der Küche holte er eine Schachtel, die mit Eisenkrautblättern gefüllt war. Eisenkraut, mit einem silbernen Schäufelchen bei Neumond ausgegraben und in die Schuhe gelegt, war das beste Mittel gegen Müdigkeit.

Bevor er sich auf den Weg machte, stellte er einen Besen umgekehrt in den Türrahmen und bestreute ihn mit Salz. Solange er das SATOR-Palindrom im Fußboden noch nicht fertiggestellt hatte, war dies der wohl zuverlässigste Schutz gegen Hexen und böse schwarze Mächte. Trotzdem beschlich ihn ein leicht mulmiges Gefühl: Würde der Besen auch gegen einen jüdischen Killer aus Lehm helfen?

Sergio. Was war das für einer? Roberto rollte vorsichtig die schlüpfrige *strada bianca* von Rombolina nach Canavaccio hinunter. Er hatte den Mailänder nur ein paarmal auf der Straße gesehen, seit der vor einem Jahr hier aufgetaucht war. Ein merkwürdiger Typ, sehr zurückhaltend und schweigsam, immer ein wenig spöttisch, ein Fremdkörper, einer, der sich zwar bemühte, wie die Menschen hier zu reden, aber dann doch andere Worte benutzte. Ein Exot, der aus einer Welt kam, die es in Urbino nicht gab. Vielen war er unheimlich. Warum hatte er wohl sein Land eingezäunt? Um fünfzig Hektar mit einem verzinkten, zwei Meter hohen Zaun zu umgeben, brauchte man einen sehr guten Grund. Und eine Menge Geld. Mindestens vierzigtausend Euro, schätzte Roberto.

Im funzeligen Scheinwerferlicht des Topolino tauchte die Mauer des Friedhofs auf, die mit ihren roten Klinkern auf Beton hässlicher war als jedes andere Bauwerk in der Gegend. Ausgenommen vielleicht die komplett aus Sichtbeton gegossene, nur mit wenigen Schießscharten-Fenstern versehene Kirche in Calmazzo ein paar

Kilometer weiter. Obwohl Roberto keine Lust hatte, im feuchtkalten Nebel auf dem Boden herumzukriechen, hielt er an, um sich mit einer Handvoll frischer Friedhofserde zu versehen. Sicher ist sicher. sein Vorrat war seit gestern Nacht vollkommen aufgebraucht. Vorsichtig tastete er sich den schlammigen Weg entlang zu der frisch ausgehoben Grube für die überraschend verstorbene Ottavia Serafini, sammelte ein bisschen Erde ein, schob sie in die Hosentasche und stolpert zurück zu seinem Auto.

Schlecht gelaunt klemmte er sich wieder hinter das Lenkrad, zog die Mikrofaserdecke über die Oberschenkel und gab Gas. Langsam kroch die Kälte von seinen feuchten, lehmverschmierten Schuhen die Beine hoch. Er verfluchte diese verdammte Jahreszeit. Italien, das Land der Sonne, der Zitronen, der Mandelbäume? Das galt vielleicht für Palermo, nicht aber für Urbino. Im letzten Winter hatte Urbino mit Schneehöhen von über drei Metern zu kämpfen gehabt, und manche Dörfer oben auf dem Monte Dolciano oder dem Monte Polo waren nicht einmal mehr für den Schneepflug erreichbar gewesen. Die Sommer, die waren natürlich immer schon das, was sie sein sollten: heiß, sonnig, lang. *Madonna*, hatte sich noch nicht herumgesprochen, dass es auch in Italien vier Jahreszeiten gab? Und speziell in den Marken – echte eingeborene Marchigiani hörten das nicht gerne – gab es kühle Witterungen, die der französischen Normandie oder dem Norden Großbritanniens alle Ehre gemacht hätten.

11.

Talia öffnete die Tür nicht selber, nein, das tat sie nie. Dafür hatte sie Juan eingestellt, den sie allerdings Fidel nannte, weil er aus Kuba stammte.

«Rrroberrrto, ciao», knurrte Fidel und zog Roberto mit einem festen Griff herein. «Würdest du die bitte ausziehen?» Er deutete auf Robertos lehmverschmierte Schuhe.

«Die auch?», fragte Roberto zurück und deutete auf seine ebenso lehmverschmierte Hose. Fidel grinste unverschämt.

«Wie ist die Stimmung, Juan?»

«Du wirst hier dringend gebraucht. Was willst du? *Caffè*, Wein, Eierlikör?»

Das mit dem Eierlikör war ein Witz, den Fidel machte, seit Thilo Gruber in Robertos Leben getreten war. Er hielt Eierlikör für ein deutsches Nationalgetränk.

«*Caffè* mit viel Zucker, und wenn du hast, irgendwas zu Essen. Ich sterbe vor Hunger.»

«Gnocchi mit einer sanften Rucola-Sahnesoße und ein zartes *filetto di sogliola*?»

«Nicht schlecht. Dann vielleicht auch einen kleinen Verdicchio.»

«Mach ich, *hombre.*» Fidel schob Roberto vor sich her in Richtung Wohnzimmer, aus dem wildes Geschrei tönte. Roberto mochte den Kubaner, auch wenn er sich nicht erklären konnte, warum er diesen Job bei Talia verrichtete. Fidel putzte, kaufte ein, wusch die Wäsche, räumte auf, pflegte den kleinen Garten, kochte, organisierte Talias Termine und sorgte vor allem dafür, dass Talia tagsüber, wenn sie schlief, nicht gestört wurde. Das ging so weit, dass er auf der Straße lärmenden Studenten schon mal seine wirklich exorbitanten Muskeln zeigte, begleitet von der in holperigem Italienisch formulierten Androhung, sie einzusetzen, wenn nicht sofort Ruhe einkehrte. Natürlich war jeder in Urbino überzeugt, dass Fidel und Talia eine Beziehung führten, was jedoch Unsinn war, denn Fidel genoss genauso wie Talia sein ungebundenes Leben und, da er bisexuell war, sogar mit doppelt so großer Hingabe. Talia war da für ihn nicht mehr als hin und wieder ein kleiner Zwischenstopp. Umgekehrt ebenso.

«Roberto! Ein Glück!» Malpomena kam auf ihn zugestürmt und ergriff seine Hände. «Du machst dir keine Vorstellung. Keine. Eine Sechs-Stunden-OP am offenen Herzen mit anschließendem Exitus des Patienten wäre nichts dagegen.»

«Papperlapapp, sie übertreibt und sieht die Dinge düster und negativ, wie ständig, kann ich da nur feststellen. Ist denn je ein positives Wort über die Lippen unserer Schwester Malpomena gekommen? Heute jedenfalls nicht, oder sieht das hier irgendjemand anders», giftete Antonia. «Da ist ein Tunnel am Ende des Lichts, ist das nicht ihr Lebensmotto?»

«Wenigstens redet sie nicht so viel und so lange wie du», rief Talia, drückte Roberto einen lippenstiftgeschwängerten Kuss auf die Wange und versorgte ihn mit einer Überdosis von ihrem moschusledrigen Duft. «Und auf Malpomenas Todessehnsucht ist Verlass!»

«So wie auf deine Oberflächlichkeit», sagte Raffaella. «Und das strengt nicht weniger an.»

«Eben», warf sich Antonia dazwischen, «wo bleibt denn da die Verlässlichkeit, die Tugend der Beständigkeit, der Ausdauer! Und das Erbe, liebe Talia, verschleuderst du doch jetzt schon, das kommt, übrigens vielleicht sogar juristisch, einer Enterbung gleich, zumindest für deine Nachkommen.»

«Die es nicht geben wird! Nicht mit mir!», rief Talia gut gelaunt, als hätte Antonia ihr ein wunderschönes Kompliment gemacht.

Plötzlich schwiegen alle vier.

«Wie weit seid ihr denn in eurer Diskussion über den Erben, den die Baronessa sich wünscht?», fragte Roberto.

Schweigen.

«Heißt das, ihr habt noch gar nicht darüber geredet?»

Schweigen.

«Worüber habt ihr denn geredet?»

Sofort setzte wieder ein infernalisches Stimmengewirr ein. Jede der Schwestern warf mit Beschreibungen der Charaktereigenschaften der anderen um sich, um daraufhin Schreie der Entrüstung und der Wut zu ernten. Um sich abzulenken, stellte Roberto sich vor die Fensterfront aus Glas, acht Meter lang und damit fast so breit wie der gesamte Raum. Der Blick über die Stadt war grandios. Der Nebel hatte sich gelichtet, oder er war noch nicht zurückgekehrt, je nach Sichtweise. Das gelblich orange Licht der Straßenlaternen beleuchtete dieses mittelalterliche Städtchen und Renaissance-Kleinod, wie es ein schöneres und vollkommeneres nicht geben konnte. Gleich unterhalb von Talias Haus, dem letzten in der Via dei Maceri hoch oben am Fort Albornoz, wimmelte es von engen, verwinkelten Straßen, unterschiedlichsten Häusern und kleinen Palazzi, und auf dem Hügel gegenüber thronten der von starken Scheinwerfern in ein warmes Licht gehüllte Palazzo Ducale und der *duomo*. Für einen Moment nahm Roberto die streitenden Schwestern nicht wahr, eingefangen von der Lieblichkeit dieser Stadt, die der Duca Federico da Montefeltro im 15. Jahrhundert zu seinem persönlichen Wohlgefallen angelegt hatte und die zugleich auch etwas von dem Aufbruchgeist der Renaissance erahnen ließ, als der einfache Mensch begann, zum Individuum zu werden, nachdem er zuvor ausschließlich Manövriermasse für die Herrschenden gewesen war.

«Rrroberrrto, dein Mahl.» Fidel berührte sanft Robertos Arm, um dessen Aufmerksamkeit auf das Silbertablett zu lenken, das er auf dem Couchtisch abgestellt hatte.

«Oh, danke, Juan!» Roberto sog das für frischgeschnittenen Rucola typische Aroma durch die Nase ein, den Duft der Seezunge konnte er allenfalls erahnen, weil sie noch von der silbernen Halbkugel verdeckt war, um nicht zu früh auszukühlen. Mit prickelnden Geschmacksnerven durchmaß Roberto den mindestens siebzig Quadratmeter großen Raum, setzte sich auf die Couch und griff nach dem schweren Silberbesteck aus dem 17. Jahrhundert.

Plötzlich Stille.

«Du willst doch jetzt nicht etwa essen? In einem derart heiklen Moment, in dem es um Ableben oder Tod geht?», fragte Malpomena entrüstet. Auch ihre drei Schwestern machten einen pikierten Eindruck.

«Nun, ich ... seit heute Mittag ...» Schweren Herzens legte er das Besteck wieder auf das Silbertablett. Wenigstens nahm er einen großen Schluck Wein, der hervorragend war. Er wurde jedes Jahr eigens für die Del Vecchio in der Fattoria della Santa Barbara in Osima gekeltert. Pro Jahr etwa vierhundert Flaschen. «Soweit ich es beurteilen kann, will keine von euch auf das Erbe verzichten. Ist das richtig?»

Sofort ging wieder eine schrille Stimmenkakophonie los. Roberto nahm noch einen großen Schluck, erhob sich und hob beide Hände. «Habe ich recht?»

Nacheinander nickten Malpomena, Talia, Raffaella und Antonia, die als Erste wieder Luft holte, um etwas zu sagen.

«Moment!», sagte Roberto. Antonias Gesicht bewölkte sich, aber sie schwieg. «Fakt ist auch, dass eure Oma sich von niemandem umstimmen lassen wird.»

«Da sind wir nicht einer Meinung», warf Raffaella ein. «Ich glaube, sie wäre eventuell für Argumente deinerseits zugänglich.»

Für einen Moment genoss Roberto es, eine so gewichtige Position zugestanden zu bekommen, doch dann ermahnte er sich, auf dem Teppich zu bleiben. Die Baronessa hatte ihn in ihr Herz geschlossen, weil er schon als kleiner Junge die als verschroben und merkwürdig geltende Malpomena gegen alle Anfeindungen und Angriffe anderer verteidigt hatte, und im Allgemeinen würde sie seine Meinung anhören und möglicherweise schätzen, nicht jedoch wenn es um quasi politische Fragen des Adelsgeschlechts ging. Da entschied sie alleine oder beriet sich allenfalls mit anderen Vertretern des Hochadels. In der Hinsicht war die Baronessa stockkonservativ und standesbewusst.

«Nein, das wäre sie nicht», erwiderte Roberto sanft.

Schweigen.

«Ihr müsst der Tatsache ins Auge sehen. Ohne Nachwuchs wird euer Erbe verfallen.»

«*Cazzo*», sagte Talia mit ungewohnt ernstem Gesicht. Sie würde das am härtesten treffen.

«Das Geld? Ist mir völlig gleichgültig», sagte Malpomena. «Aber die alten Familienwerte, die Palazzi, die Gemälde, das Silberbesteck –»

«Malpomena, bitte, diese Aufzählung haben wir schon Tausende Male gehört!», erregte sich Antonia, und bevor ihre Schwester sich ihrerseits aufregen konnte, ging Roberto dazwischen.

«Eine von euch wird sich opfern müssen.»

Schweigen.

«Gehen wir doch einmal alle durch. Antonia, wie wäre es für dich? Ein kleiner Junge, ein kleines Mädchen?»

Augenblicklich hob Antonia ihren Seidenschal vor den Mund und streckte Roberto eine gespreizte Hand entgegen. «Undenkbar! All das Vorher, das Nachher, das Ganze überhaupt, und wie soll es denn dazu kommen, es ist doch ... der Vorgang, das Prozedere, die ... *Oddio*, bei meiner Seele, niemals!»

«Na ja, du führst ein geregeltes Leben in Würde und Anstand», warf Malpomena ein. «Für ein Kind wäre das eine gute Grundlage.»

«Sie hat recht», ergänzte Talia.

«Nein, nein und nochmals nein!» Antonias Atemfrequenz stieg, ihr Kopf lief rot an, und sie zitterte am ganzen Körper. Malpomena guckte besorgt und signalisierte den anderen: Besser lassen wir sie in Ruhe, sie könnte explodieren.

«Raffaella», fuhr Roberto fort. «Du bist ein ruhender Pol. Und du bist als Einzige verheiratet.» Allgemeine Zustimmung.

«Ich bin zutiefst entschlossen, keine Kinder zu haben», erwiderte Raffaella mit der Ruhe eines Buddhas.

«Das sagst du schon seit Jahren. Aber wieso?», ereiferte sich Malpomena.

«Es ist so. Ich weigere mich, es zu begründen.»

«*Dio Santo*», rief Malpomena. «Da rieche ich doch etwas Pathologisches im Hintergrund und kann nur sagen: Lass dir helfen, suche professionelle Unterstützung! Ich kenne einige Koryphäen auf dem Gebiet der Psychoanalyse. Nur Mut! Was immer es ist, es ist heilbar.»

«Eine Analyse, das weiß doch jeder, dauert viele Jahre, und am Ende nimmt sich der Patient das Leben oder ist noch verwirrter», erregte sich Antonia. «Was wir brauchen, ist eine Lösung, jetzt.»

Raffaella sah in aller Ruhe von einer zur anderen, ohne jede Spur von Unsicherheit oder gar Betroffenheit. «Ich stehe nicht zur Verfügung.» Keine Frage, ihre Entschiedenheit war endgültig.

«Und Talia, wie ist es mit dir?» Roberto ignorierte, dass die anderen drei Schwestern die Augen verdrehten und verhalten stöhnten. «Ein Kind hätte bei dir nie Langeweile, und Juan scheint mir eine zuverlässige Komponente in deinem Leben zu sein.»

«Fidel kann gut mit Kindern», strahlte Talia.

«Na also.»

«Ich nicht!», strahlte Talia weiter.

«Für sie wäre ein nachtaktiver Hamster das Richtige», sagte Malpomena.

«Zumindest würde Talia einem Kind zu großem Lebenswillen verhelfen», wandte Antonia ein und bedachte Malpomena mit einem tadelnden Blick.

«Ohne mich, ihr Lieben!» Talia warf einen Blick auf ihre Uhr, mit Sicherheit wartete längst eine Verabredung auf sie. «Und wisst ihr was? Ich glaube gar nicht, dass Oma ernst macht mit dem Enterben.

Nicht unser liebes Omchen.» Da war er wieder, dieser grenzenlose Optimismus, der Roberto immer aufs Neue in Erstaunen versetzte.

«Tja, dann sehe ich schwarz», sagte Roberto und warf einen sehnsüchtigen Blick auf die Gnocchi, die längst nicht mehr dampften und einen erheblichen Teil ihres Aromas eingebüßt hatten. Genießbar würden sie trotzdem noch sein.

Schweigen. Das war's dann wohl. Raffaella griff nach ihrer Handtasche und holte ihre Autoschlüssel hervor. Antonia sorgte dafür, dass ihr Seidenschal wieder akkurat und wärmend ihren Hals bedeckte, ohne Falten zu werfen. Roberto leerte sein Glas, griff nach der Gabel und spießte zwei Gnocchi auf.

«Wieso werde ich eigentlich nicht gefragt?» Malpomena sah jede Einzelne böse an. Grenzenloses Erstaunen bei allen. «Ich kann mir durchaus vorstellen, meine Ideale und meine Sicht auf das Leben an ein Kind weiterzugeben.»

«Das arme Kind!», rief Talia.

«Für mich klingt das ebenfalls sehr bedrohlich», schauderte Antonia.

«Moment», nuschelte Roberto und würgte die Gnocchi herunter. «Warum denn nicht?»

«Wie soll man gerade für sie einen Mann finden? Wer goutiert denn schon depressive Todessehnsucht und eine durchweg negative Einstellung?», fragte Antonia.

«Auch wenn es nicht in euer Weltbild passt, meine Lieben: Ich hatte durchaus schon einige Male in meinem Leben näheren Kontakt mit dem männlichen Geschlecht.»

«Da kenne ich jemanden, der da etwas erzählen kann», lachte Talia.

Malpomena schwieg betroffen.

«Tut mir leid, Schwesterherz», lenkte Talia ein. «Jeder hat seine Talente, und deine liegen halt woanders.»

«Hier geht es nicht um Verführung und wie toll und begehrt man ist», mischte sich Raffaella ein. «Hier geht es um unser Erbe.»

Schweigen.

Roberto machte sich über die *sogliola* her, die unvergleichlich zart auf der Zunge zerfiel. Wenn ihn seine Geschmacksnerven nicht trogen, hatte Juan sie mit Zitronengras angebraten. *Perfetto.*

«Es gibt ja die Möglichkeit der künstlichen Befruchtung, in vitro, such dir das ... nun, das Sperma eines bedeutenden Palliativmediziners aus, Malpomena, oder eines Nobelpreisträgers und –» Antonia wedelte ein wenig angeekelt mit der Rechten.

«Eine künstliche Befruchtung lehne ich aus ethischen Gründen ab, außer in einer medizinischen Notlage.»

Schweigen.

Roberto hielt sich weiter an die Seezunge. Da war noch ein anderer Geschmack mit im Spiel. Bestimmt etwas Kubanisches und also Exotisches. Vielleicht Ingwer? Er hob die *sogliola* an – tatsächlich, unter der Haut klebten kleine, kross gebratene Ingwerstückchen. Wunderbar. Das ging natürlich weit über die marchigianische Küche hinaus, die sehr rural war und nichts von irgendwelchem Schnickschnack hielt. Während Roberto das letzte Stück Fisch in den Mund schob, fiel ihm auf, dass nicht nur niemand etwas sagte, sondern inzwischen alle Blicke auf ihn gerichtet waren, sogar der von Juan, der allerdings als Einziger ein wenig spöttisch lächelte.

«Was ist?», fragte Roberto, erntete aber nur Schweigen. Langsam begriff er, was war.

«O nein!» Roberto verschluckte sich und hustete heftig.

Fidel klopfte ihm auf den Rücken. «Keine Panik, Rrroberrto. Das alte Rein-raus-Spiel wird total überschätzt.»

Roberto bekam kein Wort heraus, machte aber alles von Kopfschütteln bis Händewedeln, was als Nein gedeutet werden musste.

«Du hast doch schon von klein an Malpomena in misslichen Lagen geholfen», sagte Antonia.

«Und die waren sicher unangenehmer gewesen», ergänzte Raffaella.

«Ich bin in keiner misslichen Lage, das möchte ich an dieser Stelle betonen», sagte Malpomena.

Fidel reichte Roberto das nachgefüllte Weinglas.

«Danke, Juan», krächzte Roberto und wollte eigentlich nur einen großen Schluck nehmen, doch als er das Glas wieder absetzte, war es leer.

Malpomena tat so, als würde sie die ganze Sache nichts mehr angehen, aber Roberto kannte sie zu gut, er wusste, dass sie jetzt äußerst verletzbar auf seine Reaktion wartete. Die drei anderen Schwestern hingegen sahen ihn mit unverhohlener Freude an, offenbar hielten sie es für eine gute Lösung, auch weil die Baronessa Roberto so sehr mochte.

Roberto hatte plötzlich das Gefühl, dringend ein wenig kalte, feuchte Novemberluft einatmen zu müssen, und erhob sich. «Ich muss darüber nachdenken. Das ist, also, wie gesagt, versteht ihr?» Er lächelte für einen Moment, vermied jeglichen Blickkontakt mit Malpomena und versuchte, die Tür in möglichst gerader Linie zu erreichen. Fidel war schon da, um ihm in die Daunenjacke zu helfen. Er klopfte Roberto auf den Rücken.

«Es gibt Schlimmeres, weißt du? Soll ich dir mal von meiner Kindheit auf Kuba errrzählen?»

Roberto schüttelte den Kopf und konzentrierte sich auf seinen Weg durch die riesige Küche, die zugleich so etwas wie ein Flur war. Im Vorbeigehen griff er in eine Schüssel mit Keksen, die auf der Arbeitsplatte stand, und steckte sich gleich zwei in den Mund, gesteuert von dem instinktiven Verlangen, seinen abgesackten Blutzuckerspiegel und seinen wahrscheinlich gegen null tendierenden Blutdruck wieder auf Trapp zu bringen.

«Oh, Rrroberrto, die nicht!», rief Fidel entsetzt, aber Roberto winkte nur ab, kaute und schluckte. So wichtig konnten ein paar Kekse ja wohl nicht sein. Er nahm sich noch einen und trat hinaus ins Freie.

Talia war an Fidel herangetreten. «Was ist los, Fidel?»

«Er hat von den Keksen gegessen.»

«*Madonna!* Wie viele?»

«Drrrei.»

«*Oddio!*»

«Serrrgio hat gesagt, dieses Mal wäre sein Dope so krrräftig wie nie zuvor.»

Talia überlegte. «Geh ihm nach und guck, wie es ihm geht. Aber bleib auf Abstand. Nicht dass er misstrauisch wird.»

Fidel warf sich in seinen dicken, wadenlangen Lodenfrey-Mantel, ein Geschenk von Talia, das sie ihm einmal aus München mitgebracht hatte, zog die Kapuze über den Kopf und folgte Roberto.

12.

Die kalte Luft nahm Roberto den Atem. Der Temperaturwechsel. Talia heizte ihre Wohnung auf unanständige 28 Grad auf. Damit sie jederzeit in jedem Raum nackt umhertollen konnte, wie böse Zungen behaupteten. Interessanterweise spürte er von seiner unsäglichen Müdigkeit kaum noch etwas. Eisenkraut, stellte er zufrieden fest, von wegen alles Aberglaube. Allerdings machte sich der Verdicchio mit einem leichten Schwindel bemerkbar. Zumal da ja schon zuvor der Passerina bei Toto und der Sangiovese bei Spartaco gewesen war. Er drehte ein paar Runden im Park neben dem Fort Albornoz, streifte über den Kinderspielplatz, den er bislang nur aufgesucht hatte, um in der dazugehörenden Bar einen *caffè* zu nehmen. Wenn er Malpomena zu einem Erben verhalf, würde er dann womöglich auf Spielplätzen wie diesem herumhängen müssen? Eine sehr beunruhigende Vorstellung. Er setzte sich auf eine Schaukel und schwang ein wenig hin und her. Hier oben war meistens der Teufel los, Kinder aller Altersgruppen tobten herum, von überforderten Eltern verfolgt oder von alles erklärenden Super-Pädagogen gegängelt oder von gleichgültigen Ignoranten sich selbst überlassen – *oddio*. Plötzlich verspürte er eine Übelkeit und ließ sich von der Schaukel zu Boden gleiten. Nach ein paar Schritten wurde es wieder etwas besser.

Er stieg in seinen Topolino und startete den Motor. Die Via dei Maceri war sehr schmal, da ließ sich selbst mit dem kleinsten aller italienischen Kleinwagen nicht leicht wenden. Mit Wehmut erinnerte Roberto sich an die Zeit, als er den nagelneuen Cinquecento von Osvaldo vorübergehend gefahren hatte. Bei dem brauchte man nur den Zeigefinger, um das Lenkrad zu drehen, und mit dem synchronisierten Getriebe war jeder Gangwechsel ein Vergnügen.

Endlich holperte er an der Accademia di Belle Arti vorbei und bog in die Via Raffaello ein, die ihm heute allerdings entsetzlich steil vorkam. Und irgendwie hatte sie etwas Schlangenförmiges. Den Motorroller, der ihm folgte, bemerkte er nicht.

Roberto passierte das Geburtshaus des großen Renaissancemalers Raffaello Sanzio, erreichte die Piazza della Repubblica, wo er erhöhte Aufmerksamkeit walten ließ. Auf der Piazza trieben sich immer und zu jeder Zeit ein paar Menschen herum. Er bog links in die Via Battisti ab. Merkwürdigerweise veränderte die Straße sich, während er sie befuhr. Als wäre sie aus Gummi. Er steuerte nach – und rammte die Hausecke der Trattoria del Leone. Frontal. Für einen Moment beobachtete er belustigt, wie sich die an und für sich stabile Mauer vor ihm wellte und wand, bis ihm ein dünnes Stimmchen eindringlich nahelegte, besser eine kleine Pause bei Toto einzulegen, bevor er weiterfuhr. Er schlängelte sich auf die rechte Straßenseite hinüber und stellte den Topolino ab, im Parkverbot. Aber heute Nacht hatte Battistelli Dienst, und der verließ die Wache bloß in erwiesenen Notfällen. Nur wenn zufällig Cottelli vorbeikam, würde es eng werden. Dieser würde sich die Gelegenheit nicht entgehen lassen, ein Exempel zu statuieren und den Topolino abschleppen zu lassen. Und wahrscheinlich würde es ihm selbst zu dieser späten Stunde gelingen, einen Abschleppwagen zu organisieren.

«*Ou*, Toto, einen *doppio caffè*, aber *presto*», sagte Roberto und warf sich auf einen Barhocker.

«Der ist besetzt», sagte Toto.

Roberto sah sich um. Kein Mensch weit und breit und fünf leere Barhocker. «Stimmt, jetzt ist er besetzt.»

«Was meinst du, warum da schon ein Glas vor dir steht?»

«Keine Ahnung», erwiderte Roberto und schob es zur Seite. «Wie laufen die Geschäfte?»

Toto verzog sein Gesicht. Kein anderer Barista zwischen Urbino und Pesaro verbreitete so eine schlechte Laune wie er. Aber seinetwegen kam ohnehin niemand hierher, sondern ausschließlich weil keine andere Bar so günstig lag: an der Südseite der Piazza della Repubblica, hinter den hellen, hohen Bögen der mittelalterlichen Arkaden, mit Blick auf das Treiben auf der gesamten Piazza.

Robertos Blick blieb an der Vitrine hängen, in der ein paar welke Puddingteilchen lagen. Wieso hatte er nur so einen Hunger auf Süßes? Er holte sich eins heraus und biss herzhaft hinein. In seiner Magengegend hatte ein leichtes Vibrieren begonnen.

«Hoffentlich krieg ich keine Erkältung.»

Toto zuckte zurück und stellte den *caffè* mit sehr langem Arm vor Roberto hin. Auf keinen Fall wollte er sich mit irgendwas anstecken. Die Bar wegen Krankheit schließen zu müssen bedeutete Verdienstausfall, für einen Menschen wie Toto eine unerträgliche Vorstellung.

«Du schwitzt.» Toto deutete auf Roberts Stirn.

Roberto wischte sich über die Stirn. «Tatsächlich.» Er betrachtete seine Hand, und aus einem unerfindlichen Grund musste er plötzlich lachen.

«Ist das witzig?»

«Nein», stieß Roberto hervor und versuchte, mit dem Lachen aufzuhören, aber es ging nicht. Er griff nach dem *caffè*, hatte jedoch plötzlich das Gefühl, dass die Hand da vor ihm nicht ihm gehörte. Er zuckte zurück. Die Hand auch. Natürlich, was denn sonst, sagte er sich, und musste schon wieder lachen.

«Gib mir mal drei Espressotassen, Toto.» Höchste Zeit, sich wieder ein wenig zu erden.

Toto überlegte einen Moment, ob er sich weigern sollte. Nein, besser nicht; wenn sich der Poliziotto merkwürdig verhielt, war höchste Vorsicht geboten. Meistens suchte er dann Streit, und am Ende zückte er wegen irgendeiner Lappalie seinen Bußgeldblock. Toto stellte ihm drei leere Espressotassen hin. Roberto wiegte sie ein wenig hin und her, nahm Schwung, warf die erste in die Luft, doch wie von Geisterhand gelenkt, flog sie nicht nach oben, sondern krachte seitwärts gegen die Vitrine, wo sie einen hässlichen Riss im Glas hinterließ, die zweite Tasse verschwand hinter der Theke und zerschellte am Boden, und nur die dritte konnte Toto mit einem beherzten Griff in die voraussichtliche Flugbahn daran hindern, die nackte Leuchtstoffröhre an der Decke zu zerschmettern.

«Was fällt dir ein?», rief Toto.

«Alles gut», erwiderte Roberto gut gelaunt und wunderte sich selber über die seinen gesamten Körper erfassende Euphorie.

«Nichts ist gut. Wer bezahlt mir denn jetzt den Schaden?» Toto war richtig sauer.

«Der Golem!», brüllte Roberto und schüttelte sich vor Lachen.

«Sehr witzig.» Toto bückte sich, um die Scherben aufzukehren. Erst jetzt bemerkte Roberto die leise Musik im Hintergrund. Dieses Mal nicht Adriano Celentano, auch nicht diese unsägliche Gummimusik ohne Anfang und Ende, die zu hören man in Supermärkten verdonnert wurde. Nein, das war *«Un gelato al limon»*, ein Klassiker, gesungen von Paolo Conte, dem Meister der melancholischen Einsamkeit, dem einsamen Wolf am Klavier, dem Mann mit der riesigen Knollennase und den in die Stirn gemeißelten Sorgenfalten. Merkwürdigerweise hörte Roberto das Stück nicht nur, er war plötzlich mittendrin, zuerst im Flügel, sah die vibrierenden Saiten, die Mechaniken, die wie Spieluhrpuppen zu der Musik tanzten, und dann ragte Paolos Gesicht vor ihm auf, groß wie ein Ozeandampfer und voller Pockennarben und Mitesser. Das war erschreckend. Roberto schüttelte den Kopf, hörte aber sofort wieder damit auf, weil er das Gefühl hatte, der Kopf würde möglicherweise seinen angestammten Platz auf seinem Hals verlassen und durch die Tür hinaus auf die Piazza fliegen.

«Ist Ihnen nicht gut?»

«Hä?» Roberto drehte seinen Kopf so langsam wie möglich, um ihn auf die Stimme auszurichten, die von rechts an sein Ohr drang.

«Kann ich helfen?»

«Gruber!», lachte Roberto und griff mitten in dessen Gesicht, um sich an seiner Nase festzuhalten.

Thilo Gruber beugte sich ein wenig zurück und sah Roberto scharf in die Augen. Roberto wurde von Conte abgelenkt, der den Refrain *«Un gelato al limon»* einige Male wiederholte. Vor Robertos geistigem Auge wuchs ein angeschmolzenes Zitroneneis in die Höhe.

«Hast du Eis, Toto?», fragte er, ohne das Zitroneneis aus den Augen zu lassen.

«Natürlich.» Toto war sowohl für das beste Eis der Gegend als auch für die kleinsten Portionen bekannt, und selbst im Winter produzierte er drei Geschmacksrichtungen.

«Einmal Zitrone. Du auch, Gruber?», fragte Roberto.

Der Deutsche sah ihn weiterhin prüfend an. «Nein, danke.»

«Nuss, Schoko oder Vanille», sagte Toto.

«Alle drei», bestellte Roberto. «Und Zitrone.»

«Habe ich nicht.»

«Macht nichts», säuselte Roberto. In seinem Inneren verdrängte jetzt eine andere Musik die von Paolo Conte, ein Reggae von Bob Marley, dessen Titel ihm nicht einfiel, der aber besser zu seinem momentanen Gefühl passte als jede andere Musik. Roberto konnte sich nicht erinnern, sich jemals in seinem Leben so entspannt gefühlt zu haben. Dub-a-dschaka-dub-a-dschaka. Er schloss die Augen, wiegte seinen Oberkörper vor und zurück und sang mit. *Ai scotte se scerife batte ai dide notte sciutte se depiuti.*

Gruber beugte sich zu Toto hinüber. «Haben Sie eine Couch und eine warme Decke?»

Toto deutete nach hinten.

«Dann helfen Sie mir mal.» Gruber wandte sich an Roberto. «Wollen Sie sich ein wenig hinlegen, nur ein paar Minuten? Dann können Sie in Ruhe Ihr Eis essen.»

Roberto öffnete unwillig die Augen. Was wollten denn diese strengen Typen von ihm? Er rutschte von dem Barhocker herunter.

«Macht, was ihr wollt, ich geh eine Runde spazieren.»

Er griff noch einmal in die Vitrine, vorsichtig, der Sprung in der Glasscheibe sah für ihn aus wie eines von diesen giftigen Insekten, die es auf Jamaika zuhauf gab, holte sich ein Schokocroissant heraus und machte sich auf den Weg zur Tür.

«Eh, eh! Und wer bezahlt deine Rechnung?»

Roberto kehrte noch einmal zurück, griff in seine Hosentasche, holte seinen gesamten Vorrat an Friedhofserde hervor und ließ sie auf die Theke rieseln. «Falls der Golem kommt.» Lachend machte er sich davon.

«Randalierer!», regte Toto sich auf. «Und immer alles auf meine Kosten!»

«Nimmt er Drogen?», fragte Gruber.

«Der?» Toto lachte auf.

«Aber er trinkt viel, oder?»

«Eigentlich nicht. Ehrlich gesagt habe ich ihn selten richtig betrunken gesehen.» Toto stutzte, wandte sich seinem Notebook zu und tippte ein paar Befehle ein. «Zuletzt im Jahr 2002 am 7. August. Da ist er volltrunken zum Dienst erschienen. Das war, als Maria Corbucci ihm Hörner aufgesetzt hat.»

«Ah, Sie führen ein Tagebuch und halten solche Dinge fest?»

«Tagebuch? Sie meinen, ich schreibe auf, was ich täglich erlebe?»

Gruber nickte.

Toto sah ihn mitleidig an. «Nein.»

Gruber wartete auf eine Erklärung, aber es kam keine.

Roberto badete in einem grandiosen Gefühl. Die Welt erschien ihm so wunderbar koloriert, sie duftete so frisch und lebendig, und der Begleitchor der Häuser und Straßen zu Paolo Conte und Bob Marley klang so zart und zugleich treibend wie die drei schwarzen Background-Sängerinnen hinter Mick Jagger bei der letzten Stones-Tournee. Moment mal, dachte Roberto, seit wann singen Häuser? Wieso hörte er den Conte noch, obwohl er Totos Bar längst verlassen hatte? Seit wann interessierten ihn Mick Jagger und die Rolling Stones? Was hatte er mit Bob Marley zu schaffen? Und dieses Lachen, wieso konnte er auf Teufel komm raus nicht damit aufhören?

Er hielt sich für einen Moment am Schaukasten der L'Unità fest, ratlos. Autofahren konnte er jedenfalls vergessen. Vielleicht half ja tatsächlich ein kleiner Spaziergang. Um jede Steigung oder jedes Gefälle zu vermeiden, passierte er den Palazzo dei Legato Albani linker Hand und folgte dem Corso Garibaldi in Richtung Teatro Sanzio. Die Arkaden hier waren bei weitem nicht so großzügig angelegt und viel dunkler als die vor Totos Bar, und sie reflektierten den Klang seiner Schritte deutlich intensiver. Das Geklapper seiner harten Ledersohlen wurde so laut und traktierte seine Trommelfelle so sehr, dass er kurz stehen bleiben musste. Merkwürdigerweise brauchte der Klang seiner Schritte etwas länger, um zu einem Stillstand zu kommen.

Meine Schritte brauchen etwas länger, um zum Stillstand zu kommen, dachte Roberto und drehte sich um. Ein dunkler, mit einigen Nebelschwaden durchzogener Gewölbegang, sonst nichts. Doch halt, da, eine massige Gestalt, die sich langsam hinter eine Säule zurückzog. Roberto starrte ins Halbdunkel. Oder war das eine optische Täuschung? In seinem Magen ging es inzwischen drunter und drüber, und seine Sinne funkten die merkwürdigsten Ereignisse an sein Hirn. So leicht und beschwingt sich das anfühlte, so verwirrend und auch bedrohlich erschien es ihm. Allerdings nur für eine Sekunde. Dann kehrte diese grandiose Euphorie zurück, dieses Mal sogar verstärkt durch das Gefühl zu schweben. *Che forte*, ich kann fliegen, dachte Roberto und war kurz davor, Anlauf zu nehmen und sich über die Brüstung der Mauer des ehemaligen Marstalls zu stürzen, um die lächerlichen dreißig Meter hinunter auf den Borgo Mercatale zu segeln.

Das Teatro Sanzio. Hier musste er sich entscheiden, ob er den steilen Fußweg hinauf zum *duomo* nahm oder die verwinkelten Treppen hinunter ins jüdische Ghetto. Hinunter. Das war in jedem Fall bequemer, und es kam ihm gar nicht der Gedanke, dass «hinunter» in Urbino gleichbedeutend war mit «Danach geht's wieder steil bergauf».

Die Treppen waren abschüssig und schmal. Hier war es noch dunkler. Waren da wieder diese Schritte? Roberto blieb stehen und lauschte in die Dunkelheit. Plötzlich verkehrte sich seine Euphorie in Angst, sein Puls pochte unter der Schädeldecke, als wäre sein Herz dort hinaufgerutscht. Es griff an seinen Gürtel – und tastete ins Leere. *Porca puttana!* Keine Pistole. Die lag immer noch in der Schublade auf der Wache zwischen der MagLite und der *salsiccia picante*.

Er tastete sich weiter bis zum nächsten Mauervorsprung und peilte noch einmal zurück, die Treppe hinauf. Da, eine riesige Silhouette wuchs in die Höhe, ein Mensch, ein Wesen mit einem anormal großen Kopf, der oben spitz zulief und an den Seiten in runden Bögen ausbeulte. Robertos Körper wurde starr, er konnte nichts dagegen machen. Er wartete. Das Ding tastete sich die Treppen hinunter, in seine Richtung. Und endlich löste sich seine Starre. Er rannte los, stolperte die schlüpfrigen Stufen hinunter, passierte das Haus des Rahmenmachers Gilberto Sabatini, gleich vor ihm war die jüdische Synagoge, und fünfzig Meter weiter sah er das beruhigende Licht der Via Mazzini.

Plötzlich ein gellender Schrei. Aber von vorne. Eine weibliche Stimme. Eine Frau stürzte aus der schmalen Via Sotto le Stallacce vor ihm heraus, stolperte, schlug zu Boden, raffte sich wieder auf, verfolgt von einem Schatten, einer Gestalt, die nicht lief, sondern schritt. Langsam, bedrohlich, unbeirrbar wie eine Maschine. Sie hatte einen gewaltigen Kopf, aber keinen Hals, und die Beine sahen aus wie die eines Elefanten, säulenartig und ohne Füße. Wieder schrie die Frau. Robertos Ohren vibrierten, schmerzten, blockierten jedes weitere Gefühl, jeden Gedanken. Außer dem einen: Da war ein

Wesen hinter ihm, und da war ein Wesen vor ihm. Er sah, wie der Schatten seine Arme hob, sich der schreienden Frau näherte, die ihrerseits kraftlos in die Hocke ging.

Hilf ihr, verdammt noch mal! Roberto hatte das Gefühl, aus zwei Teilen zu bestehen, einem, der losstürmen wollte, und einem, der wie ein Baum im Boden verankert war. Hilf ihr!

Und da, der erste Teil gewann langsam an Kraft. Der Poliziotto hob einen Fuß, der erste Schritt, dann der nächste. Wie lange würde er bis zu der Frau brauchen? Doch plötzlich polterten von hinten schnelle Schritte heran, etwas Lehmfarbenes flog an ihm vorbei, brüllte wie ein Stier. Der Golem war bei der Frau, jawohl, es musste der Golem sein, massig, gewaltig, er zuckte zurück, zögerte für einen Moment, bevor er sich umdrehte und in die Gasse zurückrannte, aus der er gekommen war, verfolgt von der zweiten Gestalt. Die Schritte der beiden verloren sich schnell.

Die Frau war weinend zusammengebrochen und verdeckte ihre Augen, als könnte sie damit alles Entsetzliche zum Verschwinden bringen. Roberto griff nach ihrer Schulter und zog sie hoch. Sie wehrte sich nicht und wimmerte in der Erwartung, dass ihr letztes Stündlein geschlagen hatte. An ihren Armen klapperten unzählige Goldreifen – endlich erkannte Roberto, um wen es sich handelte.

«Donna Domenica, beruhigen Sie sich. Sie sind in Sicherheit. Ich bin's, Roberto Rossi. Der Poliziotto.»

Donna Domenica warf ihre Arme um seinen Hals. «*Santa Maria benedetta!* Er wollte mich töten.»

«Wer war es? Konnten Sie ihn erkennen?», fragte Roberto.

«Ja. Nein.»

«Was denn?»

Donna Domenica zitterte nur.

«Und wer war der andere?»

«Hast du die Farbe seines Körpers gesehen, Roberto?»

«Für mich sah das mehr nach einem Mantel aus.»

Donna Domenica schüttelte schaudernd den Kopf. «Das war das Wesen aus Lehm. Das war der Golem.»

«Wer jetzt? Der, der Sie angegriffen hat? Oder der, der den Angreifer verjagt hat?»

«Beide», flüsterte Domenica.

13.

Malpomena umfasste den überdimensionalen Teepott mit beiden Händen – sie umklammerte ihn, und zwar so verkrampft und mit so großer Kraft, als wollte sie den Steinguttopf mit bloßen Händen zerbröseln. Sie hatte einfach keinen Schlaf finden können, und selbst diese hochpotente Mischung aus Melisse, Kamille, Lindenblüten, Salbei, Verbene, Baldrianwurzel, Hopfen und Lavendel hatte sie noch nicht einmal zum Gähnen gebracht. Schuld war diese merkwürdige Euphorie, die sie bei dem Gedanken empfand, ein Kind zu gebären. Einen Menschen, der ihre Gene in sich trug, für den sie der Mittelpunkt der Welt sein würde, der nicht an ihr zweifeln würde – was war denn für einen kleinen Menschen wichtiger als die Mutter? Und gleichzeitig war da diese wahnsinnige Angst, ihr gesamtes Leben unwiderruflich auf den Kopf stellen zu müssen, neben all den anderen Problemen, die sich andeuteten, wenn man ein Kind großzog. Sie stand im 20. Semester ihres Medizinstudiums, nicht weil sie faul war, o nein, es war der Wunsch, so viel wie möglich zu lernen, bevor sie sich auf eine Disziplin festlegte. Vielleicht sollte sie ihr Studium zunächst zu Ende bringen, bevor sie an ein Kind dachte. Aber nein, es war ja nicht sie, die an ein Kind dachte, sondern die Umstände erforderten es, daran zu denken.

«Urbino ist so steil», jammerte sie, während sie aus dem Fenster sah, das nach Südosten auf das Mausoleo dei Duchi zeigte, den jahrhundertealten Friedhof der adeligen Familien dieser Gegend. «Wie soll ich nur mit einem Kinderwagen die Stadt durchmessen?» Zum Beispiel wenn sie ihre Schwester Talia besuchte. Von dort nahm sie immer den Weg links herum, die verwinkelten Treppen hinunter zur

Piola San Margherita. Undenkbar mit einem Kinderwagen, selbst wenn sie sich einen mit großen, geländetauglichen Rädern besorgte. Also würde sie rechts herum die Via dei Maceri und dann die steile, schnurgerade Via Raffaello nehmen müssen. Und was, wenn der Kinderwagen ihr dort aus der Hand rutschte und mit rasendem Tempo hinunterrollte, das Kind von Todesangst geschüttelt, schreiend, hilflos?

«*Signor Iddio.*» Sie zitterte vor Entsetzen. Ihr armes kleines Mädchen – natürlich würde sie keinen Jungen bekommen, da war sie sich absolut sicher. Als ihr Telefon klingelte, war sie derart in grauenvollen Gedanken gefangen, dass sie sich gar nicht über diesen späten Anruf wunderte, inzwischen war es fast Mitternacht.

«Ich werde mir einen Fangriemen ums Handgelenk wickeln, den ich mit einer soliden Schnalle am Griff des Kinderwagens befestige. Nicht aus Leder», sie hob den Hörer ab, «sondern aus einem elastischen Material, damit kein Ruck dem zarten Hälschen meines Mädchens Schaden zufügen kann.»

«Liest du dir gerade aus einem Märchen vor?», fragte Roberto und lachte. Merkwürdig, fand Malpomena und legte gedankenverloren wieder auf. Gerade Schütteltraumata waren bei Säuglingen eine erschreckend häufige Todesart, wie sie bei einem Praktikum in der Pathologie der *Policlinico Universitario Agostino Gemelli* in Rom hatte erfahren müssen. Wieder klingelte das Telefon. Wütend hob sie ab.

«*Santa Maria*, was ist denn?»

«Roberto hier. Ich brauche deine Hilfe.»

«Muss das sein?», fragte Malpomena verärgert zurück.

«Muss.»

Zehn Minuten später hockte Donna Domenica in Malpomenas Wohnzimmer vor dem Aquarium und zählte die vorbeischwimmenden Sumatrabarben.

«Und was soll ich mit dieser goldbehangenen Pute?», giftete Malpomena.

«Sie will weder die Nacht in einem Albergo verbringen noch in ihre eheliche Wohnung zurückkehren.»

«Dann nimm sie mit zu dir, Herrgott noch mal!»

«Geht nicht. Ich habe schon Franco bei mir herumsitzen.»

«Na und? Lass sie zusammenhocken und ein wenig Musik machen. Free Jazz. Dafür muss man nicht einmal ein Instrument beherrschen.»

«Wenn ich sie mitnehme, werde ich sie nicht mehr los. Seit sie sich von Carlo getrennt hat, hat sie etwas Krakenartiges.»

Malpomena bemühte sich, ihre negativen Gefühle nicht allzu groß werden zu lassen. Sie war zutiefst überzeugt, dass eine adelige Abstammung aus niemandem einen besonderen Menschen machte und daher niemand sich etwas darauf einbilden durfte. Deswegen wohnte sie demonstrativ in dieser winzigen Wohnung fast ohne Möbel. Für Malpomena waren alle Menschen gleich – bis auf Donna Domenica. Sie gehörte zur Familie der Galeotti, die für die Del Vecchio nichts anderes als Nachkommen übler Raubritter und Banditen waren, denn die Galeotti verdankten ihren Reichtum ausschließlich ihrer Tätigkeit als Steuereintreiber des Papstes. Was vor allem bedeutete, dass sie viele Jahrzehnte lang den einen oder anderen Sack Golddukaten in die eigene Tasche hatten verschwinden lassen. Gemessen an den altehrwürdigen Del Vecchio waren die Galeotti dubiose Neureiche. Und Domenica war nicht einmal das, weil man sie praktisch enterbt hatte, als sie den Schuhverkäufer Carlo Manzoni geheiratet hatte.

«Allein sie in meiner Nähe zu wissen bereitet mir Kopfschmerzen. Hast du ihre Fingernägel gesehen? Damit könnte man Troja ausgraben.»

Roberto lachte, viel zu laut und irgendwie merkwürdig, zugleich schwang sein Kopf in einem für Malpomena erkennbaren, aber nicht benennbaren Rhythmus hin und her. Sie sah ihn prüfend an.

«Bist du in Ordnung?» Sie fasste sein Handgelenk, um den Puls zu überprüfen. «Nanu?» Besorgt legte sie ihre Finger an seine Halsschlagader. «Ah, da haben wir ihn ja. Ich dachte schon, du wärst tot.»

Jetzt war sie es, die merkwürdig lachte, mit einem gutturalen Unterton. Roberto spürte ein sanftes Kribbeln in der Lendengegend, ein leichtes – sexuelles Verlangen?

«Na, schau an, jetzt kommt wieder Tempo in deinen Kreislauf. Frag mich nicht, wieso. Ein Pulsschlag hat mitunter seine eigene Dramaturgie mit überraschenden Tempowechseln.»

Roberto betrachtete Malpomena aus der Nähe, ihre bernsteinfarbenen Augen, ihre hohen etruskischen Wangenknochen, dieses feine flaumige Haar an ihren Schläfen. Und ihr Duft, eine Mischung aus Schlaf, Bourbon-Vanille und – Baldrian? Sie war wirklich eine höchst attraktive Frau. War ihm das noch nie aufgefallen? Sein Herz schlug noch ein wenig schneller.

Malpomena sah ihn misstrauisch an und rückte etwas von ihm ab. «Etwas stimmt nicht mit dir.»

Roberto lachte albern. «Ich habe Hunger. Hast du was da? Schokolade oder ein Stück Kuchen? Aber keinen trockenen. Irgendwas mit Sahne oder Pudding.»

Malpomena holte einen 200-Gramm-Riegel Torrone aus ihrer Anrichte und reichte ihn Roberto. Mit wachsamen Augen beobachtete sie, wie er die Packung zerfetzte und gierig einen riesigen Brocken abbiss.

«Gibt es neben Puls und Heißhunger auf Süßes noch andere Irregularien?»

«Bitte was?», fragte Roberto und biss noch einmal ab.

«Aberrationen im Empfinden?»

Roberto verspürte plötzlich das Verlangen, ein wenig herumzutänzeln. Wie sein *cugino*.

Bei Malpomena verfestigte sich ein Verdacht. «Würdest du zustimmen, folgende Symptome bei dir zu verspüren: Lachzwang, unerklärliche Euphorie, intensive Musikwahrnehmung?»

«Kann man sagen», jubelte Roberto und versuchte sich daran zu erinnern, wie man eine Tarantella tanzte.

«Das Gefühl zu schweben, sexuelles Verlangen?»

Roberto hielt für einen Moment inne und sah Malpomena an. Vielleicht einen Moment zu lange. Malpomena schlug ihre Augen nieder und nestelte ein wenig verwirrt an ihrem Morgenmantel herum. Ihr Busen zeichnete sich unter dem fließenden Seidenstoff deutlich ab, und Roberto fragte sich, seit wann sie überhaupt einen Busen hatte.

«Wäre es für dich denkbar, mir eine Blutprobe zu überlassen?»

Robert ließ mit einem leichten Zischen die Luft aus seinen Lungen entweichen. Obwohl er sich nicht erklären konnte, warum, so hatte er doch etwas anderes erwartet. «Wozu?»

«Auf keinen Fall solltest du Auto fahren. Du kannst ja hier», sie deutete auf die Couch im Wohnzimmer. «Obwohl, da liegt ja schon diese goldene Gans.» Sie realisierte, dass es eigentlich nur noch in ihrem Schlafzimmer einen Platz gab. «Also, ich sag mal so: Fahre so vorsichtig wie möglich und mit offenem Fenster.»

Enttäuscht nickte Roberto und ließ sie ein riesiges Röhrchen mit seinem Blut füllen, bevor er sich auf den Weg nach Rombolina machte.

14.

Nächster Morgen. Eine klebrige Dumpfheit lag auf Roberto, schwer wie eine Grabplatte, gepaart mit gigantischen Kopfschmerzen. Kein Grund, sein Bett zu verlassen, und wenn sein strohtrockener Mund nicht gewesen wäre und dieser unsägliche Durst, hätte er sich einfach umgedreht und weitergeschlafen. Draußen warteten ohnehin nur ein Mörder aus Lehm, das Grau des Novembers und alltägliche Routine wie das Feuer im Kamin aus der Restglut hochzukitzeln, die Asche zu entfernen und frisches Brennholz hereinzuschleppen.

Eine Weile knetete Roberto seine Stirn und rieb seine Augen, bis er es endlich schaffte, sie offen zu halten und sich aufzurichten. Was für eine trostlose Welt! Noch nie in seinem Leben war er so deprimiert gewesen wie in diesem Moment. War das etwa das tägliche Grundgefühl von Malpomena, der ewig Niedergeschlagenen?

Er nahm sich vor, langsam bis zehn zu zählen und dann aufzustehen. Er kam nur bis zwei. Plötzlich plärrte das Radio in der Küche, zuerst Radio Radicale, dann drehte jemand an der Einstellung, verschiedene Sender zwitscherten kurz auf, bis einer übrig blieb. Jazz.

Langsam kehrte Robertos Erinnerung zurück: Franco, der auf dem Sofa in der Küche eingeschlafen war. Franco, der wie Pappelblätter im Wind zitterte und Flitzeaugen bekam, wenn man das Wort Golem sagte. Donna Domenica, die gleich zwei Golems begegnet war. Und Malpomena, der er zu einem Kind verhelfen sollte. Ächzend schälte Roberto sich aus seiner kuscheligen Daunendecke. Aus der Küche wehte der Duft von frischem *caffè* herein, und als Roberto die Tür aufstieß, schwallte ihm eine unerwartet angenehme Wärme entgegen. Franco saß vor dem Radio und wippte zum Takt der Musik. Zumindest nahm Roberto an, dass es einen Takt gab, auch wenn er ihn in dem Durcheinander von Saxophon, Trompete und Klavier nicht ausmachen konnte. Im Kamin brannte ein wahres Höllenfeuer.

«Was soll das, Franco? Willst du meinen gesamten Holzvorrat an einem Tag verbrennen?»

«Tut mir leid, Roberto», flüsterte der Musiker betroffen und kämpfte mit den Tränen. Sofort hatte Roberto wieder Mitleid mit ihm. Warum machte Franco diese Angelegenheit nur so traurig?

«Danke, dass du Feuer und *caffè* gemacht hast.» Roberto klopfte ihm auf den Rücken.

«Erinnerst du dich, was Toto herausgefunden hat? Mit den dreiunddreißig Jahren? Und jetzt zum dreizehnten Mal?»

«Mhm.» Roberto erinnerte sich nicht wirklich. Er goss sich einen *caffè* ein, ließ eine ordentliche Portion Zucker hineinrieseln und rührte fünfmal um.

«Wenn es heißt: Der Golem kommt alle dreiunddreißig Jahre zurück, dann gilt das doch für das gesamte dreiunddreißigste Jahr. Vom 1. Januar bis zum 31. Dezember. Also bin ich erst ab dem 1. Januar 2013 wieder sicher. Und wir haben erst November 2012.»

Roberto holte sein Telefonbuch aus der *armadio*, schlug B wie Bonasera auf und nahm einen Schluck. «Mhm.»

«Bis dahin muss ich bei dir bleiben.»

Roberto japste nach Luft und hatte Mühe, seinen *caffè* nicht wieder auszuspucken. *«Sei scemo?»*

Sofort wurde Franco unruhig, allerdings ohne Glühwürmchen-auf-Koks-Augen, was Roberto schon mal als Fortschritt ansah.

«*Va bene, va bene*. Pass auf: Du bleibst bis heute Abend erst mal hier.»

Franco schüttelte den Kopf.

«Vielleicht habe ich den Täter ja bald. Dann klärt sich alles auf.»

Franco schüttelte weiter den Kopf.

«*Porca madosca!* Ja, was denn noch?»

«Du kannst mich nicht alleine hierlassen.»

Herr im Himmel, dachte Roberto, werde ich diesen bemitleidenswerten Burschen denn niemals los? Da, Bonasera, Sergio, Strada Provinciale delle Cesane 252. Er wählte die Nummer und ließ es ewig klingeln, bis sich endlich eine harte Stimme mit einem knappen *«Che c'è?»* meldete.

«Sergio Bonasera?»

«Wer will das wissen?», kam es unfreundlich zurück.

«Roberto Rossi, im Auftrag der Polizia di Stato, Urbino.»

«Roberto Rossi? Der von der Polizia Municipale?»

Das klang verdammt despektierlich, fand Roberto. «Und?»

«Nichts. War nur so ein Gedanke.»

Aha, jetzt gibt er klein bei. «Ich brauche Ihre Aussage im Mordfall Ruggero Grilli. Und zwar heute. Entweder treffen wir uns bei Ihnen, oder Sie kommen nach Urbino.»

«Urbino», antwortete Sergio Bonasera schnell.

«Dann um elf auf der Wache.»

«Selbstverständlich. Kein Problem.»

Komischer Vogel, dachte Roberto, kippte den restlichen *caffè* in einem Schwung hinunter und kratzte mit dem Löffel den am Tassenboden klebenden Zucker heraus. Fünfmal rühren reichte eben nicht, um den Zucker vollständig aufzulösen, aber mehr als fünfmal brachte unweigerlich Pech. Außer man rührte zehnmal, aber da konnte man sich leicht verzählen.

Roberto überprüfte Francos Tasse. Der *caffè*-Rest darin war schon angetrocknet. Er nahm sich eine dritte Tasse aus dem Wandregal, konzentrierte sich für einen Moment und begann zu jonglieren, zuerst ein wenig holperig, doch dann wurden seine Bewegungen flüssiger und leichter. Es half tatsächlich. Er spürte, wie sich eine gewisse Ruhe in ihm ausbreitete und der Kopfschmerz sich in den Hintergrund verzog.

Den heutigen Tag, so viel war sicher, würde er langsam angehen. Und dazu gehörte zuallererst ein Besuch bei Toto. Der Barista war wie ein Staubsauger, der sich auf Informationen und Gerüchte spezialisiert hatte, die er sich zwar teilweise mit fragwürdigen Methoden verschaffte, über die sich Roberto jedoch keinen Hals machte. Auch weil er zu wenig verstand, wie Toto das bewerkstelligte. Alles, was in der virtuellen Welt jenseits einer Telefondose passierte, war für Roberto Terra incognita.

Danach würde er bei der Guardia di Finanza wegen Spartacos möglicher Steuerhinterziehung nachhaken und dann ein paar Takte mit Sergio reden.

Und dann waren da noch die beiden Golems von letzter Nacht.

Ach ja, und nicht zu vergessen Donna Domenica. Zum einen musste er sie befragen, wer es auf sie abgesehen haben könnte, auch wenn er sich nichts davon versprach. Zum anderen musste er sie aus Malpomenas Wohnung kriegen, bevor die einen Tobsuchtsanfall bekam. Auch wenn ihm das überhaupt nicht behagte. Denn eines war sicher wie das Amen in der Kirche: Donna Domenica würde sich ebenso wie die andere Klette namens Franco an ihn hängen.

Also: Toto. Guardia di Finanza. Sergio. Malpomena und Donna Domenica.

Aber da gab es noch etwas, was auf seinem Tagesplan fehlte. Roberto konzentrierte sich wieder auf die Tassen, die inzwischen ein wenig unrund durch die Luft taumelten, und brachte sie wieder in Einklang mit den Ideallinien von perfekten Parabeln. Befreit griff er nach einer vierten Espressotasse und integrierte sie mit bravouröser Leichtigkeit in den Tanz. Es war wirklich erstaunlich, wie sehr Jonglieren entspannte. Jetzt ließ er sich sogar dazu hinreißen, eine fröhliche Melodie zu summen, Adriano Celentano, *«Una festa sui prati»*, ja, warum denn nicht? Doch plötzlich, als sein Handy klingelte, wusste er, welcher Punkt noch auf seiner Liste fehlte. Klirrend und splitternd gingen die vier Tassen zu Boden.

«Was ist los, Rossi?», pflaumte ihn sein Chef an. «Willst du mich an der Nase herumführen, eh? Ich wünsche Rapport in dieser Mordsache.»

«Moment mal, ich bin gerade erst aufgestanden.»

«Du bist was?»

Roberto schwieg und schob mit der Fußspitze ein paar Scherben zusammen. Er musste an die Sache mit dem Hampelmann denken.

«Eins ist sicher: Du lieferst mir eine genaue Aufstellung ab, was du wann den ganzen Tag treibst.»

«Geht nicht.»

«Was war das?» Cottellis Stimme drohte überzuschnappen.

«Zu viel zu tun. Für so einen Kleinkram habe ich keine Zeit. Außerdem bin ich Galdroni unterstellt, und der kleistert mich schon mit Arbeit zu.»

«Ich kann dich jederzeit wieder zurückbeordern. Jederzeit.»

«Mach das mit *commissario* Pretoro Galdroni ab.»

«Jetzt hör mal zu, du Flachwichser. In exakt dreißig Minuten stehst du hier vor mir und erstattest Rapport. *Ci siamo intesi?*»

«Ja, du Hampelmann», erwiderte Roberto, allerdings nachdem er die Verbindung unterbrochen hatte. Sollte sich der *burattino* doch auf den Kopf stellen. Der Arbeitstag eines Poliziotto der Polizia Municipale begann in einer Bar und nicht auf der Wache. Zumindest wenn er Roberto Rossi hieß.

Also: Toto. Cottelli. Guardia di Finanza. Sergio. Malpomena und Donna Domenica.

Draußen hatte sich überraschenderweise die Sonne gegen den Nebel durchgesetzt und verbreitete eine gewisse Wärme. Franco sondierte misstrauisch die Gegend. Drüben bei Osvaldo und Ivana waren die Innenläden aller Fenster geschlossen, aus dem Schornstein kam kein Rauch. Was ungewöhnlich war, denn Ivana gehörte zu den Menschen, die morgens, kaum dass sie die Augen öffneten, voller Energie und Tatendrang hellwach aus dem Bett hüpften. Wobei sich ihr Eifer erst einmal auf die Zubereitung eines üppigen Frühstücks bezog. Osvaldo war das genaue Gegenteil, er brauchte sehr lange, bis er in die Gänge kam, dann allerdings war er sehr zäh und ausdauernd, eine Eigenschaft, vielleicht die einzige, die Ivana an ihm sehr schätzte.

«Guten Morgen allerseits!»

Roberto zuckte zusammen. Der Deutsche.

«Guten Morgen», erwiderte Franco und strahlte Thilo Gruber an.

«Heute müssen Sie mir aber wirklich etwas über Ihre künstlerische Arbeit erzählen», charmierte der Immobilienfresser.

Ja, war es denn zu fassen? Roberto packte Franco am Ärmel seiner Daunenjacke und zog ihn in Richtung Auto. «Wir haben zu tun.»

«Oh, ich wollte nicht stören.»

Franco versuchte, sich aus Robertos Griff zu lösen. «Sie stören gar nicht. Im Gegenteil.»

«Wie steht's denn um die Ermittlungen im Fall Ruggero Grilli?»

«Geht Sie nichts an!», fuhr Roberto den Münchner Exkommissar an.

«Ich habe ein paar Wochen bei Ruggero Grilli gewohnt, bevor ich hier dieses wunderschöne *rustico* gekauft habe.»

«Na und?»

«Daher mein Interesse, wer ihn ermordet haben könnte.»

Roberto verdrehte die Augen. «Sonst noch was?»

Gruber lächelte sanft. «Und ich habe mit ihm am Tag seines Todes zu Abend gegessen. Im Le Tre Piante. Kennen Sie das? In der Via Voltaccia della Vecchia? Eine wunderbar einfache, solide Pizzeria.»

«Ah! Sie waren mit dem Opfer zusammen, bevor es getötet wurde?»

«Nur bis etwa ein Uhr morgens. Gestorben ist er ja erst gegen zwei.»

«Ah! Und woher wissen Sie das? Waren Sie vielleicht dabei, eh? Franco, sieh ihn dir genau an. Kommt er als Täter in Frage?»

«Es war ein Mensch aus Lehm.» Franco klang ziemlich trotzig, wie Roberto fand.

Gruber blieb ganz ernst. «Gestern sollen sogar gleich zwei

Golems aufgetaucht sein. Zumindest erzählte man das heute Morgen in der Bar Complotto.»

Franco wurde blass und sah Roberto entsetzt an. Der war etwas irritiert: Wer außer Donna Domenica und ihm konnte denn darüber etwas wissen? Doch nur die beiden Lehmkerle selber. Steckte womöglich der Deutsche hinter dem ganzen Spuk? Vielleicht war ihm das Dorf Rombolina nicht genug, vielleicht hatte er es aus irgendeinem Grund auch noch auf Ruggero Grillis Agriturismo abgesehen, hat ihn unter Druck gesetzt und ihm einen übergebraten, als er nicht nachgab?

«Zwei Golems, alles Unsinn», sagte Roberto. «Franco, setz dich schon mal ins Auto.»

Franco schüttelte den Kopf.

«Los, zisch ab!»

Sehr widerstrebend zuckelte der Musiker los. Roberto wartete, bis er die Beifahrertür zugezogen hatte.

«Und jetzt raus mit der Sprache, Gruber. Wo waren Sie zur Tatzeit?»

Der deutsche Exkommissar schwieg. Verdächtig lange, wie Roberto fand. «Reden Sie, Mann. Oder muss ich Ihnen erst Ihre Rechte vorlesen?»

«Das wird nicht nötig sein. Die sind ja hier in Italien auch nicht anders als in Deutschland, und die kenne ich, wie Sie wissen, ganz gut.»

«Dass Sie in Deutschland einmal Kriminalkommissar waren, hilft Ihnen hier gar nichts. *Allora?*»

«Ich hatte eine Verabredung mit einer Dame.»

«Na, sieh mal an. Genau zur Tatzeit natürlich, habe ich recht?»

Gruber nickte. «Von null Uhr dreißig, kurz nachdem ich mich von Ruggero verabschiedet hatte, bis etwa drei Uhr morgens.»

«Perfekt, und lassen Sie mich raten: Diese Verabredung wird das leider nicht bezeugen, weil sie mit einem hochrangigen Politiker verheiratet ist, der keinen öffentlichen Skandal riskieren kann.»

«Verheiratet?» Gruber lachte. «Nein, nicht dass ich wüsste.»

«Jetzt hören Sie mal zu: Hier und auf der Stelle den Namen, sonst nehme ich Sie in Gewahrsam.»

«Sie hat sehr darauf gedrängt, ihn gerade Ihnen gegenüber nicht zu erwähnen.»

«Warum wohl? Los, spucken Sie's aus.»

Gruber ließ ein paar Sekunden verstreichen. «Talia Del Vecchio.»

Wie bitte? Hatte sich dieses Frettchen jetzt sogar schon in seine engsten Kreise eingeschlichen?

«Ich wollte ein bisschen mehr über Land und Leute erfahren, und Talia hat sich ein wenig Zeit für mich genommen.»

«Die Tatzeit. Zwei Uhr morgens. Woher wissen Sie die so genau?»

«Von Pretoro Galdroni. Ich habe ihn gestern angerufen, um zu fragen, wie es ihm geht.»

«Galdroni ist im Moment für niemanden zu sprechen.»

Gruber zuckte mit den Schultern. «Fragen Sie ihn selber, er wird Ihnen meine Worte bestätigen.»

Ja zur Hölle, hatte denn dieser Kerl auf alles eine passende Antwort? Am liebsten hätte Roberto ihn sofort in Handschellen abgeführt.

«Ich will mich nicht in Ihre Arbeit einmischen, aber ich habe mich gefragt, was Ruggero nachts zwischen eins und zwei in der Stadt gemacht hat. Einen Spaziergang? In dem Nebel, in der Kälte? Wohl kaum. Eine private Verabredung? So spät, eher unwahrscheinlich. Ist er noch in einer Bar gewesen? Dann muss ihn irgendjemand gesehen haben.»

«Sensationell schlau, was Sie da sagen», knurrte Roberto und wandte sich zum Gehen.

«Einen Moment, Rossi.»

«Was denn noch? Haben Sie herausgefunden, dass der *duomo* doch nicht gedreht wurde?» Gruber hatte bei ihrer ersten Begegnung vor einem halben Jahr behauptet, dass der nach dem verheerenden Erdbeben von 1789 völlig zerstörte *duomo* um neunzig Grad gedreht wieder aufgebaut worden war, worüber Roberto sich furchtbar geärgert hatte, nicht weil Gruber damit falschlag, sondern weil er, Roberto, als echter Urbinate, als Ureinwohner, nichts davon gewusst hatte.

Gruber ignorierte Robertos Worte. «Ich hatte ja gestern Morgen an der Ölmühle Gelegenheit, mich länger mit Franco Varese zu unterhalten. Ehrlich gesagt hat er alle Symptome eines Menschen gezeigt, der unter Einfluss einer halluzinogenen Droge steht.»

«Unsinn», entgegnete Roberto spontan, weil er das Gefühl hatte, jeden Urbinaten gegen den deutschen Eindringling verteidigen zu müssen.

Gruber lächelte. «Wobei auch Sie später in der Nacht bei Toto auf mich den Eindruck machten, unter dem Einfluss einer Droge zu stehen. Allerdings eher etwas Sanftes wie Haschisch.»

Für einen Moment war Roberto versucht, Gruber den Marsch zu blasen, doch dann entschied er sich, mit seinen Kräften hauszuhalten, und ging wortlos zu seinem Auto. Der heutige Tag schien es auf ihn abgesehen zu haben.

Roberto prügelte seinen Cinquecento Baujahr 1967 gnadenlos die *strada bianca* nach Canavaccio hinunter und durch die vertrackten Kurven der alten SS 73 nach Urbino, die neu erbaute, grottenhässliche Betonschnellstraße würde er nur nehmen, wenn es um Leben und Tod ging. Franco neben ihm rutschte immer tiefer in den Sitz und zog sich jetzt auch noch die Kapuze seiner Daunenjacke über den Kopf, als handelte es sich um einen Sturzhelm. Zum Glück schwieg er, denn eines war sicher: ein falsches Wort, und Roberto würde ihn bei voller Fahrt hinauswerfen.

Seinen ohnehin schon umfangreichen Tagesplan musste Roberto gleich um zwei Punkte erweitern: Zuallererst musste er bei Talia vorbeischauen, um Grubers Alibi zu überprüfen. Und dann musste er alle Bars aufsuchen, die nach Mitternacht geöffnet hatten. Gruber hatte recht. Warum hatte Ruggero sich noch eine Stunde nach der Verabredung mit Gruber in der kalten, nebeligen Stadt herumgetrieben? Ruggero war nicht der Typ, der nachts durch die Straßen streifte und sein Leben Revue passieren ließ. Und von der Le Tre Piante zur Via dei Fornari braucht man allenfalls fünf Minuten. Was hatte er in der Zwischenzeit gemacht?

15.

«Was hast du mit diesem Deutschen zu schaffen, Talia?»

«Du meinst Thilo?» Talia wischte Roberto den Lippenstift von seiner Wange, den ihr Begrüßungskuss hinterlassen hatte.

Roberto nickte, so grimmig er konnte.

«Ich war neugierig, wie deutsche Männer ticken», rief Talia. «Mehr nicht. Weißt du, mein Typ ist er nicht. Zu alt.»

«Und sonst wäre er es, oder wie?»

«Er erschien mir ein wenig kurzatmig.» Talia registrierte Robertos bösen Blick. «Außerdem zu überheblich. Zu selbstsicher. Zu sehr von sich eingenommen.»

«Klingt sehrrr spannend», tönte es aus der Küche, wo Fidel für Talia Orangen, eine halbe Ananas, zwei Bananen und etwas Sahne zu einem Vitamintrunk schredderte, um sie zu einer – für sie – derart frühen Morgenstunde auf Trab zu bringen. Da sie jede Nacht unzählige *caffè* und Diet Cokes zu sich nahm, war bei ihr mit Koffein nichts zu machen.

«Das ist nicht spannend», beschied Roberto, «das ist zum Kotzen. Gruber ist die personifizierte Pest. Wahrscheinlich macht er auf Golem, um die Leute in Angst und Schrecken zu versetzen und sich so irgendwelche Vorteile zu ergattern.»

Fidel leckte sich nachdenklich den Saft von den Fingern.

«War er es nicht, der dieses Golem-Ding gestartet hat?», flüsterte Talia und deutete auf Franco, der in ihrem Wohnzimmer auf einer afrikanischen Knochenflöte improvisierte, die sie letztes Jahr auf einer Safari durch den Serengeti-Nationalpark von einem jungen Massai-Krieger geschenkt bekommen hatte.

Da hat sie recht, dachte Roberto, ohne Francos Golem-Geschwätz hätte er es nur mit einem nächtlichen Überfall mit tödlichem Ausgang zu tun.

«Und was die Uhrzeit betrifft, Robertino, da sagt Thilo die Wahrheit», bestätigte Talia. «Tut mir leid. Du weißt, wie gerne ich dir helfen würde. Gerade jetzt, wo du mannhaft unsere Erbschaft rettest!» Sie lachte heiser und ließ einen großen Schluck von Fidels dickflüssiger Pampe in ihren Mund fließen.

Malpomena. Roberto spürte ein unbehagliches Ziehen im Nacken. Wenn er nicht aufpasste, würde daraus wieder ein veritabler Kopfschmerz werden. Einen Nachkommen zeugen. Wie sollte das gehen? Sie waren Freunde, einfach nur Freunde, fast ein Leben lang. Vielleicht sollte er Malpomena in der Angelegenheit schlicht und einfach seine Unterstützung verweigern. Aber sie würde das sehr persönlich nehmen, da war er sich absolut sicher. Sie würde sich zurückgestoßen fühlen, als Mensch, als Freundin und eben auch als Frau. Sie würde in ein tiefes Loch der Verbitterung und Enttäuschung fallen, und er würde sich tagelang um sie bemühen müssen, um ihr Gleichgewicht wiederherzustellen. Sie würde ihn zappeln lassen. Und er würde sich daraufhin noch mehr um sie bemühen müssen. Am Ende würde auf ihrer Freundschaft womöglich ein unauslöschbarer Makel lasten.

«Tu's nicht», grinste Talia ihn an, als hätte er laut gedacht.

«Sieh es positiv», ergänzte Fidel. «Du kommst zum Schuss ohne lästiges Anbaggerrrn.»

«Fidel!» Talia tat entrüstet.

«Juan!» Roberto war entrüstet.

Fidel zog die Schultern hoch und lachte kubanisch, was nichts anderes bedeutete als: Wir Kubaner lassen uns von nichts die Laune verderben, und wenn der Rum ausverkauft ist, essen wir eben eine Mango und tanzen eine Rumba. Roberto hatte das unangenehme Gefühl, dass auf ihn schon Wetten gesetzt wurden, zehn zu eins, dass er die Nachwuchsangelegenheit nicht geregelt bekam.

«Ich würde tatsächlich alle Bars abklappern, die nach Mitternacht geöffnet sind», schlug Talia vor. «So viele sind das in diesem winzigen Städtchen nicht.»

«Wenn du willst, begleite ich dich», ergänzte Fidel.

«Sehr freundlich, Juan», grummelte Roberto, «aber ich bin durchaus in der Lage, alleine eine Bar aufzusuchen.»

Talia und Fidel warfen sich einen schnellen Blick zu. «Nur für den Fall, dass du dich nicht wohl fühlen solltest», sagte Fidel.

«Warum soll ich mich nicht wohl fühlen?», fragte Roberto misstrauisch zurück. Zumindest Talia kannte er zu gut, um nicht zu merken, dass sie mit irgendetwas hinterm Berg hielt.

«Was weißt du eigentlich über Sergio Bonasera?», fragte Roberto aus einer Intuition heraus. «Der Mailänder, der in New York gelebt hat und sein *rustico* oben auf dem Monte Cesane mit einem verzinkten Zaun verbarrikadiert hat?»

Für einen winzigen Moment verspannten sich Talias Gesichtszüge, bevor sie sich wieder im Griff hatte. «Nichts. Jedenfalls nichts Genaues.»

«Und Ungenaues?»

«Er hatte diesen Nachtclub, Purgatorio, er ist gerne für sich alleine, er ist - okay», erwiderte Talia, und Fidel nickte beflissen.

«Wegen dem Zaun hatte er Streit mit Ruggero Grilli.»

Talia überlegte einige Sekunden, dann lachte sie befreit auf. «Wenn du meinst, dass er deswegen Ruggero Grilli ... nein, nein, Sergio bringt keinen um. Der ist nicht blöd.»

«Komisch», Roberto sah sie kritisch an, «dasselbe hat Osvaldo über Sergio Bonasera auch gesagt: Der ist nicht blöd.»

Talia lächelte mit der gesamten Kraft ihres unerschöpflichen Optimismus, zuckte mit den Schultern und begann *«Je veux»* von ZAZ zu summen, einen Song, den sie zu ihrer Lebenshymne auserkoren hatte, weil er nichts anderes aussagte als: Ich will leben, ich will genießen, ich will die Liebe, ich will grenzenlose Freiheit. Fidel stimmte ein, und als Roberto die beiden betrachtete, wie sie da vor ihm sangen und tänzelten, hatte er das zwingende Gefühl, dass sie ihm wichtige Informationen vorenthielten.

16.

Galdroni hatte die Nacht nicht geschlafen und war schon früh morgens das gesamte Tuxer Tal bis nach Kaltenbach hinuntergefahren. Fast eine Stunde, in der er über seinen Zweitschlag nachdachte. Mit der Effektivität seines Erstschlags war er, was die Augenbraue des Skilehrers betraf, sehr zufrieden, nicht jedoch mit der Reaktion von Ornella. Frauen waren einfach – anders. Statt zu erkennen, dass der Südtiroler ein Weichei war, ein Maulheld, der nicht Manns genug war, sich gegen einen Angreifer zur Wehr zu setzen, hatte sie den Versager mit liebevoller, gefühlsduseliger Zärtlichkeit überschüttet. Das war in etwa das genaue Gegenteil von dem, was Galdroni hatte erreichen wollen. Für den Zweitschlag musste er psychologischer zu Werke gehen.

Um sein Temperament in den Griff zu bekommen, sich abzuhärten und logischen Überlegungen überhaupt eine Chance zu geben, las er die SMS, mit der Ornella ihm den Laufpass gegeben hatte, so oft, bis sie bei ihm nicht mehr den Reflex auslöste, diesen widerlichen Yeti einfach nur zu Brei schlagen zu wollen: «habe mich in südtiroler skilehrer verliebt. einfühlsamer mann, toller sex. will die scheidung. kinder bleiben selbstverständlich bei mir. ornella.» Psychologisch betrachtet sagte ihm die SMS Folgendes: Ornella vermisste bei ihm, Pretoro Galdroni, einfühlsames Verhalten und tollen Sex. Das bedeutete im logischen Umkehrschluss: Sobald der Yeti ihr nicht mehr einfühlsam erschien und keinen tollen Sex mehr bot, würde der Spuk ganz schnell vorbei sein.

Auf dem Herweg hatte Galdroni in Kaltenbach einen Sexshop gesehen, in dem er jetzt, zu dieser Stunde, der einzige Kunde war. Er konnte seinen Einkauf schnell erledigen: Reizunterwäsche in unterschiedlicher Größe, eine Packung Vaginalschaum und eine Tube Gleitcreme. «Geschenkverpackung?» – «Nein, nicht nötig.»

Wieder draußen, traktierte er die Unterwäsche mit Schnee und Eis und tupfte hie und da Gleitcreme auf, um ihr die Sterilität unbenutzter Neuware zu nehmen; die Vaginalzäpfchen wollten nicht so recht schäumen, bis er sie eine Weile in kohlensäurehaltiges Mineralwasser hielt.

Zufrieden mit dem Ergebnis seiner Arbeit, legte er die malträtierten Kleidungsstücke zum Trocknen auf den Rücksitz seines Autos und machte sich wieder auf den Weg nach Hintertux. Dort würde er den leichteren Teil seines Zweitschlags in Angriff nehmen: den Einbruch in die Wohnung des Yetis. Ferner musste er noch die winzige Überwachungskamera mit Sender anbringen, die er sich auf dem Weg von Urbino nach Hintertux im 007SpyShop in der Via Archimede 43 in Mailand besorgt hatte, was ein höllischer Umweg gewesen war, aber er kannte den Besitzer gut genug, um ihn morgens um 5.30 Uhr aus dem Bett zu klingeln. Natürlich würde es seine Pein kurzfristig ins Unermessliche steigen lassen, wenn er seine Ornella zusammen mit dem Skilehrer bei ihrem Liebesspiel – einfühlsam! toller Sex! – zusehen musste. Spätestens jedoch wenn Ornella die gebrauchte Unterwäsche fremder Frauen unter dem Kopfkissen und unter dem Bett ihres Südtiroler Yetis fand, war mit einer Szene zu rechnen, die ihn für alles entschädigen würde. Er selbst hatte eine solche in den Jahren ihrer Ehe ein- oder zweimal erlebt. Oder war es fünfmal gewesen? Er begann im Geiste, seine Seitensprünge zu zählen, zuerst mit einem gewissen Stolz, es waren sieben, dann mit der reuigen Erkenntnis, Ornella damit vielleicht doch ein wenig zu viel zugemutet zu haben.

17.

Toto werkelte mit einer Silikonkartuschenpistole an seiner Glasvitrine herum und sah nicht einmal auf, als Roberto und Franco die Bar betraten.

«Einen *caffè macchiato*», bestellte Roberto, während er sich auf einen Barhocker vor der Theke setzte. «Und für Franco einen Pfirsichsaft.»

«Ich mag keinen Pfirsichsaft», sagte Franco und setzte sich ganz nah neben Roberto. «Für mich einen *ristretto*.»

«Nichts da», beschied Roberto. «Kein Koffein.»

«Und warum?», maulte Franco.

«Wenn du schon den ganzen Tag hinter mir herdackelst, dann will ich wenigstens keine Flitzeaugen und kein Zittern mehr sehen.»

Franco nickte traurig und schuldbewusst. «Kann ich dann vielleicht einen Orangensaft haben?»

Sofort hatte Roberto Mitleid mit ihm, und er nahm sich wieder einmal vor, sich bei nächster Gelegenheit eingehend um Francos aus der Bahn geratenen Seelenhaushalt zu kümmern.

Toto reagierte immer noch nicht. Neben ihm auf der Theke lag eine neue Glasscheibe für die Vitrine. Die gesprungene hatte er schon herausgepult und gewissenhaft in Zeitungspapier verpackt. Nicht, dass er sich um die Verletzungsgefahr scherte, die von einer defekten Glasscheibe ausging, es war die Furcht vor Regressansprüchen, falls sich jemand daran schnitt. Zwar würde seine Haftpflichtversicherung dafür aufkommen, aber Toto traute den Typen in dieser Raubritterbranche nicht, bestimmt würden sie ihm nach einem Schadensfall postwendend die Beiträge erhöhen.

«Was ist, *barista*, soll ich meinen *macchiato* selber machen?»

Toto warf seine Kartuschenpistole krachend hin und machte sich mit ruckartigen Bewegungen an seiner Espressomaschine zu schaffen.

Roberto deutete in die Bar. «Ganz schön leer heute.»

«Rate mal, warum!», blaffte der spindeldürre *barista* zurück.

«Vielleicht weil du heute eine noch beschissenere Laune als sonst hast. Da musst du mal dran arbeiten, Toto. Nicht alle sind so nachsichtig wie ich.»

Toto knallte den *macchiato* und den Orangensaft auf die Theke und griff wortlos nach dem Silikon.

«Also, warum?»

«Geh mal in die Bar Complotto, dann weißt du, warum.»

Roberto war ehrlich erstaunt. «Du meinst, deine Gäste kommen nicht mehr zu dir, sondern rennen alle durch die halbe Stadt, um sich das Geschwätz von diesen Verschwörungsrentnern anzuhören?»

«Keine Ahnung, was die sich da anhören. Jedenfalls hast du die beiden aus meiner Bar verjagt, und sie haben meine Kunden mitgenommen. Und dann hast du auch noch randaliert und meine Einrichtung zerdeppert.»

«Jetzt bleib mal auf dem Teppich. Das bisschen Glas.»

Toto zog eine Rechnung von der Vetreria Vasai aus seiner Hemdtasche und legte sie vor Roberto auf die Theke. «Die Scheibe, die Spezialverpackung für den Transport, das Silikon. Dann die Fahrt nach Fermignano hin und zurück, und nicht zu vernachlässigen die verlorenen Einnahmen, weil ich die Bar vorübergehend schließen musste.»

«Viel kann das nicht sein. Kommt ja eh keiner.»

Totos Blick war tödlich.

«Außerdem, was fährst du extra nach Fermignano? In der Piola San Andrea hat Augusto Ravaglia seinen Laden.»

«Bei Ravaglia kostet es das Doppelte. Das rechnet sich nicht.»

Roberto tippte auf die Untertasse seines *caffè*. «Wo ist eigentlich der *amarettino*?» Zu einem *macchiato* gehörte nun mal dieser luftige, harte, runde Keks.

Wütend griff Toto in seine Keksdose und warf gleich eine Handvoll vor Roberto auf die Theke. «Da! Reicht das?»

Roberto nahm sich einen, schob ihn in den Mund und wartete, bis er weich geworden war. Dann riss er ein Zuckerbeutelchen auf, braunen Zucker, obwohl der sich schlechter auflöste als weißer, ließ ihn in seine Tasse rieseln und rührte fünfmal um. «Was ich nicht verstehe: Wieso lässt du keinen Glaser kommen? Das ist viel einfacher. Jeder vernünftige Mensch würde das so machen.»

«Weil's sich nicht rechnet.» Toto widmete sich weiter seinem Do-it-yourself-Projekt. Mehrmals verrutschte die Kartusche und hinterließ einige hässliche Silikonstreifen auf dem Glas.

«Sieht außerdem besser aus, wenn's ein Fachmann macht.»

«Rechnet sich nicht.»

«Da ich für den Schaden aufkomme, kann es dir ja egal sein.»

Toto starrte den Poliziotto an, als hätte der ihm offenbart, schwanger zu sein. «Du willst bezahlen?»

Roberto nickte, als wäre das das Selbstverständlichste der Welt. Erleichtert griff Toto nach der neuen Glasscheibe, aber sein Lächeln hielt nicht lange an, schon verdunkelte sich sein Gesicht wieder: Wer zahlte ihm denn jetzt seine eigenen Arbeitskosten? Durch seine Eigeninitiative hatte er die ganze Sache im Grunde für Roberto deutlich billiger gemacht. Der Gedanke ärgerte ihn so sehr, dass er für einen Moment nicht aufpasste, einen winzigen Moment, in dem er seinen Griff lockerte und die Scheibe seinen von der ungewohnten handwerklichen Arbeit ohnehin feuchten Händen entglitt und zu Boden fiel. Ein Splitterregen.

Roberto beugte sich über die Theke. «Die ist hin.»

Toto war unfähig zu sprechen.

«Also, was kriegst du jetzt? Die Getränke von heute und von gestern, das Glas, alles zusammen?»

«Acht Euro.»

Roberto tippte auf die Rechnung von der Glaserei Vasai aus Fermignano. «Plus achtundzwanzig, richtig?»

Toto hob den Zeigefinger und schwenkte ihn verneinend hin und her. «Das zahle ich, ist ja mein Fehler. Ich lass einen Glaser kommen, und du zahlst dann dessen Rechnung.»

Für einen Moment starrten sich Toto und Roberto an. Für den Poliziotto würde es teurer werden und für den *barista* billiger. Das ärgerte Roberto, aber die Zusage zurückzunehmen erschien selbst ihm wie eine zu heftige Konfrontation. Toto hingegen fürchtete, dass der Poliziotto genau das machen würde.

«Gib mir vierzig, dann sind wir quitt», sagte Toto, immerhin hatte er dann noch vier Euro mehr herausgeholt.

«Ich gebe dir sechsunddreißig, und du sagst mir Bescheid, wenn die neue Scheibe da ist. Dann setze ich sie dir ein.»

Totos Gesicht verfinsterte sich wieder.

«Und ich drücke ein Auge zu, wenn du wieder mal illegal am Nachmittag zum Beliefern in die Stadt fährst.»

Zähneknirschend gab Toto nach. Irgendwie war das nicht dasselbe wie Bargeld.

Roberto legte ihm zwei Scheine hin. «Sag mal, vorgestern Nacht, als Ruggero Grilli getötet wurde, war da Spartaco Mori bei dir in der Bar? Irgendwann zwischen null Uhr dreißig und zwei Uhr?»

«Spartaco? Den seh ich hier höchstens dreimal im Jahr.»

«Und? War gestern einmal von dreimal?»

Toto schüttelte verdrossen den Kopf und gab Roberto seine vier Euro Wechselgeld heraus, allerdings nur in Zwanzigcentmünzen. «Spartaco verkehrt in einer anderen Bar, da allerdings fast täglich.»

Roberto schob sich das Kleingeld in die hohle Hand, stopfte es in seine Hosentasche und erhob sich. Franco ebenfalls. «Und welche Bar ist es?»

«Die Bar Complotto», stieß Toto hervor.

Roberto warf einen Blick hinaus auf die antike Uhr hoch oben an der Hausfassade Ecke Via Garibaldi und Via Veneto. Noch eine Stunde, bis Sergio Bonasera in der Wache der Polizia Municipale vorsprechen würde. Zeit genug, um bei den Verschwörungsrentnern vorbeizusehen. Und der Rapport bei Cottelli? Der musste eben warten. Roberto musste grinsen bei der Vorstellung, wie der Hampelmann in die Luft gehen würde, wenn er mit locker zwei Stunden Verspätung auflief. Roberto ging zur Tür, Franco klebte wie gewohnt an ihm.

«*Ou*, Roberto!», rief Toto mit deutlich hörbarer Schadenfreude hinter ihm her.

Roberto erstarrte. Der Mistkerl wusste genau, Hinterherrufen machte üble Geister auf den Angerufenen aufmerksam.

«Was willst du, *cretino*?»

«Nichts», grinste Toto. «Beehr mich bald wieder. Ich freue mich immer über deinen Besuch.»

Roberto drehte seinen Hufnagelring fünfmal und verließ die Bar ohne ein weiteres Wort.

Alle Wege durch Urbino waren kurz. Luftlinie maß die Altstadt zwischen den beiden am weitesten voneinander entfernten Punkten von der Porta Santa Lucia bis zum Wehrplateau am Ende der Via Aurelio Saffi gerade einmal neunhundert Meter. Auf ebener Fläche würde ein Fußgänger dafür selbst mit Übergewicht und schmerzenden Knien höchstens zwanzig Minuten brauchen. Doch in dieser schönsten aller italienischen Renaissancestädte war eine solche Strecke kaum unter einer halben Stunde zu machen. Und selbst für die sechshundert Meter zwischen Totos Bar an der Piazza della Repubblica und der Bar Complotto in der Via della Mura am südwestlichen Ende der Altstadt brauchte Roberto fast dreißig Minuten. Diese Strecke gehörte zu den unangenehmsten, die das Städtchen zu bieten hatte. Zuerst ging es durch die enge Via Vittorio Veneto am *duomo* vorbei stramm bergauf zum Palazzo Ducale, dann zwar weniger steil, aber immer noch aufwärts weiter an dessen beeindruckend langer Fassade entlang bis zum Palazzo Bonaventura, und von dort, auf einem der beiden Scheitelpunkte der Hügel, auf denen Urbino erbaut worden war, wurde die Straße, die Via Aurelio Saffi, extrem abschüssig und verengte sich so sehr, dass neben einem vorbeifahrenden Auto kaum noch Platz war. Unangenehmerweise waren gerade die heikelsten Stellen nicht mit Asphalt, sondern mit bei Feuchtigkeit besonders schlüpfrigen *mattoni* bedeckt. Ausgerechnet heute hatte Roberto die Stiefel mit den harten Ledersohlen angezogen, die auf dem vermoosten Untergrund praktisch keinen Halt boten. Nur in der Mitte der Gasse konnte er einigermaßen sicher gehen, musste allerdings immer wieder dem Verkehr weichen, alle naselang stürzte sich ein Auto oder ein Motorino die steile Gasse hinunter, meist viel zu schnell, wie Roberto fand. Schon nach den ersten zehn Metern war er das ständige Pendeln zwischen Mitte und dem Rand leid und hielt sich fortan ganz links, wo er sich bei Bedarf an einer der Hauswände abstützen konnte. Franco folgte ihm auf Tuchfühlung. Seine regenwaldtauglichen, schlangenbisssicheren Boots mit dicker Gummisohle verschafften ihm einen sicheren Tritt. Seinen verständnislosen Blicken nach schien er nicht zu begreifen, warum Roberto sich wie auf Glatteis vorwärtshangelte.

Am Wehrplateau am Ende der Via Saffi angekommen, waren es nur noch fünfzig Meter über grobes Kopfsteinpflaster bis zur Bar Complotto. Remo Carlucci, dem Besitzer, war dieser Stempel gleichgültig. Ohne Attilio Brozzi, Egidio Cecchetti und die anderen Verschwörungsapologeten hatte er fast nur Durchgangskunden, die selten mehr als einen schnellen *caffè* bestellten. Was vor allem mit der Lage der Bar zu tun hatte: Hier am südwestlichen Ende von Urbino war der einzige öffentliche Parkplatz innerhalb der Stadtmauern, und hier gab es die einzige Zufahrt in die Stadt, die breit genug war für kleinere Lastwagen, sodass praktisch Urbinos gesamter Güterverkehr seine Bar passieren musste. Fürs Geschäft war das hinreichend gut, und Remo hatte sein Auskommen, jedoch war er über die Jahre ein wenig nervös geworden angesichts der ständig neuen Gesichter, die ihm ihre Bestellungen zubellten und die keine Zeit für eine anständige *chiacchierata* hatten. So war seine Welt schmal und farblos geworden – bis Brozzi und die anderen aufgetaucht waren und es seitdem jeden Tag zu ausladenden Gesprächen, Proklamationen und auch heftigen Streits kam. Glücklicherweise schienen Verschwörungstheorien hungrig und durstig zu machen, jedenfalls hatte sich seitdem sein Umsatz nahezu verdoppelt.

Roberto war in Gedanken versunken, als er die Bar betrat, mit Franco im Schlepptau, und er wurde erst aufmerksam, als das unglaubliche Stimmengewirr mit einem Mal abrupt endete. Attilio Brozzi baute sich vor ihm auf wie ein Ausbilder bei der GIS, der Antiterror-Spezialeinheit der Carabinieri.

«Was willst du denn hier, Poliziotto?»

«Dich verhaften», entgegnete Roberto und ließ sich auf einen der unbequemen Aluminiumstühle fallen.

Attilio zuckte zusammen und bemühte sich, einen lässigen Eindruck zu machen. «Weswegen?»

Roberto winkte Remo zu. «Einen *ristretto,* und vergiss das Glas Wasser und den *amarettino* nicht.»

Attilios Nervosität wurde größer. «Das war keine Fahrerflucht, Roberto, ehrlich. Ich habe erst viel später erfahren, dass der Scheinwerfer kaputt war.»

Roberto schwieg und bemühte sich, sein Erstaunen zu verbergen.

«Es ist beim Wenden passiert. Du weißt, der Lancia Thema von Ermete Pompili ist schwarz wie die Nacht, und es war dunkel, und ich setzte zurück. Track! Schon war es passiert.»

Roberto schwieg weiter. Tatsächlich erinnerte er sich jetzt, wie Pompili, neben Fausto Manchetti der einzige Besitzer einer Apotheke in der Altstadt, vor ein paar Tagen frühmorgens bei ihm auf der Wache einen Riesenlärm wegen einer alles andere als dramatischen

Delle in seinem Kotflügel veranstaltet hatte. Hatte nur noch gefehlt, dass er Personenschutz und die Wiedereinführung der Todesstrafe gefordert hätte. Roberto hatte sich Pompilis Gejammer eine Weile angehört, bis er eine Schadensmeldung aufnahm und diese allerdings mit einem Bußgeld abrundete, weil Pompili offensichtlich ohne gültige Lizenz in die Altstadt eingefahren war. Seitdem wurde er in der Apotheke nicht mehr bedient, ein Zustand, den Roberto in aller Ruhe abwarten konnte, denn eines Tages würde Pompili sich wieder irgendeines Vergehens schuldig machen, und dann konnte man die Karten neu mischen.

«Irgendwie habe ich es bisher versäumt, mich bei ihm zu melden», beendete Attilio seine Beichte. «Aber ich hole das ganz sicher gleich heute nach.»

Roberto schlürfte seinen konzentrierten Espresso, den er mit zwei Löffeln Zucker angereichert hatte. «Volksverhetzung.»

Attilios Gesicht verformte sich zu einem Fragezeichen.

«Du läufst durch Urbino und schwafelst von einem jüdischen Auftragskiller.»

Attilios Gesichtszüge entspannten sich wieder. «Moment, das fällt unter Meinungsfreiheit. Und außerdem war er es» – er deutete auf Franco, der sich die *paste* auf Remos Theke anschaute –, «der die Sache mit dem Golem aufgebracht hat.»

«Franco ist Künstler. Der hat zu viel Phantasie und zu wenig Weitblick, was er mit seinen Worten anrichtet. Der darf so was sagen.»

«Und ich darf sagen, worum es hier wirklich geht.»

«Worum geht es denn wirklich, Brozzi?»

Attilio machte eine Kunstpause, die so lang war, dass sogar seine Leute ungeduldig wurden. «Eine jüdische Verschwörung.»

«Ach ja? Und was ist das Ziel dieser Verschwörung?»

«Es handelt sich um einen Test. Ultraorthodoxe innerhalb der jüdischen Gemeinde versuchen herauszubekommen, wie sich die Menschen verhalten, wenn sie offen zuschlagen.»

«*Oddio*, Brozzi, mir war klar, dass es schlimm um dich bestellt ist. Aber so schlimm?» Roberto lachte und sah sich um. Er war der Einzige, der lachte.

Attilio lächelte mitleidig. «Die Ultraorthodoxen bilden einen harten Kern, der sowohl die menschewikische als auch bolschewikische Revolution in Russland gefördert hat und engstens mit den kommunistischen Bewegungen in allen anderen Ländern dieser Erde verbunden ist.»

«Aha.» Roberto wandte sich an Remo, den *barista*. «Sag mal, hörst du dir jeden Tag so einen Schwachsinn an?»

Remo vermied jede auch nur ansatzweise interpretierbare Reaktion und begann, mit demonstrativer Hingabe seine Spülmaschine zu beladen.

«Alle großen Konzerne», meldete sich Egidio mit hündischem Seitenblick auf seinen Meister, «alle Medien, der Internationale Währungsfonds, die Weltbank und alle Geheimbünde dieser Erde werden von Juden kontrolliert. Manche sagen, das wäre Zufall. Wir aber sagen: Da steckt ein weltumspannender, perfider Plan dahinter.»

Roberto verschlug es die Sprache, zum einen weil er Egidio Cecchetti gar nicht zugetraut hätte, so viel Text auswendig zu lernen. Vor allem jedoch wegen des allgemeinen zustimmenden Gemurmels der Verschwörungsapologeten.

«Hast du mal überlegt, Poliziotto», fragte Attilio, «warum Fürst Federico da Montefeltro diese Scharte in seiner Nasenwurzel hatte?»

Jetzt war Roberto wirklich gespannt. Dieses Thema beschäftigte die Urbinati schon seit dem 15. Jahrhundert. Jedes Gemälde, auf dem der glorreiche Erbauer der Stadt zu sehen war, zeigte diese gewaltige Kerbe im Nasenbein genau in Höhe der Augen, verursacht durch einen Lanzenstoß während eines Turniers.

«Er hatte Angst vor einem Anschlag eines jüdischen Attentäters.»

«Klar, das leuchtet ein», sagte Roberto mit unüberhörbarem Sarkasmus, während Brozzis Anhänger an dessen Lippen hingen, begeistert von der Schärfe des Verstandes ihres Meisters.

«Federico hat den Juden gepfefferte Steuern abverlangt und ihnen verboten, Immobilien zu erwerben. Und warum? Weil sie versucht hatten, mit ihrer Macht, die sie als Geldverleiher erlangt hatten, den Staat zu kontrollieren. Schluss damit, hat er gesagt, dieser aufrechte Mann, und erließ ein Dekret: Von einem Tag auf den anderen mussten die Juden auf ihr verliehenes Geld verzichten und durften nur noch rund um ihre Synagoge wohnen. Im jüdischen Ghetto, wie wir heute sagen. Und plötzlich?» Eine weitere seiner gefürchteten Kunstpausen. «Plötzlich war die Wut groß. Es drangen wilde Drohungen, aufgefangen von ehrbaren Bürgern, bis zu Dux Federico vor. Und womit wurde gedroht, meine Freunde? Was plante der Jude?»

Kunstpause. Roberto schlürfte, so laut er konnte, sein Glas Wasser leer, und Franco, der scheinbar von alledem nichts mitbekam, summte ein monotones, deprimierendes Lied vor sich hin, während er sich einen mit Schokocreme gefüllten Windbeutel von der Theke fischte.

«Rabbi Sabbatuccio di Alleuzzo machte sich daran, einen Golem zu erschaffen, der den Fürsten meucheln sollte! Und der Fürst? Er handelte wie ein Soldat und schnitt sich die Kerbe ins Nasenbein.»

«Völlig logisch, Brozzi. Würde jeder so machen.»

«Er hatte beim Kampf im Felde das rechte Auge verloren. Mit der Kerbe verringerte er den toten Winkel und verbesserte den Rundumblick. Das ist die Wahrheit hinter dem Ganzen.»

«Und wenn man Angst vor einem islamischen Terroristen hat, dann schnippelt man sich das rechte Ohrläppchen ab, richtig?»

Brozzi stieg auf den nächstbesten Stuhl, reckte seine Arme in die Höhe, bevor er mit beiden Händen auf Roberto zeigte. «Soll ich ihm die Augen öffnen, meine Freunde?»

Zustimmendes Gemurmel, seine Anhänger rückten näher an ihn heran.

«Heute schicken sie uns wieder einen Auftragskiller, einen Golem. Einen aus unserer Mitte hat er schon getötet. Und nicht nur das.

Zwei weitere haben Donna Domenica Galeotti angefallen, eine von uns allen geschätzte Mitbürgerin.»

«Wer hat dir denn den Blödsinn erzählt, Brozzi?»

«Ein sehr glaubwürdiger Augenzeuge.»

«Und wer soll das gewesen sein? Die arme Donna Domenica, die kaum etwas mitbekommen hat, weil sie vor Angst fast in ihre Nylonstrümpfe gepinkelt hat?»

«Es war Gilberto Sabatini, der Rahmenmacher. Er hat ein wenig aus dem Fenster gesehen, weil er nicht schlafen konnte, und so ist er Zeuge des Angriffs geworden.»

Jetzt verstand Roberto wenigstens, warum alle Welt von dem Überfall wusste. «Ich sage dir eins, Brozzi: Wenn ich die beiden angeblichen Golems zu fassen gekriegt und ihnen ihre dämlichen Kapuzen von den Köpfen gerupft hätte, dann wären garantiert zwei ganz normale menschliche Gesichter zum Vorschein gekommen. Wer weiß, vielleicht sogar solche blöden wie deins und das von deinem *compagno* Cecchetti.»

«Liebe Freunde, hier geht es um mehr, als dieser brave Poliziotto glaubt. Gerade wenn man wie wir Weitblick hat, darf man seine Augen nicht verschließen.» Attilio Brozzi massierte sich dramatisch beide Schläfen.

«Hör mir mal genau zu, Brozzi. Du und deine Spinner, ihr habt euren Spaß gehabt. Aber jetzt reicht's, hast du mich verstanden?»

«Noch lange nicht, Poliziotto, noch lange nicht. Und wenn du es noch nicht gemerkt hast, hier geht es nicht um irgendeinen beknackten Aberglauben», er lachte mitleidig und stieg von seinem Stuhl herunter, «hier geht es um etwas Politisches. Wahrscheinlich ist sogar der Mossad mit im Spiel.»

«*Porca madosca*, was soll denn der israelische Geheimdienst von Ruggero Grilli gewollt haben?»

Attilio ließ sich mit der Antwort Zeit. «Ruggero war einer von uns. Er war ein Wissender.»

Roberto atmete schwer und fand plötzlich alle Überlegungen,

das Rentenalter auf siebenundsechzig anzuheben, viel zu zaghaft. Achtzig wäre viel besser, dann waren Typen wie Attilio Brozzi wenigstens möglichst lange mit sinnvolleren Dingen beschäftigt. Er wandte sich dem *barista* zu.

«*Ascolta*, Remo. Vorgestern Nacht, war da der wissende Ruggero Grilli zufällig hier in der Bar?» Roberto konnte sehen, wie in Remos Gehirn fieberhafte Aktivitäten losgingen. Er war ein Typ, der versuchte, sich aus allem herauszuhalten, und der Scherereien jedweder Art vermied wie ein Vampir eine Knoblauchzwiebel. «Was ist?»

«Er war hier», gab Remo zögernd zu.

«Von wann bis wann?»

«*Ascolta*, ich kontrolliere nicht, wann meine Gäste –»

«Von wann bis wann?»

«Gekommen ist er irgendwann nach Mitternacht. Gegangen um zwei Uhr und vier Minuten.»

«Wieso bist du so sicher?»

Remo deutete auf die riesige, zugestaubte Uhr über der Theke. «Er verließ die Bar genau in dem Moment, als die einen Kurzschluss hatte und stehenblieb.»

«Hört, hört!», brüllte Attilio Brozzi. «Ruggero ging, und die Uhr hatte einen Kurzschluss. Und kurz darauf wird er von einem Golem ermordet. Das stinkt doch zum Himmel!»

«War er alleine?», fragte Roberto.

Remo nickte.

«Und worüber hat er so geredet?»

«*Ascolta*, ich heiße nicht Toto Scaglioni und notiere, was meine Gäste –»

«Worüber, verdammt noch mal!?»

«Alles Mögliche.»

«Auch was Besonderes?»

«Nicht wirklich. Höchstens dass er sich von einem dahergelaufenen Fremden nicht sein Leben zerstören lässt.»

«Das hat er so gesagt?»

«Gleich mehrmals.»

«Und wen meinte er mit dem dahergelaufenen Fremden?»

Remo zuckte mit den Schultern.

«Den Golem», rief Attilio Brozzi in die Stille. Seine Anhänger nickten inbrünstig, und Franco verließ fluchtartig die Bar. Roberto warf eine Handvoll Zwanzigcentmünzen auf die Theke und folgte.

18.

Draußen suchte Roberto den Komponisten zunächst vergeblich, bis er ihn hinter einem parkenden Auto auf der anderen Straßenseite gegen die Brüstung der Stadtmauer gelehnt sah, vorgebeugt und mit zuckenden Schultern. Er ging hinüber und packte ihn.

«Ich will jetzt von dir wissen, was da in der Nacht wirklich gewesen ist!»

Franco versuchte, seinem Blick auszuweichen. Roberto fasste Francos Kinn mit einer Hand und zwang ihn, ihm in die Augen zu sehen.

«Was hast du wirklich gesehen?»

«Einen Golem, Roberto, ehrlich.»

«Falsche Antwort.»

Franco schwieg.

«Dieser Deutsche ist der Meinung, du hättest unter Einfluss von Drogen gestanden.»

Franco erstarrte und sah über Robertos Schulter hinweg ins Leere.

«Der Teutone ist ein *cretino integrale.* Aber er war mal Bulle in München. Ganz blöd ist er nicht.»

«Ayahuasca», flüsterte Franco.

«Aya- was?»

In Franco arbeitete es, und plötzlich redete er wie ein Wasserfall. «Du weißt, ich habe im Amazonas-Regenwald die Klänge vom Aussterben bedrohter Tierarten aufgezeichnet. Ich habe in einer Hütte bei den Sikuani-Indianern gewohnt, die waren früher mal Kannibalen, aber heute sind sie ganz nett. Ich war ein paar Mal Zeuge einer rituellen Zeremonie, weißt du, das ist eine magische Sache, mit Masken und Körperfarben und Trommeln und –»

«*Cazzo*, komm zum Punkt.»

«Es geht darum, in die Zukunft zu blicken und –»

«Zum Punkt!»

«Die benutzen dafür ein Getränk, das nur die Männer trinken dürfen, sie nennen es Ayahuasca, was man übersetzen würde mit ‹Liane der Geister› oder ‹Ranke der Seelenkranken›.»

«Ja, und?»

«Der Medizinmann hat mir ein Säckchen mit den Zutaten mitgegeben. Fasern der Ayahuasca-Liane und Chacruna-Blätter. Das Ganze köchelt man ein paar Stunden zu einem Gebräu, das durchaus passabel schmeckt, wenn man es mit Honig süßt.» Er zuckte mit den Schultern. «Vielleicht habe ich gestern Nacht ein Tässchen zu viel davon getrunken.»

«Aha, und welche Wirkung hat dieses Gebräu?»

«Die Medizinmänner benutzen es auch, um bestimmte Geister zu treffen. Ayahuasca ist eine halluzinogene Droge. So wie LSD.»

«Das heißt im Klartext: Du hast Gespenster gesehen, wo keine waren.»

«Ja, genau», atmete Franco auf, «das ist der Grund.»

«Der Golem ist also ein Hirngespinst?»

«Ein Hirngespinst, ja.» Franco wirkte plötzlich sehr erleichtert.

Roberto nicht. Er zog den Kragen seiner Daunenjacke hoch bis an die Ohren und stapfte los, die Via Matteotti enlang, die am Teatro Sanzio in den Corso Garibaldi überging. Es war nur ein Gefühl, eine Intuition, doch Roberto war nicht der Typ, der Gefühle für untergeordnet hielt, auch weil Logik und Theorie nicht zu seinen Stärken zählten. Franco wollte ihn auf eine falsche Fährte locken. Sein Geständnis hatte etwas von einer schnell zusammengehauenen Geschichte, irgendetwas daran war faul. Nicht das mit der halluzinogenen Droge, die erklärte sicherlich das Augenflitzen, das Pappelzittern, Francos irren Pulsschlag und all das wirre Zeug, das er bisher geredet hatte.

Faul war etwas anderes. Franco war kein Typ, der Drogen nahm. Er war ein Purist und legte großen Wert darauf, seine Kunst mit klarem Kopf zu machen, und da es für ihn keine Trennung gab zwischen dem Künstler und dem Privatmann Franco, hielt er sich von allem fern, was seine Sinne benebelte. Nur selten ließ er sich zu einem Glas Wein überreden, von dem er dann höchstens die Hälfte trank. Und der besonders unter den Jugendlichen in Italien weit verbreiteten Pest, von morgens bis abends Dope zu rauchen, konnte er nichts abgewinnen. Ganz sicher hatte Franco bei den Sikuani-Indianern im Amazonas-Regenwald dieses Ayahuasca ausprobiert, um deren Vertrauen nicht zu enttäuschen, und ganz sicher hatte er dessen Zutaten als Geschenk angenommen. Und vielleicht hätte er sogar in einer spontanen Aufwallung auch hier in Urbino ein Schlückchen von der Droge zu sich genommen. Aber stundenlang dem Gebräu beim Köcheln zuzusehen, um dann etwas zu tun, was so entschieden gegen seine Grundüberzeugung ging, das hatte etwas zutiefst Verzweifeltes, und für diese Verzweiflung musste es einen Grund geben. Ein Bild tauchte vor Roberto auf: Franco, der Zeuge ist, wie Ruggero Grilli erschlagen wird, der den Täter im Dunkeln an sich vorbeispazieren sieht und heilfroh ist, nicht entdeckt zu werden – und der dann nicht etwa abhaut, so schnell ihn seine Füße tragen, sondern dem Täter folgt, bis der in der jüdischen Synagoge verschwindet. Warum?

Sie passierten das Teatro Sanzio und den Eingang zu der spiralförmigen Rampe, die dreißig Meter hinunter zum Borgo Mercatale führte und die Federico da Montefeltro eigens hatte bauen lassen, damit seine Pferde ohne Umwege in die fürstlichen Marställe gebracht werden konnten. Hinter der Rampe, dort, wo die Arkaden des Corso Garibaldi begannen, zweigte die verwinkelte Treppe ab, die Roberto gestern Nacht schon genommen hatte, hinunter ins ehemalige jüdische Ghetto. Roberto zog Franco am Ärmel.

«Wo willst du hin?», fragte Franco mit unverhohlenem Entsetzen.

«Dahinunter», erwiderte Roberto lächelnd und zog ihn zur Treppe.

«Willst du nicht ... hast du nicht ...», Franco sah auf seine Uhr, «gleich elf Uhr ... mit diesem Sergio Bonasera.»

«Der kann warten.» Roberto zog stärker, im gleichen Maße wehrte sich Franco. «Was ist, Franco?»

«Nichts.»

«Komm, wir gehen unten herum und dann die Via Mazzini hinauf. Ein bisschen Anstrengung tut uns beiden gut bei dieser Kälte.»

Zögerlich gab Franco seinen Widerstand auf und folgte Roberto die steilen Stufen hinunter. Roberto ließ sich Zeit, wechselte mit jedem, der ihm entgegenkam, ein paar Worte und tat so, als bemerkte er Francos zunehmende Nervosität nicht. Auf dem letzten Treppenabsatz deutete er nach rechts auf ein zweistöckiges Häuschen, das zwischen einem noch schmaleren Häuschen und der hoch in den nebligen Himmel sich reckenden Synagoge eingeklemmt war. Vor dessen einzigen beiden winzigen Fenstern hingen irdene Blumentöpfe, in denen im Sommer prachtvolle Geranien blühten, jetzt jedoch, im November, rotteten nur deren abgestorbene Überreste vor sich hin.

«Siehst du? Hier wohnt Gilberto Sabatini, der Rahmenmacher. Der beobachtet hat, wie sich die beiden Golems über Donna Domenica hergemacht haben.»

Francos Atem ging jetzt deutlich schneller.

«Und da, bei der Synagoge? Da wollte der eine Golem Donna Domenica das Lebenslicht ausblasen. Ich stand ungefähr hier. Und dann, track, kommt dieser zweite Golem von hinten herangepoltert, überholt mich und wirft sich dem ersten entgegen. Der flieht, in die Via Stretta hinter der Synagoge. Der zweite setzt nach, und dann sind beide im Nebel verschwunden.»

Franco stöhnte leise auf.

«Ich sage dir eins, Franco, ich hatte noch nie so eine verdammte Angst.»

Franco nickte hektisch.

«Und weißt du was? Selbst mit einem Rucksack voller Friedhofserde und mit einem auf die Stirn tätowierten Pentagramm wäre ich den beiden nicht gefolgt.»

Franco nickte weiter.

«Niemals.» Roberto machte eine Kunstpause, die auch von Attilio Brozzi hätte stammen können. «Nun frage ich mich allerdings: Warum bist du dem Golem gefolgt, der gerade vor deinen Augen Ruggero Grilli erschlagen hat?»

«Es war ja nur eine Halluzination.»

«Die Eigenheit einer Halluzination ist, dass man sie für Realität hält. Du warst also der festen Überzeugung, einen Golem vor dir zu haben. Vor dem du eine gewaltige Angst hattest. Noch einmal: Warum bist du hinter ihm hergelaufen?»

Franco schwieg zitternd.

«Ich könnte mir vorstellen, du wolltest dich vergewissern, es tatsächlich mit einem Wesen zu tun zu haben, dessen Auftrag es ist, Feinde der Juden zu eliminieren. War es so?»

Franco nickte zögernd.

«Ich frage mich, warum dir das so wichtig ist. Und vor allem: Warum bist du so fest davon überzeugt, dass der Golem es eigentlich auf dich abgesehen hat?»

«Können wir bitte weitergehen?»

«Warum? Es ist helllichter Tag. Was soll schon passieren?»

«Es ist, weil ...» Franco schluckte und würgte, als befände er sich ohne einen Tropfen Wasser in der Wüste.

«Komm, lass uns sehen, ob jemand da ist. Vielleicht Rabbi Shlomo.» Er deutete auf die Synagoge, deren ursprünglich sehr hohe romanische Fenster mit Ziegelsteinmauern teilweise verkleinert worden waren, was die Symmetrie des Gebäudes empfindlich verletzte. Die Fensterrahmen, die Fensterläden und die eisernen Gitter waren viele Jahrzehnte nicht mehr gestrichen worden und gaben dem Gotteshaus ein etwas verwahrlostes Aussehen. Architektonisch war es eine Mischung aus fast majestätischer Größe und bewusst schmuckloser Unauffälligkeit, ein Symbol für das über viele Jahrhunderte herrschende Spannungsverhältnis zwischen der jüdischen Bevölkerung Urbinos und den jeweiligen Herrschern. Manche, wie Fürst Guido Ubaldo am Ende des 15. Jahrhunderts, gewährten den Juden große Freiheiten, andere wie der unmittelbar darauf folgende Fürst Francesco Maria zwangen sie, nur in den Häusern rund um die Synagoge zu leben, ausschließlich mit minderwertigen Gütern Handel zu treiben, Lebensmittel durften sie nur am Abend kaufen, und als Zeichen ihrer Glaubenszugehörigkeit mussten Männer gelbe Kappen und Frauen gelbe Schleier tragen.

Franco drängte weiterzugehen. Roberto hielt ihn fest und legte seine gesamte Kraft in den Griff.

«Franco. Worum geht es wirklich?»

Der Musiker kämpfte einen Moment gegen Robertos Griff an, gab dann aber seinen Widerstand auf. Wie in Zeitlupe lehnte er sich gegen Robertos Schulter und brach in Tränen aus. Jede Kraft schien aus ihm zu weichen, und Roberto hatte Mühe, das nicht unerhebliche Gewicht des Musikers zu halten. Eine Weile ließ er ihn weinen, bis er das Gewicht nicht mehr aushalten konnte und ihn loslassen musste. Franco setzte sich. Roberto ebenfalls. Der Boden war kalt und nass.

«Ich habe jüdische Freunde», flüsterte Franco.

«Wo ist das Problem?»

«Wie soll ich denen jemals wieder unter die Augen treten?»

Roberto schwieg, er spürte Francos Bereitschaft, seine Geschichte zu erzählen.

«Du kennst meinen *palazzino*, Roberto.» Er meinte sein kleines Stadthaus in der Via Minore auf halber Strecke zwischen der Piazza della Repubblica und der Porta Lavagine am östlichen Ende der Altstadt, das er von seinem Großvater geerbt hatte. «Du kennst auch mein Studio unten in der ehemaligen *cantina*?»

«Kenne ich, ja.»

«Ich komponiere gerade die Musik zu einem Ballett. Es geht um einen einfachen Menschen, der unschuldig in einem mittelalterlichen Verlies eingekerkert wird, ohne Licht und ohne Hoffnung, sein Gefängnis je wieder zu verlassen. Für das Stück brauchte ich Klopfgeräusche, verstehst du? Hier geht es um einen Menschen, der so verzweifelt ist, dass er tatsächlich hofft, durch die Wand einen Weg nach draußen zu finden.» Franco schauderte es, und er konnte für einen Moment nicht weitersprechen. «Ich habe mit verschiedenen Gegenständen die Ziegelwände in meinem Studio abgeklopft und die Klänge aufgezeichnet. Pock-Pock-Pockpock-Pock. Pock. Pock.»

Roberto konzentrierte sich auf seine Knie, um etwas gegen seine wachsende Ungeduld zu tun. Jetzt nicht unterbrechen.

«Und dann, an einer Stelle, da klang die Wand so hohl und dünn. Puck-Puck-Puckpuck-Puck. Puck. Interessant, habe ich gedacht und mich nicht weiter darum gekümmert. Aber dann fing ich an, nachts davon zu träumen. Immer wieder dieses Geräusch. Kannst du dir das vorstellen?»

Roberto nickte. Hauptsache, Franco redete weiter.

«Es wurde zu einem Morsezeichen, zu einer Botschaft der Ziegelwand, die sagte: Finde heraus, was sich hinter mir verbirgt.»

Roberto vermied es, darauf zu reagieren. Für ihn würde wahrscheinlich ein Puck-Puck nichts anderes sein als ein Puck-Puck.

«Der Druck wurde immer mächtiger, bis ich es nicht mehr aushielt. Ich bin dann in die *ferramenta* von Buccarini und habe mir einen elektrischen Hammer geliehen, so ein schweres Gerät von Hilti.»

Er machte eine Pause, und Roberto sah sich genötigt, etwas zu sagen. «Ein pneumatischer Hammer, fast so etwas wie ein Presslufthammer.»

«Sehr schwer. Aber hui! Ich sage dir, der ging wie nichts durch die Wand.» Franco lächelte versonnen, bis seine schwere Traurigkeit wieder zurückkehrte. «Und was finde ich hinter den Ziegeln? Einen

Hohlraum, ziemlich groß und vollkommen leer. Bis auf eine uralte Kladde. Weißt du, was eine Kladde ist?»

Roberto schüttelte den Kopf. Seine Knie waren starr vor Kälte, seine Hose am Hintern feucht. Ein widerliches Gefühl.

«Eine Kladde ist ein Notizbuch für vorläufige Geschäftseintragungen, meist mit marmoriertem Einband. Das Buch war alt, ganz eindeutig aus den dreißiger oder vierziger Jahren. Ich schlage es auf und beginne zu lesen: Es war das Tagebuch meines Opas. Zuerst wollte ich es gleich wieder weglegen. Da war eine Aura, die von diesen vergilbten Seiten, dieser merkwürdigen Schrift, diesem muffigen Geruch ausging. Doch dann zog es mich in den Text hinein. Aufzeichnungen über sein Leben, wie er seine Frau, also meine Oma, kennengelernt hat. So was. Und dann, unter dem Datum 16. Oktober 1943 ...» Franco kämpfte mit seiner Fassung, wieder musste er eine Weile schlucken und würgen. «Weißt du, was an dem Tag passiert ist, Roberto? In Rom? Es war die Zeit der deutschen Nazibesatzung. Am 16. Oktober 1943 haben die Nazis Dutzende von römischen Juden exekutiert. Der ‹Schwarze Samstag› wurde er genannt. Und sieben dieser Juden stammten aus Urbino.»

Francos Blick klebte am Boden.

«In unserer Familie hieß es immer, der Opa sei während der Nazizeit Widerstandskämpfer gewesen.» Er schüttelte den Kopf, Tränen perlten seine Wangen hinunter. «Weißt du, was die Wahrheit ist? Er hat die sieben Juden aus Urbino an die Gestapo verraten. Mein Opa. Er wusste, wo sie sich versteckt hielten. *Oddio*, wie soll ich den Urbinati jemals wieder in die Augen sehen?»

Roberto nahm den weinenden Künstler in die Arme. Der lehnte sich nur kurz an Robertos Schulter und richtete sich gleich wieder auf.

«Mein Opa», fuhr Franco fort, «wurde 1946 unter mysteriösen Umständen ermordet. Das war vor genau 66 Jahren. Verstehst du, Roberto? Vor genau 66 Jahren ... das war der Golem. Und alle 33 Jahre kommt er wieder. Vor 33 Jahren, 1979, wurde mein Vater von einem Unbekannten überfallen und schwer verletzt. Niemand wusste, wer das war. Und jetzt, 66 Jahre später, will der Golem mich holen.» Alle Kräfte entwichen aus Francos Körper, und er wäre auf den Boden aufgeschlagen, hätte Roberto ihn nicht aufgefangen. Passanten, die näher kommen wollten, um zu helfen, bedeutete er unmissverständlich weiterzugehen.

«Es gibt keinen Golem, Franco, das hast du vorhin selbst erkannt. Ein Hirngespinst, eine Halluzination aufgrund von Drogen.»

«Er will mich», stammelte Franco, das Gesicht von Furcht und Panik verzerrt. «Er will mich.»

«Und wieso hat er dann Ruggero Grilli getötet?»

«Er hat sich geirrt. Er will mich.»

19.

Bis sie die Wache der Polizia Municipale im Palazzo del Legato Albani erreichten, hatte Roberto alles versucht, Franco sein Schuldgefühl zu nehmen, er hatte auf ihn eingeredet und argumentiert. Keine Theorie der Welt kann einem Kind, das 1981 geboren wurde, die Mitschuld an einem Ereignis geben, das 1943 stattgefunden hat. Für die Taten seines Opas war nur der und sonst niemand verantwortlich. Franco schien ihm gar nicht zuzuhören, offenbar absolut versteift in die Idee seiner Schuld.

Im Vorraum der Wache winkte Agnello Battistelli mit genüsslicher Freude Roberto zu. «Nach oben, Rossi, *ma subito*, der Chef ist rasend vor Wut.»

Roberto schob sich wortlos an Battistelli vorbei. Er mochte ihn nicht besonders, weil er und Cottelli ständig ihre Köpfe zusammensteckten und sich über andere lustig machten. Man durfte mit Battistelli kein Geheimnis teilen, er würde es sofort an Cottelli weiterreichen. Der würde es als Nächstes Maria Corbucci erzählen, was wiederum dasselbe war, als würde man es in Großbuchstaben auf die Außenhaut eines Zeppelins malen und diesen in geringer Flughöhe ununterbrochen über Urbino kreisen lassen.

Roberto bugsierte Franco in die Ecke, in der einige Besucherstühle standen. Kein gemütlicher Ort, aber der einzige, an dem Franco ihm nicht zwischen den Füßen herumlief und er sich gleichzeitig sicher fühlen konnte. Dort saß schon Sergio Bonasera und machte einen nervösen Eindruck, was wohl auch mit den vier geleerten Espressotassen auf dem Boden vor ihm zusammenhing.

«*Buon giorno*, Poliziotto Rossi», grüßte Sergio bemüht gelassen, aber seine blitzenden Augen verrieten, wie wütend er war. «Elf Uhr, richtig?»

Roberto warf einen Blick auf die grottenhässliche Digitaluhr an der Wand, die Cottelli in seinen Bemühungen, alles zu modernisieren, hatte anbringen lassen. Roberto war sie genauso ein Dorn im Auge wie die dämliche Kuckucksuhr in seinem Büro, das natürlich nicht seins war, sondern von dem jeweils diensthabenden Polizisten benutzt wurde. 11.32 Uhr.

«Du bist zu früh», log Roberto. «Wir hatten zwölf gesagt.»

Wieder blitzten Sergios Augen auf. «Dann habe ich mich wohl geirrt.»

«Nimm noch einen *caffè*. Fünf ist eine Glückszahl. Ich bin gleich zurück.» Roberto warf einen letzten Blick auf Franco, der sich wie ein lebloser Sack auf einen Stuhl hatte fallen lassen.

«Ha!» Cottelli sprang auf, als Roberto sein Büro betrat. «Willst du mir eine *faccia nera* machen? Hast du das vor, mich bloßstellen?»

Roberto ließ sich in den tiefergelegten Besucherstuhl fallen. «Wie das?»

«Vor zwei Stunden war dein Termin. Jeder weiß das.»

«Ermittlungen, Cottelli, schwierige Ermittlungen.»

Cottelli hämmerte sich auf die Brust wie ein Specht auf Ecstasy. «Vorrang hat, was ich sage!»

Roberto stöhnte demonstrativ und wollte mit dem Stuhl wackeln. «Nanu? Der wackelt ja gar nicht mehr.»

«Lenk nicht ab, *cazzo*!»

Roberto erhob sich und kippte den Stuhl auf die Seite. «Die Sache ist äußerst komplex.» Sieh an, Cottelli hatte mit diversen Filzpads die ungleichen Längen der Stuhlbeine ausgeglichen. Nicht schlecht für einen mit zwei linken Händen. Roberto setzte sich wieder und lächelte seinen Chef an.

«Klar bist du überfordert. Was habe ich Galdroni gesagt? Battistelli ist der richtige Mann. Aber er wollte ja unbedingt dich.» Cottelli hob theatralisch beide Arme.

Robertos Handy klingelte.

«Wehe, du gehst da ran!», schrie Cottelli.

«Ich habe keine Wahl. Als federführender Ermittler muss ich jederzeit erreichbar sein.» Roberto nahm das Gespräch an. *«Pronto?»*

«Roberto! Du holst jetzt sofort diesen Goldesel ab», wisperte ihm Malpomenas Stimme wütend aus dem Handy entgegen. «Diese neureiche Rohrdommel macht mich wahnsinnig! Sie trommelt und schwätzt und tönt und plappert ohne Unterlass. Hilfe. Hilfe!»

«Schick sie einfach fort», erwiderte Roberto und machte speziell für Cottelli ein wichtiges Gesicht.

«Sie geht nicht. Ich hab's versucht. Sie geht nicht!»

«Vielleicht musst du ihr erst ein Frühstück anbieten», schlug Roberto vor.

«Das habe ich sehr wohl. Und weißt du, was sie gesagt hat? ‹Ich esse morgens nur eine Pampelmuse mit ein wenig Rohrzucker, beides aus biologischem Anbau.› Ja, habe ich denn eine Handlung für ökologisch korrekt angebaute Südfrüchte! Ja, bin ich denn ihre Dienerin! Kann man von mir erwarten, eine Galeotti durchzufüttern! Und dann diese Hysterie. Dieses impertinente Dummerchen hat Angst vor dem, ach, was sage ich, vor gleich zwei Golems, die es angeblich auf sie abgesehen haben!»

«Das ist natürlich Unsinn.»

«Hol sie ab, sofort! Ich schwöre dir: Ich bring sie um!»

«Geht nicht. Ich sitze bei meinem Chef.»

«Bei wem? Cottelli? Oder Galdroni?»

«Cottelli.»

Malpomena lachte schrill. «Na, dann geht es doch sowieso nur darum, wer von euch beiden den Längeren hat.»

Roberto zog die Stirn kraus. Seit wann war denn Malpomena derart vulgär? Sie musste in der Tat mit den Nerven am Ende sein. «Nein, es geht um den Stand der Ermittlungen.»

«Papperlapapp. Gib mir den Mann mal.»

«Was ist? Wer ist dran?», flüsterte der *capo* ihm alarmiert zu, als Roberto ihm wortlos sein Handy hinhielt. Cottelli senkte seine Stimme, um sie bedeutender klingen zu lassen. «*Buon giorno*, hier spricht *maresciallo capo* Nevio Cottelli. Mit wem habe ich das Vergnügen? – Oh, Signora Del Vecchio, welche Ehre!» Er blies sich auf wie ein Rettungsschlauchboot und lauschte eine Weile. Währenddessen wandelte sich sein Gesichtsausdruck von Ich-bin-ohne-Zweifel-der-Größte hin zu Untertänigst-zu-Diensten.

«Selbstverständlich werde ich Ihren Wünschen entsprechen», beendete er das Gespräch und schleuderte Roberto das Handy entgegen. Dieser versuchte vergeblich, es zu fangen, es fiel zu Boden, und der Akku sprang ab.

«Porca puttana!», fluchte Roberto und klaubte die beiden Teile vom Boden. Jetzt musste er Uhrzeit und Datum wieder neu einstellen.

«Den Wurf hätte ein Fünfjähriger gefangen, Rossi.»

Was weißt du, was ein Fünfjähriger kann, du unfruchtbarer Zwerg, dachte Roberto. Auszusprechen wagte er den Gedanken allerdings nicht. Cottellis Nerven lagen blank, wenn es um seine Kinderlosigkeit ging. Denn das Problem musste bei ihm liegen, zumindest konnte sich niemand in ganz Urbino vorstellen, dass eine Frau wie Maria Corbucci, mit so viel Schwung und einer solch üppigen Figur, nicht mit Leichtigkeit schwanger werden würde. Cottelli sah das mit Sicherheit genauso, sonst hätte er Maria nicht unter Androhung schlimmster Strafen verboten, ihre Fertilität medizinisch bestätigen zu lassen.

«*Sei scemo tu?* Eine wichtige Tatzeugin bei der Signora Malpomena Del Vecchio Onori unterzubringen? Einer Privatperson? Polizeitechnisch gesehen ist das ein Unding, Rossi. Unentschuldbar.»

«Es war mitten in der Nacht. Was hätte ich denn deiner Meinung nach tun sollen?»

Cottelli wischte seinen Einwand unwillig beiseite. «Du wirst Domenica Galeotti sofort abholen und an einen sicheren Ort bringen.»

«Als da wäre?»

«Bring sie in ihr Haus und schärf ihr ein, niemandem die Tür zu öffnen.»

«Da sitzt ihr Ehemann, von dem sie sich gerade getrennt hat.»

«Der wird sie wohl kaum umbringen.»

«Sie bewerfen sich mit Schuhen.»

Cottelli wedelte majestätisch mit der Rechten. «Zisch ab und lass dir was einfallen.»

Roberto erhob sich stöhnend aus dem tiefer gelegten Stuhl.

«Und, Rossi: Noch so eine Nummer, und du bist fällig.»

Na klar, ich zittere jetzt schon vor Angst, dachte Roberto und gab sich keine Mühe, den dazu passenden Gesichtsausdruck zu verbergen. Was Cottelli natürlich nicht entging.

«Es wird eine Zeit kommen, da hilft dir dein fadenscheiniger Kontakt zum Hochadel nicht mehr. Und dann gnade dir Gott. Dann sitze ich dir im Nacken. Wie ein –», er ruderte mit dem Arm in der Luft auf der Suche nach dem richtigen Wort.

«Wie ein Golem?»

«Raus!»

Unten im Vorraum der Wache sprang Sergio auf, als er Roberto die Treppe herunterkommen sah. «Hören Sie, Poliziotto Rossi, ich habe wirklich keine Zeit mehr. Ich warte jetzt schon eine Stunde.»

«Wir haben 12 Uhr gesagt. Jetzt ist es 11.50 Uhr.»

«Wir haben –», platzte es aus Sergio heraus, dann beherrschte er sich jedoch, was ihm sichtlich Mühe bereitete. «*Va bene*, in zehn Minuten also.»

«Mehr oder weniger», erwiderte Roberto und verließ die Wache, ohne sich umzudrehen. Er hatte nicht eine Sekunde lang Zweifel, dass Franco keine fünfzig Zentimeter hinter ihm hertrottete.

Sergio war ihm unsympathisch, so viel war klar. Nicht nur weil er aus Mailand kam. Aber auch. Mailänder sind eingebildet, sie sehen sich selber als die New Yorker Italiens, ausgebufft, hart, clever und unglaublich wichtig, unglaublich lässig, Großstadtmenschen, denen kein Provinzler das Wasser reichen kann. Nein, es waren seine Augen, sein Blick, der ständig verriet, wie lästig ihm normale Menschen waren. Darin steckte eine hässliche, aggressive Überheblichkeit, eine, die befürchten ließ, von ihm aufgespießt zu werden, sobald sich ihm dazu eine Gelegenheit bot. Ganz sicher hatte Sergio sich nicht in dieser Gegend niedergelassen und das *rustico* in den Hügeln des Monte Cesane gekauft, weil er die Menschen hier liebte und respektierte.

Roberto musste an den zwei Meter hohen verzinkten Zaun denken, mit dem er seinen gesamten Grund eingeschlossen und der zum Streit zwischen ihm und Ruggero Grilli geführt hatte. Bei Ruggero war da mit Sicherheit viel Wut im Spiel gewesen, vielleicht war es deswegen zu der nächtlichen Schlägerei gekommen, an deren Ende Ruggero tot war. Denkbar, obwohl Francos Beschreibung des Täters überhaupt nicht zu Sergio passte, denn der Mailänder war weder massig noch klein und breit, sondern sehnig, groß und schlank. Aber das musste nichts bedeuten, schließlich hatte Franco im Drogendelirium phantasiert.

«Wer ist da?», blaffte eine Stimme aus Robertos Handy.

«Agente Roberto Rossi.»

«Von?»

«Polizia Municipale, Urbino. Ich brauche –»

«Mit euren Falschparkern müsst ihr schon alleine klarkommen», unterbrach ihn die Stimme. «Die Guardia di Finanza hat andere Aufgaben.»

«Es geht um einen Mord.»

«Mord? Wahrscheinlich an einer Taube, eh? Wurde von einem

motorino überfahren? Anschließend Fahrerflucht?» Die Stimme lachte meckernd.

Roberto versuchte, nicht wütend zu werden. Die von der Guardia di Finanza hielten sich für wer weiß was, schlimmer noch als die Carabinieri. «Hier wurde jemand erschlagen. Es besteht der Verdacht, dass der Täter aus Wut gehandelt hat, weil das Opfer ihn möglicherweise bei euch angeschwärzt hat. Ich muss wissen, ob bei euch eine Anzeige von einem gewissen Ruggero Grilli gegen einen gewissen Spartaco Mori vorliegt und was ihr gegebenenfalls unternommen habt.»

«Musst du, aha.»

«Ja.»

«Und seit wann führt ihr bei der Municipale Mordermittlungen durch, eh?»

«Ist ein Sonderfall», erwiderte Roberto und legte einen Schritt zu, um möglichst schnell die Piazza hinter sich zu lassen. Unter der antiken Uhr knubbelten sich etliche Urbinati, durchweg Männer, die erregt diskutierten und immer wieder auf ihn und Franco deuteten. Es brauchte keinen besonderen Scharfsinn, um zu ahnen, worum es da ging und dass sie ihn gleich mit Fragen und besonders schlauen Theorien bombardieren würden.

«Soso. Aha. Dann sag ich dir jetzt mal, was der Normalfall in einem Sonderfall ist: Du stellst einen offiziellen Antrag auf Übermittlung finanzpolizeilicher Daten, lässt ihn von deinem Chef unterzeichnen, steckst ihn in einen Briefumschlag, Briefmarke drauf und ab damit. Wir überprüfen alles und melden uns. Wie hört sich das an?»

«Scheiße, du Sesselfurzer!» Plötzlich war es vorbei mit seiner Selbstbeherrschung. «Hier geht es um Mordermittlungen, nicht um eine Razzia in einer *gelateria*! Was bildest du Finanz-Arsch dir eigentlich ein?»

«Hast du gerade Finanz-Arsch gesagt?»

«Finanz-Arsch. Mehrwertsteuer-Zecke. Zoll-Heini.»

«Wie war noch dein Name, Freundchen?», zischte die Stimme.

Roberto unterbrach schnell die Verbindung, zitternd vor Wut. Nur ein Rest an Selbstbeherrschung hielt ihn davon ab, sein Handy in die Menschentraube zu schleudern, die sich jetzt geschlossen in seine Richtung in Bewegung setzte. Ihren Gesichtern nach zu urteilen, waren sie empört und gleichzeitig verängstigt. Ohne Franco im Schlepptau würde Roberto sich jetzt über die Via Battisti aus dem Staub machen, doch der Komponist hatte sich in sein leeres Pistolenholster eingehakt und verlangsamte dadurch sein Tempo erheblich. Also bog er weder in die Via Battisti noch in die Via Veneto ein, sondern betrat Totos Bar, in der Hoffnung, dass die Meute nicht folgen würde, denn bei Toto konnte man nicht einfach nur herumstehen, sondern musste etwas bestellen.

Eine trügerische Hoffnung. Noch während er einen *crodino*, einen *tramezzino con tuna* und ein paar Oliven bestellte, drängte sich die Traube herein. Zuerst war Roberto froh, dass weder Attilio Brozzi noch Egidio Cecchetti oder deren Apologeten unter ihnen waren. Doch schon nach den ersten Worten der Traube lief ihm ein kalter Schauer über den Rücken.

«Wir brauchen Polizeischutz. Die Synagoge ist ein Hort des Verbrechens! Schluss mit der Nachsicht, jetzt muss gehandelt werden!»

Sätze wie diese offenbarten eine Mischung aus Wut und Angst, die etwas Explosives hatte. Die Golem-Hysterie beschränkte sich nicht mehr nur auf die versponnenen Verschwörungstheoretiker mit ihrem Geschwätz. Diese Menschen da vor ihm, mit ihren zornigen Gesichtern, waren freundliche Durchschnittsbürger: Claudio Tonti, Gemüsehändler, Giovanni Cuzzopoli, Lkw-Fahrer, Quinto Macci, Beamter, Maria Berluti, Notarsgehilfin, Bruno Sordillo, Automechaniker, Nello Bonci, Bankangestellter, Gilberto Sabatini, Rahmenmacher. Und einige, die er nicht kannte. Schweren Herzens legte Roberto sein *tramezzino* unangebissen wieder auf den Teller.

«Ihr wisst, wer ich bin», begann er.

«Was soll das, Poliziotto?», tönte es ihm entgegen. «Hier geht es nicht um dich.»

«Ich ermittle in der Sache Ruggero Grilli. Das hier ist Franco Varese. Er hat das mit dem Golem aufgebracht. Wisst ihr, was sich heute herausgestellt hat? Franco stand unter Einfluss einer starken Droge, als er den Mord an Grilli beobachtet hat. Der Golem ist nichts als eine Halluzination.»

Für einen Moment war Stille. Franco, das spürte Roberto ganz genau, hätte sich vor Scham am liebsten in Luft aufgelöst.

«Was ist mit Donna Domenica?», fragte Gilberto Sabatini. «Ich habe die beiden Golems mit eigenen Augen gesehen. Und ich nehme keine Drogen. Außerdem, du warst selber dabei, Poliziotto.»

«Es war dunkel, und ich habe zwei vermummte Kerle gesehen.»

«Die sich wie Geister plötzlich in Luft aufgelöst haben.»

«Die weggelaufen sind, sonst nichts.»

«Da lag Lehm am Boden, ich bin selber gucken gegangen, am nächsten Morgen.»

«Wir sind in Urbino, Sabatini. Urbino ist aus Terrakottaziegeln erbaut. Was meinst du, was Terrakotta ist? Nichts als Lehm. Lehm ist so ziemlich das Häufigste, was hier bei uns anzutreffen ist. Außer neuerdings der grenzenlosen Blödheit von Spinnern, wie ihr es seid.»

«Lenk nicht ab. Ich weiß, was ich gesehen habe.»

«Du hast eine Menge Nebel gesehen und vier Personen, von denen du zwei kanntest und zwei nicht.»

«Wer sagt denn, dass Franco nicht unter Folter seine Aussage widerrufen hat?», warf Claudio Tonti ein.

«*Dio Santo*, Tonti! Hast du zu viel von deinem verfaulten Gemüse gegessen?» Roberto packte Franco unsanft am Arm. «Los, Franco, erzähl ihnen, wie das war mit deinem Lianen-Gebräu.»

Franco hatte mit aufgerissenen Augen zugehört und brachte kein Wort hervor.

«Was ist?», fuhr Roberto ihn an.

«Seht ihr, was ich meine?», sagte Tonti. «Der Mann ist doch völlig eingeschüchtert.»

Eisige Blicke ruhten auf Roberto, der einen Schluck *crodino* trank und eine Olive einwarf, ratlos. Er konnte die Angst ja verstehen. Urbino war ein beschauliches Städtchen mit fünfzehntausend Einwohnern, und alle Urbinati einte das Gefühl, jeden der anderen zu kennen oder zumindest schon einmal gesehen zu haben. Wenn da einer durch einen Mord aus ihrer Mitte gerissen wurde, fühlte sich das vollkommen anders an als in einer Großstadt. Und dass sich bei den Urbinati Angst sehr schnell in Wut und Angriffslust verwandelte, konnte er ebenfalls verstehen. In ihrer Geschichte hatten sie sich nur sehr selten anderen Mächten beugen müssen, und die gewaltige, von keinem Feind je eingenommene Stadtmauer war ein Symbol ihrer Wehrhaftigkeit gegen üble Kräfte von außen.

«Wir wissen», sagte die Notarsgehilfin Maria Berluti, «dass Ruggero dem Entsetzen anheimgefallen ist. Es war nicht die Kraft eines Arms, die ihn fällte. Er sah etwas, so erschreckend und furchtbar wie das Tor zur Hölle. Das war das Ende seines Herzschlages, das war das Ende seines Atems, es war – ein Seelenmord.»

Überrascht stellte Roberto fest, dass sich niemand, wie sonst üblich, über Maria Berlutis blumige Ausdrucksweise lustig machte. Seit Jahren veröffentlichte sie furchtbar schwülstige Gedichte im Selbstverlag, und jedes Mal, wenn der Spott über das letzte Werk gerade verebbte, brachte sie ein neues heraus. Wenn man allerdings ihre Worte über Ruggeros Tod auf den faktischen Kern reduzierte, sagte sie dasselbe, was Malpomena auch gesagt hatte: Ruggero Grilli war vor Entsetzen gestorben.

20.

Zu Totos Ärger zog die Traube wieder ab, ohne auch nur einen winzigen *caffè*, geschweige denn etwas mit einer ordentlichen Gewinnspanne, für ihn zu bestellen wie Coca-Cola oder San-Pellegrino-Mineralwasser. «Lasst uns in die Bar Complotto gehen, da können wir frei reden» waren die letzten Worte der Aufgebrachten, die bei Toto einen gewaltigen Schwall wilder Beschimpfungen auslösten.

Roberto war ein wenig benommen von der feindlichen Vehemenz der Menschen. Wäre sie von Attilio Brozzi und seinen Spinnern gekommen, würde er keine Sekunde weiter darüber nachdenken. Aber hier hatten Urbinati gesprochen, die er bisher ausnahmslos als nette, friedliebende Mitbürger kannte. Ein wenig ähnelte die Traube einem Rudel von Pastori Maremmani, riesigen Hirtenhunden, die gerne bellten und knurrten und trotzdem einen freundlichen Charakter hatten – solange sie sich nicht bedrängt fühlten oder ihr Territorium bedroht sahen. Dann wurden sie ganz schnell zu unkontrollierbaren Bestien, die man nur noch mit einer *lupara*, der abgesägten Schrotflinte der sizilianischen Mafia, aufhalten konnte. Die Vorstellung, dass die Menschentraube womöglich immer größer wurde und sich irgendwann wie eine Horde von Maremmani verhielt, bereitete ihm ein mulmiges Gefühl.

Roberto drehte fünfmal seinen aus einem Hufnagel gebogenen Ring, und als er fertig war, legte er noch fünfmal drauf. Egal wie man die Situation betrachtete, es gab nur eine Möglichkeit, dem Golem-Spuk ein Ende zu setzen: Er musste so schnell wie möglich den Mörder von Ruggero Grilli finden, er musste herausfinden, wer es letzte

Nacht auf Donna Domenica abgesehen hatte und wer derjenige war, der Donna Domenicas Angreifer attackiert hatte.

«*Ostia*», stöhnte er und biss in sein *tramezzino*. Was hatte er denn bisher an Erkenntnissen? Praktisch nichts. Er wusste nicht, ob Spartacco wirklich seinen Nachbarn Ruggero Grilli bei der di Finanza angeschwärzt und die beiden deshalb einen erbitterten Streit gehabt hatten. Und er wusste so gut wie nichts über Sergio und wie dessen Verhältnis zu Ruggero gewesen war. Er brauchte dringend Fakten.

«Toto, was weißt du über Sergio Bonasera?», fragte Roberto und bestellte noch einen *crodino*, um Totos Laune etwas zu heben.

«Nichts.»

«*Dai*, du weißt doch sonst alles Mögliche über deine Mitmenschen.» Roberto deutete auf das Laptop, das Toto immer aufgeklappt hinter der Theke stehen hatte.

«In dem Fall nichts.» Toto knallte den *crodino* auf die Theke und blickte demonstrativ ins Leere.

«Dann häng dich doch mal in den Computer der Carabinieri rein.»

Toto grinste hämisch. «Was meinst du mit reinhängen?»

Roberto fühlte sich sofort unwohl. Die ganze Computer- und Netzwelt war ihm so fremd, dass er nicht einmal die richtigen Begriffe kannte. «Du weißt, was ich meine.»

«Nein, weiß ich nicht.»

Roberto ließ ein paar Sekunden verstreichen, damit Toto seinen Widerstand aufgeben konnte, ohne dass er gleich Druck auf ihn ausüben musste. Toto war zwar nicht besonders empfindlich, aber möglicherweise hatte er ihn in der letzten Zeit etwas zu hart rangenommen.

«Na ja, du tummelst dich doch manchmal auch in unserem Computersystem», Roberto meinte das der Polizia Municipale, «und das ist auch nicht für die Öffentlichkeit zugänglich.»

«Die Firewall bei euch ist ein Witz. Wenn mich jemals jemand erwischen sollte – was praktisch unmöglich ist, weil ich eine Tor-

Software benutze –, dann behaupte ich, zufällig dort hineingeraten zu sein, und niemand könnte mir das Gegenteil beweisen. Die Carabinieri dagegen, die sind nicht so –» Er machte eine Handbewegung, die mit ‹blöd› noch nett umschrieben war.

«Du kannst mir doch nicht erzählen, dass du noch nie bei den Carabinieri drin warst.»

Toto schenkte Roberto ein falsches Lächeln und fing an, seine Espressomaschine zu putzen.

«Was ist mit der Guardia di Finanza?»

«Nichts», grunzte Toto, ohne sich umzudrehen.

Roberto überlegte, den Druck vielleicht doch zu erhöhen. Aber Toto war so verstockt, dass ein wenig mehr nicht genügen würde. Wenn Totos Erträge in einer Art und Weise gefährdet waren, wie es im Moment der Fall war, bekam er etwas von einem Dachs, der in seinem Bau in die Enge getrieben wird und der schnell mal ein paar Stöberhunde massakriert, bevor es ihn erwischt. Roberto warf einen Zehneuroschein auf die Theke, erhob sich und winkte Franco zu, ihm zu folgen.

«Zehn, macht drei Euro zwanzig zurück», sagte Toto und wühlte in seiner Kasse nach Kleingeld. Roberto ging einfach weiter.

«He!», rief Toto alarmiert. Mit Roberto eine Rechnung offen zu haben war keine gute Aussicht für die nähere Zukunft.

Roberto trat auf das Plateau unter den Arkaden hinaus. Die Sonne hatte sich gehalten und warf nach all den kalten, düsteren Tagen eine erstaunliche Wärme und Helligkeit auf die Piazza della Repubblica. Wie nicht anders zu erwarten beantworteten die Urbinati diesen Wetterumschwung mit einer großen Lust, sich dort in Scharen zu tummeln, zu diskutieren, zu scherzen, zu schimpfen oder sich einfach nur zu zeigen. Roberto beobachtete das Treiben eine Weile, doch schon sehr bald merkte er, dass es nicht die übliche Leichtigkeit des Piazza-Lebens hatte. Viel häufiger als sonst spürte er die Blicke der Menschen auf sich gerichtet, Blicke voller Vorsicht, Misstrauen und Unruhe, ja sogar voller Aggressivität.

Er wandte sich nach rechts. Gleich neben der Bar Federico führte ein Durchgang in den Innenhof des Palazzo del Collegio Raffaello. Nach ein paar Metern stand er vor dem kameraüberwachten Eingang des Commissariato della Polizia di Stato. Was ihm jetzt bevorstand, würde Malpomena einen Gang nach Canossa nennen. Er selber wusste nicht, was damit genau gemeint war. Außer dass es sich um etwas handelte, bei dem es praktisch unmöglich war, eine *bella figura* zu machen.

Roberto drückte die Klingel und wartete auf irgendeine Unverschämtheit von Maria Corbucci. Sie sah jeden Besucher auf ihrem Monitor und machte mitunter eine Riesenshow, wen sie ohne Probleme hereinließ und wen sie erst einmal nach persönlichen Daten und Beweggründen für einen Besuch bei der di Stato examinierte. Der Summer des Türöffners ertönte. Erstaunt schob Roberto die Sicherheitstür auf und wandte sich im Flur dahinter gleich nach links zum Empfangsraum.

«*Buon giorno*, Maria», grüßte er und bemühte sich, ein gleichgültiges und förmliches Gesicht zu machen. Maria Corbucci saß an ihrem Schreibtisch. Sie lehnte sich in ihren Schreibtischstuhl zurück, schlug die Beine übereinander, richtete den Körper gerade auf und begann mit einer gewissen Selbstvergessenheit an ihrem Kugelschreiber zu nagen, einem Cross Classic Century Gold, wie Roberto sofort erkannte, weil er ihn ihr vor elf Jahren zum Geburtstag geschenkt hatte.

«Roberto, hallo, wie geht es dir?», säuselte Maria, klimperte im Zeitlupentempo mit den Augen, wippte sanft mit einem Fuß und drehte ihren Stuhl ein wenig hin und her.

«*Salve*», grüßte Franco und betrachtete Maria neugierig, sie jedoch schien ihn gar nicht wahrzunehmen.

Roberto schwieg und ärgerte sich, verfangen in ihrem Blick.

Sogar zehn Jahre nach der Trennung, zehn Jahre nachdem sie ihm Hörner aufgesetzt hatte, löste sie bei ihm erotische Gefühle aus.

«Habt ihr hier ein Klo?», fragte Franco.

Maria sah Roberto tief in die Augen und blinzelte wie in Zeitlupe. «Was kann ich für dich tun?», fragte sie und lächelte, ein leicht spöttisches, rätselhaftes Lächeln, ein Lächeln, das sie sich patentieren lassen sollte, mit dem sie die meisten Männer verunsichern konnte, zumindest solche, die aktuell nicht in einer glücklichen oder in gar keiner Beziehung lebten. Ihn also. Für einen Moment war Roberto versucht, dieses federartig vibrierende Gefühl zu genießen, das Maria so atemberaubend mühelos bei ihm auslösen konnte –

Nichts da, ermahnte er sich, streckte seinen müden Körper und zog seine Schultern zurück. «Ich brauche Informationen über einen gewissen Sergio Bonasera, Strada Provinciale delle Cesane 252. Und Informationen von der Guardia di Finanza, ob es Untersuchungen gegen Ruggero Grilli gibt.»

Maria hatte, ohne ihren Blick von ihm zu nehmen, nach einem Schreibblock gegriffen und sich Notizen gemacht. «Wie schnell brauchst du alles?»

«So schnell wie möglich.»

«Ich kümmere mich sofort darum und rufe dich an. Die alte Nummer, Roberto?»

Dieses arglose Gezwitscher! «Danke, das wäre alles», erwiderte er knapp. «*Arrivederci.*»

Roberto wandte sich zum Gehen und nahm sich vor, keinen einzigen Blick auf ihren Körper zu werfen. Maria war keine klassische Schönheit, aber sie verfügte über die Magie einer Frau, die sich selber unendlich attraktiv fand, eine Energie, der man sich nur schwer entziehen konnte. Zumindest Roberto. Malpomena hatte ihn deswegen schon oft aufgezogen und ihm mit großem Genuss Marias Makel vorgehalten: zu klein, zu dicker Busen, zu rundes Gesicht, zu viel Gesäß, zu opportunistisch, zu tratschig, zu wenig durch den Geist und zu sehr durch evolutionäre, atavistische Impulse gesteuert. Bis auf den letzten Aspekt – ‹atavistisch› sagte ihm nichts, und nachfragen wollte er auch nicht, um einer garantiert ewig langen Antwort zu entgehen – konnte Roberto ihr nur recht geben. Anders als Malpomena selbst würde Maria in einer Masse von Menschen nicht auffallen, doch sobald sie begann, jemanden zu umgarnen, war man machtlos. Nicht ‹man›, hatte Malpomena eingewendet, sondern er sei machtlos und das sei eine Schande. Wozu habe er überhaupt ein Gehirn! Die reinste Verschwendung von Biomasse!

Franco war Roberto nach draußen gefolgt. Er wirkte eher erstaunt als verärgert, dass Maria ihn wie Luft behandelt hatte.

«Ist das die, mit der du mal und wegen der du –», fragte er.

«Halt die Klappe!», fuhr Roberto ihn an und legte einen Schritt zu.

«Ich müsste mal», quengelte Franco und warf einen sehnsüchtigen Blick in Totos Bar, doch Roberto marschierte einfach weiter, völlig absorbiert von einem wahren Intuitionsgewitter. Irgendetwas stimmte hier nicht. Cottellis extreme Bissigkeit bekam vor dem Hintergrund von Marias ungewöhnlicher Freundlichkeit etwas Bedrohliches. Vor seinem inneren Auge sah er, wie sich harmlose Wölkchen, die sich behäbig am Himmel bewegten, plötzlich mit argloser Freundlichkeit über ihm zu einer Wolke verdichteten, aus der im besten Fall Regentropfen zu erwarten waren, im schlimmsten jedoch Sturm, Blitz und Donner.

21.

«Ich habe sie rausgeworfen, fertig, aus!», rief Malpomena, als Roberto mit Franco im Schlepptau die äußerst spartanisch eingerichtete Wohnung in der Via San Bartolo betrat.

«Und wo ist sie hin?»

«Wenn ich sage, ich habe sie rausgeworfen», fauchte sie ihn an, «dann heißt das im Subtext: *me ne frego altamente.*»

«Kann sein, Malpomena, aber anders als er hier», Roberto tippte Franco auf die Brust, «wurde Donna Domenica –»

«Donna stronza!», rief Malpomena.

«– anders als Franco wurde sie tatsächlich von einem Fremden attackiert. Da besteht also eine gewisse Gefahr.»

«Eine Frage: Könnte ich mal?», fragte Franco, während er wie ein kleiner Junge seine Knie aneinanderpresste.

«Was will er?», fragte Malpomena kühl. Sie hielt Franco immer noch für den Mörder von Ruggero Grilli.

«Die schmale Tür im Flur», sagte Roberto und wartete, bis Franco draußen war. «Sei nicht so ungnädig zu ihm. Er hat niemanden umgebracht.»

«Ach ja?», erwiderte Malpomena schnippisch.

Roberto winkte ab. «Wie sieht es aus, hast du irgendwelche neuen Erkenntnisse?»

Malpomena kniff ihre Augen zusammen, ihr Reptilblick, wenn sie nach einer längeren Jagd ihr Opfer in die Enge getrieben hatte und im Begriff war, es aufzuspießen und zu sezieren. In der jetzigen Situation war das ein gutes Zeichen.

Roberto ließ sich auf den nächsten Stuhl fallen. Endlich kommt die Auflösung, dachte er, und ich kann mich wieder dem geruhsamen Leben eines Poliziotto der Polizia Municipale widmen. Natürlich war es eine Ehre gewesen, die Ermittlungen für Galdroni zu übernehmen – obwohl, wenn er jetzt darüber nachdachte, hatte der ihn wahrscheinlich nur ausgewählt, weil er der Einzige war, der ihn nicht verraten würde. Mit Sicherheit wusste niemand sonst, vor allem Maria Corbucci nicht, was der *commissario* zurzeit in Hintertux trieb.

Malpomenas Reptilblick hing unverändert an ihm, jetzt hatte sie auch noch die Lippen zusammengekniffen und ihre Stirn in heftigste Falten gelegt.

«Was ist?», fragte er. Warum war sie so geladen?

Malpomena mahlte mit den Unterkiefern. Roberto wedelte ungeduldig mit der Rechten.

«Dein Blut», stieß sie hervor.

Roberto stöhnte auf. «*Oddio*. Soll ich jetzt der Mörder von Ruggero Grilli sein?» Er nahm sich einen der Schokokekse aus Malpomenas immer gefüllter Süßigkeitenschüssel. Viel mehr Luxus gab es in ihrer Wohnung nicht.

«THC. In deinem Blut. In erheblicher Konzentration.»

«Tennis-Hockey-Club?»

«Versuch nicht abzulenken.»

«Ich habe keine Ahnung, wovon du sprichst.»

«Tetrahydrocannabinol.»

«Tetra – was?»

«Weißt du, welches Risiko für einen Fötus besteht, wenn einer der Eltern regelmäßig Cannabis konsumiert?», platzte es aus ihr heraus. «Und weiche Drogen führen sehr schnell zu harten. Kokain, Ecstasy, Heroin, Crack. Ist das deine Vorstellung, wie man einem Kind die Tür zur Welt öffnet?»

«Cannabis?»

«Haschisch, Herrgott noch mal! Marihuana! Dope!»

Roberto lachte auf und schüttelte den Kopf.

«Genau daran habe ich es erkannt», schrie Malpomena. «Dein albernes, irres Lachen gestern Nacht, dein Heißhunger auf Schokolade, deine schwindelbehafteten, wattierten Bewegungen. Aber wie schlimm es ist, hat mir erst der Bluttest gezeigt. Es müssen Unmengen von Joints gewesen sein, die du geraucht hast!»

«So ein Blödsinn. Rauchen. Kann ich gar nicht. Ich muss schon husten, wenn ich sehe, wie jemand eine Packung Zigaretten kauft.»

«Dann hast du es oral konsumiert. Das passt sogar zu der exorbitant hohen Konzentration. Haschischkekse. Durch den Backprozess wird zusätzlich THC aus einer unter den Cannabinoiden zu findenden Carbonsäure durch thermische Einwirkung gebildet und so der THC-Gehalt gesteigert.»

«Jetzt reicht's aber! Ich käme niemals auf die Idee, mir –» Roberto unterbrach sich selber. «Kekse?» Deshalb hatte sich Juan so merkwürdig verhalten, als er sich beim Weggehen die drei Kekse einverleibt hatte!

«Kekse, Kuchen, Törtchen. Welch eine Vorstellung: Die Erbin der Del Vecchio wird das Kind eines drogenabhängigen Vaters!»

Roberto bemühte sich, den Aspekt mit der Erbin zu überhören. «Wie würden denn solche Kekse schmecken?»

«Na, was weiß denn ich? Wie Kekse eben! Aber», Malpomena stach wie wild mit einem Zeigefinger in den weichen, empfindlichen Spalt zwischen Robertos vierter und fünfter Rippe: «Das Schlimme ist: Du warst noch völlig normal, als wir unser Gespräch bei Talia hatten. Also hast du dich gleich danach zugedröhnt!» Malpomena kämpfte mit ihren Tränen. «Wahrscheinlich als Antwort darauf, dass man dich um einen kleinen Gefallen gebeten hat. Einen Freundschaftsdienst. Eine Gefälligkeit, um das Familienerbe zu retten.»

Roberto sprang auf, fast hätte er Malpomena in den Arm genommen, stattdessen schob er seine Hände in die Hosentaschen.

«Wie schnell setzt die Wirkung ein, Malpomena? Angenommen, ich hätte so einen Keks gegessen.»

«Willst du mich verhöhnen?»

Roberto antwortete nicht sofort. Jetzt redete sie schon wie Cottelli. Malpomena schwieg ebenfalls, schwer beleidigt.

«Zuerst dachte ich, es wäre der Wein», nahm Roberto einen neuen Anlauf. «Weißt du, der Stress und mal hier ein Gläschen, mal da eins. Aber dann, vielleicht eine halbe Stunde nachdem ich von euch weggegangen bin, wurde dieses merkwürdige Gefühl immer intensiver.»

Malpomena schwieg weiter.

«Als ich ging, habe ich bei Talia ein paar Kekse gegessen», fuhr Roberto fort. «Juan wollte mich unbedingt davon abhalten.»

Malpomena brauchte eine Weile, bis die Information bei ihr ankam. «Bei Talia? Drogengebäck?»

Roberto hob beide Arme: So wie es aussieht, ja.

Die Medizinstudentin schaltete wieder ihren Reptilblick ein und griff zum Telefon. Schon nach ihren ersten Worten, die sie ihrer Schwester an den Kopf warf, wurde Roberto sehr müde. Zum Glück verzog sich Malpomena mit ihrem Telefon in die Küche, so konnte er sich auf das brettharte Sofa im Wohnzimmer legen, das noch den Duft von Donna Domenicas Parfum ausdünstete, irgendetwas Schweres, Orientalisches. Er schlief augenblicklich ein, wurde jedoch schon wenig später wieder von seinem penetrant vibrierenden und läutenden Handy geweckt. Er nahm das Gespräch an, brachte aber keinen Ton heraus, sein Rachen war knochentrocken, und die Schokolade klebte in seinem Mund wie ein besonders dickflüssig angerührter Kleister.

«Robertino», flötete ihm Maria Corbucci ins Ohr. «Ich habe etwas für dich. Hörst du mich?»

Robertino? Roberto zwickte sich. Das musste ein Wachtraum sein, unmöglich, dass Maria ihn Robertino nannte. Er räusperte sich ein paarmal, bevor es ihm gelang, ein «Was gibt's!» herauszupressen.

«Du bist müde, habe ich recht? Es ist wirklich hart, alles alleine machen zu müssen. So ein Pech, dass Pretoro ausgerechnet jetzt wegen dieses geheimen, schwierigen Falls verreisen muss. Aber er setzt ja so viel Vertrauen in dich.»

Alarm-Alarm! WAS WAR mit Maria Corbucci LOS?

«Bist du bereit?»

Bereit? Was meinte sie denn damit?

«Also, hör zu: Sergio Bonasera, geboren und aufgewachsen in Mailand, vor drei Jahren in Ancona festgenommen. Er hatte sich einen Container mit Motorradteilen aus der Türkei schicken lassen, im hinteren Teil des Containers allerdings wurden einige Pakete mit Haschischplatten gefunden. Zu zweieinhalb Jahren verurteilt und in der Justizvollzugsanstalt in Fossombrone eingekerkert. Nach zweiundzwanzig Monaten wegen guter Führung auf Bewährung entlassen. Seitdem wohnt er hier, zuerst in Urbino über seinem Nachtclub Purgatorio und seit ein paar Monaten unter der Adresse Strada Provinciale delle Cesane 252. Hast du mich gehört?»

«Habe ich, ja», antwortete Roberto. Na also, Sergio hatte eine Menge zu verbergen, und natürlich hörte es sich besser an zu behaupten, zwei Jahre in New York gelebt als die Zeit im Knast verbracht zu haben.

«Und gegen Ruggero Grilli läuft tatsächlich ein Verfahren wegen Steuerhinterziehung. Der Guardia di Finanza wurde eine Auflistung zugespielt, wie viele Gäste er in den letzten Jahren beherbergt hatte, die meisten davon hat er in seiner Steuererklärung nicht aufgeführt. Sie haben daraufhin Ruggeros Agriturismo auf den Kopf gestellt und sind fündig geworden.»

«Weiß man, von wem diese Auflistung ist?»

«Sie wurde anonym zugespielt», antwortete Maria sanft wie ein Lamm. «Aber so genau, wie die Liste war, kann sie nur von jemandem kommen, der tagtäglich in der Nähe ist. Höchstwahrscheinlich ein unmittelbarer Nachbar, der ihm Übles wollte.»

Roberto spürte ein Kribbeln im Nacken. Sollte er der Lösung des Falles so schnell so nah gekommen sein? Der Kreis der Verdächtigen wäre damit auf zwei Personen geschrumpft: Ruggeros einzige Nachbarn waren Sergio Bonasera und Spartaco Mori. Sergio kam kaum in Frage, ein Exknacki würde sich nicht mit der di Finanza einlassen. Also Spartaco Mori. Ein eindeutiges Szenario: Dessen Wut war nach all den Jahren, in denen er vergeblich versucht hatte, von Ruggero Grilli das kleine Stück Land zu bekommen, um die staubige Straße neben seinem Albergo tiefer zu verlegen, ins Unermessliche gestiegen. Aus Rache hatte er seinem Widersacher mit einer anonymen Anzeige seinerseits einen nicht unerheblichen wirtschaftlichen Schaden zugefügt. Ruggero hatte in Spartaco den Denunzianten gesehen und ihn zur Rede gestellt, die beiden hatten sich geschlagen, und Ruggero war auf der Strecke geblieben.

«Roberto? Bist du noch dran?»

«Ja, bin ich.» Roberto hatte Maria vollkommen vergessen.

«Das wäre vorerst alles.» Pause. «Sag Bescheid, wenn du weitere Unterstützung brauchst, okay?»

Okay, okay, warum sagten mittlerweile eigentlich alle Menschen okay? Was war eigentlich aus dem guten alten *‹va bene›* geworden? *«Va bene»*, erwiderte Roberto und legte auf. Hätte er sich nicht bei Maria bedanken müssen? Er wartete ein paar Sekunden regungslos ab. Die Maria Corbucci, die er bisher kannte, würde postwendend noch mal anrufen und sich genau darüber heftig beschweren. Nichts. Sein Handy blieb stumm. Roberto schüttelte den Kopf. Merkwürdig.

Erst jetzt fiel ihm auf, dass aus der Küche kein Geschrei mehr kam. Er sah sich suchend um. Malpomena stand in den Türrahmen gelehnt da, tippte mit dem Telefon gegen ihre Nasenspitze und sah ihn durchdringend an. Wahrscheinlich schon eine ganze Weile.

«Es sieht so aus, als wäre Spartaco Mori der Täter», sagte Roberto.

Malpomena tippte weiter gegen ihre Nasenspitze.

«Und dieser Sergio Bonasera hat wegen Drogenhandel zwei Jahre im Knast gesessen», fuhr Roberto fort, beunruhigt, weil Malpomena ihn weiterhin so anstarrte.

«Es war ein einmaliger Ausrutscher. War es so, Roberto?»

Roberto zuckte mit den Schultern. «Ich mag ihn nicht. Der Kerl ist mir unsympathisch, keine Ahnung, was –»

«Sag mir, dass es ein einmaliger Ausrutscher war, das mit dem Haschisch.»

«Nicht mal das. Ich hatte ja keine Ahnung, was in diesen verdammten Keksen –»

«Rein rechnerisch müsste ich heute einen Eisprung haben», unterbrach sie ihn.

Roberto zuckte zusammen. Der Del-Vecchio-Erbe. Malpomena war es also tatsächlich ernst. Ihr Blick blieb starr, aber hinter ihrem maskenhaften Gesichtsausdruck erspürte Roberto die äußerst verletzliche Malpomena, die er nur zu gut kannte. Sie wollte von ihm eine eindeutige Antwort. Er konnte nein sagen. Oder er musste ja sagen. Dazwischen gab es nichts. Er atmete tief durch.

22.

Spartaco riss seine Augen weit auf. Wie die Neger in alten US-amerikanischen Filmen, dachte Roberto und versuchte sich zu erinnern, welches Wort man heutzutage für ‹Neger› verwenden sollte. Es fiel ihm nicht ein, aber auf keinen Fall Neger, da war er sicher.

«Ich war's nicht, ehrlich!»

«Du hast kein Alibi, und du hast ein Motiv», sagte Roberto und ließ die Handschellen einrasten, die er noch schnell zusammen mit seiner Pistole und der *salsiccia piccante* aus seinem Schreibtisch in der Wache geholt hatte, bevor er mit seinem Topolino und natürlich mit Franco auf dem Rücksitz die elend lange Strecke hinauf zu Spartacos Albergo getuckert war. Zum Glück war es ihm in der Wache gelungen, sowohl unbemerkt am immer noch wartenden Sergio Bonasera vorbeizuschleichen als auch Cottelli aus dem Weg zu gehen, der sich die Festnahme garantiert nicht hätte entgehen lassen. Mit Sicherheit hätte er seinen Journalisten-Spezi Massimo Rocco vom Il Resto di Carlino herbeordert, damit der heldenhafte Fotos von ihm machte, wie er einen potenziellen Mörder verhaftete.

«Motiv? Ich? Dass ich Ruggero bei der di Finanza angeschwärzt habe, das gebe ich ja zu, *va bene*, aber wieso sollte ich ihn denn ermorden?»

Wenigstens sagte er nicht ‹okay›. «Wenn du Glück hast, wird es als Totschlag gewertet. Verstehst du den Unterschied?»

Spartaco sah ihn fragend an.

«Totschlag ist besser.» Was den Unterschied betraf, hatte Roberto zu Beginn seiner früh wieder abgebrochenen Ausbildung zum *commissario* vor zehn Jahren etwas Grundlegendes gelernt, was auch heute noch Gültigkeit hatte. So wie die Abseitsregel im Fußball.

«Ich habe ihn nicht totgemacht, ehrlich.»

«Totmachen gibt es juristisch betrachtet nicht.» Der bullige Spartaco überragte den Cinquecento um einiges. «Franco, halt mal die Tür auf.»

Franco, der die Festnahme misstrauisch beobachtet hatte, schüttelte den Kopf.

«Was ist? Erkennst du ihn wieder?», fragte Roberto. «Keine Angst, ich bin ja da.»

«Der war es nicht.»

«Hast du gehört, Poliziotto?», ereiferte sich Spartaco. «Er muss es doch wissen. Er war dabei!»

«Sein Körper war dabei. Sein Gehirn und was man sonst noch braucht, um ein Zeuge zu sein, war anderswo.»

«Da hat Roberto recht», sagte Franco mit einem Blick wie ein Cockerspaniel. «Ich stand nämlich unter dem Einfluss von Ayahuasca.»

«Hä?»

«Einer halluzinogenen Droge.»

«Da hörst du es! Nimm ihn fest, der nimmt Drogen!», brüllte Spartaco. «Das weiß doch jeder, diese Drogentypen nieten reihenweise andere um, nur um an ihr Zeug zu kommen.»

«Jetzt bleib mal auf dem Teppich, Spartaco. Du hast Ruggero totgeschlagen. Er hier war zufällig in der Nähe, das ist alles.»

«Das stinkt doch zum Himmel!»

«Jetzt reicht's, Mori. Besprich das mit dem Haftrichter. Du steigst jetzt ein, *hai capito?*»

«Mach ich nicht», erwiderte Spartaco und spannte seine Muskeln an. Keine Chance, ihn durch die winzige Cinquecento-Tür zu drücken.

«Rein da!»

«Nein.»

Roberto sah Franco auffordernd an. Zu zweit würden sie doch wohl diesen widerspenstigen Kerl ins Auto hineinbekommen. Franco hob fast panisch seine Hände und schüttelte den Kopf. Musik machen? Ja. Aber Leute in Autos pressen? Nein. Spartaco kramte sein dämliches Errol-Flynn-Lächeln hervor.

«Was jetzt, Poliziotto?», feixte er.

Ja, was jetzt? Roberto fühlte eine Wut aufsteigen, die für ihn als Phlegmatiker eher ungewöhnlich war. Wieso versuchte eigentlich jeder, auf ihm herumzutrampeln? Was für eine Verschwörung war das, in deren Zentrum er allen Widerständen alleine und auf sich selbst gestellt trotzen musste?

Er griff an seinen Gürtel, eigentlich um die *salsiccia* aus dem Köcher hervorzuziehen, in dem normalerweise die MagLite steckte, blieb jedoch am Griff der Pistole hängen. Aus dem Augenwinkel sah er, wie Spartaco zusammenzuckte. Na also, dachte er, so geht es doch. Er zog die Pistole und lud sie durch.

«Mach dich nicht lächerlich», grinste Spartaco. «Du wirst mich doch wohl nicht –»

Roberto drückte ab.

«Du hast auf einen wehrlosen, gefesselten Gefangenen geschossen?» Cottelli hüpfte außer sich vor Wut vor ihm herum.

«Ich habe auf den wehrlosen Boden geschossen. Das ist nicht dasselbe.»

«Willst du mich verhöhnen?»

«Was hast du neuerdings mit diesem ‹verhöhnen›, Cottelli? Was soll das heißen, verhöhnen? Ich habe einen Tatverdächtigen festgenommen, der sich der Festnahme widersetzen wollte. Was hat das mit dir zu tun?»

«Du hast mich nicht vorab informiert, obwohl du klare Befehle hattest!»

Ein winziges Licht begann vor Robertos innerem Auge zu dämmern, und er konnte sich ein Lächeln nicht verkneifen.

«Was - gibt - es - da - zu - grinsen!» Cottelli lief tiefrot an und japste besorgniserregend nach Luft.

«Ich bin davon ausgegangen, dass deine Maria dich über alles informiert», sagte Roberto betont gleichgültig. «Das macht sie doch sonst auch immer.»

«Das! Ist! Nicht! Der! Normale! Dienstweg!»

«Hör zu, wie du weißt, arbeite ich zurzeit für die Polizia di Stato, und von da zu dir führt kein normaler Dienstweg.» Roberto hielt es für möglich, dass Cottelli vor Wut in die Tischkante beißen und alle Zähne verlieren würde. Eine angenehme Vorstellung. «Ich kann nichts dafür, wenn im Moment zwischen dir und Maria nicht alles rundläuft. Entspann dich, Cottelli. Ich sag dir eins: Je mehr du Maria das Gefühl gibst, dass sie dich wütend machen kann, desto mehr jagt sie dich über die Bäume.»

Cottellis Blick wurde glasig. «Jetzt reicht's, Rossi. Schluss, aus. Ich zieh dich von dem Fall ab. Ich hol dich in den Dienst hier zurück. Und dann gnade dir Gott.»

«Geht nicht, Cottelli. Ich muss erst noch ein paar Dinge zu Ende bringen. Galdroni macht dir die Hölle heiß, wenn du das verhinderst.»

Cottelli stutzte. Wenn ihm Nachteile drohten, wurde er schnell nervös. «Bring das Ganze zu Ende. Heute noch.» Er machte eine Bewegung, die etwas Herrschaftliches haben sollte, allerdings mehr danach aussah, als wollte er sich irgendwo in der Luft einen Halt verschaffen. «Und morgen früh stehst du hier um sechs auf der Matte. Pünktlich, *ci siamo intesi?*»

Roberto verdrehte die Augen und verließ wortlos Cottellis Büro. Im Flur verharrte er für einen Moment und legte sein Ohr an die Tür. Er brauchte nicht lange zu warten, bis Cottellis Stimme zu hören war, wie er seinen Journalisten-Spezi Massimo Rocco vom Il Resto di Carlino kumpelhaft laut darüber informierte, dass er, der *maresciallo capo* der Polizia Municipale, den Mörder von Ruggero Grilli durch logisches Kombinieren überführt und von einem seiner Beamten hatte festnehmen lassen. Die beiden vereinbarten einen Fototermin am frühen Nachmittag, da war das Licht vor der Wache am besten. Dann rief er Maria Corbucci an. Die beiden gerieten sofort in Streit, leider war das Lauschen für Roberto nicht sehr ergiebig, da offenbar fast ausschließlich Maria redete, und die konnte er ja nicht hören.

Unten im Vorraum der Wache sprang Sergio auf, als er Roberto kommen sah. Es bedurfte keiner besonderen Menschenkenntnis, um zu sehen, dass er die Grenze seiner Selbstbeherrschung erreicht hatte. Nicht ganz unverständlich, nach fast vier Stunden Wartezeit. Was Roberto sehr erstaunlich fand. Jeder normale Mensch hätte sich längst davongemacht.

«Haben Sie jetzt Zeit für mich?», presste Sergio hervor, und sein Blick erwürgte, erstach und vierteilte Roberto.

«Es geht um Ruggero Grilli», sagte Roberto.

«Das ist mir bekannt.»

Roberto zog die *salsiccia piccante* aus dem Taschenlampenköcher an seinem Gürtel und wollte ein ordentliches Stück abbeißen. Schwierig, die Wurst war knochenhart. Was hatte er heute eigentlich gegessen? Im Grunde noch nichts. Ein paar Kekse und ein *tramezzino*. Das war's. Franco, der teilnahmslos auf seinem Stuhl hockte, räkelte sich und hob schnüffelnd seine Nase.

«Ihr hattet Streit, wegen dem Zaun, den Sie errichtet haben.»

Sergio sah ihn prüfend an. Seine Wut hatte er wieder gut im Griff. Respekt, dachte Roberto, dieser Typ ist ein anderes Kaliber als die kleinen Sünder, mit denen er als Poliziotto normalerweise zu tun hatte.

«Nicht wir hatten Streit – er hatte Streit mit mir. Ruggero war es gewohnt, dass seine Gäste freien Zugang in den Wald hinter meinem Land hatten.»

«Und wegen dem Zaun müssen sie jetzt immer einen weiten Umweg machen.»

«Ich kann ihn gut verstehen.» Sergio zuckte mit den Schultern. «Aber es ist mein Land.»

«Das wäre es auch ohne Zaun.»

Wieder dieses kurze Aufblitzen in Sergios Augen. «Auf meinem Land gibt es reichlich Trüffelpilze. Ohne Zaun kann sich da jeder bedienen. Das will ich nicht.»

Roberto hielt das für ein vorgeschobenes Argument. Zumindest hatte er noch nie gehört, dass der Monte Cesane ein besonders ergiebiges Trüffelgebiet wäre.

«Und wie liefen diese Streits ab?»

«Streits? Gab es nicht. Nur einen einzigen. Ruggero hat ein wenig herumgelärmt. Ich habe ihm Zeit gelassen, sich auszutoben, und dann habe ich ihm klargemacht, dass der Zaun steht und stehen bleiben wird. Mehr war nicht.»

«Was haben Sie vorletzte Nacht um zwei Uhr morgens gemacht, Sergio Bonasera?» Roberto nagte noch einmal an seiner Wildschweinwurst.

Ein winziges Lächeln umspielte Sergios Lippen für einen Moment. «Doppelkopf gespielt. Mit Davide Manchetti und Silvano Nunzio, einem ehemaligen Angestellten aus meinem früheren Nachtclub.»

«Der vor ein paar Monaten abgebrannt ist?», fragte Roberto.

«Eine Brandstiftung, die ja leider keiner von euch Polizisten aufgeklärt hat.»

«Eine Schande, ja.» Roberto schluckte den Bissen herunter. Im Grunde war die Wurst viel zu hart. So lange, wie er darauf herumkauen musste, verkehrte sich der Genuss bald ins Gegenteil. Es gab einfach keine perfekte Lösung für luftgetrocknete Wildschweinwürste: Sollten sie angenehm weich sein, musste man sehr fettes Fleisch nehmen, nahm man schön mageres, waren sie hart, lagen schwer im Magen und sorgten für stundenlanges Sodbrennen, manchmal sogar für Verstopfung. Um die Verdauungsgeschwindigkeit zu erhöhen, hatte Roberto in der Vergangenheit mit der Art und der Menge der *peperoncini* experimentiert. Sehr scharf war am wirkungsvollsten, brachte aber andere Probleme mit sich. Statt erneut abzubeißen, schob Roberto die restliche *salsiccia* zurück in den Taschenlampenköcher.

«Sie haben zuletzt zwei Jahre in New York gelebt?», fragte Roberto.

Sergio sah ihn sehr aufmerksam und prüfend an. «Nicht wirklich.»

Roberto lächelte freundlich.

«Ich wurde gelinkt», sagte Sergio. «Ich habe Motorradteile aus der Türkei importiert, und irgendjemand hat mir das Rauschgift in den Container geschmuggelt.»

«So ein Pech», erwiderte Roberto. Dieser Kerl, da war er sicher, log, sobald er den Mund aufmachte. Aber was Ruggeros Tod betraf, hatte Sergio zwei Alibizeugen, dagegen war wenig auszurichten. Selbst wenn mindestens einer davon, Davide Manchetti, ein ausgemachter Idiot war.

«Wie haben Sie es eigentlich geschafft, so kurz nach dem Knast so viel Geld aufzutreiben? Das *rustico*, fünfzig Hektar Land, der Zaun?»

«Erspartes. Außerdem hat der Nachtclub eine Menge Kohle gebracht.»

Roberto sah Sergio schweigend an. Der Mailänder lächelte freundlich und undurchsichtig.

«Lassen wir es einstweilen dabei bewenden, Signor Bonasera», sagte Roberto. «Einen schönen Tag noch.»

Sergio streckte sich lässig. «Was ist das eigentlich mit diesem Golem? Alle reden darüber.»

«Alles Blödsinn.»

«Bestimmt. Viele Urbinati scheinen das allerdings anders zu sehen.»

«Der, der ihn gesehen hat, war in dem Moment nicht ganz klar im Kopf.»

Sergio nickte und vermaß Franco, der schuldbewusst die Staubmäuse auf dem Boden zählte, mit seinen Blicken. «Eine halluzinogene Droge. Aber haben Sie selbst diesen Golem nicht auch gesehen, als er die Frau von dem Schuhverkäufer angegriffen hat?»

Ziemlich spöttisch, dieser Kerl, fand Roberto und nahm sich vor, Sergio bei Gelegenheit intensiver auf den Zahn zu fühlen. Sein Handy klingelte. Malpomena.

23.

«Kannst du dich an George W. Bush, den schlechtesten aller amerikanischen Präsidenten, erinnern?», fragte Malpomena. Sie hatte wieder ihren Reptilblick aufgelegt, und ihre Beute war immer noch unverkennbar der Komponist und Musiker an Robertos Seite. Franco fixierte einen Punkt im Unendlichen und summte ein Kinderlied. Toto werkelte hinter seiner Theke und tat so, als würde das seine gesamte Aufmerksamkeit beanspruchen.

«Malpomena», stöhnte Roberto auf, «was hat Ruggero Grilli denn mit George Bush zu tun?»

«Am 13. Januar 2002 hat sich Bush vor dem Fernseher an einer Brezel verschluckt. Dieses kleine, harte Salzgebäck hat vorübergehend Druck auf den Vagusnerv ausgeübt, wovon Bush ohnmächtig wurde. Wäre dieser Druck höher gewesen, wäre er mit einiger Wahrscheinlichkeit den sogenannten Reflextod gestorben.»

«Ruggero hat keine Brezel gegessen, Ruggero wurde von einem Unbekannten zusammengeprügelt.»

«Einem Unbekannten?», fragte Malpomena und erstach Franco mit ihrem Blick.

Roberto verdrehte genervt die Augen und gestikulierte eindeutig: Würdest du bitte mal diesen armen Kerl in Ruhe lassen?

«Ruggero Grillis Nase», fuhr Malpomena fort, «war infolge eines Faustschlags gebrochen, er hat im Bereich der rechten Niere ein großflächiges Hämatom, ebenfalls ein Faustschlag, und zum Schluss, lieber Roberto, zum Schluss traf den Bedauernswerten ein Schlag am Kehlkopf. Dadurch kam es zu einer Pression jenes besagten Vagusnervs, was zu einer reflektorischen und übermäßigen

Reizung des zehnten Hirnnervs führte, also einer Aktivierung des Parasympathikus, was wiederum den tödlichen Kreislaufstillstand zur Folge hatte.»

«*Ecco qua*, ein Mord also, und zwar ein sehr geschickter.»

«Schwerlich.»

«Wieso?»

«Nun, der Vagusnerv versteckt sich in der Gabelung der Arteria Carotis und ist äußerst diffizil zu lokalisieren, im Grunde gar nicht, selbst für einen sachkundigen Mediziner nicht. Ihn mit einem Schlag zu traumatisieren ist reiner Zufall. Deswegen gehe ich davon aus: Wer immer Ruggero Grillis Kehlkopf malträtiert hat, wollte ihn nicht umbringen, sein Tod ist vielmehr ungewollt eingetreten. Ergo Totschlag, nicht Mord.»

«Ich weiß nicht, Malpomena.»

«Aber ich.»

«Franco», wandte sich Roberto an den Komponisten, «ich weiß, ich habe dich das schon einmal gefragt, denk noch mal nach: Wirkte der Täter auf dich erstaunt oder betroffen, als Ruggero zu Boden ging?»

«Es war ein Golem. Ein Mensch aus Lehm.»

Roberto ging ganz nah an Francos Gesicht heran, fast berührten sich ihre Nasen. «Lies es von meinen Lippen ab, *compagno*: Noch einmal dieser Satz, und du wanderst in die Geschlossene!»

«Das war der andere Bush», sagte Malpomena.

«Was?», blaffte Roberto zurück.

«*Lest es von meinen Lippen ab.* So fing sein berühmtester Satz an.»

«Malpomena, bitte.»

«Lest es von meinen Lippen ab: Keine neuen Steuern. Mit diesem Versprechen wurde George Bush senior 1988 Präsident der Vereinigten Staaten. Zwei Jahre später hat er massiv neue Steuern eingeführt. Das haben ihm die Amerikaner übelgenommen, und sie haben bei der nächsten Wahl Bill Clinton zum Präsidenten gewählt.»

«Und, was soll das jetzt?», giftete Roberto.

«Nichts», erwiderte Malpomena mit dem Ernst eines Totengräbers. «Ich dachte, es würde die Stimmung ein wenig auflockern.»

«Nein, das tut es nicht!», brüllte Roberto, unfähig, seine Wut zu beherrschen, und fuhr Toto an: «Was schreibst du da die ganze Zeit?»

Toto hatte angefangen, mit atemberaubender Geschwindigkeit auf sein Laptop einzuhacken. «Nichts», sagte er, ohne aufzuhören.

«Wenn auch nur ein winziges Wörtchen von dem, was du hier gehört hast, nach draußen dringt, Toto, hol ich mir deinen Skalp.»

Toto zuckte zusammen, als hätte ihn eine Viper gebissen. «Ich, also nein, wie käme ich dazu?»

Roberto langte über die Theke und packte das Laptop. Toto versuchte, es festzuhalten, musste aber nachgeben, wollte er nicht riskieren, dass das Display zu Bruch ging. «Fascebok?», las Roberto laut von dem Display ab. «Was ist das?»

Franco lugte herüber. «Facebook. Ein soziales Netzwerk, zum Austausch von Fotos, Texten und Nachrichten. Wie viele Freunde hast du, Toto?»

«Toto hat überhaupt keine Freunde», knurrte Roberto und überflog, was dieser geschrieben hatte.

Franco warf einen Blick auf das Display. «Siebenhundertdreiundsechzig. Nicht schlecht.»

«Ganz schlecht», sagte Roberto, klappte das Notebook zu und klemmte es sich unter den Arm. Toto wurde leichenblass. «Ich werde mal in Ruhe lesen, was du hier alles unter die Leute bringst.»

Ein winziges Lächeln der Erleichterung huschte über Totos Gesicht.

Roberto kniff die Augen zusammen. «Was gibt's da zu grinsen?»

«Nichts», erwiderte Toto und zapfte sich eine Cola.

Roberto warf Franco einen fragenden Blick zu.

«Ohne Passwort kannst du seine Facebook-Nachrichten nicht lesen», sagte Franco treuherzig.

«Wahrscheinlich brauchst du auch ein Passwort, um den Computer zu starten», ergänzte Malpomena nicht weniger treuherzig, wobei das bei ihr eindeutig gespielt war. Sie fand Robertos Unfähigkeit, was die digitalen Errungenschaften der Neuzeit betraf, bemitleidenswert.

Totos Lächeln versandete, als Roberto seinen Bußgeldblock hervorzog, ihn mit der weißen Rückseite nach oben auf die Theke legte und Toto seinen Kugelschreiber hinhielt. «Schreib auf. Alle Wörter, die ich brauche.»

«Nein», erwiderte Toto mit todesmutigem Trotz.

Allgemeines Schweigen. Einige Sekunden verstrichen, bis Roberto zu seinem Handy griff und eine Nummer eintippte.

«*Polizia Igienico Ambientale?* Ah», Roberto verdeckte kurz das Mikro, «der Anrufbeantworter. *Senti,* Gianni: Ich stehe hier gerade in einer Bar, in Urbino, und weißt du, was ich hinter der Theke sehe? Eine Kakerlake, eine riesige Kakerlake. Und ich denke, wo eine ist, da sind andere nicht weit. Fast habe ich Angst, einen Blick in die Küche zu werfen und – da! Da! Ich fasse es nicht! Da läuft eine Maus! Oder nein, ich glaub, es ist eine Ratte! Und da, noch eine! Eine ganze Familie!»

Franco warf einen verstohlenen Blick über die Theke. «Wo denn?»

«Ich würde sagen, hier besteht dringender Handlungsbedarf», fuhr Roberto fort. «Also, ruf mich so bald wie möglich zurück. *Ciao, ciao.*» Er legte auf und lächelte Toto an. Der griff zum Kugelschreiber.

«Und schreib anständig. Ich will nicht mit der Lupe ranmüssen.»

24.

Das Bild auf Galdronis Monitor war von bester Qualität. Er beobachtete mit größtem Vergnügen, wie Ornella mit dem roten BH, Körbchengröße F, auf den Skilehrer einschlug und wie eine Furie tobte. Der furchtbar verzerrte Klang aus den winzigen Lautsprechern war das genaue Gegenteil, aber Galdroni besaß genug Phantasie und Erinnerungsvermögen, sich Ornellas höllischen Zorn akustisch vorzustellen. Der Yeti ließ die Schläge über sich ergehen – Weichei, dachte Galdroni – und schwieg zerknirscht. Ornella benutzte die für diesen Anlass angemessenen Worte: Schwanzgesteuerter Idiot! Macho-Schwein! Gefühlskalter Rammler! So was. Nach einer Weile, Ornellas Technik war weniger das ausdauernde Wüten als vielmehr das in Wellen wiederkehrende, eruptive Ausrasten, wechselte Ornella zu herzzerreißenden Tränen.

Der Yeti hob seine Hände, vorsichtig und achtsam, wie um zu sagen: Ich berühre dich nicht, ich respektiere deinen Schmerz, und sagte mit derart sanfter Stimme, dass Galdroni schnell die Lautstärke nachjustieren musste, um ihn zu verstehen.

«Ich schwöre dir, Ornella, ich sehe dieses Teil zum ersten Mal. Das muss mir einer unters Kopfkissen geschoben haben.»

«Ha», flüsterte Galdroni, «damit kannst du ihr nicht kommen, Yeti, das glaubt die nie.»

Ornella explodierte wie ein Chinaböller. Galdroni lehnte sich zurück, ein wenig stolz auf seine Ornella. Eineinhalb Minuten, schätzte er, so lange würde es dauern.

Nach zwei Minuten war Ornella wieder bei Tränen angelangt. Der Yeti unternahm einen zweiten Versuch.

«Okay, ich will ehrlich mit dir sein, absolut ehrlich, das ist mir ganz wichtig. Vor allem für unsere Zukunft.»

«Zukunft?», brüllte Ornella und hielt anklagend sowohl den roten als auch einen weiteren BH aus schwarzem Satin hoch, Körbchengröße B. «Zuerst Sex mit einer Kuh und dann mit einem Nymphchen!»

«Der Kerl ist das Letzte!», flüsterte Galdroni.

«Ornella, bitte, diese Kleidungsstücke sind alt», log der Skilehrer und rückte ein wenig näher. «Ich bin ein unordentlicher Mensch. Ich vergesse aufzuräumen. Seit du und ich zusammen sind, war hier keine andere Frau. Und wird niemals eine andere sein.»

«Du willst mir weismachen, dass dieser Ballonhalter seit Tagen unter deinem Kopfkissen liegt, ohne dass du es gemerkt hast?», schrie Ornella.

«Wie willst du das jetzt erklären, Yeti, eh?», fragte Galdroni.

«Ich habe ihn vorhin in dem Spalt zwischen den Matratzen gefunden. Ich wusste nicht, wohin damit, und habe ihn unters Kopfkissen geschoben. Ich war nervös. Aus Angst, dich zu verletzen.»

Die nächste Explosion. Galdroni drehte die Lautstärke herunter und wartete ab. Das Ende konnte nicht mehr weit sein. Schon nach einer Minute wechselte Ornella wieder zu Tränen.

«Versprich mir, dass du die Wahrheit sagst», schluchzte sie und sah den Yeti auf eine Art an, die Galdroni überhaupt nicht gefiel.

«Ich schwöre. Ganz ehrlich. Das ist die Wahrheit.» Er breitete die Arme aus, und Ornella warf sich erleichtert an seine Brust. Galdroni griff nach dem Joystick und zoomte an die Rechte des Yetis heran. Da, er kreuzte den Mittel- und Zeigefinger. Um den Schwur unwirksam zu machen.

«Du Ratte, du miese kleine Ratte», flüsterte Galdroni und biss die Zähne zusammen, weil er ahnte, was jetzt kam: Versöhnung, leidenschaftliche Versöhnung. Er sprang auf, spurte zwischen Bett und Fenster seines Hotelzimmers hin und her wie ein Kojote und vermied es, einen weiteren Blick auf den Monitor zu werfen. Warum holte er nicht seine Pistole aus dem Koffer, stürmte in das Yeti-Zimmer und rammte sie diesem widerlichen Casanova in die Rippen? Warum hielt sich eigentlich seine Wut in Grenzen, obwohl er doch genug Grund hätte auszurasten?

Die Antwort auf die Frage war nicht angenehm: Weil er sich in dem Yeti erkannte. Weil er selbst sich in der Vergangenheit einige Male genauso verhalten hatte.

25.

Roberto hielt ein Streichholz an einen getrockneten Ginsterwedel, der mit Leichtigkeit Feuer fing und knisternd und fauchend blaue Flammenzungen ausspie. Die ätherischen Öle im Ginster sorgten für eine sehr hohe Temperatur, sodass die harzigen Kiefernspäne, die Roberto als Nächstes in den Warmwasserboiler schob, ebenfalls leicht entflammten. Da sie etwas langsamer brannten, lieferten sie die Grundhitze für die Buchenäste und die kurzen Eichenscheite zum Schluss. Bis das gesamte Wasser in dem alten Kupferboiler heiß genug war für ein Bad, würde es mindestens dreißig Minuten dauern. Auf jeden Fall wollte er ein Bad nehmen, bevor Malpomena kam.

Roberto fühlte sich wie ein fliegender Teppich, der eigentlich der Meinung ist, dass Teppiche nicht fliegen können. Für ihn war Malpomena nie etwas anderes gewesen als ein Freund, ein *compagno*, ein Gefährte, der zufällig weiblichen Geschlechts war. Als Frau hatte er sie in den fast dreißig Jahren, die er sie kannte, niemals gesehen. Im Gegensatz zu ihrer Schwester Talia, die mit ihrer provokanten Art, ihm körperlich nahe zu kommen, seine Hormone schon des Öfteren zum Zirkulieren gebracht hatte. Auch in Raffaella sah er hin und wieder hinter ihrer beherrschten Ruhe eine attraktive Frau. Und, wenn er ehrlich war, selbst Antonia mit ihrer Phobie vor Körperlichkeit war für ihn noch mehr eine Frau als Malpomena.

Bislang. Doch plötzlich hatte sich das verändert. Oder besser: Es hatte sich verschoben. Wenn er jetzt an Malpomena dachte, sah er nicht mehr nur das vier Jahre jüngere, etwas skurrile Mädchen, das er auf dem Schulhof gegen die Hänseleien und manchmal sogar gegen die Handgreiflichkeiten der anderen in Schutz genommen hatte. Er sah auch nicht die ständig deprimierte, mit dem Leben hadernde angehende Medizinerin, die sich in einem Mausoleum wohler fühlte als in einer Diskothek. Plötzlich, seit wann eigentlich, hatte Malpomena Hüften bekommen, einen Busen und reizvolles, flaumiges Haar an den Schläfen. *Oddio*, was war da schiefgelaufen?

«Finger weg!», ertönte Donna Domenicas schrille Stimme aus der Küche und riss Roberto aus seinen Gedanken. Er hatte sich verpflichtet gefühlt, sich um die Schuhverkäufer-Exgattin zu kümmern. Wie er vermutet hatte, war sie von Malpomenas Wohnung aus die wenigen Schritte zum Albergo San Domenica gelaufen und hatte sich dort in einem Einzelzimmer verbarrikadiert. Also hatte er sie in sein Auto gepackt und hierhergebracht.

In der Küche herrschte eine Atmosphäre wie an der Grenze zwischen Nord- und Südkorea. Im Kamin brannte ein Höllenfeuer, das den Raum wie ein römisches Dampfbad aufheizte. Franco stand vor Donna Domenica und zeigte vorwurfsvoll mit einer Gabel auf das Einmachglas voller Artischocken, das sie an ihre Brust drückte.

«Warum kann ich mir nicht ein paar nehmen?»

Donna Domenica trug das Glas zum Küchentisch. «Mach dir selber was zu essen. Ihr Kerle seid doch alle gleich. Sobald eine Frau im Raum ist, glaubt ihr, die müsste euch bekochen, die Socken waschen und sonst was!»

Franco folgte ihr mit vorgereckter Gabel. «Ich will nicht, dass Sie meine Socken waschen. Ich will einfach nur ein Stück Artischocke essen.»

Roberto atmete tief durch und durchschritt die Küche, ohne die beiden zu beachten. Er musste sie unbedingt für diesen Abend loswerden, womöglich sogar für diese Nacht – ein Schauern durchflutete ihn, wer wusste denn schon, wie lange das mit Malpomena dauern würde ...

Nebenbei, wann war er eigentlich das letzte Mal mit einer Frau zusammen gewesen? Vor einer kleinen Ewigkeit. Die Frauen in seinem Alter waren meistens verheiratet, was zwar nicht bedeutete, dass einige nicht bereit gewesen wären für ein kleines Abenteuer, aber aufgrund seiner leidvollen Erfahrung mit Maria fiel das Roberto schwer, er müsste an den ahnungslosen Ehemann denken. Am leichtesten hätte er es mit alleinstehenden Frauen, nur wollten die in der Regel alles Mögliche, nur nicht alleinstehend bleiben, und deswegen ließen sie nichts unversucht, einen einmal gefangenen Fisch nicht mehr von der Angel zu lassen. Da waren unangenehme Auseinandersetzungen und üble Nachrede vorprogrammiert. Und die ganz jungen Mädchen? Die sah er zwar, aber sie sahen ihn nicht. Vorbei, vorbei.

Draußen hatte ein feiner Nieselregen eingesetzt. Roberto klopfte an Osvaldos Tür. Dreimal, viermal. Drinnen brannte Licht.

«Was gibt's?», tönte es endlich.

«Mach auf, *camoscino*. Ich brauche deine Hilfe.»

Hinter der Tür hörte er ein Tuscheln, das vor allem aus Ivanas volumenreicher Altstimme bestand.

«Bist du taub? Mach auf.» Roberto hörte am Tonfall, dass Ivana Osvaldo letzte Instruktionen erteilte, bevor dieser die Tür öffnete. Einen Spaltbreit.

«Roberto», sagte Osvaldo.

«Osvaldo», erwiderte Roberto und drückte gegen die Tür, die schon nach wenigen Zentimetern auf einen weichen Widerstand traf. Ivana. Sie stand hinter der Tür. Mehr musste sie nicht tun. Das genügte.

«Eh, was soll das? Muss ich mit dir auf der Straße reden? Im Regen?»

«Ist gerade schlecht.»

Roberto überlegte, ob er ein wenig über Ivana und ihren unseligen Einfluss auf seinen *cugino* herziehen sollte, entschied sich jedoch dagegen, wichtiger war, Donna Domenica und Franco für diese Nacht loszuwerden. In Osvaldos Haus gab es eine Menge ungenutzten Platz. Für ihr tägliches Leben genügte den beiden die Küche mit ihren supermodernen Einbauteilen, in der Ivana das Sagen hatte, das Schlafzimmer mit einem riesigen Bett, in dem Ivana ebenfalls den Ton angab, und das Wohnzimmer mit der gigantischen Heimkinoanlage, über deren Fernbedienung Ivana ebenfalls mit unnachgiebiger Härte regierte. Der einzige Ort, an dem Osvaldo das Gefühl einer gewissen Freiheit ausleben konnte, war die Toilette, wo er täglich in exzessiv langen Sitzungen die Gazetta dello Sport von vorne bis hinten las.

«Ich brauche für Franco Varese und Donna Domenica einen Platz zum Schlafen. Heute Nacht.»

«Geht nicht.»

«Muss. Ich meine es ernst, Osvaldo.»

«Bou.»

Roberto meinte ein Wispern hinter der Tür zu hören. Der *camoscino* bekam für einen Moment einen glasigen Blick. «Auch morgen oder übermorgen nicht», ergänzte er.

«*Cazzo*, Osvaldo! Was soll das? Willst du dir Schwierigkeiten einhandeln?»

Osvaldos Augen flackerten nervös. «*Senti*, Roberto. Wir haben zu tun.»

«Tut, was ihr wollt. Sperrt die beiden in ein Zimmer. Ist mir egal. Aber sie müssen raus aus meinem Haus.»

Osvaldo schüttelte den Kopf. «Ein andermal.»

«Nein, jetzt, heute.»

Osvaldos Gesicht bekam etwas Zitroniges, seine Oberlippe zuckte. Roberto signalisierte: Steht Ivana hinter der Tür? Osvaldo nickte hektisch. Roberto ließ sich Zeit.

«Hör zu, Osvaldo. *Cugino*. Wie wäre es, wenn ich als Poliziotto der Polizia Municipale dein Leben mal ein wenig aufmische? Eh? Hast du eine Vorstellung, was das bedeutet?»

Osvaldo begann, nervös herumzutänzeln. «Eine Idee», stieß er hervor und bemühte sich, Ivanas Zischen und Flüstern zu ignorieren.

«Die muss verdammt gut sein, *camoscino*.»

«Frag Thilo.» Osvaldo deutete hoch auf das Haus des Deutschen. «Der hilft gerne. Ist nett, der.»

Roberto gelang es gerade noch, sich zu beherrschen. Osvaldos Panik, vor allem seine Angst vor seinem 115-Kilo-Schnullerchen, rührte ihn. Er wandte sich um und warf einen Blick auf das Haus seines Erzfeindes. Unten in der Cantina brannte Licht, und ein hin und her schwebender Schatten ließ Grubers Anwesenheit vermuten. So weit kam es noch, dass er diesen teutonischen Immobilienfresser um einen Gefallen bitten würde.

«Ah, Agente Rossi! Welch eine Ehre! Kommen Sie, ich drehe gerade meine Weine.»

«Drehen?» Roberto kam sich vor wie ein zu hart aufgeblasener Fußball. Wieso setzte er Franco und Donna Domenica nicht einfach vor die Tür? Wieso trat er nicht einfach Osvaldos Tür ein und zwangsquartierte die beiden dort für eine Nacht ein? Wäre Osvaldo allein zu Hause, hätte er das sogar getan, aber mit Ivana war nicht zu spaßen.

«Rotweinflaschen soll man während der Lagerung regelmäßig drehen, wussten Sie das nicht?»

«Unsinn. Rotweinflaschen soll man während der Lagerung in Ruhe lassen.» Mit Genugtuung bemerkte Roberto den feinen Riss in Thilo Grubers Selbstsicherheit. «Wer sagt denn so was?»

«Osvaldo, Ihr Cousin.»

«Aha.» Roberto verkniff sich weitergehende Kommentare. Osvaldo war Familie, und Familie stellt man nicht gegenüber einem Fremden bloß. Ganz gleich, welcher Mist da verzapft wurde.

«Er sagte, Sie würden ihn immer um Rat fragen, wenn Sie Probleme mit Ihrem Wein haben.»

«Das hat er gesagt?»

«Hat er.»

«Osvaldo ist ein *cretino.*» Zur Hölle mit der Familie und der Solidarität. «Das Einzige, was der gut kann, ist klettern.»

«Klettern?»

«Klettern. Wissen Sie, was ein *camoscino* ist?»

«Ein Gämslein?»

«Osvaldo, der *camoscino*, könnte ohne Probleme die Außenwand des Palazzo Ducale hochklettern.»

Gruber zog eine Flasche Rotwein aus dem Regal. «Wollen Sie einen Schluck? Ein Barolo DOC vom Weingut Domenico Clerico aus dem Piemont. Zu hundert Prozent aus der Nebiolotraube. Alkoholgehalt 14,5 Prozent. Vierundzwanzig Monate in kleinen Eichenfässern gereift. Fünfundneunzig Parker-Punkte.»

«Schmeckt er denn?»

Gruber sah ihn verblüfft an. «Das nehme ich an. Bei den Daten.»

«Was denn für Daten?»

«Na, die ...» Grubers Verunsicherung nahm wieder zu.

«Mein Roter ist zu hundert Prozent Sangiovese, er stammt von meinem Weinberg, schlummert in Weinfässern, bis ich das Gefühl habe, jetzt reicht's, und hat einen Alkoholgehalt von 15 Prozent. Und? Muss der mit den Daten auch schmecken?»

Gruber zuckte ein wenig beschämt mit den Schultern und fummelte mit einem Korkenzieher an der Flasche herum. Roberto sah ihm schweigend zu.

«Wie sieht es denn mit Ihrem Fall aus, Agente Rossi?»

«Alles in Bewegung», wich Roberto aus.

Vorsichtig hebelte Gruber den Korken heraus. «Wissen Sie, woran mich die Abläufe der Schläge auf das Opfer erinnern? Zuerst in die Niere, dann auf die Nase und zum Schluss gegen den Kehlkopf?»

«Woher haben Sie diese Informationen?», fragte Roberto und spürte, wie sein Blut wieder in Wallung geriet. Bestimmt steckte Toto mit seinem Fascebok dahinter. Oder Franco, gestern Morgen vor der Ölmühle, als die beiden in trauter Eintracht einen *caffè* nach dem anderen geschlürft hatten. Oder Malpomena? Nein, wohl kaum,

Malpomena hielt die ärztliche Schweigepflicht für etwa genauso zwingend wie mindestens fünf der zehn Gebote.

«Von Pretoro Galdroni.»

«Unmöglich. Der weiß bisher nichts.»

Gruber füllte zwei Probiergläser und hielt Roberto eins hin.

«Maria Corbucci, seine Sekretärin, hält ihn auf dem Laufenden.»

«Wie denn? Sie weiß gar nichts.»

«Vielleicht was die Ermittlungen allgemein betrifft. Aber die forensischen Ergebnisse kennt sie.»

«Und woher, eh?» Roberto atmete vorsichtig das Bouquet des Weines ein. Nicht schlecht. Dann riss er durch die Nase Luft in seine Lunge, schnell und möglichst viel. Na also. Ein zwar leichter, aber unverkennbarer Hauch von Schwefel legte sich auf seinen Gaumen und blieb dort haften. Das gab es bei seinem Wein nicht.

«Ist etwas nicht in Ordnung?», fragte Gruber.

«Woher soll Maria Corbucci irgendwelche forensischen Informationen haben?»

«Direkt von der Medizinerin, Malpomena Del Vecchio.»

Roberto verschluckte sich.

«Soll ich?», bot Gruber an, ihm auf den Rücken zu klopfen.

Nein, signalisierte Roberto und rang ärgerlich nach Luft. Wieso hatte Malpomena ihn nicht darüber informiert?

«Ein Faustschlag in die Niere tut weh. Ein Schlag auf die Nase ist noch schmerzhafter. Aber die Handkante auf den Adamsapfel, das ist die Mutter aller Schmerzen. Wir hatten es in München einmal mit einer Schutzgeld-Erpresserbande zu tun. Wer nicht zahlen wollte, bekam genau diese Behandlung. Drei Schmerzstufen. Sehr wirkungsvoll. Nach der dritten wagte es keiner mehr, weiterhin nein zu sagen. Außer wenn er lebensmüde war. Das war dann Stufe vier. Exitus.»

«Ziemlich an den Haaren herbeigezogen», murmelte Roberto.

«Nicht wenn sich so ein Muster ständig wiederholt, wie es bei uns der Fall gewesen ist.»

Roberto nahm noch einen Schluck. «Hier gibt es kein Muster.

Außerdem haben wir den Täter. Ein Nachbar, der mit Ruggero Grilli Streit hatte, das ist alles.»

«Die Sache mit der di Finanza?»

Zur Hölle! Roberto nahm sich vor, mit Galdroni mal ein ernstes Wort zu reden.

«Was ist mit dem Angriff auf diese Frau? Domenica Galeotti, heißt sie nicht so?»

«Da gab es keine Schläge auf Niere, Nase und Kehlkopf.»

«Weil Sie und dieser Fremde, den alle den zweiten Golem nennen, den Täter gestört haben. Wer weiß, was sonst passiert wäre.»

«Ich wüsste keinen Grund, warum Spartaco Mori Donna Domenica hätte angreifen sollen.»

«Sie haben recht. Bestimmt haben Ihre Nachforschungen ergeben, dass es keine Verbindung zwischen Spartaco Mori, Ruggero Grilli und Domenica Galeotti gibt.»

Roberto vermied es zu antworten. Das zu ermitteln war ihm noch gar nicht in den Sinn gekommen.

Gruber schenkte Roberto lächelnd nach. «Ein undurchsichtiger Fall.»

Roberto schnüffelte noch einmal konzentriert an dem Wein, obwohl er längst alles über den Roten wusste, was zu wissen wichtig war. «Donna Domenica ist übrigens zufällig heute hier bei mir.»

«Ah.» Gruber füllte auch sein Glas wieder.

«Franco Varese auch.» Es kostete Roberto einige Überwindung, den nächsten Satz zu sagen. «Wollten Sie nicht etwas über sein klangökologisches Regenwaldprojekt erfahren?»

«Gerne, ja! Sagen Sie, warum kommen Sie nicht alle drei zum Abendessen zu mir?»

«Ich selbst bin verhindert. Aber wissen Sie: Die beiden sind sehr verängstigt und würden sich bestimmt besser fühlen, wenn sie die Nacht an einem sicheren Ort verbringen könnten.»

«Es wäre mir ein Vergnügen, ihnen meine beiden Turmzimmer zur Verfügung zu stellen.»

Von wegen deine beiden Turmzimmer, dachte Roberto. Er musste Antonia unbedingt fragen, wie viel sie für die Zimmer haben wollte. «Dann schicke ich die beiden gleich herüber.» Er leerte sein Glas. «Haben Sie eine Pistole, für den Notfall?»

«Ich wüsste mich zu wehren», wich Gruber einer eindeutigen Antwort aus.

Zu schade, denn mit illegalem Waffenbesitz hätte Roberto ein schönes Druckmittel in der Hand gehabt.

26.

Roberto erschrak heftig, als es an der Eingangstür klopfte.

«Wer da?», fragte er.

«Na, wer schon», polterte es zurück. «Soll ich hier draußen im Regen vollkommen nass werden?»

Roberto eilte zur Tür. Sein Kopf juckte. Das kam vom Duschen. Viel zu lange hatte er reglos und von schweren Gedanken bestürmt im warmen Strahl der Dusche gestanden, und als er endlich mit dem Haarewaschen begonnen hatte, war nicht mehr genügend warmes Wasser im Boiler gewesen, um das Shampoo gründlich genug auszuspülen. Malpomena hielt mit beiden Armen eine riesige lederne Umhängetasche vor ihren Bauch und sah ihn ungnädig an.

«Komm rein», sagte er und versuchte zu lächeln, aber irgendwie gelang es ihm nicht. Er tat einen Schritt zur Seite, um die Tür so weit wie möglich zu öffnen, und wäre fast zu Boden gestürzt, als er auf einem der Flusssteine ausrutschte, die er neben dem noch unvollendeten SATOR-Palindrom zu einem kleinen Haufen zusammengeschoben hatte.

«Was ist das?», fragte Malpomena und deutete auf das Mosaik.

Roberto schloss die Tür hinter ihr. So lange war Malpomena schon nicht mehr hier gewesen? Schließlich arbeitete er schon ein halbes Jahr an dem Mosaik. Genau genommen, seit Gruber das erste Mal in Rombolina aufgetaucht war.

«Die SATOR-Formel als Bodenmosaik. Ein Palindrom.»

«Palindrom vom griechischen *palíndromos*: rückwärts laufend? Also eine Zeichenkette, die von vorn und von hinten gelesen gleich bleibt?»

«In dem Fall sogar auch von oben nach unten und von unten nach oben gelesen.»

Malpomena ließ ihre Tasche zu Boden gleiten, die einen verdammt schweren Eindruck machte.

«Was hast du da alles drin?», fragte Roberto.

Malpomena studierte das Palindrom und las mehrmals den Text.

S A T O R
A R E P O
T E N E T
O P E R A
R O T A S

«Das ist Lateinisch: Der Sämann Arepo hält mit Mühe die Räder.» Sie warf Roberto einen kritischen Blick zu. «Was ist das denn bitte schön für ein Unsinn?»

«Der Text ist bedeutungslos», erwiderte Roberto.

«Das scheint mir auch so. Der Sämann Arepo hält mit Mühe die Räder. Wieso ein Sämann? Wer ist dieser Arepo? Welche Räder? Und warum hält er sie an? Und dann auch noch mit Mühe?»

«Es geht um die Schutzwirkung gegen böse Mächte», zitierte Roberto Lana Ferrea, die ihm das Palindrom als Antwort auf Grubers Auftauchen empfohlen hatte. «Und die beruht einerseits auf der magischen Verzahnung der Wörter, die in alle Richtungen lesbar sind, und andererseits auf der quadratischen Geschlossenheit des Buchstabengeflechts, die gleichsam die Unangreifbarkeit des von der Formel geschützten Hauswesens beschwört.»

«Aha.»

Beide schwiegen für einen Moment.

«Und was ist, wenn das Böses durch irgendein Fenster auf der Rückseite deines Hauses einsteigt? Wenn es gar nicht über diesem famosen», sie lachte unnatürlich laut, «Zauberquadrat des Weges kommt?»

«Das ist symbolisch gemeint», entgegnete Roberto. Malpomena konnte manchmal wirklich nervig sein.

«Du frönst einem Hokuspokus, der absolut abenteuerlich ist, mein Lieber.»

«Und du machst dich seit mindestens zwanzig Jahren darüber lustig, statt wenigstens ein Mindestmaß an Toleranz an den Tag zu legen.»

«Ich bin tolerant und lasse dich. Ich muss mir nichts vorwerfen.»

«Tolerant? Du? Es vergeht doch kein Tag, an dem du mir nicht vorhältst, welche Irrungen ich –»

«Also, wenn etwas nicht stimmt, dann das. Du hingegen, du behandelst mich immer wie jemanden, der nicht in der Lage ist, einen geraden Weg zu erkennen.»

«Immer? Immer?»

«Ja, immer. Nur weil du mich in der Grundschule –»

«Jetzt komm mir nicht damit. Damals war ich gut genug, dich aus den Fängen von Marco, Gabriele, Bordo und, wie hieß er noch –»

«Alfredo.»

«Nein, der hieß anders.»

«Alfredo!»

«Also gut, dann eben aus den Fängen von Alfredo zu befreien. Und heute? Heute –»

«Du kannst keine sachliche Kritik vertragen. Das ist es doch.»

«Sachlich? Wie waren denn deine Worte? ‹Unsinn›. ‹Hokuspokus›. Was ist denn daran sachlich?»

«Metaphern. Symbole. Zuspitzungen. Mehr doch nicht. Herrgott noch mal, sei doch nicht so entsetzlich empfindlich! Wenn ich ebenso empfindlich wäre, müsste ich mich erschießen.»

«Erschießen?»

«Ah! Ich verstehe. Du meinst, das wäre für mich sowieso das Beste.»

«Wann habe ich das denn –»

«Außen der sanfte Mann und im Inneren ein blutrünstiger Macho!»

«Blutrünstig? Ich? Das muss ich mir wirklich von niemandem sagen lassen!»

«Typisch. Wenn's den Nerv trifft, dann flüchten sich die Herren der Schöpfung in die Ohnmacht. Aushalten? Standhalten? Pah, Fehlanzeige.»

«Ohnmacht? Ich bin hellwach und stehe immer noch hier.»

«Du vielleicht, aber ich nicht mehr!» Malpomena packte ihre Tasche und warf sie sich über die Schulter. Deren Gewicht ließ sie für einen Moment taumeln.

«Aha, und wer flüchtet jetzt? Ich oder du?»

«Eine Flucht ist per definitionem das ungeordnete, teilweise panische Zurückweichen vor einem Feind, einer Gefahr oder einer Katastrophe, beispielsweise einer Naturkatastrophe.»

«Wenn einer eine Katastrophe ist, dann du.»

«Ich hingegen befinde mich in einer geordneten Absetzbewegung. Das ist etwas völlig anderes.» Malpomena drehte sich um und stapfte hinaus in den Regen. «Etwas völlig anderes!»

Roberto knallte die Tür hinter ihr zu. Kalk rieselte von der Wand. Sein Blick fiel auf das fast fertiggestellte Mosaik. Viel fehlte nicht mehr, damit das Palindrom seinen vollen Schutz entfalten konnte, nur die letzten drei Buchstaben unten rechts. Er krempelte die Ärmel hoch.

27.

Der Nieselregen hatte sich verdichtet, Nebel war wieder aufgekommen, und beide schluckten das Licht der wenigen Straßenlaternen bis auf einen schummerigen Rest. Malpomena hatte keinen Schlaf finden können und wandelte schon seit Stunden durch die Straßen, vorzugsweise die engen, die mancherorts so dunkel waren, dass sie sich sogar mit einer Hand an den Hauswänden entlangtasten musste. Die Vorstellung, von jemandem gesehen zu werden, wie sie ziellos durch die Nacht strich, wie ein Kojote, wie eine streunende Katze, wie eine Untote, behagte ihr ganz und gar nicht. Als sie die mit Laternen reichlich bestückte Piazza Rinascimento an der südöstlichen Seite des Palazzo Ducale erreichte, überquerte sie den langgestreckten Platz mit schnellen Schritten und tauchte erleichtert wieder in die Dunkelheit der Viale Salvalai ein, um dort erneut in eine nachdenkliche Langsamkeit zu verfallen.

Der Ablauf des Abends bei Roberto, ach was, der ersten zehn Minuten eines geplanten Abends, war beschämend gewesen. Wieso hatte sie ihren Mund nicht halten können? Zumal sie den Verlauf des Treffens perfekt durchgeplant hatte. In ihrer Tasche hatte sie einen Radio-CD-Player mit diversen, sehr unterschiedlichen CDs mitgebracht, um jede nur denkbare Stimmung zu erzeugen oder zu unterstützen, hinzu kam eine Sammlung von Flakons mit zahlreichen Düften, sogar verschiedene Badezusätze und eine weiche Massagebürste hatte sie dabei, falls nur in der Badewanne die rechte Stimmung aufkommen würde. Und dann? Dann regte sie sich über dieses Palindrom und Robertos Aberglaube auf! Wie dämlich, wie absolut dämlich! Als wäre er erst seit gestern der Furcht vor Geistern und Dämonen verfallen. Und das alles in einer Situation, in der es um nicht weniger als die Rettung der Erbschaft der altehrwürdigen Familie der Del Vecchio ging. Sie hatte es vermasselt, eindeutig, sie hatte sich benommen wie ein pubertäres Mädchen und nicht wie eine erwachsene Frau. Sollte ihre Schwester Talia jemals davon erfahren, würde deren Spott sie bis an ihr Lebensende verfolgen. Talia wäre ohne jedwede Utensilien zu so einer Verabredung erschienen, hätte mit den Augen geklimpert und den Hüften gewackelt – und aus die Maus!

Von Scham gebeutelt, sackte Malpomena noch mehr in sich zusammen, so sehr von bitteren Selbstvorwürfen bedrängt, dass sie die schnellen Schritte hinter sich erst hörte, als sie schon sehr nah waren. Für einen Moment zögerte sie und überlegte, ob sie sich verstecken sollte, doch plötzlich verspürte sie eine tiefe, existenzielle Angst und rannte los. Auf ihre Fitness konnte sie sich verlassen, jeden Tag joggen hatte ihren Körper gestählt, und ihre Kondition reichte, um Urbino mit seinen steilen Hügeln gleich mehrmals im Eilschritt zu durchmessen. Schon nach wenigen Metern spürte sie ihre Kraft, die ihr Zuversicht gab, demjenigen, der da hinter ihr herlief, zu entkommen. Bis sie die Schritte eines weiteren Menschen hörte, grobe, große Schritte, begleitet von merkwürdigen Grunzlauten, wie sie ein Bison machen würde. Sie versuchte, ihr Tempo zu erhöhen, doch die Stiefel mit den hohen Absätzen, die sie für diesen Abend extra ausgewählt hatte, setzten dem enge Grenzen. Die beiden Verfolger kamen näher. Sie musste so schnell wie möglich den heller erleuchteten und wahrscheinlich selbst zu dieser späten Stunde von dem einen oder anderen Passanten belebten Corso Garibaldi erreichen. Gleich hinter der Mauer, die den fürstlichen Kräutergarten schützte, bog sie nach rechts in den Giro dei Torricini ein und hastete die arg verwitterten Stufen längs der gemauerten Brüstung hinunter. Sie lauschte nach hinten, der Abstand zu den Verfolgern schien sich nicht verändert zu haben.

Und dann passierte es: Sie stolperte, versuchte sich zu fangen, prallte gegen die Brüstung und fiel auf der anderen Seite ins Buschwerk. Sie hielt den Atem an. Hatte der Verfolger ihren Sturz mitbekommen? Kurz darauf tauchte er auf, klein, schmächtig, nach Atem ringend und, wie sie trotz der Dunkelheit erkannte, von Panik getrieben. Und plötzlich war der zweite Mann da, ein kräftiger Kerl mit gewaltigen Armen, säulenartigen Beinen und einem Kopf, der eher zu einem Büffel gepasst hätte. Er beschleunigte, trat dem ersten in die Fersen, beide strauchelten und gingen zu Boden. Der Kräftige war schneller wieder auf den Beinen. Er packte den Kleinen, riss ihn hoch, wirbelte ihn herum wie einen Palmwedel, wie Zuckerwatte, als würde er nichts wiegen. «Du hast doch, was du wolltest!», schrie der Kleine, doch der Kräftige lachte nur und schleuderte ihn wieder zu Boden. Während der Kleine nach Luft rang und versuchte, wieder auf die Beine zu kommen, zog der Kräftige ein Messer, Malpomena sah die lange Klinge, die das fahle Licht der Scheinwerfer reflektierte, die vom Teatro Sanzio die beiden Türme des Palazzo Ducale beleuchteten. «Ich fürchte, du redest zu viel», sagte der Kräftige mit einer dunklen, merkwürdig gedeckten Stimme und hob die Hand. Für einen Moment sah Malpomena sein Gesicht – oder das, was sein Gesicht hätte sein müssen, eher eine Kraterlandschaft, in der sich weder die Nase noch die Augen noch der Mund an der Stelle befanden, wo sie normalerweise sind. Und dann stach der Mann, nein, das Wesen, zu.

Malpomena biss sich auf die Hand, um nicht aufzuschreien. Trotzdem konnte sie ihren Blick nicht von dem Sterbenden lassen. Sie zählte nicht mit, wie oft der Mörder zustach, aber schon nach wenigen Stichen wusste sie, dass das Opfer nicht mehr zu retten sein würde.

Der Mörder richtete sich auf und horchte in die Dunkelheit. Wusste er, dass sie hier irgendwo sein musste? Sie hatte nichts dabei, was als Waffe dienen könnte, kein Skalpell. Nicht einmal einen Stein konnte sie auf dem Boden um sich herum ertasten. Doch dann bückte der Kräftige sich, wischte in aller Seelenruhe das Messer an der Jacke seines Opfers ab, steckte es ein und leerte anschließend die

Taschen des Toten. Er richtete sich auf. Noch einmal witterte und horchte er. Malpomena hielt den Atem an. Dann machte er sich auf den Weg, an der Westfassade des Palazzo Ducale entlang, und nahm die Treppe unterhalb der beiden Türme hinunter auf den Corso Garibaldi.

Malpomena flankte über die Brüstung und beugte sich zu dem Opfer hinunter. Kein Puls, kein Lebenszeichen, aber sehr viel ausgelaufenes Blut. Keine Chance, ihn zu retten. Sie zog ihr Handy hervor und wählte Robertos Nummer. «Malpomena hier. Ein Mord unterhalb der beiden Türme des Palazzo Ducale», flüsterte sie und legte sofort wieder auf. Dann zog sie ihre Schuhe aus und folgte dem Täter. Später fragte sie sich, welcher Teufel sie geritten hatte, aber in diesem Moment wollte sie nichts anderes als sich vergewissern, wer dieser brutale Mörder war – oder genauer gesagt, sie wollte sich vergewissern, dass es sich um keinen Golem handelte.

«Wenn ich es dir doch sage! Bei der Synagoge war er plötzlich wie vom Erdboden verschluckt.»

«Hast du ihn hineingehen sehen?», fragte Roberto.

«Er bog in die Via Stretta ab, da, wo der Eingang ist. Sekunden später werfe ich einen Blick um die Ecke, und er ist verschwunden. Nicht einmal Schritte habe ich mehr gehört. Als hätte er sich in Luft aufgelöst. Da war nichts außer –», Malpomena zog ein Plastikbeutelchen aus der Gesäßtasche ihrer Jeans und hielt es Roberto hin. Der drückte Malpomenas Hand nach unten, damit es keiner der Anwesenden sehen konnte.

«Lehm?»

Sie nickte. Er erschrak und widerstand nur mit Mühe der Versuchung, ein wenig Friedhofserde über das Tütchen rieseln zu lassen. Er wollte den schrecklichen Streit mit Malpomena nicht noch nachträglich befeuern.

Die beiden standen bei Toto, der alle Hände voll zu tun hatte, alle seine unerwarteten Gäste zu bedienen. Brozzi und seine Verschwörungsapologeten, aber auch aufgeschreckte Urbinati waren darunter, die normalerweise zu so später Stunde friedlich in ihren Betten schlummerten. Nach ihrer Verfolgungsjagd hatte Malpomena erneut Roberto angerufen und sich dafür dummerweise ausgerechnet unter der kleinen Treppe versteckt, die zur Wohnung des Rahmenmachers Sabatini führte, der wieder einmal schlaflos an seinem Fenster hing und so mithörte, wie sie den Mord und die Flucht des Mörders wortreich schilderte. Sabatini hatte daraufhin sofort Brozzi angerufen, und von da an verbreitete sich das Gerücht, dass der Golem wieder zugeschlagen hatte, in Windeseile über die ganze Stadt. Irgendjemand hatte sogar Rabbi Shlomo informiert, der vor Wut vibrierend herbeigeeilt war. Sofort war es zwischen ihm und Brozzi zu einem heftigen Streit gekommen. Der Rabbi weigerte sich prinzipiell, sein Gotteshaus aufgrund dieser, wie er sagte, lächerlichen Lügengeschichte für eine Hausdurchsuchung zu öffnen, was Brozzi zu weiterem Schwadronieren über eine jüdische Verschwörung veranlasste. Unversöhnlich hatten die beiden sich gegenübergestanden und angebrüllt, bis der Rabbi von einigen Glaubensbrüdern an einen Tisch in der Ecke der Bar bugsiert wurde, wo sie berieten, wie sie mit der Situation umgehen sollten.

Roberto hatte seinen Chef Cottelli zu Hause angerufen und herbeizitiert. Dienstanweisung von der di Stato an die Municipale. Cottelli war darüber fuchsteufelswild geworden und wäre ihm fast an die Gurgel gegangen, als er endlich mit Battistelli und einem weiteren *agente* am Tatort auftauchte, aber letztlich war er machtlos und musste spuren. Roberto hatte nun mal zurzeit die Weisungskompetenz. Die Feuerwehr installierte vier Lichtmasten, ein Spurensicherungskommando der Carabinieri wurde herbeigerufen, das eine Ewigkeit brauchte und aus nur einem müden Beamten bestand. Malpomena hatte es sich nicht nehmen lassen, die Leiche aus allen Blickwinkeln zu untersuchen und zu fotografieren.

Robertos Nerven vibrierten. Eine Situation wie diese war ihm zu komplex, zu unübersichtlich. Mehrfach hatte er versucht, Pretoro Galdroni zu erreichen. Vergeblich. Nicht einmal die Mailbox war aktiviert. Offenbar meinte es der *commissario* mit seinem Feldzug in Hintertux todernst.

«Malpomena, du Arme!» Talia tippelte hinter Fidel her, der mit großer Ruhe und der Kraft eines Schneepflugs durch die aufgeregte Menge furchte, gefolgt von Antonia und Raffaella. «Wie furchtbar! Wir haben schon alles gehört!»

«Es war grauenhaft», sagte Malpomena mit dumpfer Stimme. «Ich spüre das Korsett meiner Traurigkeit. Es ist fest und steif.»

«Sogar die Oma weiß Bescheid, sie ist sehr besorgt», sagte Antonia, nachdem sie für einen Moment ihren Seidenschal von ihrem Mund heruntergezogen hatte.

«Mit Recht», sagte Roberto, «Malpomena hätte sich niemals derart in Gefahr bringen dürfen.»

«Na ja, Oma ist eher wegen des Golems besorgt», erwiderte Antonia.

«Golem, Golem!», rastete Roberto aus. «*Porca puttana!* Es gibt keinen Golem!»

Plötzlich war Stille in der Bar. Alle Blicke wanderten zu Brozzi.

«Es wird Zeit, dass dieser Poliziotto ins zweite Glied zurücktritt, bis er die Tatsachen sieht, wie sie sind», sagte Brozzi mit eiskalter Arroganz. Die Seinen nickten, murmelten böse Worte und rückten enger zusammen. Fast erschien es Roberto, als rückten sie auch ein wenig auf ihn zu.

«Die einzige Tatsache, die ich sehe, ist deine grenzenlose Blödheit, Brozzi», erwiderte er.

«Gilberto Sabatini hat den Mörder beschrieben: gewaltige, zum Morden geschaffene lehmfarbene Hände. Ein markantes, verzerrtes, lehmfarbenes Gesicht mit einer Hakennase, die mehr dem Schnabel eines Adlers ähnelt als einer normalen menschlichen Nase. Ein Gesicht voller Niedertracht. Woran denkt ihr da, meine Freunde?»

«An einen vierschrötigen Idioten wie dich», knurrte Roberto.

«Hört ihr? Die Herren Polizisten beugen ihr Haupt, statt den Gegner die Knute spüren zu lassen.»

«Blödsinn! Sieh dich um. Die Ermittlungen laufen. Niemand beugt hier sein Haupt.»

«Du stellst dich gegen die Bürger von Urbino, Poliziotto, Bürger, die ein Recht darauf haben, beschützt zu werden. Du bist ein Steigbügelhalter der jüdischen Verschwörung. Du bist ein Stachel im Fleisch derer, die die Wahrheit kennen. Aber ich sage dir: Wenn du nichts unternimmst, werden wir das selber in die Hand nehmen.»

Für einen Moment herrschte atemlose Stille. Außer Egidio Cecchetti, der hündisch nickte, wirkten Brozzis Anhänger jetzt ein wenig verunsichert. Selbst in die Hand nehmen, das war etwas anderes als die Köpfe zusammenstecken und ein wenig herumschwadronieren.

Roberto spürte die winzige Lücke. Er machte ein paar Schritte auf Brozzi zu. «*Ascolta*, Brozzi, wenn du in dreißig Sekunden noch da bist, sperre ich dich zu Spartaco Mori in die Zelle.»

Brozzi baute sich vor Roberto auf. «Wenn du mich anrührst, werden wir dich aus der Stadt fegen. Jetzt ist Schluss mit der Nachsicht.»

Cazzo, was jetzt, dachte Roberto. Offenbar ließ Brozzi sich nicht einschüchtern. Vielleicht sollte er noch einmal seine Pistole ziehen.

«Herrrr Brrrozzi», hörte er Fidels Stimme, der zielstrebig auf den Rentner zuging, dessen Arm packte und auf den Rücken drehte. «Kommen Sie, wirrr gehen ein wenig spazieren, und ich erzähle Ihnen von meiner Kindheit auf Kuba, okay?» Er schob den über die Härte des Griffes erschrockenen Rentner vor sich her nach draußen. Die Seinen warfen sich verunsicherte Blicke zu.

«Geht nach Hause, Leute», sagte Roberto. «Hier gibt es nichts mehr zu erleben. Und entspannt euch. In ein paar Tagen ist der Fall geklärt.»

Grummelnd, aber irgendwie auch erleichtert zahlten sie bei Toto ihre Rechnungen, zu dessen Freude verzichteten viele auf ihr Wechselgeld und machten sich möglichst schnell davon.

«Wie kommst du darauf, dass der Fall in ein paar Tagen geklärt ist?», fragte Malpomena, als die Bar wieder bis auf sie und ihre Schwestern leer war.

Roberto zuckte mit den Schultern.

«In ein paar Tagen hat Brozzi die Leute so weit, dass sie tatsächlich Schwierigkeiten machen», sagte Raffaella.

«Das sieht nicht gut aus», sagte Rabbi Shlomo, als er und die Seinen die Bar verließen. «Ganz und gar nicht gut.»

Roberto konnte beiden nur recht geben. Ganz gegen seinen metabolischen Typus verordnete er sich ab jetzt Tag- und Nachtschichten, um den Täter so schnell wie möglich zu überführen.

28.

Am nächsten Vormittag – Roberto hatte nur ein paar Stunden geschlafen, schwer und traumlos, wie tot, und nur weil er zwei Wecker und auch noch sein Handy gestellt hatte, war er überhaupt wach geworden – befragte er als Erstes die Alberghi in und um Urbino und wurde schnell fündig. Der Tote hieß Ernesto Quatriglio und hatte sich für die nächsten zwei Wochen in der teuersten Suite im teuersten Hotel von Urbino eingemietet, dem Albergo San Domenico gleich gegenüber dem Palazzo Ducale. Er lebte in dem winzigen Örtchen Monte Merano in der Toskana, wo er als Kellner in einer Osteria arbeitete. Was er in Urbino gewollt hatte, war unklar. Seine Suite war durchwühlt worden, in seinem Aktenkoffer lagen nur leere Dokumentenmappen, und es gab keine persönlichen Papiere. Nichts, was etwas über ihn erzählen konnte.

Malpomena hatte noch in der Nacht seine Leiche obduziert und zur Präsentation ihrer Ergebnisse sowohl Roberto als auch ihre drei Schwestern in Totos Bar gebeten, Letztere vordergründig als seelische Unterstützung nach dem nächtlichen Schock, einen Mord miterlebt zu haben, in Wahrheit jedoch, weil sie mit Roberto nicht allein sein wollte.

Was die Todesursache betraf, war die Obduktion natürlich überflüssig gewesen, aber als hätte sie es geahnt, entdeckte sie über die Messerstiche hinaus bei dem Kellner dieselben Verletzungen wie bei Ruggero Grilli: Schläge in die Niere, auf die Nase und gegen den Kehlkopf. Damit bekam Thilo Grubers Hinweis auf eine möglicherweise professionelle Einschüchterungsstrategie größeres Gewicht, vor allem in Zusammenhang mit den Worten, die Malpomena den

Kellner zu seinem Mörder hatte sagen hören: «Du hast doch, was du wolltest!»

«Es muss bei beiden irgendetwas zu holen sein, sonst hätte es diese Angriffe nicht gegeben», sagte Malpomena.

«Schutzgelderpresser? Wohl kaum», sagte Antonia und betrachtete mit großem Argwohn Totos Versuche, die Theke mit einem feuchten Tuch zu säubern, ohne ein desinfizierendes Reinigungsmittel zu benutzen. «Was soll denn bitte sehr bei einem Kellner aus einer Kleinststadt-Osteria, ihr wisst, was ich meine, und bei dem Besitzer eines doch eher untergradigen Albergo zu holen sein?»

Malpomena gähnte ungeniert und ignorierte Antonias missbilligendes Kopfschütteln.

«Die Lehmspur, die der Mörder hinterlassen hat, vom Tatort bis zur Synagoge, gibt mir zu denken», sagte Raffaella. «Hat es so etwas auch im Zusammenhang mit Ruggero Grillis Tod gegeben?»

«Nein», erwiderte Roberto. «Franco hat nur ein winziges Lehmklümpchen gefunden.»

«Aber jetzt gab es eine richtige Lehmspur, *d'accordo*?»

Roberto nickte. «Kann man so sagen.» Er war die Strecke selber heute Morgen abgeschritten und hatte insgesamt neun deutliche Lehmhäufchen in fast regelmäßigen Abständen gefunden. Als hätte sie jemand absichtlich platziert.

«Und in Zusammenhang mit den, ich sage mal, anderen Golems? Dem, der Domenica Galeotti angegriffen hat, und dem, der diesen verjagt hat?»

«Nichts. Weit und breit kein Lehm.»

«Merkwürdig.»

Talia räusperte sich umständlich und warf Fidel einen fragenden Blick zu. Der nickte ein wenig zerknirscht. «Ihr Lieben!», rief sie gut gelaunt. «Wollt ihr eine lustige Geschichte hören?»

«Deine Liebesabenteuer, Werteste, solltest du dir vielleicht für einen anderen Anlass aufheben.» Malpomena bedachte Talia mit einem finsteren Blick, in dem auch die Erinnerung an den furchtbar entglittenen Abend mit Roberto mitschwang.

«Eine Beichte, Malpomena! Gefällt dir das besser?»

«Wenn du keine Absolution erwartest», murrte Malpomena. «Die Perlen eines Rosenkranzes wären bei dir vom heftigen Gebrauch schon vollkommen flach geschliffen.»

«Lass sie doch», ging Antonia dazwischen, «ich gehe davon aus, dass Talia in einem solch dramatischen Moment nichts sagen wird, was nicht unmittelbar, ja was vielleicht sogar signifikant zur Aufklärung dieses doch in seinen Facetten sehr komplexen Falles beitragen kann. Drum, Talia, fahre fort, wir werden dir mit großer Konzentration zuhören.»

«Ostia», stöhnte Malpomena. Nur Raffaella zeigte keinerlei Reaktion. Sie als Jüngste hatte schon früh gelernt, sich nicht an den teilweise schwierigen Eigenschaften ihrer Schwestern zu reiben, sondern sie einfach durch sich hindurchfließen zu lassen und am Ende ausschließlich das zu tun, was sie wollte.

«Er hier», Talia zwickte Fidel in seinen Sixpack-Bauch, «war der eine Golem!»

Erstauntes Schweigen, das Talia und Fidel mit einem gutgelaunten Grinsen füllten.

«Wir waren in Sorge, weil Roberto bei mir drei Haschischkekse gegessen hat. Deshalb –»

«Haschischkekse, Herr Fidel?», platzte Antonia dazwischen. «Sie lagern Haschischkekse in der Wohnung meiner Schwester?»

Fidel nickte ernst. «Talia hasst Zigarrrrettenrauch. Selbst mit Lüften krrrriegt man den kaum wieder hinausbefördert.»

«Was meinen Sie denn damit?»

«Na, Kekse sind besser als Joint rauchen. Nur die Wirrrkung lässt sich nicht so gut kalkulierrren.»

«Wir reden hier über eine illegale Droge! Ja, soll denn wegen Ihres leichtsinnigen Lebenswandels eine Del Vecchio ins Gefängnis wandern, Sie verantwortungsloser Mensch?»

«Das sind meine Kekse!», rief Talia bestens gelaunt.

Antonia schwieg betroffen, während Raffaella in sich hinein lächelte und Malpomena gelangweilt tat. Für sie war diese Drogengeschichte längst Vergangenheit.

«Wer ist dein Dealer?», fragte Roberto. «Handelt es sich da möglicherweise um Sergio Bonasera?»

Talia und Fidel warfen sich einen schnellen Blick zu. «Fragst du als Poliziotto oder als Roberto, der Familienfreund der Del Vecchio?»

«Das hängt von der Antwort ab.»

Talia überlegte kurz, dann warf sie beide Arme um seinen Hals und küsste ihn auf den Mund. «Wir haben die Kekse gefunden, *tesoro mio*. Am Strand in Pesaro. Keine Ahnung, wer sie da liegengelassen hat.»

«Du lügst, Talia.»

«Hast du das gehört, Fidel?» Die beiden lachten fröhlich.

«Was ist jetzt mit deiner Beichte, Talia?», fragte Raffaella mit süffisantem Lächeln.

«Also», fuhr Talia fort, «Roberto hat drei Kekse im Bauch, und Fidel und ich machen uns Sorgen. Fidel schleicht ihm hinterher. Dann wird die Galeotti angegriffen, und Fidel», sie zwickte ihn erneut, dieses Mal in die Wange, «meine süße kubanische Dampframme, ist los wie ein Tornado! Rmmm!» Sie machte eine kleine Pause, damit sich jeder vorstellen konnte, wie das ausgesehen hatte, und selbst Fidel genoss das Bild vor seinem inneren Auge: Er sprintet los, schnell und wendig, ungeheuer kraftvoll und mit kubanischer Geschmeidigkeit.

«War das alles?», fragte Malpomena ungeduldig.

«Jedenfalls», fuhr Talia fort, «schnappt sich Fidel den Kerl, der die Galeotti angefallen hat, reißt ihm die Kapuze vom Kopf, und wer kommt zum Vorschein?»

Pause.

«Herrgott noch mal! Wer denn jetzt?»

«Carrrlo Manzoni», warf Fidel schnell ein, um ein wenig mehr

Aufmerksamkeit abzubekommen. «Der Gatterrr von Domenica Galeotti.»

«Gatte», korrigierte Antonia. «Ein Gatter wäre mehr ein Zaun oder eine Einfriedung.»

«Diese kleine Ratte!», regte Roberto sich auf. «Er hat das Golem-Geschwätz genutzt, um seine Frau in Angst und Schrecken zu versetzen.»

«Warum?», fragte Raffaella.

«Weil sie ihn verlassen hat.»

«Soll er doch froh sein, diese dumme Pute los zu sein», sagte Malpomena.

«Warte! Warte! Die Geschichte ist wirklich süß!», rief Talia begeistert.

«Süß?», murrte Malpomena.

«Wollt ihr Carlos Plan hören?» Talia deutete auf Fidel.

«Als Nächstes will Carrrlo seiner Gatterin mannhaft seinen Schutz anbieten», fährt Fidel fort. «Ein Freund von ihm würde sich dann als Golem verkleiden und die Frrrau überfallen, Carrrlo würde dem Golem im Beisein seiner Gatterin eine verpassen, für sie wäre er von da an der Grrrößte, und sie kehrt zu ihm zurrrück. So in etwa.»

«Dieser Mistkerl», grummelte Roberto.

«Ich finde es romantisch», flötete Talia.

«Es ist frauenfeindlich», sagte Malpomena.

«Albern, das ist es», beschied Antonia.

«Wenn man es logisch betrachtet, ergibt sich folgendes Bild», sagte Raffaella konzentriert. «Der erste Mord geschieht. Es gibt keine Lehmspur. Franco setzt das Gerücht in die Welt, der Täter sei ein Mensch aus Lehm, ein Golem. Eine Halluzination, weil Franco unter Drogen steht. Beim nächsten Mord taucht tatsächlich ein golemartiges Wesen auf, Malpomena hat es gesehen, und hinterlässt demonstrativ eine Lehmspur. Das heißt, der Täter hat das Gerücht aufgegriffen und verkleidet sich als jüdischer Killer, um uns in die Irre zu führen. Carlo Manzoni hingegen hat sich zwar auch als

Golem verkleidet, aber ich denke, wir sind uns alle einig, dass er als Mörder nicht in Frage kommt.»

«Wieso nicht?», fragte Malpomena.

«Undenkbar», bestätigte Roberto. «Carlo ist das größte Weichei unter der Sonne. Der lässt sich sogar ohne Gegenwehr mit Schuhen bewerfen.»

Raffaella nickte. «Der Schlüssel liegt in der Verbindung zwischen Ruggero Grilli und diesem Kellner aus der Toskana. Warum ist der in Urbino? Für zwei Wochen in einer Suite im teuersten Hotel? Ich bin sicher, wenn wir den Grund seiner Anwesenheit wüssten, wäre der Fall schnell gelöst.»

«Vielleicht ist Sergio Bonasera doch der Schlüssel», sagte Roberto, ohne dass er begründen konnte, warum.

«Sergio ist nicht blöd!», flötete Talia.

«Porca zozza!», fauchte Roberto. «Warum ist eigentlich jeder der Meinung, dass Sergio nicht blöd ist und dies nicht macht und das nicht macht?»

«Ich stimme Roberto zu», sagte Antonia, «und wüsste gerne den Grund, warum dieser verurteilte Verbrecher, ein dunkler Charakter demzufolge, nicht tatsächlich seine schmutzigen Hände im Spiel haben sollte.»

«Das erste Opfer, Ruggero Grilli, hatte mit zwei Leuten Streit», meldete sich Malpomena. «Spartaco Mori und Sergio Bonasera. Mori kommt als Täter erwiesenermaßen nicht mehr in Betracht –»

«Wieso denn das?», fragte Antonia zerstreut, der das allgemeine Rätseln mittlerweile erkennbar zusetzte. Viel lieber säße sie jetzt in ihrem aufgeräumten Büro, hinter ihrem edlen Schreibtisch, geschützt von einer Schleuse aus Panzerglas und einer Armada von Wachpersonal.

«Weil Spartaco Mori in der Beugehaftzelle im Palazzo di Giustizia saß, als der Kellner vor meinen Augen ermordet wurde, liebe Antonia. Sollte er nicht in der Lage sein, durch Mauern hindurchzudiffundieren, kommt er als Täter wohl kaum in Frage.»

«Richtig, richtig», erwiderte Antonia. «Richtig.»

«Bleibt also nur noch Sergio Bonasera.»

Alle schwiegen und dachten dasselbe. «Verdammt wenig für eine Verhaftung», brachte Roberto es auf den Punkt. Und für einen Hausdurchsuchungsbefehl reicht es allemal nicht, fügte er im Geiste hinzu.

«Wir müssen mehr über den Kellner herausbekommen», sagte Malpomena.

Roberto nickte, eine perfekte Aufgabe für Maria Corbucci, aber leider hatte er sie heute trotz einiger Versuche noch nicht erreichen können. Er verlagerte seine Umhängetasche von einer Schulter auf die andere. Und plötzlich fiel ihm wieder ein, warum die so schwer an seiner Schulter zog. Weder wegen des mit Ziegenkäse und Rucola belegten *pannino* noch wegen des Torroneriegels und der Dose Mr. Brown Espresso Pronto, als vielmehr wegen Totos Notebook, das er gestern konfisziert hatte.

«Toto!», rief er quer durch die Bar, erntete von dem *barista* aber nur ein missmutiges Stirnrunzeln. «Willst du deinen Rechner wieder zurückhaben?»

Toto konnte sich ein kurzes, mitleidiges Grinsen nicht verkneifen: Rechner, wer sagte denn so was zu einem hochgezüchteten flachen Ultrabook mit extrem schnell drehender Festplatte und Bluray-Brenner? «Das würde mich wirklich freuen», rief er wie ein Verdurstender in der Wüste, dem man eine gutgekühlte Flasche San Pellegrino angeboten hatte.

«*Va bene*», sagte Roberto. «Dann tu mir einen kleinen Gefallen.»

29.

«Rapport, Rossi!», tönte es aus Robertos altem Nokia 6310, das dieser vorsichtshalber ein paar Zentimeter von seinem Ohr entfernt hielt, während er sich die Via Vittorio Veneto hinaufquälte. So steil wie heute war sie ihm noch nie vorgekommen.

«Geht nicht, Cottelli», antwortete Roberto. «Aber sag mal: Wieso kann ich Maria nicht erreichen? Hattet ihr Streit? Ist sie ausgezogen?»

Er machte sich nicht die Mühe, die jetzt folgende Aneinanderreihung wütender Worte zu decodieren, und wartete ab. Irgendwie musste er Pretoro Galdroni erreichen, damit der endlich nach Urbino zurückkehrte und sich selber um diesen verdammten Fall kümmerte. Roberto war die Sache mittlerweile zu komplex und vor allem zu anstrengend geworden.

«Bei Galdroni läuft noch nicht mal die Mailbox», fuhr Roberto fort. «Und Maria wird doch wohl wissen, wie sie ihren Chef erreichen kann.»

Erneut legte Cottelli los, schrie und tobte, ohne Luft zu holen. Bis er für einen Moment erschöpft innehielt.

«Also, was ist jetzt, Cottelli?», nutzte Roberto die Gelegenheit. «Wo finde ich Maria?»

Klack. Aufgelegt. *Cazzo.* Wie sollte er bloß diesen verdammten Galdroni erreichen? Wieso brauchte der überhaupt so lange, um seine Ornella den Fängen eines Südtiroler Skilehrers zu entreißen? Roberto war der Ansicht, dass Ornella gar nicht vorhatte, ihrem wikingerhaften Gatten davonzulaufen. Dafür sprach auch, dass sie spektakulär per SMS Schluss gemacht hatte, was überhaupt nicht zu ihr passte, aber von durchschlagender Wirkung war, ganz anders als ein Gespräch, bei dem Galdroni möglicherweise gar nicht zugehört hätte. Bestimmt wollte sie vor allem mehr Respekt und Zuwendung, und sicher wollte sie nicht immer dieses schale Gefühl haben müssen, in den grinsenden Gesichtern diverser Frauen, denen sie auf der Straße begegnete, den Triumph der Geliebten gegenüber der durch Kinder und Alltag unattraktiv gewordenen Ehefrau zu sehen. Zudem war Galdroni nicht gerade diskret, was seine zahlreichen Eroberungen betraf, über die er gerne und freimütig erzählte. Was seine Frau dann brühwarm von so liebevollen, mitfühlenden Menschen wie Maria Corbucci oder Domenica Galeotti weitergereicht bekam.

Roberto musste unbedingt seine Gedanken ordnen, und bis Toto mit ersten Ergebnissen seiner Nachforschungen aufwarten konnte, würde einige Zeit vergehen. Da konnte eine kleine Pause unten in der Zisterne des Palazzo Ducale nicht schaden, dem einzigen Ort, an dem er sicher sein konnte, von niemandem gestört zu werden. Zwar hatte er die Zisterne nach dem tragischen Tod von Carmela Tozzi, die er ausgerechnet dort unten gefunden hatte, für eine Zeit gemieden, doch mittlerweile war der Schrecken verblasst. Außerdem verspürte er einen bohrenden Hunger, so groß, dass sein Geruchssinn ihm vorgaukelte, den *pannino* in seiner Umhängetasche riechen zu können, ein verführerischer Duft. Rucola und *formaggio di capra* gehen so gut zusammen wie ein *caffè* und ein *cantuccino*; oder sein Roter und ein Weißbrot mit dem eigenen Olivenöl.

Am Palazzo Corboli ging die Veneto mit einem leichten Schwenk nach rechts in die Via Puccinotti über, die kaum länger war als die gewaltige Treppe, die zum *duomo* hinaufführte. Weiter hinten leuchtete die Südostseite des Palazzo Ducale in einem rötlich-warmen Sandfarbton. Wieder hatte es die Sonne geschafft, sich gegen Nieselregen und Nebel durchzusetzen. Urbino war, was das Wetter betraf, ein erstaunlicher Ort mit einem Mikroklima, das sich jeder Wettervorhersage widersetzte. Oft genug lagen schwere Wolken über dem nahen Monte Polo oder den weiter entfernten Höhenzügen der Apenninen, und zur gleichen Zeit wurde Urbino von der Sonne beschienen wie ein von Gott auserwähltes Fleckchen Erde, dem meteorologisch nicht zu viel zugemutet werden sollte. Auch die Temperaturen waren hier in der Regel um einige Grade moderater als in der Umgebung, im Sommer nicht ganz so heiß, im Winter nicht ganz so kalt. In dieser Hinsicht hatten die Späher der Fürsten da Montefeltro hervorragende Arbeit geleistet, als sie die Marken nach dem passenden Ort für den Sitz des zukünftigen fürstlichen Palazzo durchforstet und diese beiden steilen Hügel als perfekte Lage auserkoren hatten.

«Und jetzt stellt euch bitte vor, dass der *duomo* vor dem Erdbeben zwar an derselben Stelle gestanden hat, allerdings um neunzig Grad verdreht. Ist das nicht bizarr?»

Gruber! Roberto brauchte nicht darüber nachzudenken, wem diese Stimme gehörte. Sie schnitt ihm tief in die Eingeweide und verursachte ein Unwohlsein, das selbst seinen akuten Hunger überlagerte. Jetzt sah er den Deutschen zusammen mit Franco und Donna Domenica die Treppe nahe der Statue des San Crescentiano, des Schutzpatrons Urbinos, herunterkommen. Sofort wandte er sich nach rechts, um sich über die winzige Piazza Pascoli vor dem Museo Diocesano in die Via dei Morti zu verdrücken.

«Roberto! Roberto!», rief Franco gut gelaunt.

Zu spät.

«Agente Rossi!», stimmte Gruber mit ein.

Nur Donna Domenica hob verschnupft das Kinn und betrachtete demonstrativ San Crescentiano, als sähe sie den Heiligen zum ersten Mal. Dass Roberto sie zu Gruber verfrachtet hatte, anstatt sie in seinem Haus zu beherbergen, würde sie ihm so schnell nicht verzeihen.

«Wusstest du, dass der *duomo* gedreht wurde?» Franco war außer sich vor Begeisterung. «Und die lateinische Inschrift oben im Dachfirst, weißt du, was –»

«Studiorum universitati fastigium. Ist mir bekannt», fuhr ihm Roberto dazwischen. «Ist ein alter Hut.»

«Signor Rossi und ich hatten vor einem halben Jahr darüber schon einmal ein angeregtes Gespräch», sagte Gruber und schmunzelte. «Ich glaube, bei der Gelegenheit haben wir uns überhaupt erst kennengelernt.»

«Der beschissenste Tag in meinem ganzen Leben», brummte Roberto leise.

«Was?», fragte Franco.

«Ich muss weiter», sagte Roberto und wollte an den dreien vorbei, aber Franco hielt ihn fest.

«Warte, ich komme mit, ich verabschiede mich nur.»

«Nichts da, Franco. Ich brauche Bewegungsfreiheit. Bleib du bei ihm.» Roberto deutete auf Gruber.

«Das geht leider nicht», sagte dieser. «Ich habe heute Nachmittag eine Verabredung mit dem Leiter des Museo Archeologico Nazionale in Ancona.»

«Worum geht's jetzt? Wurde der Palazzo Ducale etwa auch gedreht?», fragte Roberto mit deutlichem Sarkasmus.

«Wenn, dann um 360 Grad», lächelte Gruber. «Nein, es geht um den Sockel unter der Statue rechts neben dem Altar des linken Querschiffs, die den jungen Raffael zeigt und die der Bildhauer Carlo Finelli 1847 geschaffen hat, aufgestellt 1848. Dort findet man erstaunlicherweise die Symbole der Freimaurer eingemeißelt. Und das, obwohl zu der Zeit noch die päpstliche Bannbulle gegen die Freimaurerloge galt.»

«Wahrscheinlich weil wir Italiener die Dinge nicht so wichtig nehmen wie ihr Deutschen.»

«Die italienischen Päpste sind eigentlich nie durch besondere Liberalität aufgefallen. Vor allem nicht Pius IX., der zu der Zeit im Vatikan herrschte. Immerhin hat er das Dogma der Unbefleckten Empfängnis erlassen und wenig später das der Unfehlbarkeit des Papstes. Und er ist aufs schärfste gegen Pantheismus und Glaubensfreiheit vorgegangen. 1874 hat er sogar mit der päpstlichen Bulle ‹non expedit› jedem katholischen Italiener unter Androhung ewiger Verdammnis untersagt, an demokratischen Wahlen teilzunehmen.»

«1848 wurde die Französische Revolution losgetreten», meldete sich Franco schüchtern zu Wort. «Das hat auch die Urbinati keck gemacht, die wollten sich nicht mehr vom Klerus gängeln lassen.»

Gruber nickte. «Das wäre eine mögliche Erklärung. 1848 ist Papst Pius sogar aus Angst vor den Radikaldemokraten um Giuseppe Mazzini zusammen mit seinen Kardinälen nach Gaeta ins Königreich Neapel-Sizilien geflohen und erst nach zwei Jahren wieder in den Vatikan zurückgekehrt.»

«Die Straße, an der unser Schuhladen liegt, heißt Via Giuseppe Mazzini», warf Donna Domenica ein.

«War nicht Mazzini auch ein Freimaurer?», fragte Franco.

«War er», bestätigte Gruber. «Und Curzio Corboli, der die Raffaello-Statue gestiftet hat, womöglich auch.»

«Dann haben Sie ja alle Antworten, die Sie suchen», sagte Roberto. «Wieso noch nach Ancona fahren?»

«Außerdem habe ich Franco versprochen, ein paar Nachforschungen über seinen Großvater anzustellen.» Gruber lächelte Roberto an.

Na toll, der Kerl okkupierte nicht nur sein Dorf, nein, er schleimte sich auch noch an seine Freunde und Bekannten heran. Roberto warf Franco einen grimmigen Blick zu: Wie kam dieser verwirrte Musiker dazu, einem wildfremden Menschen Einblicke in seine traumatischste Familienangelegenheit zu geben?

Franco schlug beschämt die Augen nieder. «Wir haben über den Mordfall gesprochen, weißt du?»

«Davon habe ich nichts mitbekommen», sagte Donna Domenica spitz.

Gruber winkte ab. «Franco und ich hatten ein Gespräch, als Sie schon schliefen, Donna Domenica. Etwas Persönliches.»

«Ach ja?», erwiderte sie pikiert.

Für einen Moment überlegte Roberto, ihr die Sache mit ihrem

als Golem verkleideten Ehemann zu erzählen, unterließ es jedoch. Besser würde es sein, erst mal mit Carlo Manzoni ein ernstes Wort zu reden. Vielleicht ergab sich ja eine Perspektive, wie die beiden wieder zusammenfinden konnten. «*Veramente*, Franco, es geht nicht.»

Franco sackte in Zeitlupe in sich zusammen.

«Außerdem, die Sache mit dem Golem hat sich geklärt. Da steckt ein Kerl dahinter, der etwas von Ruggero Grilli und diesem Kellner aus der Toskana, der heute Nacht ermordetet wurde, erpressen wollte. Der hat sich als Golem verkleidet, um uns in die Irre zu führen.»

«Ein Mord? Heute Nacht?» Franco griff unwillkürlich nach Robertos Daunenjacke.

Porca madosca, Roberto könnte sich ohrfeigen, warum hatte er nicht die Klappe gehalten?

«Gibt es Gemeinsamkeiten zwischen dem Kellner und Ruggero Grilli?», fragte Gruber.

Roberto überhörte die Frage und ging einfach los. «Einen schönen Tag noch.»

Er bog auf die Piazza Pascoli ab, das war's dann ja wohl mit seiner heiß ersehnten kleinen, winzig kleinen Pause unten in der Zisterne. Franco ging keine fünfzig Zentimeter hinter ihm, das konnte er nicht nur hören, sondern auch spüren. Francos Körperwärme war wirklich spektakulär.

Roberto blieb stehen, sodass der Musiker auf ihn prallte. «Du kannst bei mir bleiben, *d'accordo*. Aber ab diesem Moment, Franco, schweigst du. Und schweigen heißt: kein Wort. *Ci siamo intesi?*»

Franco holte Luft, um zu antworten.

«Kein. Wort.»

Schicksalsergeben nickte er und atmete mit einem tragischen, langen Seufzer aus. Wieder tat er Roberto leid, aber manchmal musste man eben gegen seine Gefühle handeln.

Eine halbe Stunde später hatte Roberto Spartaco Mori aus der Gefängniszelle geholt, einem unwirtlichen Ort, gemauert aus rohen, unverfugten Steinen, finster und feucht, perfekt für Kellerasseln, Spinnenläufer und martialisch aussehende Hundertfüßler. Fürst Federico da Montefeltro hatte die Zelle als Beugehaftkerker erbauen lassen, und den Überlieferungen nach hat noch jeder der Insassen, eher früher als später, dem fürstlichen Druck nachgegeben. Am längsten ausgehalten hatte es ein Zimmermann 1479, der einige Fenster für den fast fertiggestellten Palazzo Ducale geliefert hatte und der um die mit dem Baumeister Luciano Laurana vereinbarte Bezahlung geprellt worden war. Erst nach siebenundzwanzig Wochen Haft gab er klein bei und verzichtete auf sein Geld. Kurz nach seiner Freilassung kam es auf der Baustelle des Palazzo zu etlichen Sabotageakten, die zu einer Wiederergreifung des armen Zimmermanns führten, der lediglich auf den Verdacht hin, der Saboteur zu sein, für drei Jahre in den Kerker unterhalb der Stadtmauer von Fermignano einfuhr und während der Haft verstarb.

Spartaco war wütend und beleidigt und bestand darauf, dass Roberto ihn nach Hause auf den Monte Cesane fuhr. Zähneknirschend holte Roberto seinen Cinquecento und lud Spartaco und Franco ein. Spartacos üble Laune hielt nicht lange an, bald redete er in einem fort und verdächtigte halb Urbino, für die nächtlichen Überfälle verantwortlich zu sein.

Roberto ließ ihn reden und überlegte, wie er weiter vorgehen sollte. Was immer Toto über den Kellner herausbekam, war das eine. Darauf hatte er keinen Einfluss. Was er machen konnte, war, sich Sergio Bonasera noch einmal vorzuknöpfen. Irgendetwas war faul an dem Mailänder. Er hatte den Knast in Fossombrone, in dem nur schwere Fälle ihre Strafe absaßen, unbeschadet überstanden. Er war also kein Weichei, keiner, der alles mit sich machen ließ. Und wie lange hatte er auf Roberto in der Wache gewartet? Vier Stunden. Er hatte sich von Roberto an der Nase herumführen lassen und gute Miene zum bösen Spiel gemacht, obwohl er vor Wut fast geplatzt wäre. Und warum hatte er Roberto nicht zu sich auf den Monte Cesane kommen lassen? Weil er den Poliziotto nicht auf seinem Land und in seinem *rustico* haben wollte? Weil er etwas zu verbergen hatte? Roberto nahm sich vor, Sergio einen unangemeldeten Besuch abzustatten, sobald er Spartaco Mori bei sich zu Hause abgeliefert hatte.

Kurz vor Spartacos Albergo kam ihnen mit hohem Tempo ein ziemlich ramponierter Land Rover Defender entgegen, dem Roberto nur mit Mühe ausweichen konnte.

«*Porca madosca*», fluchte er und bemühte sich, seinen Topolino unbeschadet wieder auf die Straße zurückzulenken.

«Sergio Bonasera», sagte Spartaco.

«Tatsächlich?» Roberto hatte den Fahrer nicht erkennen können, aber wenn Spartaco recht hatte, wusste er ja, wo er seinen Bußgeldbescheid hinschicken musste. Rücksichtsloses Fahren, überhöhte, den Straßenverhältnissen nicht angepasste Fahrweise, da waren locker 70 Euro fällig.

«Der fährt nach Perugia.»

«Woher willst du das wissen, Mori, eh?»

«Peter Gabriel gibt da ein Konzert. Im historischen Versammlungssaal des Palazzo dei Priori. Klassik trifft Rockmusik, irgend so ein Blödsinn.»

«Oh!», rief Franco von hinten und zog sich an den beiden Rückenlehnen der Vordersitze nach vorne. «Wahnsinn! Echt?»

«*Cazzo!*», fluchte Roberto, also kein spontaner Besuch bei Sergio.

«Kannst du nicht umdrehen, Roberto? Vielleicht nimmt er mich noch mit.»

«Sonst noch was», brummte Roberto und hielt vor dem Albergo.

«Ausverkauft», sagte Spartaco. «Schon seit Wochen. Sergio hat die Karten auch nur auf dem Schwarzmarkt gekriegt.»

Franco ließ sich enttäuscht wieder in den Sitz fallen.

«Auch nicht gerade um die Ecke, Perugia», sagte Roberto.

«Deswegen übernachtet der da.»

Roberto schüttelte erstaunt den Kopf. «Und das hat der dir alles erzählt?» Er langte zur Beifahrertür hinüber und öffnete sie, damit der Errol-Flynn-Verschnitt endlich ausstieg.

«Dreimal mindestens. Wie ein kleiner Junge. Für den ist dieser Peter Gabriel so was wie für unsereinen der Papst.»

«Halleluja», sagte Roberto und fuhr los, weiter geradeaus, um bei der nächsten Gelegenheit zu wenden. Doch plötzlich meldete sich ein Kribbeln in seinem Magen. Er wühlte sein Handy hervor. Was Sergio und Peter Gabriel betraf: Das war kein Zufall, sondern Fügung. Wobei er keinen Schimmer hatte, wer da fügte. Wirklich gläubig war er nicht, allerdings auch kein Atheist. Ganz sicher gab es Gott. Oder einen Gott. Obwohl, vielleicht nicht einen Gott, aber das Göttliche. Wahrscheinlich. *Cazzo.*

30.

Pretoro Galdroni stand oben an der Bergstation Gefrorene Wand, 3250 Meter über dem Meeresspiegel. Vor einer halben Stunde war er mit der Gondel angekommen, und seitdem wurzelte er hier. Die Kälte war längst in seine Skischuhe gedrungen und die Beine hinaufgeklettert. Auf dem Kopf und am Hals fror er schon länger, eigentlich schon seit er in die Gondel gestiegen war. Gefrorene Wand. Der Name passte. Minus 19 Grad, sagte das Thermometer. Gefrorene Windige Wand wäre noch besser. Die Böen drückten und zerrten an ihm wie Schwerverbrecher, die sich der Verhaftung widersetzten. Niemand hielt sich hier oben auf, er war der Einzige. Alle Skifahrer, die die Gondeln in kleinen Wellen ausspuckten, warfen höchstens ein paar flüchtige Blicke auf das Bergpanorama, bevor sie zusahen, so schnell wie möglich in angenehmere Regionen abzufahren. Genau das würde Galdroni sehr gerne ebenfalls tun. Aber er konnte nicht. Seine Knie schlotterten vor Angst, sobald er einen Blick auf die gut gewalzte, verteufelt steile Piste warf. Wieso hatte er mit dem Skifahren nicht erst einmal unten angefangen? Ein bisschen rutschen, ein Gefühl für die Skier bekommen, am besten in der warmen Sonne auf einem der Babyhügel in der Nähe der Talstation? Wahrscheinlich deshalb: Kann ein Hüne und Kraftbolzen wie er auf einem Babyhügel rauf- und runterrutschen?

Nein. Also hatte er das Gegenteil gemacht und die Gondel genommen, hinauf auf den Gletscher. In der Gewissheit, es irgendwie zu schaffen und einigermaßen problemlos wieder herunterzukommen. Möglicherweise auch mit dem Gedanken: Wenn Ornella das hinkriegt, dann kann's ja nicht so schwer sein. Vielleicht hatte er aber auch gar nichts gedacht. Egal.

Nicht egal. Er war ins Grübeln gekommen, gestern, als er den Streit von Ornella und dem Yeti miterlebt hatte. Mehrfach hatte er sich die Aufzeichnung angesehen und dabei auf das Gesicht seiner Frau gezoomt, und trotz seiner brennenden Eifersucht hatte es ihn berührt. Nicht ihre Wut, sondern ihr Schmerz, ihre Verzweiflung, ihre Sehnsucht, die er darin las.

Und nun stand er hier, und warum? Galdroni war keiner, der sein Verhalten allzu sehr hinterfragte, er war einer, der handelte. So war er hier heraufgekommen. Eine Kamikazeaktion, für die er keine Begründung abgeben könnte, er, der Skifahren nur aus dem Fernsehen kannte und bisher noch nie das Bedürfnis empfunden hatte, es zu erlernen.

Um hinunterzukommen, gab es zwei Möglichkeiten. Option eins: Zurück in die Gondel klettern und talwärts schweben, was eine mehr als peinliche Kapitulation wäre. Option zwei: Sich in den Arsch treten und endlich losfahren, *porca troia*!

Er beugte sich vor, platzierte die Stöcke neben seinen Skispitzen und stieß sich ab. Nicht zu heftig, so wie die Piste aussah, würde er noch genug Fahrt aufnehmen. Er spreizte die Skier, Schneepflug, und kurvte los. Nicht schlecht. Die Skier waren kurz und ließen sich leicht drehen. Ja, das hatte was. Er entspannte sich und lächelte. Na bitte. So steil war die Piste gar nicht.

Als er wieder wach wurde, lag er in einem weißen Zimmer mit weißen Möbeln und einem weißen Gips um sein rechtes Bein, das zudem noch an einer Angel aufgehängt war, die wie ein kleiner Kran über das Fußende seines Bettes ragte. Neben dem Bett saß eine Frau, die seine Hand hielt. Sie kam ihm bekannt vor, und als sie aufschluchzte und die Tränen von ihren Wangen wischte, erkannte er sie: Es war Ornella. Und die beiden Mädchen, die mit dem Schalter der Leselampe spielten und sich dabei furchtbar stritten, waren seine Töchter Lea und Alessia.

«Bitte, komm zu mir zurück», hörte er sich murmeln. Irgendetwas war anders in seinem Mund, und als er mit der Zunge seine Lippen und Zähne abtastete, konnte er es sogar beziffern: Vier Zähne fehlten, drei oben, einer unten.

Ornella kam ganz nah an ihn heran. «Hast du gerade ‹bitte› gesagt?», fragte sie.

Galdroni nickte und wunderte sich, dass er gar kein Bedürfnis hatte, etwas zu sagen wie: Bist du taub? Oder: Hörst du denn nie zu? Nein, er war nervös wie ein kleiner Junge und griff vorsichtig nach Ornellas Hand. «Ich habe eine Menge falsch gemacht. Ich werde das ändern, *amore mio.*»

Ornella sah ihn an, als müsste sie sich die ganze Angelegenheit noch schwer überlegen.

«Bitte», wiederholte Galdroni.

Ornella erlaubte sich ein winziges Lächeln. «Das wird nicht wenig sein, Pretoro.»

Galdroni nickte zerknirscht.

Ornella streichelte über seine Lippen. «Als Erstes musst du zum Zahnarzt.»

«Mach ich», erwiderte Galdroni. «Wie bin ich überhaupt hierhergekommen?»

Ornella wurde unsicher, und ihre Augen flatterten durch den Raum. «Ein Zufall.»

Galdroni wartete ab.

«Ein Skilehrer hat dich gefunden und mit einem Schlitten heruntergebracht.»

Galdroni nickte und schwieg. Er hatte das Gefühl, dass er besser nicht nachfragte, wer dieser Skilehrer gewesen war.

31.

Nach dem Telefonat hatte Roberto seinen Topolino hinter Ruggero Grillis Haus abgestellt und versucht, ein Schläfchen zu halten. Vergeblich, kein Mensch konnte in der Körperhaltung, wie man sie auf diesen viel zu kleinen plastikbezogenen Sitzen einnehmen musste, schlafen. Versuchsweise hatte er seine Mikrofaserdecke in den Spalt zwischen den beiden Vordersitzen gequetscht, um sich auf die Seite und quer über beide Sitze zu legen. Aber der Platz reichte gerade für seinen Torso, oben stieß er mit seinem Kopf, unten mit seinem Hintern an, und die Beine, wohin mit den Beinen? Mit Wehmut erinnerte er sich an die Zeit, als er vorübergehend Osvaldos nagelneuen Cinquecento gefahren hatte. Der hatte Liegesitze und Kopfstützen und einen angenehmen Stoffbezug. Ein paar Handgriffe, und schon hatte man eine Liegefläche, die in etwa der eines nach hinten gekippten Fernsehsessels entsprach, also zumindest geeignet war, ein wenig vor sich hin zu dämmern.

Und dann war da noch Franco. Auf dem Rücksitz. Der entweder pinkeln oder niesen oder irgendein Lied vor sich hin summen musste, um seine Angst zu bekämpfen. Einmal mehr fragte sich Roberto, wie dieser Mensch alleine im Amazonas-Regenwald unter Exkannibalen klargekommen war. Fast hatte er den Eindruck, dass Francos Reisen nie real, sondern nur in seiner Phantasie stattgefunden hatten. Mit einem Flugticket von Ayahuasca Airways.

Endlich, um 17.20 Uhr, es war längst dunkel, bog Osvaldo auf das Grundstück ein und hielt gleich neben ihnen. Roberto stieg aus, Osvaldo ebenfalls.

«Wir hatten 17 Uhr gesagt», moserte Roberto und reckte sich.

«Leise. Bist du verrückt?», pflaumte der *camoscino* zurück.

«Reg dich ab, hier ist weit und breit kein Mensch.»

«Das weißt du nicht», erwiderte Osvaldo, und Roberto musste ihm recht geben. Sein *cugino* zog einen Rucksack, in dem es metallen klimperte, aus seinem Auto heraus. Und ein Kuhfell.

«Was soll das denn? Wir sind hier nicht zum Picknicken.»

Osvaldo warf sich den Rucksack über. «Mitkommen.»

«Was soll das Kuhfell?»

Osvaldo stöhnte demonstrativ genervt auf: Nichts ist schlimmer als Amateure. «Da ist doch Stacheldraht. Richtig?»

«Natodraht.»

«*Ecco*. Wie stellst du dir das vor, über Natodraht zu klettern?»

Roberto nickte anerkennend. «Ah, du wirfst das Kuhfell über den Stacheldraht, und wir können unverletzt darüber hinwegsteigen.»

«Natodraht. Hast du selber gesagt.»

«*Porca*, ja!»

«Leise!»

Roberto stöhnte auf, leise. Osvaldo war wie eine Schlange, die sich überall durchwuselte und Widerstände geschickt umkurvte, aber sobald man ihm eine gewisse Wichtigkeit zubilligte, bekam er etwas Tyrannenhaftes. Erst jetzt sah Roberto, dass sein *cugino* einen hautengen Bodysuit trug, im Grunde sah er aus wie Tom Cruise in *Mission Impossible* in der Szene, als er sich an einem Seil in diesen Tresorraum hinunterlässt. Sogar sein Gesicht hatte sich der *camoscino* geschwärzt.

Roberto schnupperte. «Schuhcreme?»

«Normalerweise nehme ich Schminke, aber Ivana hat meine weggeworfen.»

«Warum?»

«Warum, warum», giftete Osvaldo zurück, und Roberto schwieg. Mit Sicherheit steckte dahinter wieder eine von diesen absurden Geschichten, mit denen das 115-Kilo-Schnullerchen ihren Gatten gängelte und herumschubste.

«*Andiamo*», sagte Osvaldo und marschierte los. Hinter ihm Roberto. Und hinter dem Franco.

«Was soll das? Was will der?» Osvaldo deutete auf den Musiker.

«Franco hat Angst alleine im Auto. Wir müssen ihn mitnehmen.»

Osvaldo ließ eine Reihe leiser Flüche los. Obwohl er in seinem eigentlichen Beruf als Kfz-Mechaniker der größte Amateur unter der Sonne war, so hasste er in seiner zweiten, heimlichen Profession nichts mehr als Amateure.

Vor dem Zaun, der Sergios Grundstück umspannte, entfaltete er das Kuhfell, packte es wie eine *muleta*, das Tuch eines Toreros, und wirbelte es durch die Luft. Ohne auch nur den Zaun zu berühren, flog es darüber hinweg und landete auf der anderen Seite im Dunkeln.

«Was soll das denn?», meckerte Roberto, obgleich er wusste, wie sehr das seinen *cugino* aufregen würde. Der tobte wie ein Rumpelstilzchen, und es dauert mehr als eine Viertelstunde, bis er den Natodraht ohne Hilfsmittel überwunden und das Fell für die beiden platziert hatte. Franco und Roberto brauchten eine weitere Viertelstunde, bis sie endlich auf der anderen Seite des Zauns angekommen waren, wobei sich der Musiker deutlich geschickter anstellte.

Sie umrundeten das *rustico*, das etwa hundert Meter zurückversetzt lag, um von hinten einzusteigen. Zwar war es unwahrscheinlich, dass jemand die Straße entlangfahren und sie sehen würde, aber sicher war sicher. Als der Abstand zum Haus nur noch zehn Meter betrug, flammten plötzlich Halogenscheinwerfer auf und tauchten das Haus und die nähere Umgebung in taghelles Licht. Hinter dem Haus, von der Straße aus nicht sichtbar, sah man jetzt eine nagelneue Halle, aus vorgefertigten Betonteilen errichtet, ohne Fenster.

«Bewegungsmelder. Keiner zu Hause, sicher?»

«Ja», antwortete Roberto, obwohl er es plötzlich nicht mehr war. Vielleicht hatte Sergio eine Freundin, die im Haus hockte, während er nach Perugia zu Peter Gabriel fuhr.

Osvaldo tastete sein Gesicht ab, als müsste er sich vergewissern, dass die Schuhcreme noch da war.

«Dich erkennt keiner», bestätigte Roberto.

Osvaldo nickte und starrte das Haus an.

«Deshalb gehst du vor. Sorg dafür, dass das Licht ausgeht.»

Osvaldo wühlte in seinem Rucksack und hielt Roberto eine Dose schwarze Schuhcreme hin. «Wir gehen zusammen.» Er deutete auf Franco. «Mach den auch schwarz.»

Zehn Minuten später öffnete Osvaldo die rückwärtige Terrassentür von innen. Er war flink und mühelos die Fassade des *rustico* hinaufgeklettert, wieder einmal machte er seinem Spitznamen alle Ehre.

«Wonach suchen wir?», fragte er.

«Keine Ahnung», erwiderte Roberto.

Osvaldo nickte, als wäre das die selbstverständlichste Sache der Welt, und warf sich auf eine Art Liegesessel, der wie eine erstarrte Welle aussah und nur eine einzige, wenn auch sehr bequeme Körperhaltung zuließ.

«Ich sehe mich um», sagte Roberto. «Und wenn ich fertig bin, werfen wir einen Blick in die Halle gegenüber.»

Osvaldo holte eine Zigarette hervor, zündete sie an, hängte sie sich in den Mundwinkel und verschränkte beide Arme hinter seinem Kopf. Das sah verdammt lässig aus, musste selbst Roberto zugeben, der selten Lust verspürte, an seinem *cugino* auch nur ein einziges gutes Haar zu lassen.

In der Tat hatte er keinen Schimmer, wonach er suchte. Also ging er durch die Räume und ließ sie auf sich wirken. Würde sein Blick irgendwo hängenbleiben, würde er sich die Sache näher ansehen. In einer Hinsicht machte Sergio es ihm einfach: Es gab in diesem Haus praktisch keine Einrichtung, die wenigen Gegenstände und Möbel waren offenbar auf die Schnelle zusammengekauft worden, wahrscheinlich weil der Brand im Purgatorio auch seine darüberliegende Wohnung komplett verdampft hatte.

Die Küche sah noch genauso aus, wie sie das Bauernpaar verlassen hatte, von denen Sergio das *rustico* gekauft hatte: eine lange rohe Eichenplatte als Arbeitsfläche entlang der Wand, ein aus einem Stück rotem Marmor gehauenes Spülbecken, ein mit dem Gas aus einer Bombola gespeister Herd, ein *armadio*, ein eierschalenfarbener Geschirrschrank aus den fünfziger Jahren, ein großer, mit einer Plastikdecke überzogener Tisch mit Sechziger-Jahre-Chromfüßen und sechs mindestens ebenso alte Stühle.

Das Schlafzimmer: superspartanisch. Vielleicht sollte er Malpomena mal mit Sergio bekannt machen. Eine drei Meter lange, vollgehängte Kleiderstange und ein riesiges Bett. Daneben stapelten sich einige Bücher. Dicke Schinken wie die Autobiographie von Keith Richards, die *Herr der Ringe*-Trilogie und die *Otherland*-Romane von Tad Williams, Bücher, die so schwer waren, bestimmt mehr als zwei Pfund, dass Roberto sich nicht vorstellen konnte, wie man sie abends im Bett lesen sollte. Seitwärts liegend, aufgestützt und mit einer Hand haltend? Oder auf dem Rücken liegend und sie mit beiden Händen auf dem Bauch balancierend? Noch während er darüber nachdachte, entdeckte er unter dem Bett ein Gestell aus sehr filigran gedrechselten Holzstäben, leicht, aber stabil, wie ein Stehpult mit abgesägten Beinen, ein Tablett, mit dem man im Bett frühstücken konnte, allerdings mit schräger statt gerader Oberfläche. Er wollte das Schlafzimmer schon verlassen, um weiterzusuchen, als er noch einmal zurückkehrte, sich aufs Bett legte, das Gestell über seinem Brustkorb platzierte und *Life* von Keith Richards darauflegte. Perfekt. Er nahm sich vor, sich bei nächster Gelegenheit von Erich Paoloni, dem Schreiner aus Bozen, der ihm noch einen Gefallen schuldete, genau so ein Lesebänkchen bauen zu lassen. Und die Autobiographie von Keith Richards? Für einen Moment war er versucht, sie mitgehen zu lassen.

Die beiden nächsten Räume waren vollkommen leer. Das Bad. Nichts Auffälliges. Interessant wurde es in der obersten Etage. Am Ende der Treppe öffnete sich ein riesiger Raum, so groß wie die Grundfläche des gesamten Hauses, in dem es weder Zwischenwände noch Stützpfeiler gab. Das gesamte Gewicht des Daches wurde von einer aufwändigen Quer- und Längsbalkenkonstruktion getragen, wie man sie auch in alten Kirchen fand. Die Wände waren mit Regalen zugestellt und voll mit Musik-CDs und Vinyl-Langspielplatten, die so aufgeräumt und penibel sortiert waren wie die Dokumente im Katasteramt in Urbino, seit der Korinthenkacker Donato Cattegna dort vor ein paar Jahren die Leitung übernommen hatte. Kleine Fähnchen markierten den Wechsel von einem Buchstaben zum nächsten, und alle Tonträger standen so exakt in Reih und Glied wie nordkoreanische Elitesoldaten.

Roberto wandte sich dem Schreibtisch zu, der in seiner wüsten Unordnung das genaue Gegenteil zu den Regalen war. Papiere türmten sich darauf in mehreren Stapeln, in den Schubladen herrschte ein heilloses Durcheinander von Filzstiften bis Lochern, von Radiergummis bis Kondomen. Stöhnend ließ Roberto sich auf dem Schreibtischstuhl nieder. Wenn es etwas zu entdecken gab, dann auf diesem Schreibtisch – ausgerechnet hier in diesem Chaos.

«Jetzt noch die Scheune, *ragazzi*, dann rücken wir wieder ab», sagte Roberto gut gelaunt. Er hatte gefunden, was er brauchte, die Scheune interessierte ihn allenfalls noch, weil er sich keinen Reim darauf machen konnte, wieso Sergio sich ein derart hässliches Monstrum aus vorgefertigten Betonteilen hinter sein schönes altes *rustico* gestellt hatte. Für Roberto war diese schnelle und vergleichsweise billige Bauweise ohnehin einer der Sargnägel für die ehemals wunderschöne und weltweit zu Recht gerühmte italienische Kulturlandschaft. Fuhr man heute die Superstrada von Fano in Richtung Rom, die in etwa dem Verlauf der Via Flaminia, der alten Heeresstraße, entsprach, so erlebte man nicht mehr den Wechsel sehr unterschiedlich genutzter landwirtschaftlicher Parzellen, eingerahmt von Hecken und Büschen und Pinien und langen Reihen von Weinstöcken, sondern passierte eine endlose Reihe von Lager- und Produktionshallen aus ebendiesen vorgefertigten Betonteilen. Erst bei Fossombrone wurden sie weniger, weil sich ab dort das weitläufige Tal des *fiume metauro* deutlich verengte und für solche Hallen keinen Platz mehr bot.

«Nichts zu machen», sagte Osvaldo, nachdem er die Scheune einmal umrundet hatte. Er klopfte gegen das Rollgitter. «Elektrisch. Geht nur mit Schlüssel. Oder von innen.»

«Da oben, die Entlüftungsrohre. Da kann man doch irgendwie reinkriechen.»

«Wie?»

«Kletter hoch und finde es raus.»

Osvaldo rümpfte die Nase.

«Stell dich nicht so an.»

«So Rohre sind dreckig. Viel Staub. Will ich nicht.»

«Für mich sehen die nagelneu aus», mischte sich Franco ein.

«Feuerverzinkt. In Millionen Jahren sehen die noch neu aus.»

«Die können ja nicht älter als die Halle sein, und die ist nagelneu», ergänzte Roberto.

Osvaldo starrte ins Leere. Ihm waren die Argumente ausgegangen. Lust, es zu versuchen, hatte er trotzdem keine.

«Soll ich mal?», fragte Franco. «Ich war mal bei einem Indiovolk in den Anden. Die lebten in Felshöhlen und –»

«Nix da», bellte Osvaldo zurück.

«Wieso, wenn du nicht willst?»

«Nix da.» Osvaldo packte das Ableitungsrohr der Regenrinne und rüttelte daran. Stabil. Flink wie eine Eidechse hangelte er sich nach oben.

Roberto grinste. Es gab zwei Dinge in Osvaldos Leben, da akzeptierte er nicht, dass irgendwer sie möglicherweise besser konnte: das Klettern und das Reparieren von Autos. Beim Letzteren irrte er gewaltig, beim Ersteren hatte er recht.

Keine fünf Minuten später öffnete Osvaldo das Rollgitter von innen. Ein merkwürdiger Geruch und eine auffallend hohe Luftfeuchtigkeit schlugen Roberto entgegen. Es dauerte eine Weile, bis er sich an das rötlich-bläuliche Licht gewöhnt hatte, das aus runden, riesigen Industrielampen auf eng gestellte und exakt gespurte Reihen von Pflanzenbottichen leuchtete, in denen Abertausende Setzlinge keimten, keiner höher als fünf Zentimeter. Einmal mehr wunderte Roberto sich, wie pedantisch Sergio war, das hätte er ihm nie und nimmer zugetraut. An einer Werkzeugwand hingen Gärtnergerätschaften, Ersatzerde in 50-Liter-Tüten stapelte sich in einer Ecke, und auf einem Tisch mit einer Edelmetallplatte türmten sich grünlich-braune Platten, die für Roberto wie *pianelle,* wie handgemachte Dachziegel, aussahen. Osvaldo widmete sich ihnen mit erstaunlicher Neugierde, befühlte, beschnupperte und betastete sie, und als Roberto so tat, als sehe er nicht hin, steckte er eine ein.

«Ein Gewächshaus», sagte Roberto und sah sich einen Setzling näher an. Petersilie? Oder Tomate? Auch egal. *«Dai, ragazzi, andiamo»,* sagte er und verließ die Scheune. Franco folgte, Osvaldo drückte den Schließknopf für das Rollgitter und wartete bis zur letzten Sekunde, bevor er sich durch den gefährlich schmal werdenden Spalt hinausrollte.

«Das war knapp.»

«Warum bist du nicht früher durch?», fragte Roberto kopfschüttelnd.

Osvaldo rümpfte nur die Nase: Amateure ...

«Ich verstehe es wirklich nicht», wollte Roberto ihn nicht von der Angel lassen.

«Deswegen bist du Poliziotto und ich nicht.»

Daraus wurde Roberto auch nicht schlauer, aber Osvaldo legte einen Schritt zu.

«Thilo will versuchen, mehr über meinen Großvater herauszubekommen», sagte Franco unvermittelt.

«Ich weiß, Franco», sagte Roberto ungnädig, er spürte, wie seine Geduld so langsam gegen null tendierte.

«Je mehr ich über ihn erfahren habe, desto mehr hatte ich das Gefühl, nichts über ihn zu wissen.»

«Manchmal ist es besser, die alten Geschichten ruhen zu lassen. Wie lange ist dein Opa schon tot?»

Franco antwortete nicht, stattdessen begann er, ein Lied zu summen. Ein Kinderlied. *«Ninna nanna – cocco della mama.»* Roberto musste sich beherrschen, um nicht mitzusummen. Als Kind hatte er nie ohne dieses Lied einschlafen können, sobald seine Mutter es jedoch angestimmt hatte, schon nach den ersten Tönen, lösten sich alle Spannungen des Tages und wichen einer wunderbaren, sanften Ruhe. Erstaunlich, wie präsent dieses Gefühl heute noch war. Manche alten Geschichten begleiteten einen eben doch ein Leben lang.

Robertos Handy klingelte, als er gerade den Zaun in Angriff nehmen wollte.

«Das gibt's doch nicht!», pflaumte Osvaldo ihn an.

«Reg dich ab, *camoscino.*» Malpomena, sagte das Display. Roberto drückte das Gespräch weg.

«Lautlos. Jedes Handy kann lautlos. Auch dein alter Knochen.»

«*Cazzo!* Habe ich vergessen.»

«Ein Fehler, und alles kippt.»

«Ich hab's kapiert, Osvaldo.»

Osvaldo rümpfte die Nase, steckte sich eine Zigarette zwischen die Zähne und zündete sie mit einem Streichholz an, das er in hohem Bogen in die Landschaft flitschte.

«Schreib doch gleich deinen Namen und deine Adresse auf das Streichholz», sagte Roberto.

«Fingerabdrücke auf Holz?» Osvaldo schüttelte mitleidig den Kopf.

«Eh, und was ist mit deiner DNA?»

Osvaldo erstarrte.

«Winzige Hautplättchen, der Schweiß auf deinen Fingern», setzte Roberto genussvoll nach.

Osvaldo ließ sich auf die Knie sinken und begann den Boden

abzusuchen. Wieder klingelte Robertos Handy. Dieses Mal nahm er das Gespräch an. Er lauschte einige Sekunden.

«Bleibt, wo ihr seid. Ich komme sofort.» Hektisch steckte er das Handy ein und griff nach den Maschen des Zauns. «Beeil dich, Franco.»

«Was ist los?», fragte dieser alarmiert, und selbst Osvaldo unterbrach seine Suche für einen Moment.

«Antonia Del Vecchio ist überfallen worden.»

«Ach so», sagte Osvaldo, als wäre das eine gute Nachricht, und suchte weiter.

«Der Golem?», fragte Franco mit zitternder Stimme.

Roberto vermied eine Antwort und konzentrierte sich aufs Klettern.

32.

«Er hat gestunken, nach Schweiß und Adrenalin, er war vermummt, er war plump, groß und mächtig, er bemühte sich, so zu sprechen, wie mit dünnem Intellekt ausgestattete Menschen glauben, dass Wesen aus dem Hades sprechen, nämlich guttural, mit vorgestülptem Unterkiefer und ohne die Verben richtig zu konjugieren – lächerlich, einfach lächerlich!» Antonia stand mit hochrotem Kopf in Malpomenas Wohnzimmer und wedelte sich mit ihrem Seidenschal Luft zu, als müsste sie mit hochsommerlichen Temperaturen kämpfen. Das Gegenteil war der Fall, Malpomena heizte ihre Räume nie über 19 Grad.

«Hat er gesagt, was er wollte?», fragte Roberto.

«Pah!» Antonia stach mit ihrem Zeigefinger in der Luft herum. Roberto wartete, ob da noch mehr kommen würde.

«Hat er?»

«Antonia hat ihn in die Flucht geschlagen», sagte Malpomena und schüttelte missbilligend den Kopf. «Just in dem Moment, als er den Kern seiner Forderung formulieren wollte.»

«Hätte ich ihn erst sein Messer in meinen Leib bohren lassen sollen, ist es das, was du meinst?», erregte sich Antonia. «Hätte ich ihm meinen Vagusnerv zum tödlichen Schlag präsentieren sollen?»

«Ein halber Satz mehr, und wir wüssten, worum es geht.»

Antonia heulte auf. «Du würdest meinen Tod zugunsten einer Information in Kauf nehmen, verstehe ich das richtig?»

«Wie lautet denn der erste halbe Satz?», ging Roberto dazwischen.

Antonia schwieg für einen Moment und starrte ihre Schwester

böse an, die ebenso böse zurückstarrte. «‹Du wirst ein Dokument unterschreiben und› – das waren seine Worte.»

«Welches, wissen wir nicht, weil Antonia den Angreifer in dem Moment mit Xylocain-Dentalspray attackiert hat.»

«Malpomena hat es mir vor ein paar Tagen als Symptombehandlung gegen meine Zahnschmerzen verschrieben.»

«Sehr wirksam», sagte Malpomena. «Vor allem wenn man es in die Augen bekommt. Die fühlen sich sofort an wie ballonartige Fremdkörper, was jedoch keinem sensorisch bedingten Gefühl gleichzusetzen ist, weil die Augen ja betäubt sind, sondern was uns unser Gehirn, genauer gesagt das lymbische System zusammen mit dem Prosencephalon, vulgo: Vorderhirn, vorgaukelt. Die Wirkung jedoch –»

«Papperlapapp», ging Antonia dazwischen. «Ich habe gesprüht, und er hat das Weite gesucht, nicht ohne ein Säckchen Lehm zurückzulassen, was mich, ich gebe es offen zu, sehr wütend gemacht hat, ja was glaubt denn dieser unmögliche Mensch, mit wem er es hier zu tun hat, mit abergläubischen Hinterwäldlern?»

Für einen Moment herrschte Stille. Die beiden Schwestern vermieden es, Roberto anzusehen, und der bemühte sich, den Eindruck zu erwecken, als fühlte er sich nicht angesprochen.

«Ich bin ihm gefolgt», nahm Antonia den Faden wieder auf.

«Du bist was? Einem brutalen Schläger, einem Killer?» Roberto konnte es nicht glauben. «Erst Malpomena, dann du! Seid ihr Mädels denn von allen guten Geistern verlassen?»

«Unsere Ahnen, lieber Roberto, waren Feldherren und Fürsten, die es verstanden haben, sowohl ihre Besitztümer zu schützen als auch zu gegebener Zeit im Dienste des Papstes oder des Königs Unbill zum Beispiel aus dem barbarischen Germanien abzuwehren; der Palazzo, in dem unsere Oma wohnt, ist gar ein Geschenk von Seiner Heiligkeit, Papst Clemens VII., für die Feldherrndienste unseres Vorfahren Ubaldo Del Vecchio, und da soll ich vor einer, einer Pappnase, die sich als Golem aufspielt, Fersengeld geben? Niemals!»

«*Brava, brava!*», applaudierte Malpomena, plötzlich ein Herz und eine Seele mit ihrer tapferen Schwester.

Roberto schüttelte den Kopf, war allerdings auch ein wenig stolz auf die beiden, gerade auf Antonia, die mit ihrer elfenhaften Zartheit eher wie jemand wirkte, der für diese Welt nicht geschaffen war und über keinerlei Mittel verfügte, sich gegen deren Verderbtheit zur Wehr zu setzen.

«Ich gehe so weit zu sagen: Jeder in Urbino und im Umland weiß, eine Del Vecchio lässt sich weder von Drohungen noch von physischer Gewalt zu irgendetwas zwingen, deswegen gehe ich sogar noch weiter zu sagen: Dieser Täter ist nicht von hier.»

«Du bist ihm also gefolgt», rekapitulierte Roberto.

«Es war sehr nebelig, dunkel und kalt, und mein Bauch schmerzte», schauderte Antonia.

«Wohin?», fragte Roberto, als es nicht weiterging.

«Es ist mir unangenehm, das zu sagen, weil es mir als Antisemitismus ausgelegt werden könnte, aber er verschwand in der Synagoge, ich habe ihn in diese kleine Vorhalle des Eingangsbereichs hineinschwanken sehen, ich bin hinterher, aber er war fort, wie in Luft aufgelöst.»

«*Porca madosca*», fluchte Roberto und fischte aus Malpomenas Schüssel mit den Süßigkeiten einen einzeln in Folie verpackten Kegel. Irgendetwas Deutsches. «Kokosmakronen» las er.

«Eine Frage, Antonia, eine wichtige», sagte er und schob sich die Makrone in den Mund. Das Ding war saftig und klebrig. Drei Augenpaare waren erwartungsvoll auf ihn gerichtet. Roberto kaute. So etwas Süßes, Klebriges hatte er seiner Erinnerung nach noch nie gegessen.

«Mein Bauch schmerzte, weil er mich geboxt hatte», präzisierte Antonia ihre vorige Aussage, um die Zeit nicht nutzlos verstreichen zu lassen.

«Das muss man sich mal vorstellen», kommentierte Malpomena und sah Roberto vorwurfsvoll an, dem es endlich gelang, die Makrone hinunterzuschlucken. Er spülte mit etwas Wasser aus dem Hahn nach.

«Antonia», nahm Roberto den Faden wieder auf, «besitzt du vielleicht ein Stück Land in exponierter Lage auf dem Monte Cesane?»

Malpomena und Antonia sahen sich befremdet an. «Wir haben überall Ländereien, Roberto, ja, sicherlich auch auf dem Monte Cesane.»

«Ländereien, die eine Firma aus Kalabrien namens Toggi S.r.l. pachten will, um dort Windräder zur Energiegewinnung aufzustellen?»

«O ja, ein 100-Millionen-Euro-Projekt, ein ganzer Windpark mit dreißig Windrädern, was für eine Verschandelung der Landschaft, was für ein Irrsinn in Italien, dem Land der Sonne, auf Wind anstatt Photovoltaik zu setzen.»

«Siebzehn der dreißig Windräder», fuhr Roberto fort, «sollen auf Parzellen von Sergio Bonasera errichtet werden, wofür er ein Pachtgeld von fast dreißigtausend Euro pro Jahr kassieren wird.»

«Ah!», rief Antonia. «Ah!» Sie fächelte sich aufgeregt Luft zu und sprang auf.

«Achte auf deinen Kreislauf», mahnte Malpomena. «Nicht dass du hyperventilierst, Schwesterherz.»

Antonia schluckte und räusperte sich. «Er war der Erste, der unterschrieben hat.»

«Der Haken für Sergio ist: Er bekommt sein Geld erst mit Baubeginn», fuhr Roberto fort. «Das heißt, solange andere Landbesitzer den Windpark blockieren, bekommt er nichts.»

«Oha», sagte Malpomena.

«Wollt ihr raten, wer die drei sind, die nicht bereit sind, ihr Land herzugeben?», rief Antonia. «Ich. Ruggero Grilli. Und eine gewisse Giuliana Panini, die ich nicht kenne.»

«Falls es einen Zusammenhang zwischen dieser Giuliana Panini und dem Kellner gibt», sagte Roberto, «dann hat sich jemand die letzten drei Personen vorgeknöpft, die dem Windpark im Wege stehen.»

«Ich weiß nicht», sagte Antonia. «Die Anwälte von Toggi haben mit einem Enteignungsverfahren gedroht, und machen wir uns nichts vor, am Ende werden sie gewinnen, Firmen wie diese haben einen langen Atem.»

«Die ja», erwiderte Roberto, «aber Sergio wohl nicht. Er scheint in Geldnöten zu stecken. Zurzeit versucht er sogar, mit Pflanzensetzlingen sein Geld zu verdienen.»

Eine Weile sagte niemand etwas.

«Dreißigtausend Euro sind eine Menge. Damit kann man hier auf dem Land gut leben», sagte Roberto.

«Aber würde man dafür zwei Menschen umbringen?», fragte Malpomena.

Roberto wählte Totos Nummer. *«Che c'è!»*, meldete sich der *barista* wie immer knapp und unfreundlich, Telefonieren kostete Zeit, und Zeit war Geld.

«*Ascolta*, Toto. Was hast du über den toten Kellner herausbekommen?»

Drei Augenpaare beobachteten Roberto gespannt, wie er zuhörte.

«Und wieso hast du mich nicht angerufen und Bescheid gegeben, *porca zozza*?» Roberto schob sich trotz Malpomenas vernichtendem Blick die zweite Kokosmakrone in den Mund, hörte kauend eine Weile zu, bis er das Gespräch mit einem unverständlichen Nuscheln beendete und die Makrone hinunterwürgte.

«Ernesto Quatriglio ist das Ergebnis eines Seitensprungs von Giuliana Panini. Sie hat ihn auf Betreiben ihres gehörnten Ehemannes gleich nach seiner Geburt in ein Heim gegeben, und nach dem Tod ihres Mannes hat sie Ernesto als Alleinerben ihrer Ländereien eingesetzt.» Roberto schlug mit der flachen Hand krachend auf die Kommode. «Der Fall ist gelöst!»

Malpomena warf Roberto einen zweifelnden Blick zu, während Antonia eifrig nickte. «Roberto hat recht, Sergios Vertrag mit Toggi und seine Geldnöte, das reicht bestimmt für eine Anklage aus, lass dir einen Hausdurchsuchungsbefehl ausstellen, Roberto, wer weiß, was man noch bei ihm findet, vielleicht ist er ja sogar noch im Drogengeschäft.»

Erst jetzt klickte es bei Roberto, was ihm fast ein wenig peinlich war: die Setzlinge, die merkwürdigen Platten, die er für Dachziegel gehalten hatte ... Warum hatte er nicht wenigstens einen Setzling aus dem Gewächshaus mitgebracht, Malpomena würde sicherlich schnell ermitteln können, um welche Pflanze es sich da handelte. Aber Osvaldo – der hatte doch eine der Platten eingesteckt ...

«Das klingt hervorragend», sagte auch Malpomena, und wieder richteten sich alle Augenpaare auf Roberto.

«Ich weiß nicht», sagte der, wenig euphorisch.

«Wieso nicht? Die Sache ist sonnenklar.»

«Weil», Roberto ruderte mit den Armen, «weil, die Informationen über Sergio und seinen Vertrag mit Toggi s.r.l., die habe ich nicht, also ...»

«Du hast sie nicht auf legalem Weg erlangt?», fragte Antonia mit kaum verhohlenem Abscheu.

«So könnte man es ausdrücken», druckste Roberto herum.

«Und sie sind somit vor Gericht nicht verwendbar?»

«Eher nicht.»

«Was soll denn dieser ungenaue Ausdruck an dieser Stelle?», fauchte Antonia.

«Gar nicht verwendbar.»

«Oje.» Antonia sackte in sich zusammen.

«Roberto!», sagte Malpomena und schüttelte den Kopf. «Und jetzt?»

Schweigen, bis Antonia sich wieder meldete. «Bislang liegen acht der neun nötigen Pachtverträge vor, um mit den Arbeiten an dem Windpark beginnen zu können.» Sie warf sowohl Roberto als auch ihrer Schwester einen bedeutungsschweren Blick zu. «Meiner fehlt, aber Sergio Bonasera wird nicht aufgeben, er ist kurz vor dem Ziel, und er fühlt sich sicher, er weiß ja nicht, dass Roberto sich illegal bei ihm eingeschlichen hat.»

«Sag's ruhig noch einmal», maulte Roberto.

«Hier ist die Lösung: Es gilt, diesen gewalttätigen Menschen auf frischer Tat zu ertappen und zu erlegen.» Sie reckte sich und bewegte ihren Kopf einige Male hin und her.

Wie ein Käuzchen, dachte Roberto. Und was meint sie mit ‹erlegen›?

«Ich werde mich als Lockvogel zur Verfügung stellen.»

«Kommt gar nicht in Frage!», platzte er heraus.

«Pah!» Malpomena sah ihre Schwester liebevoll an. «Wir lassen uns nicht schikanieren.»

«Wir nicht», bestätigte Antonia stolz.

«Und von einem Mailänder schon gar nicht.»

«Dem stimme ich zu.»

«Seid ihr von Sinnen? Der Mann ist gefährlich.»

Die beiden Schwestern lächelten ihn fast mitleidig an. «Die Del Vecchio auch», sagte Antonia. «Und zwar seit dem Mittelalter.»

«Das ist historisch verbrieft, aber nenne mir irgendeine Chronik, in der der Name Bonasera eine gewichtige Rolle spielt?» Antonia lachte, und ihre Schwester stimmte ein.

«Amerigo Bonasera, der Bestatter. In dem Roman *Der Pate* von Maria Puzo. Verfilmt von Francis Ford Coppola», sagte Franco, dessen Anwesenheit völlig untergegangen war.

«Allesamt Amerikaner», erwiderte Antonia mit deutlichem Abscheu in der Stimme.

33.

Roberto war schlecht gelaunt, und daran änderte auch der Rote nichts, dessen schweres, von Tanninen geschwängertes Bouquet ihn normalerweise schon beim Öffnen der Flasche auf andere Gedanken brachte. Zumal er sich heute einen der letzten der sieben Jahre alten Weine gönnte, die er tief unten in der noch nicht fertiggestellten *cantina* unter allerlei Gerümpel aufbewahrte, aufbewahren musste, weil Osvaldo sich hin und wieder heimlich aus seinem Vorrat bediente. Reinste Verschwendung, denn Osvaldo interessierte sich weder für Abgang noch Tannine, noch Bouquet, sondern ausschließlich für die Alkoholprozente. «Ist mir schnuppe, ob ich bei Agip oder API tanke, Benzin ist Benzin» war einer seiner Sprüche, wenn Roberto sich darüber aufregte, wie er mit einem guten, manchmal sogar exzellenten Tropfen umging. Und dieser 2005er war wahrhaftig eine Perle des guten Geschmacks! Zudem war er ein Symbol für die Geduld, die Roberto aufbrachte, wenn es um seinen Wein ging. Einen Tropfen reifen zu lassen, von dem man wusste, wie gut er war, verlangte Selbstbeherrschung, Geduld und Weitsicht.

Normalerweise allerdings trank er einen solchen Wein nicht alleine. Junger Wein war Wein, alter, abgelagerter jedoch war ein Ereignis, war Kommunikation und verlangte danach, mit anderen Menschen gemeinsam genossen zu werden.

Doch heute nicht. Im Gegenteil. Zum Glück hatte Franco sich gleich auf die Couch vor dem Kamin verkrochen und schlief. Roberto hatte von dem Fall und den darin verwickelten Typen die Nase gestrichen voll. Brozzi und seine Verschwörungsapologeten kotzten ihn an; Sergio ebenso, der des Geldes wegen schon zwei Menschen umgebracht hatte und den er nicht verhaften konnte; auch Pretoro Galdroni, der seine Ehekrise auf seinem, Robertos, Rücken austrug, so zumindest fühlte es sich an; und auch Franco, der mit seinem Golem-Geschwätz die ganze Stadt in Aufruhr versetzt hatte.

Wobei, Franco tat ihm wirklich leid. Was er über seinen Opa erfahren hatte, musste ein gewaltiger Schock gewesen sein. Roberto konnte das sehr gut nachvollziehen. Franco hatte als Kind die meiste Zeit mit seinem Opa verbracht, seine Eltern hatten nur wenig Zeit für ihren Sohn gehabt. Sein Opa hingegen war immer für ihn da gewesen, hatte für ihn gekocht, mit ihm gespielt und vor allem jedoch sein musikalisches Talent erkannt und gefördert. Später hatte er ihn sogar mit seiner Ape dreimal die Woche zu einer Musiklehrerin ins sechzehn Kilometer entfernte Petriano gefahren, eine sehr kurvenreiche, hügelige Strecke, für die die schwindsüchtige Ape fast eine Stunde benötigte. Oft war Franco nach der Musikstunde so müde, dass er es sich hinten auf der Ladefläche mit ein paar Decken bequem machte und schlief, gut behütet unter einem eigens für ihn zusammengeschweißten und bespannten Regendach und chauffiert von seinem achtsamen Opa, der dann besonders vorsichtig fuhr und jedem Schlagloch auswich. Franco hatte nie auch nur den Hauch eines Grundes gehabt, in ihm einen anderen Menschen zu sehen als den freundlichen alten Mann, der alles tat, damit sein kleiner Enkel nicht darunter litt, von seinen Eltern vernachlässigt zu werden. Und wie oft hatten Familienmitglieder und Freunde seinem Opa geraten, seinen im Wert immens gestiegenen *palazzino* mitten in der Altstadt von Urbino zu verkaufen, damit er nicht mehr nur von seiner sehr schmalen Rente leben musste. Doch sein Opa hatte das immer sehr entschieden von sich gewiesen, er wollte, dass sein Enkel Franco die kleine Stadtvilla später einmal erbte. Francos Aussichten, als Musiker Geld zu verdienen, waren nicht rosig und wurden besonders schlecht, als sich sein Interesse auf Neue Musik und Klangkunst fokussierte. Sein Opa wollte, dass Franco es sich wenigstens leisten können sollte, in der Stadt zu wohnen, wo es Museen, Theater und

Konzerte gab, wo Kunst in all ihren Facetten präsent war und wo kreative Menschen im ständigen Austausch standen. Heute war Francos kleine Stadtvilla in der Tat ein von Künstlern, Schriftstellern und Musikern gern besuchter Ort, manchmal von so vielen, dass Franco Ärger mit den Nachbarn bekam, deren Toleranz zwar nahezu unerschöpflich war - sie nannten ihn ehrfurchtsvoll *maestro* –, die aber schon mal an die Grenzen ihrer Duldsamkeit stießen, wenn sich fünf Free Jazzer nachts um zwei in mehrstimmiger Kakophonie übten, begleitet von einem Klavierspiel, das sich bemühte, jeder allgemein üblichen Harmonie aus dem Weg zu gehen.

Zu erfahren, dass sein gutherziger Opa Juden an die Nazis verraten hatte und somit für deren Tod verantwortlich war, bedeutete für Franco eine Enttäuschung, wie sie bitterer nicht sein konnte. Der leuchtende Stern seiner Kindheit war zu einer Fackel des Todes geworden, und wenn er heute an seinen Großvater dachte, sah er nicht dessen sanft lächelndes Gesicht, sondern das Mündungsfeuer der Gewehre, die sieben Menschen zerfetzt und getötet hatten.

Roberto nahm einen großen Schluck. Er hatte den Alkoholgehalt dieses Roten nicht mehr kontrolliert, seit er ihn vor vier Jahren aus dem Fass in die Flasche abgefüllt hatte. Damals waren es fünfzehn Prozent gewesen. Wie viel waren es wohl jetzt? Auf jeden Fall mehr.

Die Sache hier wuchs ihm über den Kopf, so viel war sicher. Galdroni musste her, unbedingt. Bestimmt hatte der *commissario* irgendeine Masche drauf, wie er Sergio schnell und juristisch einwandfrei überführen konnte, ohne Antonia als Lockvogel benutzen zu müssen. Roberto wurde ganz mulmig bei der Vorstellung, diese zarte Person einer solchen Gefahr auszusetzen, ganz egal wie entschlossen sie war. Dabei war ihr Plan ja nicht einmal falsch, und schwer umzusetzen war er auch nicht. Franco hatte gleich ein paar nützliche Vorschläge gemacht. Er verfügte über ein Hochleistungssendermikrophon und einen Peilsender, beide waren winzig und ließen sich unauffällig in Antonias Kleidung verstecken, man wäre also jederzeit im Bilde, wo sie sich befand und was gesprochen wurde. Außerdem würde Malpomena ihr ein noch wirksameres Betäubungsspray mitgeben, und Talias muskulöser Hausdiener Fidel hatte sich bereit erklärt, sich zusammen mit Roberto auf die Lauer zu legen, um Sergio im Falle des Falles sofort zu übermannen. Als zusätzlichen Schutz hatte Antonia sich aus der Waffensammlung des Palazzo Ducale eine kleine Vorderladerpistole bringen lassen, die Herzog Federico da Montefeltro aus Angst vor Anschlägen immer bei sich getragen hatte. Eine fast unheimliche Aura von adeligem Pflichtbewusstsein und gediegener Noblesse ging plötzlich von Antonia und Malpomena aus, gepaart mit einer für Roberto ein wenig befremdlichen Art von Jagdfieber. Ganz eindeutig wollten die beiden stellvertretend für ihr altes Adelsgeschlecht diesem fiesen, zugezogenen Kriminellen namens Sergio Bonasera zeigen, was eine Harke war. Roberto hatte plötzlich Stolz empfunden, mit den vier Schwestern und ihrer Oma, der Baronessa, befreundet zu sein, wenngleich er einmal mehr spürte, wie groß der Abstand zwischen seiner und ihrer Welt war.

Aber den könnte er ja verringern, wenn er und Malpomena endlich, also, wenn sie mit diesem Nachwuchsthema ... Hölle, warum war das nur so schwer?

Roberto verdrängte diesen unerquicklichen Gedanken sofort wieder, der hatte nun wirklich nichts in einer dramatischen Situation wie dieser verloren. Außerdem hatte er jetzt Feierabend. Antonia hatte er sicher bei ihrer Schwester Talia und dem athletischen Fidel untergebracht und vor morgen früh –

«*Nessuno?*»

Roberto zuckte zusammen. Gruber! Was wollte der denn um, er warf einen Blick auf die Uhr, zehn Uhr nachts von ihm? Ignorieren? Nicht reagieren? Aber wie würde das aussehen? Als hätte er Angst vor dem Teutonen. Als würde er zurückweichen. In seinem eigenen Dorf. Nicht gut.

«Es ist offen!»

Gruber schob die Tür auf. Wieso knarzte und quietschte die

eigentlich so? Roberto nahm sich vor, noch bevor er ins Bett ging, ein wenig Milch und Trockenobst hinzustellen, für die arme Seele, die darin wohnte. In jeder Tür wohnt eine und meldet sich, wenn es ihr an Zuwendung fehlt.

Gruber hielt eine Weinflasche hoch, sah aber in dem Moment Robertos geöffneten Roten. «Oh, einer aus Ihrem eigenen Anbau?»

«*Senz'altro*», erwiderte Roberto schroff, fehlte gerade noch, dass er den aufdringlichen Teutonen auf ein Gläschen einlud.

Grubers Blick fiel auf das SATOR-Mosaik. «Oh, ein Palindrom! Als Schutzformel?»

Roberto verdrehte die Augen: Oh. Oh. Wenn der Kerl noch einmal Oh sagte! *Spaccone!*

Gruber lächelte freundlich. «Ich war heute im Museo Archeologico Nazionale in Ancona, besser gesagt im Kartenarchiv des Museums.»

«Hören Sie, es beschäftigt mich nicht Tag und Nacht, ob, wann oder wieso der *duomo* um neunzig Grad gedreht wurde.»

Gruber nickte. «Verstehe. Mich übrigens auch nicht, zumal zumindest bei mir diesbezüglich keine Fragen mehr offen sind.»

Was wollte der Angeber? Am liebsten hätte Roberto ihn auf der Stelle hinausgeworfen. Was natürlich nicht ging. Auch ein eigentlich ungebetener Gast hatte Anrecht auf Gastfreundschaft, hatte man ihn erst einmal hereingebeten. *Porca troia*, ärgerte sich Roberto, er hätte ihn gleich fortschicken müssen, das Gastrecht war ein heiliges Gut und konnte nur widerrufen werden, wenn der Gast selbst sich gegen den Gastgeber verging. Vielleicht konnte er Gruber zu irgendeiner Unverschämtheit provozieren.

«Setzen Sie sich.» Roberto drehte eines der bereitstehenden Gläser um und goss von seinem Roten ein. Gruber nahm das Glas und prostete Roberto zu. «Auf gute Nachbarschaft.»

Na bitte, dachte Roberto, da ging es ja schon los mit den Unverschämtheiten, ein Trinkspruch stand nur dem Hausherrn zu. «Auf die Wachsamkeit der Hausgeister», änderte er den Spruch und trank schnell, bevor Gruber wieder mit irgendwelchem Schwachsinn daherkam.

«Donnerwetter!» Gruber hatte einen kleinen Schluck lange im Mund hin und her gespült, bevor er ihn mit geschlossenen Augen schluckte. «Wie viele Umdrehungen hat der denn?»

«Fünfzehn aufwärts.»

Gruber sog das Bouquet tief durch die Nase ein und nahm noch einen Schluck. «Kompliment. Was für ein Wein!»

Roberto versuchte, nicht stolz über das Lob zu sein – wer zur Hölle war denn Thilo Gruber? Er nahm selber noch einen Schluck und schnitt sich ein Stück von dem Ziegenkäse ab, den er von dem einbeinigen Giuseppe Ferri, der eigentlich zwei Beine hatte, bekam. Roberto hatte dessen Rentenversicherungsschwindel seinerzeit nicht auffliegen lassen und wurde seitdem regelmäßig mit Käse, mit in wildem Fenchel und Knoblauch marinierten Kaninchen oder anderen marchigianischen Genüssen beliefert.

«Darf ich?», fragte Gruber und deutete auf den Käse.

Na bitte, Unverschämtheit zwei, ein Gast durfte sich nur nach Aufforderung bedienen. Andererseits: War er als Gastgeber nicht verpflichtet, etwas anzubieten? *Cazzo.* Roberto schob den Teller hinüber, Gruber nahm ein Stück und kaute übertrieben.

«Auch wunderbar», sagte er und spülte mit Rotem nach. «Ich will Sie nicht zu lange aufhalten, denke aber, dass Sie meine Entdeckung interessiert, die ich gemacht habe.»

«Kommt drauf an.»

«Wie ich hörte, wurde ja heute Abend sogar Antonia Del Vecchio attackiert.»

Woher, verdammt noch mal, wusste dieser Kerl denn das schon wieder?

«Eines hat mich vorher schon sehr beschäftigt: Franco und Malpomena Del Vecchio haben den vermeintlichen Golem in der Synagoge verschwinden sehen. Antonia Del Vecchio möglicherweise auch?»

«Franco war nicht zurechnungsfähig, und Malpomena war dem Mörder im dichtesten Nebel gefolgt.»

«Ich verstehe Sie sehr gut. Sie wollen die Sache runterspielen, weil Sie befürchten, dass Brozzi und die Seinen die Stadt verrückt machen mit ihrem Antisemitismus, und Sie haben recht. Ich war heute Abend noch kurz in der Bar Complotto. Die ist rappelvoll, und was da geredet wird – da läuft einem schon ein Schauer den Rücken runter. Besonders mir als Deutschem.»

«Eben. Es ist besser, dieses Geschwätz zu ignorieren.»

«Da bin ich nicht Ihrer Meinung. Ich hatte den Eindruck, dass selbst moderate Menschen sich immer öfter fragen, ob es nicht eine Kooperation zwischen dem Täter und der jüdischen Gemeinde gibt.»

«Lächerlich. Rabbi Shlomo hat einen Golem geschaffen, damit der die Gegner eines Windparks unschädlich macht?»

«Ist das eine der Spuren? Geht es um den Windpark oben auf dem Monte Cesane?»

«Polizeiliche Ermittlungen. Geheim.»

Gruber winkte ab. «Da die Leute diese Hintergründe nicht kennen, sehen sie es eben anders.»

Da musste Roberto ihm recht geben. «Wichtig ist, den Fall so schnell wie möglich aufzuklären. Und da bin ich nah dran.»

«Gratuliere! Sie waren ja auch in dem letzten Fall schon sehr schnell.»

Das ging Roberto runter wie sein eigenes frischgepresstes Olivenöl, und er nahm schnell einen Schluck Wein, um sein freudiges Lächeln zu verbergen. Das aber sowieso wieder verschwand, als er an Grubers Olivenöl denken musste, das eine Winzigkeit besser war als seines.

«Ich habe jedenfalls etwas entdeckt, was das Verschwinden dieses Golems in der Synagoge erklärt», fuhr Gruber fort.

«Ach ja?»

«Auch über Francos Opa habe ich einiges herausgefunden.» Für einen Moment wirkte Gruber betroffen und sehr ernst. «Ist Franco da?»

«Schläft.»

Gruber nickte, fast ein wenig erleichtert. «Könnten Sie ihm Bescheid sagen, wenn er wieder wach ist? Er kann jederzeit bei mir anklopfen oder mich anrufen.»

Roberto sah den Teutonen prüfend an.

«Ich kann Ihnen nichts darüber sagen, obwohl ich es gerne loswerden würde.» Gruber gab sich einen Ruck. «Wussten Sie, dass Urbino von unterirdischen Gängen regelrecht perforiert ist?»

«Das Entwässerungssystem, natürlich. Aber da kommen Sie nur über die Straßengullys hinein. Ausgeschlossen, dass der Täter die genutzt hat. Die Deckel sind schwer oder sogar fest verankert. Die lassen sich nicht mal eben hochheben. Außerdem gibt es keinen vor dem Eingang der Synagoge.»

«Richtig. Und dann gibt es noch den Fluchttunnel, den Dux Federico da Montefeltro –»

«Hören Sie, jedes Kind weiß davon. Der ist so hoch und breit, dass der Herzog ihn sogar auf einem Pferd sitzend hätte nutzen können. Aber seine Eingänge sind mit Beton und Ziegeln versiegelt, ohne Presslufthammer kommt da niemand hinein. Außerdem führt der Tunnel vom Palazzo Ducale geradlinig zum Borgo Mercatale und nicht mal annähernd an der Synagoge vorbei.»

«Auch richtig. Aber es gibt noch einen Gang, den ich nur auf einer einzigen Karte verzeichnet gefunden habe. Einer Karte aus dem 16. Jahrhundert.» Gruber holte sein Handy hervor, tippte ein paarmal auf das Display, bis die Aufnahme einer erkennbar alten, verschnörkelten, offenbar handgemalten Karte auftauchte.

«Sehen Sie, hier.»

Er machte ein paar merkwürdige Fingerbewegungen vor dem Display, und das Bild verschob und vergrößerte sich ein wenig. Roberto erkannte den Palazzo Ducale, das Teatro Sanzio und die daran anschließende Stadtmauer. Ein fett herausgehobener Strich zog sich die Stadtmauer entlang, durch die Porta Valbona hindurch und längs der Via Mazzini stadtauswärts.

«In dem Text, der auf Lateinisch ist – ich hatte große Mühe, ihn zu übersetzen – heißt es: Dieser unterirdische Weg ist schmal und flach. Sei vorbereitet, von einer großen Furcht erfasst zu werden, niemals wieder das Tageslicht zu erblicken, solltest du ihn je benutzen müssen. Stecken bleiben wird der Wohlgenährte, wohingegen nicht der maßvoll Lebende.»

Roberto tippte auf das Display. «Vielleicht –» Sofort zuckte das Bild wieder auf die ursprüngliche Größe zusammen.

«*Touch screen*», sagte Gruber und vergrößerte den Plan wieder mit diesen merkwürdigen Fingerbewegungen. «Der Gang beginnt hier.» Er hielt Roberto das Smartphone hin. Darauf erkannte dieser eine Skizze des kleinen Vorraums im Eingangsbereich der Synagoge.

«Ein Fluchttunnel?»

«Um im Falle eines Pogroms zu entkommen», bestätigte Gruber.

«Und wo beginnt er genau?»

«Im Boden.»

«Wie das? Der Boden ist aus *mattoni*, uralten Terrakottafliesen aus dem 15. Jahrhundert.»

«Das ist richtig. Aber genau dort ist der Eingang, und auf dem Plan wird beschrieben, wie man hineinkommt. Auch auf Lateinisch.»

«Und was sagt er?»

Gruber schüttelte den Kopf. «Ich will dabei sein, wenn Sie den Gang erkunden.»

«Non se ne parla neanche, per niente!»

«Auf keinen Fall?» Gruber deaktivierte das Handy und steckte es ein. «Schade, dann müssen Sie selber nach Ancona ins Museo Archeologico Nazionale fahren und sich die alte Karte heraussuchen.»

34.

«Wussten Sie, dass man den Vorraum zum Gemeinderaum einer Synagoge ‹Ulam› nennt?», flüsterte Gruber, schob die Türe auf und leuchtete mit seiner schweren Drei-Monozellen-MagLite in den Ulam, von dem drei Türen abgingen. Gruber hatte das Türschloss mit dem Standardwerkzeug aller Lockpicker, einem Haken und einem Spanner, derart schnell geöffnet, dass Roberto dachte, er wäre im Besitz eines Schlüssels.

«Das Schloss ist völlig ausgeleiert. Da ist es wirklich keine Kunst.»

«Und Sie üben jeden Tag, oder wie?»

Gruber ignorierte die Frage und ging geradewegs auf das Waschbecken zu, das in der gegenüberliegenden Wand in eine Art von romanischem Wandgewölbe eingemauert war, einem zwei Meter hohen Bogen. Über dem Becken, auf zwei viereckigen Säulen, befand sich eine breite Borde aus grauem Stein, wie er typisch für die großen Steinbrüche am Monte Catria und am Monte Dolciano war. Dort lagen Utensilien zum Händewaschen und eine Papierrolle zum Abtrocknen. Dem Becken war der jahrhundertelange Gebrauch anzusehen, die Ränder vorne waren rund geschliffen, und von der Borde zog sich ein tief in den Stein gegerbter Streifen hinunter, der von dem in Seife enthaltenen Fett stammte.

«*Voilà*, hier haben wir den Eingang», sagte Gruber.

«Sagten Sie nicht, er wäre im Boden unter den *mattoni*?»

«Tatsächlich?» Gruber lächelte süffisant.

Dieser Mistkerl! Er hatte ihn angelogen, damit er den Eingang nicht ohne seine Hilfe fand. «Und, wie soll das jetzt gehen?», fragte er ruppig.

«Sehen Sie den Sockel unter dem Becken?»

Cazzo, der Sockel war etwa ein Meter breit und fünfzig Zentimeter hoch und kaum zu übersehen.

«Dahinter soll der Tunnel beginnen.» Gruber tastete den oberen, nicht einsehbaren Rand des romanischen Bogens ab, der etwa zehn Zentimeter aus der Mauer herausragte. «Im Plan standen folgende Worte: ‹Finde die irdene Platte über dem Wasser, die die Größe der Hand eines Kindes hat, und drücke sie mit einer schnellen Bewegung nach unten.›» Er wandte sich zu Roberto um. «Versuchen wir's. Haben Sie eine Taschenlampe?»

«Habe ich», antwortete Roberto und griff zu dem Köcher an seinem Gürtel, doch dort steckte nicht seine kleine MagLite, sondern immer noch die *salsiccia piccante. Porca madosca.* «Aber die Birne ist kaputt. Eine Spezialbirne.»

Gruber presste die Platte aus gebranntem Ton hinunter, und der Sockel schwenkte mit einem schabenden Geräusch nach innen, unspektakulär leise und mit einer Leichtigkeit, als wäre er aus Styropor. Dahinter tat sich ein kleiner Raum mit einem Durchmesser und einer Höhe von etwa zwei Metern auf.

Gruber zwängte sich durch die Öffnung. «Sehen Sie sich das an. Was für eine Konstruktion! Aus dem 16. Jahrhundert. Unglaublich.»

Roberto ließ sich auf die Knie sinken und kroch ebenfalls in die Kammer. Der Öffnungsmechanismus war in der Tat beeindruckend. Der steinerne Sockel steckte in einem Rahmen aus Bronze, der auf Rollen in einer Schiene lief. An einer Seite lagen in einem abschüssigen Gestell, ebenfalls aus Bronze, Steinkugeln mit einem Durchmesser von etwa fünfzig Zentimetern. Durch Druck auf die Tonplatte wurde eine Kugel freigesetzt, rollte in eine Pfanne an einem Gestänge und bewegte durch ihr Gewicht die Steinplatte.

«Der Beschreibung nach müsste ...» Er betätigte einen Hebel, eine weitere Steinkugel rollte in eine andere Bronzepfanne und schloss den Zugang mit derselben Leichtigkeit. «Na bitte. Und weiter.»

Sofort hatte Roberto das Gefühl, nicht genügend Luft zum Atmen zu bekommen. Er zog den Reißverschluss seiner Daunenjacke ein wenig herunter und öffnete seinen oberen Hemdknopf, während Gruber schon den Tunnel untersuchte, der von der Rückwand abging. Er hatte einen Durchmesser von vielleicht einem Meter, seine Wände und die gewölbte Decke bestanden aus gemauerten Ziegeln. Gruber tastete den Boden ab.

«Gestampfter Lehm. Das erklärt, warum der Täter über und über mit Lehm bedeckt war. Und sehen Sie die Kriechspuren?»

Roberto lugte über Grubers Schulter. Tatsächlich, zwei Furchen. «Wo endet der Tunnel?», fragte er missmutig, seine Lust, durch den feuchten Schlamm zu kriechen, war äußerst gering. Außerdem fiel der Tunnel steil nach unten ab, fast wie eine Rutschbahn, was sich aus der Tatsache erklärte, dass die Synagoge noch fünf Meter oberhalb des Sockels der Stadtmauer stand, unter der sich der Tunnel dem Plan nach bis zur Porta Valbona entlangzog, wo er dann im rechten Winkel in Richtung Osten abbog.

«Darüber hat die alte Karte leider nichts gesagt. Auf jeden Fall weit jenseits der Stadtmauer, würde ich sagen. Irgendwo in unwegsamem Gelände. Sonst würde ein Fluchttunnel ja wenig Sinn machen.»

Gruber kroch in den Tunnel hinein. Schlagartig wurde es dunkel um Roberto, und ihm blieb nichts anderes übrig, als Gruber zu folgen. Die Feuchtigkeit des Bodens drang sehr schnell in die Schuhe und die Hosenbeine hinauf, und die moderig riechende Luft wurde unangenehm warm. Kopfschmerzen, dachte Roberto, das gibt wieder Kopfschmerzen. Und außerdem noch Muskelkater.

Gruber schob sich mit erstaunlicher Geschwindigkeit voran, die MagLite hielt er in der Linken, und ihr Licht, obwohl extrem stark, verlor sich schnell in der Länge des Tunnels, verschluckt von der immensen Luftfeuchtigkeit.

«Stecken bleiben wird der Wohlgenährte» – ab wann galt man wohl als wohlgenährt? Roberto verfluchte sein verdammtes Übergewicht. Jedes Jahr, wenn der Winter sich ankündigte, wurde er von einem Dauerhunger befallen wie ein Bär vor dem Winterschlaf. Nur dass der Bär sich eine Fettschicht anfressen musste, um über die Runden zu kommen, und sich die lästige Schwarte ganz bequem im Winter wegschlief, wohingegen er leicht über die Runden kam, aber die angefressene Fettschicht nur mit größter Mühe wieder loswurde.

«Ab hier geht es ohne Gefälle weiter», klang es dumpf von vorne.

Warum hatte der Täter dreimal diese Strapaze auf sich genommen? Sechsmal, wenn man hin und zurück rechnete. Es war November, es war nebelig, es war dunkel, es war kalt, auf den Straßen war abends und nachts kaum jemand unterwegs, und die, die unterwegs waren, hatten es eilig und verbargen sich unter ihren Daunenjackenkapuzen und Regenschirmen. Die Gefahr, gesehen und erkannt zu werden, war also gering. Andererseits, ‹gering› war für einen Mörder immer noch ein zu hohes Risiko. Sergio hatte einen gut besuchten Nachtclub geführt, und es dürfte eine Menge Menschen geben, die ihn leicht erkannten. Hinzu kam, dass die wenigen Stadttore Urbinos wie Nadelöhre waren, durch die jeder hindurchmusste, der hinein- oder hinauswollte. Durch diesen Tunnel hingegen konnte man Urbino unbemerkt betreten, und war man erst einmal innerhalb der Stadtmauer, konnte man unliebsamen Begegnungen deutlich leichter aus dem Weg gehen.

«Woher weiß der Kerl eigentlich von diesem Gang?», rief Roberto nach vorne.

Gruber hielt an und setzte sich, mit dem Rücken gegen die Tunnelwand gelehnt, die Beine gegenüber abgestützt. «Das habe ich mich auch gefragt.»

«Den entdeckt man doch nicht zufällig.»

Gruber löschte das Licht; bis auf die Leuchtziffern von seiner Armbanduhr herrschte völlige Dunkelheit. «Wir müssen sparsam sein. Ich habe keine Ersatzbatterien.»

Roberto hatte auch schon den Eindruck gehabt, dass die Mag-Lite nicht mehr so hell strahlte wie zu Beginn ihrer Kriecherei.

«Wenn Sie Attilio Brozzi fragen, wird der sagen: Rabbi Shlomo kennt den Gang. Er ist der Mörder.»

Roberto zog die *salsiccia piccante* aus dem MagLite-Köcher hervor. «Der Täter könnte genauso wie Sie im Archiv des Museo Archeologico Nazionale gewesen sein.» Er biss ein Stück ab.

«Carolus Maratti, der Archivar, sagte mir, seiner Erinnerung nach hat noch nie jemand bei ihm nach Tunnels und Gängen unter Urbino recherchiert.» Gruber schnupperte hörbar. «Es riecht merkwürdig. Könnte Faulgas sein. Da müssen wir vorsichtig sein. Ist giftig und brennt leicht.»

Roberto beeilte sich hinunterzuschlucken. «Sergio ist nicht der Typ, der sich einfach so durch ein Archiv hindurchwühlt. Aber er hat im Knast gesessen. Vielleicht hat er da irgendwas gehört.»

«Sergio?», fragte Gruber hellhörig geworden. «Welcher Sergio?»

Cazzo! Verplappert. «Ein Verdächtiger», antwortete Roberto kurz angebunden.

«Könnte sein. Kriminelle lieben Tunnel.» Gruber lachte. «Am meisten solche, die direkt in den Tresorraum einer Bank führen.»

Das klang ziemlich despektierlich, fand Roberto und streckte seine Beine mit einem Stöhnen von sich.

«Au! Das war mein Oberschenkel!»

«Oh, tut mir leid», sagte Roberto und freute sich, dass er seine Arbeitsschuhe mit Stahlkappen angezogen hatte.

«Keiner weiß, wie weit die Karte verbreitet ist.»

Das war natürlich richtig. Roberto schwieg und biss noch ein Stück von der Wurst ab.

«Der Gasgeruch macht mir Sorgen. Wir sollten weiter», sagte Gruber und schaltete die MagLite an. Roberto hörte sofort auf zu kauen und nickte nur. Gruber drückte sich von der Wand ab. In dem Moment hörten beide ein Geräusch. Sofort löschte Gruber wieder das Licht. «Haben Sie es auch gehört?», flüsterte er.

«Ja», erwiderte Roberto, zog seine Pistole, lud durch und entsicherte sie. Die hatte er wenigstens nicht vergessen mitzunehmen.

«Auf keinen Fall schießen», flüsterte Gruber. «Wir wissen nicht, wie morsch diese Ziegelwände sind.»

Beide lauschten angestrengt in die Dunkelheit. Tatsächlich, das Geräusch kam von vorne, es klang, wie wenn man mit Metall an einer Mauer entlangschabte. Und es kam näher.

«Flach hinlegen. Wenn wir Glück haben, sieht er uns erst im letzten Moment. Dann schnappen wir ihn uns.»

«Wie soll das gehen? Wir können nur kriechen.»

«Mehr kann der auch nicht.»

Sie warteten. Zu dem Schaben gesellte sich ein Stöhnen, das in diesem engen Tunnel bedrohlich klang. Dann ein grauer Schimmer, Bewegung, ein Schatten, der sich näherte. Die Ziegelwände reflektierten das Licht einer Taschenlampe, aber in der Mitte des Tunnels blieb es merkwürdig dunkel.

«Er schiebt etwas vor sich her», flüsterte Gruber. «Deshalb sieht er uns nicht.»

Tatsächlich. Und es machte einen schweren Eindruck, fand Roberto.

«Hier, nehmen Sie.»

Etwas Hartes rammte gegen Robertos Kopf. Die MagLite.

«Leuchten Sie ihm ins Gesicht, aber erst wenn er unmittelbar vor uns ist. Ich hol ihn mir dann. Brüllen Sie, so laut Sie können. Ich werde dasselbe tun. Geben Sie mir die Pistole.»

«Ich denke, Schießen ist zu gefährlich.»

«Zum Zuschlagen.»

Roberto sicherte die Pistole und schob sie in Grubers Richtung. Das Licht kam näher. Ein Rucksack, das Dunkle war ein Rucksack, Roberto sah die beiden Schultergurte. Von dem Menschen dahinter waren nur Teile seiner Kleidung zu sehen, sein Gesicht wurde vollkommen verdeckt. Noch fünf Meter. Roberto packte die schwere MagLite fester. Er hatte einmal gehört, dass die Cops in New York sie auch als Schlagstock benutzten. Als der Rucksack noch einen Meter entfernt war, tippte Gruber ihn an. Roberto schaltete die Lampe ein und brüllte los, irgendetwas: «Hände hoch! Stehen bleiben! Keinen Schritt weiter!» Gruber brüllte auch los, auf Deutsch, was zusätzlich bedrohlich klang.

Der Lichtstrahl fand das Gesicht eines Menschen von abgrundtiefer Hässlichkeit. Nichts stimmte, die Nase schief und verzogen, die Haut lag rund um das Kinn in Wellen, ein Auge hing tiefer als das andere. Gruber warf sich nach vorne, die Pistole umgedreht am Lauf gepackt, wurde aber von dem Rucksack gestoppt, sodass sein Schlag zwar das Gesicht des Mannes traf, aber nicht mehr allzu viel Wucht hatte. Der Mann schrie auf, ein dumpfer Schrei, merkwürdigerweise bewegte sich der Mund nicht. Ohne eine Sekunde zu verlieren, krümmte er sich zusammen, drehte sich in dem verteufelt schmalen Gang um seine Achse und kroch wieder zurück. Schnell, sehr schnell. Gruber versuchte, über den Rucksack hinwegzurobben, aber der war zu dick. Er schob ihn vor sich her, kam so aber nur deutlich langsamer voran als der Fliehende.

«Licht auf den Rucksack!», schrie er und riss und fummelte an den Riemen herum. Endlich bekam er ihn auf und langte hinein.

«Scheiße!», brüllte er auf Deutsch und zog große weiße Styroporblöcke daraus hervor. «Scheiße!»

Als er endlich den Rucksack so weit geleert hatte, dass er nicht mehr so sperrig war und sie über die Styroporblöcke hinwegkriechen konnten, war der Vorsprung des Fliehenden schon so groß, dass man kaum noch das Licht seiner Lampe sah, und je weiter sie krochen, desto weiter entfernte es sich von ihnen.

«Er hat Knieschoner umgeschnallt», keuchte Roberto. «Deswegen ist er so schnell.»

«Verdammter Mist», fluchte Gruber, dessen Knie offenbar genauso schmerzten wie Robertos. «Den holen wir nicht mehr ein.»

«Warum dieses Styropor?», fragte Roberto und legte sich für einen Moment auf den Rücken.

«Keine Ahnung.» Gruber hielt ihm die Pistole hin und nahm stattdessen seine MagLite zurück.

«Der trug eine Maske. Das war nicht sein Gesicht», sagte Roberto.

«Ich weiß nicht. Wie kommst du dadrauf?», fragte Gruber.

Roberto registrierte das Du und nahm sich vor, auf keinen Fall sein Sie aufzugeben. «Der Mund. Als er aufschrie, hat sich der Mund nicht geöffnet. Der trug eine von diesen Latexmasken.»

«Ah, deswegen hat er auch nicht geblutet. Ich habe ihn mit der Pistole erwischt.»

«*Cazzo.*»

«Das kannst du laut sagen.»

Eine Weile schwiegen beide und versuchten, ihre Atmung zu beruhigen.

«Der ist auf Nummer sicher gegangen», sagte Roberto.

«Was soll das heißen?»

«Es ist irre anstrengend, sich durch diesen Tunnel zu schieben. Der kennt das, der hat es ja schon mindesten dreimal getan. Warum hat er trotzdem eine Latexmaske auf? Unter der man höllisch schwitzt? Und warum schiebt er einen Rucksack mit sperrigen Verpackungsteilen vor sich her? Weil er sich absichern wollte. Weil er supervorsichtig ist. Er hat es für denkbar gehalten, dass man ihm mit diesem Tunnel auf die Schliche kommt. So, wie er es gemacht hat, konnte er entkommen, ohne dass wir eine Chance hatten, ihn einzuholen.»

«Ziemlich abenteuerliche Erklärung», sagte Gruber. «Was wäre denn, wenn wir nicht von vorne, sondern von hinten gekommen wären?»

«Fünfzig-fünfzig», erwiderte Roberto.

Gruber schwieg eine Weile. «Du könntest recht haben. Und wenn das stimmt, haben wir es hier mit einem sehr umsichtigen und schlauen Täter zu tun. Würde das auf diesen Sergio passen, von dem du gesprochen hast?»

«Ja, würde es.»

Der Tunnel endete nach einer gefühlt endlosen Kriecherei an einer Wand aus übereinandergelegten Steinen, in der ein kleines Loch klaffte, gerade groß genug, um hindurchzukriechen. Nebel und Nieselregen empfingen sie. Um sie herum wuchsen von Efeu umrankte Steineichen und Ginsterbüsche, vor ihnen ging es steil in die Tiefe, vielleicht dreißig Meter, hinter ihnen, oben, endete der Hang an einer Straße mit einigem Verkehr. Die Via Nazionale di Bocca Trabaria, die SS 73, eine andere Möglichkeit gab es nicht so nah beim Borgo Mercatale. Und dann erkannte Roberto auf einer Anhöhe zweihundert Meter entfernt die Umrisse der Villa von Massimo Pompili, dem Geschäftführer der Filiale der Banca delle Marche, die unmittelbar an der SS 73 kurz vor der Abzweigung in die Via Giro dei Debitori stand. Die mittelalterlichen Erbauer hatten den Tunnelausgang perfekt gewählt. Der Hang war für jede Art von landwirtschaftlicher Bearbeitung ungeeignet, selbst die Bäume zu fällen wäre nur mit äußerst großem Aufwand möglich, deshalb war er seit Ewigkeiten sich selbst überlassen worden und völlig verwildert.

«Mehr als dreihundert Meter waren es nicht», sagte Roberto.

Gruber leuchtete den felsigen Boden akribisch nach verwertbaren Spuren ab. «Nichts. Also haben wir nur den Rucksack.» Er besah sich den Rucksack gründlich. «Der ist uralt. Da sind sicher DNA-Spuren von zig verschiedenen Menschen dran. Der Kerl trug Handschuhe, Fingerabdrücke gibt es also auch nicht. Und die Maske und alles, was ihn verraten könnte, lässt der garantiert irgendwo verschwinden, wo wir es in hundert Jahren nicht finden.»

«Verbrennen», sagte Roberto.

«Nicht wenn er schlau ist», erwiderte Gruber. «Manche Spuren überleben ein Feuer. Ein Profi würde andere Wege wählen.»

Roberto hätte jetzt gerne gewusst, welche Wege Gruber meinte, wollte sich dem Teutonen gegenüber jedoch keine weitere Blöße geben.

«Noch einmal wird er den Tunnel nicht benutzen», sagte Gruber.

«Jetzt muss er sich etwas Neues einfallen lassen. Die Frage ist, was genau er will. Worum geht es bei dieser Sache?»

Roberto spürte den auffordernden Blick, den Gruber ihm zuwarf, natürlich wollte er eingeweiht werden. Aber den Gefallen tat er ihm nicht. «Lassen Sie uns nach Rombolina zurückfahren.»

«Okay, Sie haben recht», erwiderte Gruber zögernd. «Hier ist nichts mehr zu holen.»

Roberto lächelte in sich hinein. Der Ausflug ins Du war also nur von kurzer Dauer gewesen. Dieser Kerl versuchte wirklich mit allen Mitteln, es sich in seinem, Robertos, Leben bequem zu machen. Höchste Zeit, Antonia gleich morgen wegen dieser beiden Turmzimmer anzusprechen. Gegen dieses Frettchen war ein profundes Druckmittel ganz sicher von großem Wert.

35.

Robertos Schlaf war tief, traumlos und schwer, wie eine Vollnarkose. Selbst wenn das Telefon eine halbe Stunde durchgeklingelt hätte, er hätte es nicht gehört. Vielleicht hätte sein Schlaf sogar Francos ausdauerndem Rütteln und Schütteln standgehalten – nicht jedoch dem Satz «Es ist Malpomena!», den Franco ständig in sein Ohr rief. Seit seiner Kindheit führte die unerwartete Nennung ihres Namens zu einer Alarmreaktion bei ihm. Seit er sie kannte, handelte sie sich in schöner Regelmäßigkeit Schwierigkeiten ein, versäumte, etwas Wichtiges zu tun, trat in irgendein Fettnäpfchen, war besorgt, betrübt, enttäuscht oder wurde missverstanden. Der Umgang mit ihr hatte etwas von einem Spaziergang auf vermintem Gelände. Wenn Roberto jemanden mit einer gewissen Dringlichkeit in der Stimme «Es ist Malpomena!» sagen hörte, war es vorbei mit seiner Ruhe, und er musste reagieren. Deshalb versuchte er gar nicht erst, Franco zum Teufel zu schicken, sich umzudrehen und weiterzuschlafen, sondern ergriff den Telefonhörer.

«Was gibt's?»

«Nichts», antwortete Malpomena.

«Du rufst mich wegen nichts an?» Roberto schwang schon mal die Beine aus dem Bett.

«Na ja», sagte sie, und Roberto warf sich seine Daunenjacke über, die er wegen der morgendlichen Kälte griffbereit neben dem Bett über einer Stuhllehne hängen hatte. Seine verhärteten Beinmuskeln meldeten sich mit einem stechenden Schmerz. Muskelkater, der verdammte Tunnel.

«Ich dachte, vielleicht willst du zum Frühstück kommen.»

Roberto hatte Mühe, ein Stöhnen zu unterdrücken, und ließ sich wieder aufs Bett sinken.

«Was ist jetzt? Kommst du?»

Nein, hätte er fast gesagt, aber er wusste, das war keine Option.

«Bring bitte einen Prosecco mit.»

Einen Prosecco? Am frühen Morgen? «Wann denn?»

«Zum Frühstück, Roberto, nicht zum Mittagessen», erwiderte Malpomena streng.

Roberto sah auf seine lehmverschmierte Armbanduhr, die er gestern Abend vor Müdigkeit vergessen hatte abzulegen. Sieben Uhr dreißig. Herrgott noch mal. «*Va bene*, ich bin gleich da», sagte er und machte sich schon mal mit dem Gedanken vertraut, keine Zeit zu haben, den Warmwasserboiler anzuheizen und sich kalt duschen zu müssen. Eine grauenhafte Vorstellung. Nein, da war es besser, ganz auf die Dusche zu verzichten. Das konnte er ja irgendwann tagsüber nachholen.

«Und, Roberto?» Wieder dieser strenge Ton.

«Ja?» Er hatte fast schon aufgelegt.

«Bitte», jetzt klang Malpomena mit einem Mal sehr weich und fast zart, «ohne Franco, ja?»

Robertos eingefrorenes Gehirn brauchte noch ein paar Sekunden, bevor er begriff, worum es hier eigentlich ging: den Eisprung, den Nachwuchs, die Erbschaft.

Fluchend raffte er sich erneut auf. Also doch die kalte Dusche. Er schlurfte in die Küche. Wohlige Wärme schlug ihm entgegen und äußerst dezente, leise Musik. «I'm dreaming of a white Christmas» sang eine tiefe Stimme. Weihnachtsmusik. Franco hockte am Kamin und stocherte in der Glut herum.

«Der *caffè* ist gleich fertig», sagte Franco. «Den Boiler im Badezimmer habe ich schon angeheizt.»

Deshalb hatten die Römer früher Sklaven, dachte Roberto, so gesehen war Francos Dauerpräsenz gar nicht so übel. «Bist du schon lange wach?»

«Seit fünf», antwortete Franco und stocherte weiter in der Glut herum.

«Lass die mal in Ruhe», sagte Roberto, nahm dem Musiker den Schürhaken aus der Hand und legte ihn neben den Kamin. «Glut braucht Zeit.»

Franco reagierte nicht.

«Warum so früh?», fragte Roberto.

Franco zuckte mit den Schultern. Roberto betrachtete ihn etwas genauer. Sein Gesicht war blass, fast wächsern, wie das eines Toten, und seine Lippen waren blau.

«Bist du krank?»

Franco antwortete erst nach einer Weile. «Thilo Gruber will mir heute erzählen, was seine Nachforschungen über meinen Opa erbracht haben.»

«Warum lässt du die Sache nicht auf sich beruhen, Franco?» Roberto schlurfte zum Herd, um sich einen *caffè* einzugießen. «Du kennst doch die Wahrheit schon. Lass die Schatten der Vergangenheit in der Vergangenheit.»

«Vielleicht hast du recht», erwiderte Franco, griff nach dem Schürhaken und begann wieder auf der Glut herumzuhacken.

Grauenhaft, dachte Roberto. Für ihn war Feuermachen eine Kunst und das Herumhacken auf der Glut Banausentum. Er schlurfte hinaus, um eine heiße Dusche zu nehmen.

«Dreizehn Euro», sagte Toto und stellte die Proseccoflasche vor Roberto auf die Theke.

«Eh, wie viel?» Roberto schob ihm einen Zehneuroschein hinüber und steckte die Flasche in seine Umhängetasche. «Selbst das ist schon Wucher.»

«In meiner Bar mache ich die Preise und nicht du», fauchte Toto zurück. «Noch drei.»

«Was kostet dich die Flasche im Einkauf, eh? Vier Euro?»

«Kauf sie dir doch selber im Einkauf. Bei mir kostet sie dreizehn.»

«Die hier», Roberto klopfte auf seine Tasche, «kostet zehn *e basta*. Und jetzt mach mir noch einen *caffè*.»

Wütend stieß sich Toto von der Theke ab und wandte sich seiner Espressomaschine zu. «Und für wie viel willst du den haben? Zehn Cent?»

«Sei nicht albern, Toto», sagte Roberto. «Ich bin kein Dieb.»

Toto schwieg, seine Körpersprache machte aber mehr als deutlich, dass er in der Sache ganz anderer Meinung war.

«Und dann guck mal im Internet nach, ob du irgendetwas über unterirdische Tunnel oder Gänge in Urbino findest.»

«Warum sollte ich das tun?», murrte Toto, worauf Roberto ihn so lange anlächelte, bis er sich an Robertos Anruf bei Gianni von der *Polizia Igienico Ambientale* erinnerte. Wütend knallte er den *caffè* auf die Theke und beugte sich über sein Notebook, das wie immer dort bereitstand.

Roberto klopfte auf die Untertasse. «Amarettino.»

Blass und um Selbstbeherrschung ringend, fischte Toto einen Keks aus der Dose und legte ihn neben die Espressotasse. Dann hämmerte er eine Weile auf die Tastatur ein, studierte das Display, tippte und las erneut. «Das was jeder weiß: Es gibt die für eine mittelalterliche Stadt einzigartige Abwasserkanalstruktur. Dann die unterirdischen Aquädukte für Quellwasser, hier ist ein Artikel aus dem Il Resto di Carlino vom 10. Januar 2006 darüber. Und natürlich Herzog Federicos Fluchttunnel aus dem Palazzo Ducale.»

«Nichts über Tunnel in Zusammenhang mit der Synagoge?»

Für einen winzigen Moment blitzten Totos Augen verräterisch auf, und erneut flogen seine Finger über die Tastatur. «Nichts.»

«Und gibt es alte Stadtpläne? Aus dem Mittelalter?»

«Nicht im Internet. Danach habe ich schon oft gesucht. Nein. Nichts.» Toto verzog sein Gesicht. «Da müsste man körperlich forschen.»

«Körperlich? Was soll das heißen?»

Toto ruderte unbeholfen mit den Armen. «Als Mensch. Richtig vor Ort. Archive, Grundbuchämter, so was.»

Roberto verdrehte die Augen. «Absurd, als Mensch irgendwo hinzugehen, um sich Informationen zu beschaffen, eh?»

Toto verstand die Ironie nicht. «Manchmal muss man. Nimm zum Beispiel das Grundbuchamt. Bei denen geht's zu wie im letzten Jahrhundert. Nichts als staubige, muffige Mappen, und wenn man was Bestimmtes sucht, dauert es eine Ewigkeit, bis man sich durch die Folianten gewühlt hat. Lächerlich.»

Roberto kippte seinen *caffè* hinunter. Wieder einmal graute ihm vor diesem digitalen Menschentypus, der es als Zumutung empfand, körperlich zu sein, und plötzlich verspürte er regelrecht Sympathie für Thilo Gruber, der sich stundenlang durch historische Archive wühlte und mit blassen Archivaren plauschte.

Bevor Roberto die Bar verließ, drehte er sich noch einmal um.

«Komm nicht auf die Idee, öffentlich über irgendwelche Tunnel und Gänge unter der Synagoge zu schwadronieren, hast du verstanden?»

«Wieso, gibt es denn da welche?»

«Nein. Du hast doch gerade selbst nachgeforscht.» Roberto zog sich seine Kapuze über und ging hinaus in die Kälte. Kaum war er draußen, begann Toto wie besessen auf seine Tastatur einzuhämmern.

Erst geschlagene zwanzig Minuten später stand Roberto vor Malpomenas Tür. Ein Witz für vierhundert Meter. Wenn ihn unterwegs eine Weinbergschnecke überholt hätte, es hätte ihn nicht gewundert. In seinem Kopf tobte ein Gedankengewitter. Die Vorstellung, mit seiner Kindergartenfreundin Sex zu haben, plagte ihn mit jedem Schritt mehr. Warum eigentlich? Malpomena war eine äußerst attraktive Frau, daran konnte es nicht liegen. Sie roch gut und hatte eine Figur, um die sie viele Frauen beneideten, mit 1,70 Meter war sie vergleichsweise groß, und ihre Proportionen würden andere als ideal beschreiben. Außerdem hatte sie diese Grandezza, wie sie nur der Adel hervorbrachte, diese tief verwurzelte Gewissheit, bedeutsam und unabhängig zu sein. Hinzu kamen ihre edlen, etruskischen Gesichtszüge und diese ruhige Altstimme, mit der sie sich deutlich von dem allgemeinen hochfrequenten Geschnatter vieler italienischer Frauen absetzte. Und selbst die tiefe, allumfassende Verzweiflung, in die sie innerhalb von Sekunden stürzen konnte, war irgendwie attraktiv. Wenn man davon absah, dass sie, einmal verzweifelt und deprimiert, so schnell nicht mehr in irgendeine Normalität zurückkehrte. Wobei Normalität bei ihr ein Zustand war, den andere schon als lädiert bezeichnen würden.

Mit jedem Schritt war Roberto um eine Spur langsamer geworden. Schauer fluteten über seine Haut, er fror trotz seiner Daunenjacke, ein Frieren, gegen das keine Jacke dieser Welt helfen konnte. Außerdem waren seine Hände feucht geworden, eine Art von Schweiß, die sich zwar abwaschen, aber nicht zum Verschwinden bringen lassen würde. Und sein linkes Auge zuckte immer mehr, je näher er Malpomenas Wohnung kam. Irgendwann war es so heftig, dass er einen Zeigefinger dauerhaft in seinen äußeren Augenwinkel pressen musste. Ausgerechnet das linke! Links bedeutete Unglück und Niedergang.

Er klingelte und trat ein paar Schritte zurück, um die Schlüssel aufzufangen. Ihren Türöffner würde Malpomena auch in hundert Jahren nicht reparieren lassen. Sie erschien oben auf ihrer Terrasse und warf, ohne ein Wort zu sagen, den in Zeitungspapier eingewickelten Schlüssel herunter, allerdings anders als sonst, nicht in einem sanften Bogen, sondern scharf gepfeffert wie einen Baseball.

«Hast du den Prosecco dabei?» waren ihre ersten Worte, als Roberto die letzte Stufe der schmalen Treppe genommen und sie die Wohnungstür mit einem Ruck aufgerissen hatte.

«Habe ich, ja.» Er zog die Flasche aus seiner Umhängetasche und hielt sie ihr hin.

«Jetzt komm doch erst mal rein», fuhr sie ihn an.

Madonna, war sie nervös! Er schob sich an ihr vorbei, durch eine gewaltige Duftwolke hindurch. Obwohl er es vermied, sie anzusehen, registrierte er doch aus dem Augenwinkel heraus, dass sie einen hautengen Satinhausanzug trug, der mehr als deutlich machte, dass sie darunter nackt war. *Oddio*, dachte er. Wieso hatte er sich bloß auf so einen Schwachsinn eingelassen? Wieso konnte sie sich nicht einfach einen Liebhaber nehmen, mit dem sie die Ahnenreihe der Del Vecchio vor dem Versanden rettete?

Malpomena räusperte sich und zwang ein Lächeln in ihr zutiefst ernstes Gesicht. «Nun, wie geht es dir, Roberto?»

Gut, wollte Roberto sagen, aber heraus kam nur ein Krächzen.

«Bist du erkältet?» Malpomena sah ihn vorwurfsvoll an. «Doch nicht etwa Fieber?» Sie streckte ihre Hand aus, um seine Stirn zu befühlen. «Und was machst du da mit dem Finger in deinem Auge?»

«Nichts», antwortete Roberto, nachdem er sich einige Male geräuspert hatte. Er zog seinen Finger zurück. Sofort ging das Zucken wieder los, was Malpomena sogleich bemerkte. Vorsichtig streckte sie ihren Zeigefinger aus und übte ihrerseits ein wenig Druck auf seinen äußeren Augenwinkel aus. Merkwürdigerweise wurde das Zucken jetzt noch stärker.

«Meistens zuckt der sogenannte Lidheber», dozierte Malpomena, «das ist der Muskel des Oberlids, der das Auge öffnet. Manchmal aber auch der Augenringmuskel. Grund sind in der Regel Störungen im Salz- und Wasserhaushalt, also Mineralmangel, ausgelöst durch körperliche Anstrengung, starkes Schwitzen, Durchfall oder Schwangerschaft.» Jetzt zuckte auch Malpomenas rechtes Auge einige Male. «Aber selbst wenn genügend Mineralien im Körper vorhanden sind, erhalten Muskeln und Nerven nicht immer ausreichend viel davon. Oder nimm das in billigen Kinofilmen oft zitierte Hyperventilieren, das zu schnelle Atmen auf Grund von Übererregtheit, Angst oder

Panik, dessen man mittels des Hineinatmens in eine Plastiktüte Herr werden kann. Auch eine Schilddrüsenüberfunktion hat einen ähnlichen Effekt, mit der Folge eines erhöhten Adrenalinspiegels. Bekanntlich fördert ja das Stresshormon Adrenalin die Bereitschaft der Muskeln, sich zusammenzuziehen. Da hilft nur ein möglichst ausgeglichener Alltag mit ausgewogener Ernährung, regelmäßiger Erholung und leichter sportlicher Betätigung. Und kein Alkohol, Nikotin und Koffein.»

Roberto spürte, wie sich ein Schweißfilm über seinen gesamten Körper ausbreitete, und er befürchtete, dass gleich noch andere Partien seines Körpers beginnen würden zu zucken.

«Manchmal hat ein Augenzucken auch gar nichts zu bedeuten. Das sollte man wenigstens nicht unerwähnt lassen.»

Endlich zog Malpomena ihre Hand wieder weg, und Roberto stürzte, wie er selbst fand, ein wenig überhastet in ihr karg eingerichtetes Wohnzimmer. Malpomena folgte ihm mit einem Gesichtsausdruck, der ihm gar nicht gefiel: entschlossen, entschieden, bestimmt. Und dass sie sich direkt auf ihn zubewegte, machte ihm regelrecht Angst. Warum eigentlich? Es war doch nicht so, dass es in seinem Leben bisher keine Frauen gegeben hätte, und die Zeit mit Maria Corbucci war, bei aller Bescheidenheit, von nicht gerade wenigen sexuellen Aktivitäten geprägt gewesen. Ohne es zu wollen, trat er einen Schritt zurück, als Malpomena ihn erreicht hatte.

«Was ist, Roberto?», fragte sie streng.

«Nichts, also», stammelte er und ging zum Fenster, als gäbe es da etwas zu sehen. Was definitiv nicht der Fall war bei dem Nebel und dem Nieselregen draußen.

Malpomena stellte sich neben ihn. «Da drüben liegen der Friedhof und das Mausoleo dei Duchi», sagte sie in einem Tonfall, in dem andere einen einzigartigen, wunderschönen, romantischen Sonnenuntergang beschreiben würden. Roberto spürte, wie ihre Hand nach seiner griff. In dem Moment klingelte das Telefon. Malpomena erstarrte, während Roberto erleichtert aufatmete.

«Ich werde nicht drangehen», sagte Malpomena düster. «Mir ist vollkommen gleich, um wen es sich handelt.» Trotzdem rührte sie sich nicht und wartete ihre eigene Ansage auf dem Anrufbeantworter ab. Nach dem Signalton ertönte die Stimme ihrer Schwester Antonia.

«Ich weiß, dass du da bist, Malpomena, also heb sofort den Hörer ab!»

«Nein, das werde ich nicht», sagte Malpomena zu Roberto.

«Also wirklich, Malpomena! Oma wurde von ihrer Mauer gestürzt, von einem Unbekannten, einem barbarischen Rohling. Mein Gott, Oma ist über achtzig!»

Malpomena stürzte zum Telefon. «Die Mauer ist zwei Meter hoch, wie ist denn die Oma da hinauf –», weiter kam sie nicht. Schweigend hörte sie zu, zusehends blasser werdend und offenbar schockiert von dem, was ihre Schwester erzählte. Roberto platzte fast vor Neugierde.

«Roberto und ich kommen sofort ins Krankenhaus!», sagte Malpomena nach einer Weile, und nach ein paar Sekunden: «Was soll das? Roberto gehört zur Familie.»

Roberto durchzuckte ein Schauer der Freude, zugleich verstand er in diesem Moment, warum er sich so schwertat mit der Vorstellung, den Del Vecchios zu Nachwuchs zu verhelfen.

36.

«Er kam aus dem Dunkeln, in einer lächerlichen Verkleidung.» Die Augen der Baronessa Concetta Del Vecchio Onori blitzten wild, und wäre ihr gebrochener linker Arm nicht an einer Angel über dem Bett fixiert gewesen, sie wäre herumgesprungen wie ein Derwisch.

«Oma, die Mauer ist zwei Meter hoch, was machst du auf einer Mauer, die zwei Meter hoch ist?», rief Malpomena.

«Das tut nichts zur Sache. Roberto, was wirst du unternehmen?»

«Nun, Baronessa, zuerst wüsste ich gerne, wie die Verkleidung genau aussah.»

«Oma braucht Ruhe», ging Antonia dazwischen, die erstaunlicherweise noch keinen Ton gesagt hatte, seit sie das luxuriöse Einzelzimmer im fünften Stock des Ospedale Santa Maria della Misericordia betreten hatten. Nur drei der vier Schwestern waren anwesend, Talia hatten sie nicht erreichen können, selbst Fidel wusste nicht, wo sie sich gerade herumtrieb.

«Ruhe?», schnaubte die Baronessa. «Davon werde ich mehr als genug haben, wenn ich erst mal in unserer Familiengruft liege.»

«Oma!», riefen die drei entrüsteten Schwestern gleichzeitig.

«Er hatte eine von diesen lächerlichen Masken auf, wie im venezianischen Karneval, die Augen schief, Hakennase, lehmfarben. Eine Anfängerarbeit. Commedia dell'Arte der übelsten Sorte.»

«Die Angelegenheit ist ernst, Oma, immerhin ist dein Arm gebrochen», mahnte Malpomena.

«Hat er irgendetwas zu Ihnen gesagt?», fragte Roberto.

«Nicht ein Sterbenswort. Kam hinter dem Busch hervorgesprungen. Ist hinauf auf die Mauer. Hatte einige Mühe, mehr als ich. Halt! Jetzt fällt es mir wieder ein. Da saß Molleone. Deswegen bin ich ja auf die Mauer geklettert.»

«Wer?»

«Mein Kater, Roberto. Ich habe ihn seit neuestem, und er heißt Molleone. Hast du das verstanden?»

«Selbstverständlich, Baronessa.»

Roberto schwitzte. Der Baronessa gegenüber kam er sich oft wie ein kleiner Junge vor.

«Oh, jetzt erinnere ich's wieder. Der Maskenmann sagte *‹vattene›* und hat Molleone mit einem Fußtritt verjagt. Herrgott, wie ich meinen Massimo vermisse. Der hätte sich das nicht gefallen lassen. Der hätte sich in den schmierigen Kerl verbissen, der hätte ihm die Eier –»

«Oma!» Die Schwestern im Dreiklang.

«Sagten Sie *‹vattene›*, Baronessa?», fragte Roberto.

«Bin ich Demosthenes? Spreche ich mit Kieselsteinen im Mund? Stottere ich wie König Georg VI., mit dem wir übrigens um ein paar Ecken verwandt zu sein belieben?»

Roberto schwieg, alle schwiegen. Wenn die Baronessa derart giftig und gereizt war, zog man am besten den Kopf ein und wartete besseres Wetter ab. Plötzlich fischte sie mit ihrer Linken ihr vibrierendes Handy zwischen Gips und Oberarm hervor, wies den Anrufer ab und schob das Handy wieder zurück unter den Gips. Sie hasste Klingeltöne und hatte sie ausgeschaltet, mit dem Nachteil, das Handy immer hautnah am Körper tragen zu müssen.

Roberto räusperte sich und riskierte einen Vorstoß. «*‹Vattene›* ist Dialekt, neapolitanisch. Und heißt ‹verpiss dich›.»

«Na sieh mal einer an. Ich hätte gedacht, es bedeutet ‹nett, dich kennenzulernen›.»

«Wer benutzt denn hier neapolitanische Wörter?», sagte Roberto, ohne seine Gereiztheit zu verbergen.

Die Baronessa sah ihn erstaunt an und wandte sich ihren Enkelkindern zu. «Wenigstens einer, der sich wehrt. Roberto ist wie Massimo, Gott hab ihn selig.»

Roberto tat so, als wäre der Vergleich ein Kompliment. Massimo war ein riesiger, fauler, vollgefressener Kater gewesen, dessen früher Tod mit Sicherheit auf Herzverfettung zurückzuführen war.

«Ich frage mich, welche Beweggründe der Täter hatte. Oder haben wir es mit einem Verrückten zu tun, der ohne Sinn und Verstand handelt?»

«Oma sollte zu einer von uns ziehen», sagte Raffaella. «Dann ist sie in Sicherheit.» Malpomena nickte, nur Antonia schwieg und fächelte sich mit flatterigen Bewegungen Luft zu.

«Nichts da», fauchte die Baronessa. «Ich lasse mich nicht vertreiben. Roberto, du wirst mir die Benelli von meinem Armando, Gott habe ihn selig, ölen und mit Munition versehen. Eine 9-mm-Parabellum, falls du es nicht weißt.»

«Armando hat mir damit das Schießen beigebracht, Baronessa.» Er verschwieg, wie verzweifelt Armando sein Training nach einiger Zeit abgebrochen hatte, weil Roberto praktisch nie die Zielscheibe, geschweige denn jemals deren Mitte getroffen hatte.

«Vielleicht sollte Fidel für ein paar Tage bei dir wohnen», schlug Malpomena vor. «Er verfügt über bedeutende Körperkräfte.»

«Der Kubaner? Nichts da. Der hat eine eigenartig bipolare Aura.»

Keiner fragte nach, was die Baronessa damit meinte, obwohl ihr auffordernder Blick sagte, dass sie gerne mehr dazu sagen würde.

«Ich werde zu dir ziehen, Oma», sagte Antonia und erntete erstaunte Blicke von ihren Schwestern und von Roberto. Ausgerechnet Antonia?

«Lass mal gut sein, Kindchen», sagte die Baronessa und tätschelte ihre elfenhaft zarte Enkelin. «Die nächsten Tage werde ich ja ohnehin hier in diesem Zimmer verbringen müssen. Die sagen, wegen meines Kreislaufs. Quacksalber. Wird Zeit, dass Malpomena endlich ihr Medizinstudium zum Abschluss bringt.»

Beschämt sah Malpomena zu Boden.

«Ich mache es trotzdem», beharrte Antonia und erhob sich. «Aber jetzt habe ich dringend etwas zu erledigen.»

Roberto sprang auf. «Das ist richtig.»

«Ich meinte nicht die Sache mit dem Lockvogel», sagte Antonia, als sie draußen auf dem Gang waren. «Dafür werde ich nicht zur Verfügung stehen.»

«Wieso nicht? Du hast es doch selber vorgeschlagen.»

«Ich habe es mir anders überlegt.»

«Der Kerl, der dich attackiert hat, wird nicht aufhören.»

Antonia schwieg. Sie wirkte seltsam beschämt.

«Und ich glaube, es gibt einen Zusammenhang zwischen dem Überfall auf dich und den auf deine Oma.»

«Was meinst du damit?» Antonia versteifte sich.

«Ich kann es dir nicht erklären. Ein Gefühl.»

«Ich finde deine Gefühle hier sehr fehl am Platz», entgegnete Antonia scharf.

Roberto sah sie prüfend an. «Du bist nicht sicher, solange der Mörder frei herumläuft», sagte er. «Wir müssen ihn fassen. Je früher, desto besser.»

Antonia ging eine Weile schweigend neben ihm her. Plötzlich fasste sie Roberto am Arm und lächelte ihn an. «Du hast mich überzeugt, Roberto, lass mich noch schnell eine Sache erledigen, dann können wir mit den Vorbereitungen beginnen.»

Ohne seine Reaktion abzuwarten, eilte sie mit flinken Schritten los, verschwand im Aufzug und ließ einen zutiefst erstaunten Roberto zurück. Er konnte sich nicht erinnern, je in seinem Leben von Antonia körperlich berührt worden zu sein. Noch irritierender war ihr zweimaliger Meinungsumschwung innerhalb einer Minute. Und wieso hatte sie plötzlich so eine prächtige Laune?

Roberto ließ ihr nur einen kleinen Vorsprung, bevor er in seinem

Topolino stieg und ihr folgte. Es war nicht nötig, einen besonders großen Abstand zu halten. Antonia war eine derart unsichere Fahrerin, dass sie voll und ganz damit beschäftigt war, die Straße vor sich im Blick zu halten, sie würde garantiert kein einziges Mal in den Rückspiegel sehen. Sie rollte auf der Viale Giuseppe di Vittorio in Richtung Süden, bog hinter dem zweiten Kreisverkehr in die Via Urbinate ein, um gleich nach ein paar Metern die kleine Stichstraße rechts hochzufahren.

«Na bitte, wusste ich's doch», flüsterte Roberto.

Dort oben gab es nur ein einziges Haus: das von Stefano Papalardo, dem Notar, der für die Firma Toggi s.r.l. die Pachtverträge einsammelte, die nötig waren, um dreißig Windräder auf dem Monte Cesane zu installieren.

Stefano Papalardo lehnte es kategorisch ab, Roberto irgendwelche Informationen über Dokumente seiner Klienten zu geben. Doch nachdem Roberto die Hintergründe der Geschichte geschildert hatte, eine langwierige Sache, weil Papalardo akribisch nachfragte, verschwand der Notar nach einer kurzen Denkpause aus seinem Büro, um, wie er sagte, einige kleine Besorgungen von leicht einer halben Stunde Dauer zu machen. Rein zufällig ließ er die Mappe mit der Aufschrift «Toggi / Windpark» in sehr exponierter Lage mitten auf dem Schreibtisch liegen.

Sehr umfangreich war sie nicht. Roberto fand darin alle Pachtverträge, die Toggi s.r.l. brauchte, um mit dem Bau des Windparks zu beginnen. Zuoberst der eben erst von Antonia unterschriebene. Sein Gefühl hatte ihn also nicht getrogen. Jetzt erklärte sich auch, wieso Antonia sich plötzlich doch bereit erklärte, den Lockvogel zu machen: Es würde weder ihr noch ihrer Oma irgendetwas passieren, denn Sergio hatte ja sein Ziel erreicht. Die letzten drei Gegner des Windparks, Ruggero Grilli, Ernesto Quatriglio und Antonia

Del Vecchio, hatten ihren Widerstand aufgegeben, Sergio konnte sich zurücklehnen und jedes Jahr dreißigtausend Euro einstreichen, ohne einen Finger krümmen zu müssen. Es gab keine Zeugen, die ihn identifizieren konnten, und der einzige Mensch, der ihn ohne Verkleidung erlebt hatte, war Franco, der jedoch unter dem Einfluss der halluzinogenen Indianerdroge einen Golem gesehen zu haben meinte. Was Sergio klug genutzt hatte, um eine regelrechte Hysterie in Urbino zu erzeugen, ein perfektes Ablenkungsmanöver.

Roberto blätterte weiter in der Mappe. Sehr interessant waren auch die Briefe, die die Firma Toggi an die Grundbesitzer verschickt hatte, in denen sie ihnen entweder eine erstaunlich großzügige Pacht angeboten oder mit einem Enteignungsverfahren gedroht hatte. Roberto konnte sich sehr gut vorstellen, wie die meisten sofort unterschrieben hatten, einerseits weil es sich um einfache, obrigkeitsfürchtige Bauern handelte, die von der offiziellen Aufmachung und der endlosen Reihe aufgezählter Paragraphen verunsichert waren, andererseits weil es sich bei den Landstücken fast ausschließlich um schlecht zugängliche Parzellen auf den Gipfeln kleiner Hügel handelte, die ohnehin zur landwirtschaftlichen Bewirtschaftung nicht taugten. Wahrscheinlich hatten sich viele sogar die Hände gerieben über das schöne Sümmchen für unbrauchbares Land. Lediglich Sergios Parzellen waren als wertvolles Agrarland ausgewiesen, was erklärte, warum sein Pachtgeld mit Abstand das höchste war. Neben der Tatsache, dass er deutlich mehr Land zur Verfügung stellte als die anderen.

Roberto klappte die Mappe zu. «Toggi / Windpark» – zwei Worte, sachlich und in aller Kürze beschreibend, worum es ging: um dreißig riesige, hässliche Windräder, die man selbst aus fünfundzwanzig Kilometer Entfernung noch sehen würde. Roberto hatte sich nie groß Gedanken über erneuerbare Energien gemacht. Aber selbst wenn man nichts darüber wusste und nur den gesunden Menschenverstand nutzte, gab es keinen Grund, im Sonnenland Italien auf

Windenergie zu setzen. Auch wenn die Sonne in den Wintermonaten nicht viel zuwege brachte, der Wind war weit unberechenbarer, und oft genug gab es schlicht und einfach keinen. Gerade der Monte Cesane war eher für sein liebliches Klima bekannt. Rau und windig war es auf dem 1700 Meter hohen Monte Catria ein paar Kilometer südlich. Ironischerweise konnte man dort heute noch zwei riesige Masten bewundern, die eine Firma vor fünfzehn Jahren mitten im Naturschutzgebiet errichtet hatte, natürlich mit EU-Geldern, die aber nie mit Rotoren bestückt worden waren. Zum einen weil eine nachgelieferte Studie belegte, wie wenig rentabel die Sache war, da sich die Kosten erst in etwa hundert Jahren amortisieren würden – und selbst das war unrealistisch, weil die Dinger mit Sicherheit nicht so lange funktionieren würden. Zum anderen hatte sich die *forestale* geweigert, eine Stromtrasse quer durch das Naturschutzgebiet zu erlauben; die beiden Masten hatte sie allerdings nicht verhindern können, weil die Provinzregierung eine Sondergenehmigung erteilt hatte, widerrechtlich und unter dubiosen Umständen, wie sich später herausstellte.

So viel Gemauschel, Geschiebe und Gezerre! Und all das nicht, um wirklich etwas für die Natur und für eine sinnvolle Energieversorgung zu tun, nein, es ging nur darum, schlau und einfach und rücksichtslos möglichst viel Geld einzusacken. So rücksichtslos, dass zwei Menschen hatten sterben müssen und eine alte Frau brutal von einer Mauer gestoßen worden war.

Roberto schlug noch einmal die Mappe auf, nahm den von Antonia unterschriebenen Pachtvertrag heraus und steckte ihn in die Innentasche seiner Daunenjacke.

«Ein Glas Pecorino, ein *pane pizza* und einen *caffè*», bestellte er und zog sich ächzend auf einen Barhocker. «Einen *doppio caffè*», korrigierte er sich, holte sein Handy hervor und wählte Pretoro Galdronis Nummer. Wieder nur die Mailbox. *Porca madosca*. Auch Antonia hatte er vergeblich zu erreichen versucht.

Franco setzte sich neben ihn. «Mir auch einen *doppio caffè*.»

«Du bist ja immer noch hier, Franco.»

«Ich habe doch gesagt, dass ich bei Toto auf dich warte.»

Roberto atmete schwer durch. «Weißt du, dass du mir verdammt auf die Eier gehst? Ich verstehe, dass du dich schlecht fühlst wegen deinem Opa. Aber das Thema mit dem Golem ist durch. Die große Neuigkeit ist: Es gibt keinen, kapiert? Es gibt nur einen gewalttätigen Mörder, der auf Lehmmonster macht, um von sich und seinen Taten abzulenken.»

«Was ist denn mit deinem Opa?», fragte Toto betont beiläufig, ohne sich umzudrehen.

Franco holte tief Luft.

«Das geht dich nichts an, Toto», ging Roberto dazwischen und warf Franco einen strengen Blick zu. Franco sah beschämt auf den Boden.

«Typisch», moserte Toto. «Du gehst mich ständig wegen irgendwelcher Informationen an, die ich dir besorgen soll, aber wenn ich mal von dir etwas –»

«Du weißt eh schon viel zu viel. Mit deiner ewigen Schnüffelei im Internet.»

«Das Internet ist frei, und Leute wie du wollen das einfach nicht akzeptieren.»

Roberto winkte ab. «So wie ich das sehe, gibt es auch im Internet verschlossene Türen, die du allerdings mit großer Freude immer wieder knackst.»

«So wie ich das sehe, kommst du alle naselang hier vorbei und bittest mich genau darum: Türen zu knacken.»

Roberto schwieg und dachte an seine Klettertour in Sergios *rustico*, auch nicht gerade das, was man eine legale Aktion nennen würde. «Das ist etwas vollkommen anderes», sagte er. «Ich versuche, ein Verbrechen aufzuklären. Und du? Was sind deine Absichten?»

Toto stellte grinsend die beiden *doppio caffè* auf die Theke. «Ich helfe dir dabei.»

Roberto winkte ab, er hatte keine Lust auf diese Diskussion. Toto sammelte alle Informationen über seine Mitbürger, die er finden konnte, und träumte davon, irgendwann zum Bürgermeister von Urbino gewählt zu werden, und dann würden seine Dossiers die Grundlage seiner Macht sein. Roberto war sich sicher, dass Toto regelrecht feuchte Tagträume hatte, wenn er sich vorstellte, wie er einen unliebsamen Widersacher mit der unwiderstehlichen Kraft seiner kompromittierenden Aufzeichnungen in die Knie zwang.

«Willst du übrigens einen Tipp von mir hören?», fragte Toto und wippte voller Erwartung seinen spindeldürren Körper auf und nieder.

«Was soll das denn für einer sein, eh?»

Toto hatte Mühe, sein vor Stolz zuckendes Gesicht wenigstens einigermaßen zu kontrollieren. «Ich war auf dem Grundbuchamt.»

«Ich bin begeistert, Toto, das haut mich um. Wo bleibt eigentlich mein Pecorino?»

«Ich dachte, vielleicht finde ich etwas im Zusammenhang mit der Synagoge und dem», er sah sich konspirativ um und flüsterte: «Tunnel.»

«Vom *pane pizza* seh ich auch nichts.»

Toto stellte ein Glas vor Roberto, und in seiner Aufregung goss er deutlich mehr ein, als die 0,2-Liter-Markierung vorsah.

«Willst du mir einen Trichter geben?», fragte Roberto. «Dann gieß ich wieder etwas zurück in die Flasche.»

Toto registrierte den Sarkasmus nicht, hob sein Laptop auf die Theke und drehte es zu Roberto hin. «Was siehst du da?»

Roberto versuchte, sein Erstaunen zu verbergen, und sagte: «Eine alte Karte von Urbino.» Aber, zum Teufel, was er eigentlich sah, war dieselbe Karte aus dem 16. Jahrhundert, die dieser verdammte Thilo Gruber ihm gezeigt hatte mit dem Tunnel, durch den er gestern Nacht mit dem Teutonen gekrochen war.

«Da siehst du den Tunnel eingezeichnet, der von der Synagoge wegführt. Ein Fluchttunnel, nehme ich einmal an.» Toto rückte jetzt ganz nah an Roberto heran, was leicht absurd wirkte angesichts der Tatsache, dass außer ihm, Toto und Franco niemand sonst im Raum war, und flüsterte: «Im Text unter der Karte findest du eine Anweisung, wie man in den Tunnel hineinkommt. Kannst du Latein, Roberto?», fragte Toto mit einem unüberhörbar höhnischen Unterton und vergrößerte den Bildausschnitt, sodass man den Text lesen konnte.

«Selbstverständlich», erwiderte Roberto und versuchte sich an Grubers Worte zu erinnern.

Toto grinste ihn an, und sein Gesicht sagte nichts anderes als: Jetzt hab ich dich, du Wurm, wenn einer kein Latein kann, dann du, Poliziotto!

Roberto nahm genüsslich einen großen Schluck Pecorino, sah Franco an, der den Kopf schüttelte: Nein, ich kann's nicht übersetzen, dann Toto, dem der Triumph aus allen Poren triefte. «Also, ich übersetze mal frei: ‹Finde die Platte, so groß wie die Hand eines Kindes, und drücke sie nach unten.›»

Toto sackte ein wenig in sich zusammen. «‹Drücke sie mit einer schnellen Bewegung nach unten› steht da.»

Roberto schüttelte grinsend den Kopf. «Toto, Toto, was bist du bloß für ein Korinthenkacker.»

Frustriert schlurfte Toto zu der immer noch defekten Glasvitrine und holte ein *pane pizza* heraus.

«Auf dem Grundbuchamt hast du sie also gesehen, die Karte?», fragte Roberto.

«Sie hängt im Büro von Donato Cattegna. Es handelt sich um eine Kopie. Das Original befindet sich im Museo Archeologico Nazionale in Ancona. Cattegna hat sie aufgehängt, weil er sie schön findet. Aber er kann kein Latein.»

«Hast du ihm den Text übersetzt?»

Toto schüttelte kraftlos den Kopf.

«Hast du irgendwem von deiner Entdeckung erzählt?»

Wieder schüttelte er den Kopf.

«Dann belass es dabei, Toto. Es gibt nur drei Menschen, die von dem Tunnel wissen. Du, ich und der Täter», sagte Roberto und unterschlug der Einfachheit halber Thilo Gruber und Franco, der gespannt zugehört hatte.

«Schöne Karte, Donato», sagte Roberto und zeigte auf die eingerahmte Kopie an der Wand.

«Nicht wahr?», sagte Donato Cattegna und blätterte weiter in dem riesigen, staubigen Folianten, der seinen halben Schreibtisch bedeckte.

«Sag mal, wer hat sich kürzlich für die Karte interessiert?»

«Toto Scaglioni», murmelte der Beamte.

«Und sonst?»

«Einer, dessen Namen ich vergessen habe. Vor ein paar Wochen.»

«Und was wollte der?»

«Die Besitzer einiger Parzellen auf dem Monte Cesane ermitteln.»

Ein Blitz durchzuckte Roberto. Jetzt habe ich dich, Sergio, dachte er, gleich ist es vorbei mit dem Versteckspiel.

«Kennst du Sergio Bonasera? Der früher den Nachtclub Purgatorio unten im ehemaligen Bahnhof hatte?»

Donato Cattegna warf Roberto einen Blick voller Abscheu über den Rand seiner Lesebrille zu. «An solchen Orten verkehre ich nicht.»

«Na komm, ein bisschen tanzen, Frauen anbaggern, ein bisschen Spaß haben», ärgerte Roberto ihn. Seine Laune stieg sekündlich, der Fall war so gut wie gelöst, und zu seinem eigenen Erstaunen empfand er sogar eine gewisse Freude bei dem Gedanken, in Kürze wieder zu seinen zwar unmenschlichen, aber dennoch angenehm unspektakulären Dienstplänen bei der Polizia Municipale zurückzukehren.

«War das ein großer, hagerer Kerl, mit langen Haaren, vielleicht zu einem Zopf gebunden?»

«Nein, ganz sicher nicht», erwiderte Donato Cattegna. «Er war sehr breit, sehr kräftig, überhaupt nicht groß, er hatte zwar einen Kopf, aber keinen Hals, und seine Haare waren so.» Donato Cattegna hielt Daumen und Zeigefinger hoch, Abstand ein Millimeter.

«Bist du sicher?»

Cattegna verdrehte die Augen und las einfach weiter.

Robertos Euphorie zerbröselte mit einem Schlag, das fühlte sich an wie freier Fall. «Muss man sich nicht ausweisen, wenn man bei dir Akten einsehen will?»

«Muss man», antwortete der Beamte. «Aber der Ausweis von dem Mann war gefälscht. Und jetzt lass mich in Ruhe meine Arbeit verrichten.»

«Gefälscht? Woher willst du das wissen?»

«Als Beamter hat man einen Blick dafür.»

«*Dai*, Donato. Was soll das sein? Ein siebter Sinn, den nur Beamte haben?»

Donato Cattegna verdrehte seine Augen. «Nenn es, wie du willst.»

«Dann hast du ihm die Informationen also nicht gegeben.»

«Doch, habe ich.»

«Das gibt es doch nicht!»

«Die Ausweispflicht ist eine Farce. Wenn jemand sich schriftlich an uns wendet, verlangen wir auch keinen Identitätsnachweis.»

Wütend trat Roberto gegen den Schreibtisch. «*Porca zozza*, Cattegna!»

«Würdest du bitte meinen Schreibtisch verschonen? Du bist hier auf einem Amt und nicht in einem Nachtclub mit dem lächerlichen Namen Purgatorio.»

Fluchend und von Cattegnas misstrauischem Blick verfolgt, schob sich Roberto an dem Schreibtisch vorbei und pflückte den Bilderrahmen mit der Kopie des alten Stadtplans von der Wand.

«Was machst du da?», brauste Donato Cattegna auf.

«Das Bild ist konfisziert.»

«Den Rahmen habe ich von meinem Geld bezahlt!»

«Der Mörder hat ihn doch sicher angefasst, oder?»

«Was für ein Mörder?»

Roberto winkte ab, keine Erklärungen.

«Nein, der hat nur ein Foto von der Karte gemacht, mit seinem Handy, und sonst nichts. Außerdem trug er diese weißen Baumwollhandschuhe, wie sie Stauballergiker tragen müssen.»

Cazzo; also nicht mal Fingerabdrücke. «Kam dir das nicht insgesamt verdächtig vor, Cattegna? Eh?»

«Ich will mein Bild wieder zurück.»

«Wieso hat der Kerl die Karte fotografiert?»

«Der war das erste Mal in Urbino und war froh, einen Stadtplan gefunden zu haben.»

«Cattegna, was soll das? Die Karte ist aus dem 16. Jahrhundert.»

«Na und? Urbino wurde im 15. Jahrhundert erbaut, und was hat sich seitdem verändert?»

«Zum Beispiel wurde der *duomo* nach dem großen Erdbeben um neunzig Grad gedreht wieder aufgebaut.»

«Blödsinn.»

«Was weißt du denn, Cattegna? Sitzt hier in deinem Büro wie eine Kellerassel und kriegst nichts mit.» Und jetzt? Irgendwie empfand Roberto es als Niederlage, das Bild einfach wieder zurückzuhängen. Also legte er es umgedreht auf den Schreibtisch, löste die Halteklammern der rückseitigen Pappe und zog den Plan heraus. «Den Rahmen kannst du wieder aufhängen.»

«Eh? Eh? Was soll das?»

«Polizeiliche Ermittlungen», antwortete Roberto und rollte das Bild zu einer Röhre zusammen. «Hast du mal ein Gummi?»

«Was machen wir jetzt?», fragte Franco frierend unter seiner Kapuze hervor, er hatte die Schultern hoch- und den Kopf eingezogen, um möglichst wenig Körperwärme in die Umwelt entweichen zu lassen.

«Ich will mich nicht ständig wiederholen. Lass mich meine Arbeit machen. Geh nach Hause. Du hast nichts zu befürchten.»

Franco antwortete nicht und trottete weiter neben dem Poliziotto her. Roberto stöhnte. Warum hatte er nur so ein weiches Herz? Warum jagte er den Komponisten nicht einfach zum Teufel? Er holte sein Handy hervor und wählte Maria Corbuccis Nummer.

«Polizia di Stato, Urbino, Maria Corbucci spricht. Was kann ich für Sie tun?»

«Sag mal, was ist mit Galdroni? Lebt der noch?», fragte Roberto ohne Umschweife und wappnete sich schon mal für die jetzt fällige Erziehungsmaßnahme: Zuerst sagt man guten Tag, dann nennt man seinen Namen, blabla.

«Oh, Robertino», flötete Maria stattdessen, «wie geht es dir? Wie kommst du voran? Mein Gott, all die Arbeit allein auf deinen Schultern!»

Roberto war sprachlos. Was, zur verteufelten Hölle, war bloß mit der Corbucci los? Gleich zwei Gefühle sprangen ihn an: ein leichtes Zwicken im Unterleib, Maria war nun mal eine verdammt saftige Frau mit einer Stimme, die einiges bewirken konnte, und ein heftiges Misstrauen, wobei Letzteres das bei weitem stärkere Gefühl war.

«Galdroni, was ist mit Galdroni?», wiederholte er und ärgerte sich, dass er ein wenig stotterte.

«Pretoro liegt mit einem gebrochenen Bein in einer Klinik in Österreich.»

«Und wieso reagiert er auf keinen Anruf?»

«Sein Handy ist bei einem Sturz kaputt gegangen.»

«Che diamine!», fluchte Roberto und war sich ganz sicher, dass Maria ihm jetzt dafür die Leviten lesen würde.

«Ich verstehe dich so gut», erwiderte sie stattdessen. «Aber du kannst ihn erreichen. Ruf Ornellas Handy an.»

«Du weißt, dass Galdroni in Hintertux ist?»

Maria stöhnte abfällig. «Ein Skilehrer! Keine gute Wahl. Das habe ich Ornella von Anfang an klipp und klar gesagt.»

«Sind die beiden denn wieder zusammen?» Richtig erstaunt war Roberto nicht. Typen wie Galdroni kriegen immer, was sie wollen.

«Wie zwei Turteltäubchen. Sie wollen sogar noch ein drittes Kind, kannst du dir das vorstellen?»

Roberto zuckte zusammen. Er verspürte neuerdings einen gewissen Widerwillen, wenn jemand vom Kinderkriegen redete. «Okay, dann rufe ich mal bei Ornella an», sagte er und legte auf. Hatte er gerade ‹okay› gesagt? Kopfschüttelnd scrollte er nach Ornellas Nummer.

«Du hast gerade ‹okay› gesagt, Roberto», sagte Franco.

«Geh du mir nicht auch noch auf die Nerven, *va bene*!» Roberto wartete auf die Verbindung. Maria führte irgendwas im Schilde. Aber was?

«Pronto?», meldete sich Ornella.

«*Ciao*, Roberto hier! Wie geht es euch beiden?»

«Hör zu, Roberto, Pretoro ist für niemanden zu sprechen», kam Ornella gleich zur Sache.

«Aber mit Maria Corbucci redet er doch auch hin und wieder, oder nicht?»

«Und jedes Mal ist er danach zutiefst erschöpft.»

Roberto meinte aus dem Hintergrund eine protestierende Stimme zu hören. «Es ist dringend, also her mit Galdroni», erwiderte er.

«Nein, sage ich.»

«Es muss sein.»

«Nein.»

«Cazzo!»

«Pretoro hat einiges durchgemacht, der Arme.»

«Das ist ja wohl mehr deine Schuld, Ornella.»

«Unsinn. Davon verstehst du nichts. Du bist weder verheiratet, noch hast du zwei Kinder.»

«Was ist denn daran groß zu verstehen? Du hast dir einen anderen Kerl angelacht.»

Ornella blies hörbar Luft aus ihrer Lunge. «Männer. Wenn ihr über so eine Geschichte redet, fangt ihr der Bequemlichkeit halber immer in der Mitte an.»

«Was soll das denn wieder heißen?»

«Das soll heißen: Es gibt auch eine Vorgeschichte. Eine Krankheit besteht nicht nur aus Symptomen.»

Roberto schwieg. Vorgeschichte. Ornella hatte ja recht. Und was mischte er sich eigentlich in ihre und Galdronis Ehe ein? «Dann sag ihm wenigstens, dass ich angerufen habe.»

«Das werde ich nicht», erwiderte Ornella. «Aber ich werde ab jetzt auch mein Handy ausschalten. Ich will, dass Pretoro sich in aller Ruhe erholen kann.»

Roberto steckte sein Handy ein. Vorgeschichte. Welches war eigentlich seine Vorgeschichte, wegen der Maria Corbucci ihn seinerzeit für diesen Hampelmann Cottelli verlassen hatte?

37.

«Du gehst jetzt zu dir nach Hause, Franco, *eh basta*», sagte Roberto.

Der Regen hatte so gut wie aufgehört, und wenn Roberto die Zeichen des Himmels richtig deutete, würde im Laufe des Tages sicherlich der eine oder andere Sonnenstrahl durch die Wolken brechen. Franco hatte seine Kapuze tief ins Gesicht gezogen, und so wie er da vor Roberto stand, vornübergebeugt und in den Knien ein wenig eingeknickt, hätte er auch ein bußetuender Mönch in einer Daunenjacke sein können, der gar nicht merkte, dass er nicht im Kloster, sondern auf der Piazza mitten in Urbino stand.

«Warum sagst du nichts?»

Es dauerte eine Weile, bis Francos Stimme dumpf aus der Kapuze heraustönte. «Du hast recht, Roberto.»

«Ich begleite dich bis zu deinem Haus, okay?»

«Du hast wieder ‹okay› gesagt.»

«Unsinn, du hast dich verhört.» Roberto registrierte besorgt, wie seine Nerven mittlerweile wegen jeder Kleinigkeit zu vibrieren begannen. Nicht gut. Ein Konzentrationsproblem? Auch, vor allem jedoch eine unglaublich zähe Müdigkeit.

«Brauchst du nicht, Roberto. Ich komme schon klar.» Franco lugte scheu unter seiner Kapuze hervor. «Kannst du mir einen letzten Gefallen tun?»

Signor Iddio, würde der Musiker jetzt etwa anfangen zu weinen? «Natürlich, Franco, nur raus damit.»

«Thilo Gruber wird mir heute Abend erzählen, was er über meinen Großvater Neues herausbekommen hat. Er hat mich zum Essen eingeladen. Um halb neun. Würdest du mich begleiten?»

«Mhm, weißt du, Franco, das geht leider nicht, um die Zeit bin ich längst nicht mehr hier, sondern in Rombolina.»

«Das passt ja wunderbar. Er hat mich zu sich nach Hause eingeladen, in Rombolina.»

Roberto konzentrierte sich. Jetzt nicht aufregen. Ganz ruhig bleiben. «Gut. Dann komm vorher bei mir vorbei, und wir gehen zusammen rüber.»

Franco strahlte wie eine Sonnenblume, nickte hektisch, winkte zum Abschied und stimmte ein Lied an, das Roberto bekannt vorkam. Ein Ohrwurm, den er schon oft gehört hatte, dessen Titel ihm aber auf Teufel komm raus nicht einfallen wollte. Trotzdem blieb die Melodie in seinem Kopf kleben und drehte dort monotone Runden. *Cazzo.*

«Kommt denn Sergio überhaupt noch als Täter in Frage?», sinnierte Roberto laut, während er sich eine Olive in den Mund schob. «Die Täterbeschreibungen von Franco und Malpomena passen nicht auf ihn, und bei dem Mann mit den weißen Handschuhen auf dem Grundbuchamt handelte es sich ebenfalls nicht um Sergio.»

Toto stand hinter der Theke an seine Espressomaschine gelehnt und las mit betonter Gleichgültigkeit in der neuesten Ausgabe des Wire-Magazins. Natürlich die amerikanische Originalausgabe. Er war Zeuge gewesen, wie Roberto mit *notaio* Stefano Papalardo telefoniert und ihn gefragt hatte, ob er eine Beteiligung der Firma an den Morden für möglich hielt. Weil der Akku von Robertos Handy leer war, hatte Toto ihm sein Smartphone geliehen und behauptet, der Lautsprecher ließe sich nicht ausschalten.

«Vielleicht», hatte der *notaio* gesagt, «aber wie willst du denen etwas nachweisen? Wenn die jemanden beauftragen, Druck auf die Landbesitzer zu machen, werden sie das nicht mit einem unterschriebenen Brief tun, den sie brav in ihrer Ablage abheften. Verstehst du? Und selbst wenn: Für einen Durchsuchungsbefehl musst du etwas gegen sie in der Hand haben, Indizien, Beweise. Und selbst wenn du den Täter erwischst, wird der nicht wissen, wer ihn beauftragt hat. Oder wenn er es weiß, wird er nicht reden. Wir sind in Italien, Roberto. Hier gilt die Omertà.»

«Du meinst, wir haben es mit der Mafia zu tun?»

«Ich meine gar nichts», hatte Papalardo geantwortet. «Denk nach. Ein Hundert-Millionen-Euro-Projekt. Im Sektor erneuerbare Energien. Das große Thema in der EU. Mit dicken Subventionstöpfen.»

Roberto schob sich eine weitere Olive in den Mund und spülte mit etwas Pecorino nach. «Ich hätte nie gedacht, dass ein paar Windräder so viel Geld kosten. Woher kommen diese hundert Millionen überhaupt?»

Toto versuchte sich zu beherrschen, aber sein Gesicht schrie förmlich: Frag mich!

«Wahrscheinlich ist es unmöglich, da etwas herauszubekommen», sagte Roberto scheinheilig und schob einen Geldschein über die Theke.

Toto wühlte in seiner Hosentasche nach Wechselgeld. Wie immer tippte er den Betrag nicht in die Registrierkasse ein, so sparte er Umsatz- und Einkommenssteuer. Zwar nur jeweils winzige Beträge, aber über die Jahre war da sicherlich einiges zusammengekommen.

Roberto rutschte von dem Barhocker herunter. «Ich habe neulich von einem Fall gehört, da hat einer bei der EU in Brüssel eine Anfrage eingereicht, und rate mal, wann er eine Antwort gekriegt hat.»

Toto tat so, als wäre dies eines der letzten Themen auf dieser Welt, die ihn interessierten.

«Nach neun Monaten.» Roberto zog den Reißverschluss seiner Daunenjacke bis unters Kinn. «Deprimierend. Wir, die kleinen Leute, wir zählen nicht. *A dopo*, Toto.» Er griff noch schnell über die Theke und stöpselte sein Handy von Totos Universalladegerät ab. Voll war der Akku nicht, aber für die nötigsten Gespräche würde es reichen.

Er verließ die Bar mit einer Hand in der Hosentasche mit der Friedhofserde, doch diesmal rief ihm Toto nichts hinterher. Überhaupt kein Geräusch machte er, und Roberto hätte geschworen, dass er sogar das Atmen eingestellt hatte. Draußen bog er um die Ecke, verharrte einen Moment, schlich noch einmal zurück und lugte in die Bar hinein. Wie er erwartet hatte, hämmerte Toto schon mit irrwitzig schnellen Fingern auf sein Notebook ein. Lächelnd machte er sich auf den Weg in die Wache, eigentlich nur um endlich den Rest der *salsiccia piccante* gegen die kleine MagLite auszutauschen. Noch einmal wollte er nicht in einem wichtigen Moment im Dunkeln stehen. Und die Wurst, da hatte er sich mittlerweile entschieden, würde er an Osvaldos Hunde verfüttern. Sie war einfach zu salzig, zu hart und zu trocken.

Mit großen Schritten passierte Roberto Nevio Cottellis Büro, dessen Tür unüblicherweise weit offen stand, obwohl der *maresciallo capo* an seinem Schreibtisch saß. Noch ungewöhnlicher war, dass Cottelli ihn zwar sah, aber nicht hereinzitierte. Was war da los? Roberto kehrte noch einmal um und steckte seinen Kopf durch die Tür.

«Bist du krank, Cottelli?»

Cottelli sah ihn an wie einen Geist. «Dein Dienstplan ist fertig, Roberto.»

«Ich arbeite immer noch für Galdroni», entgegnete Roberto.

«Ach ja, richtig, ja, ja.» Cottelli strich sich mit beiden Händen über die Augen.

«Haben eure Zwergpudel Durchfall, oder was ist los?»

Cottelli legte seine Hände flach vor sich auf den Schreibtisch, wie früher in der Schule, wenn die Maestra Signora Carboni kontrollierte, ob sie Dreck unter den Fingernägeln hatten. «Maria will mich verlassen.»

Was für eine Freude, wollte Roberto sagen, merkte aber, dass sein Gefühl ein ganz anderes war: Cottelli tat ihm leid. «Warum?»

«Warum?», wiederholte Cottelli.

«Warum, ja!», pflaumte er zurück. Bloß nicht zu viel Mitleid haben.

«Sie ...», Cottelli schluckte schwer und warf Roberto einen Cockerspaniel-Blick zu.

«Sie was?»

Cottelli schien jetzt erst zu kapieren, mit wem er da redete. «Rapport, Rossi, und zwar sofort», sagte er matt.

«Cottelli, Cottelli, du lässt wirklich jede Gelegenheit vorüberziehen, dich ausnahmsweise mal als Mensch zu zeigen.»

«Was soll das denn?» Cottellis Stimme nahm an Schärfe zu. «Noch bin ich dein –»

«*Dio Santo! Stolto tu!* Spar dir deine Drohungen, bis ich wieder im Dienst bin. Dann kannst du dich wieder austoben und mich drangsalieren.» Gegen Cottellis lautstarken Protest zog er einfach die Tür zu, verließ allerdings schleunigst ohne seine MagLite die Wache. Wer wusste schon, wozu der *maresciallo capo* in seinem Zustand fähig war. Und das Letzte, was er jetzt brauchen konnte, war eine Verzögerung. Er hatte Hunger, wollte in Ruhe sein *pranzo* einnehmen. Und ein wenig nachdenken.

Erst als er die halbe Piazza überquert hatte, zündete bei ihm der Funke, was Maria Corbucci betraf. War der Grund für ihre plötzliche Freundlichkeit ihm gegenüber, dass sie Cottelli den Laufpass gegeben hatte und sich jetzt wieder an ihn heranmachen wollte?

Er holte sein Handy hervor, um Lana Ferrea anzurufen. Es war höchste Zeit, sich wieder einmal die Karten legen zu lassen, doch bevor er ihre Nummer aus dem Speicher holen konnte, klingelte das Handy.

«Wo bist du?», fragte Toto mit so viel Triumph in der Stimme, dass er kaum in der Lage war zu sprechen.

«Auf der Piazza. Am Brunnen.»

«Willst du was über die Firma Toggi hören?»

«Ich muss was essen», tat Roberto gleichgültig.

«Du kannst hier bei mir was essen.»

«Ich meine was Richtiges. *Antipasto, primo, braciola, formaggio, dolce.*»

«Du wirst ausflippen, ich verspreche es dir.»

«Später vielleicht.»

Schweigen. Dann Toto mit einer Stimme wie aus der Tiefe einer Gruft im Mausoleo dei Duchi: «Wo gehst du essen?»

«La Cerqua.»

«Okay, ich schließe die Bar für eine halbe Stunde und komme dahin.»

Roberto war sprachlos. Toto schloss seine Bar nie. Nicht mal zu Weihnachten. Außer wenn er so krank war, dass er seinen spindeldürren Körper nicht mehr in die Vertikale bringen konnte. «Dann bring das Handyladegerät mit, *va bene*?»

Roberto hatte gerade sein *primo piatto* serviert bekommen, *strozzapreti al cartoccio* in einer Tomaten-Sahne-Sauce mit verschiedenen Pilzen, *peperoncino* und Salbei, als Toto hereingestürzt kam.

«Ich musste noch eine Touristengruppe abfertigen», stieß er hervor und schnupperte. «Das riecht gut.»

Roberto winkte dem *padrone* zu. «Noch einen Teller, Umberto.»

Toto setzte sich ganz nah neben Roberto, was der etwas merkwürdig fand.

«Toggi s.r.l.», legte Toto ohne Umschweife im Flüsterton los, «ist eine Firma aus San Benedetto del Tronto, die sich laut ihrer Selbstdarstellung auf erneuerbare Energien spezialisiert hat, Solaranlagen und Windräder. Die Besitzer sind zwei Brüder, Emanuele und Fosco Santi.»

Roberto tat ein paar Löffel *strozzapreti* auf den zweiten Teller, und Toto fing sofort an, die Nudeln in sich hineinzuschaufeln. Roberto hatte den *barista* immer schon im Verdacht, aus reinem Geiz zu wenig zu essen und deshalb chronisch unterernährt zu sein; sobald sich aber eine gute Gelegenheit bot, stopfte Toto in sich hinein, was er kriegen konnte.

«Der Windpark ist tatsächlich ein Hundert-Millionen-Geschäft. Aber», Toto rückte noch näher heran, «jetzt halte dich fest: Toggi hat von der EU fünfzig Millionen Euro aus dem CIP-3 INTELLIGENT ENERGY EUROPE II Fonds für erneuerbare Energien bekommen. Und weitere vierzig Millionen aus dem EIB - FEMIP - FACILITY FOR EURO-MEDITERRANEAN INVESTMENT AND PARTNERSHIP als langfristiges, äußerst günstiges Darlehen. Logischerweise rentiert sich erneuerbare Energie am Markt nicht und muss subventioniert werden.»

Roberto nahm einen Schluck Falerio, der bei La Cerqua immer eine Klasse für sich hatte. «Klingt für mich nicht sehr aufregend.»

Toto schob sich die letzte Portion seiner *strozzapreti* rein und schlang sie herunter, um schnell weitersprechen zu können. «Dann hör dir das an: Ausgezahlt wurde ein Großteil der insgesamt neunzig Millionen vor einem Jahr.» Toto sah Roberto triumphierend an.

«Ja, und?»

«Die Regeln für beide Gelder sehen vor, dass sie erst mit Baubeginn ausgezahlt werden dürfen.» Toto griff sich Robertos Weinglas und leerte es in einem Zug.

«Was soll das?», fuhr Roberto ihn an.

«Was?», fragte Toto verständnislos zurück.

Roberto winkte dem Padrone zu. «Noch ein Glas, Umberto.» Er wandte sich wieder Toto zu. «Versteh ich nicht. Die haben mit dem Bauen doch noch gar nicht begonnen.»

«Das ist der Punkt. Vor einem Jahr hatte Toggi noch keinen einzigen Pachtvertrag abgeschlossen, sie konnten also nicht einmal wissen, ob sie die Grundstücke bekommen, die sie für den Windpark brauchen.»

Roberto füllte sein neues Weinglas und nahm einen Schluck.

«Die müssen mit gefälschten Unterlagen gearbeitet haben.» Toto hob mit seiner Gabel die Alufolie an. Keine *strozzapreti* mehr da. «Was hast du als *secondo* bestellt, Roberto?»

«Coniglio in porchetta.»

«Oh!», strahlte Toto und warf einen sehnsüchtigen Blick in Richtung Küche. «Vielleicht solltest du denen sagen, dass wir in Eile sind.»

«Du bist in Eile, nicht ich», erwiderte Roberto und wandte sich trotzdem an den *padrone*. «Umberto, das *coniglio* zweimal und bitte schnell.»

«Eh, eh!», regte Umberto sich auf. «Du bist hier nicht in einer Pizzeria, Poliziotto. Gutes Essen braucht Zeit.»

«Du hast vollkommen recht. Und jetzt leg einen Zahn zu, *va bene*?»

Umberto streckte entrüstet die Arme aus. «Ich habe ja noch nicht einmal die Teller vom *primo* abgeräumt!»

«Niemand hindert dich, es sofort zu tun.»

Umberto ging grummelnd zur Küchentür und rief ein paar Kommandos hinein, worauf er wütende Worte zu hören bekam, die er seinerseits mit einigen Beschimpfungen beantwortete.

«Toto, Toto», sagte Roberto kopfschüttelnd, «mit dir kann man nirgendwo hingehen. Manchmal habe ich den Eindruck, du bist überhaupt kein Italiener.»

«Was?» Toto hatte nicht zugehört, sein Blick war konzentriert nach innen gerichtet, während er eine Scheibe *pane comune* nach der anderen in sich hineinstopfte, nachdem er sie jeweils mit Salz und Pfeffer bestreut hatte.

«Und wieso braucht Toggi plötzlich die Pachtverträge, wenn es bis jetzt gutgegangen ist?»

«Das ist der Hammer!» Totos Stimme überschlug sich. «Die aus Brüssel müssen Lunte gerochen haben und haben Toggi eine Frist gesetzt, die notariell beglaubigten Pachtverträge vorzulegen. Und jetzt halt dich fest: Die Frist endet übermorgen.»

«Das ist zu abenteuerlich», wandte Roberto ein. «Verträge fälschen, Baugenehmigung fälschen, und das soll nicht auffliegen? Bei so einem hohen Betrag? Da gibt es doch bestimmt Kontrollen.»

Toto lachte meckernd. «Manchmal habe ich den Eindruck, du bist überhaupt kein Italiener.»

Roberto sah ihn erstaunt an.

«Was ich meine, ist: Es gibt in Italien eine lange Tradition des Subventionsbetrugs. Anders als im Fußball sind wir in der Disziplin seit Jahrzehnten Europameister. Besser sogar als die Griechen. Aber die Zeiten haben sich radikal geändert; spätestens seit Beginn der Finanzkrise sind alle extrem wachsam geworden. Die Steuerbehörde, die Bürokraten in Brüssel. Willst du etwas über die Schnüffel-Software namens Serpico hören, die die Finanzbehörde in Rom neuerdings einsetzt? Serpico ist ein Akronym und steht für *‹Servizi per i contribuenti›*. Die Software durchforstet Bankkonten, Unterlagen des Katasteramts, die Kfz-Verwaltung, Renten- und Autoversicherungen –»

Roberto hob die Hand, um Toto zum Schweigen zu bringen. «Und jetzt droht der Schwindel aufzufliegen.»

Toto nickte heftig. «Aber das ist nicht alles.» Schon wieder rückte er ganz nah an Roberto heran. «Die Namen der beiden –»

«Emanuele und Fosco Santi.»

«Richtig. Die Namen tauchen auch im Zusammenhang mit der Imperto Holding S.p.A. mit Sitz in Neapel auf.»

Roberto roch ausgiebig an dem Falerio, bevor er einen Schluck nahm. «Na und?»

«Die Imperto Holding hat vor über zehn Jahren zig Millionen aus Brüssel für den Bau zweier Müllverbrennungsanlagen kassiert. Von der einen gibt es nicht mehr als ein Betongerippe, für die zweite existiert nicht einmal das nötige Bauland. Die Sache ist gewaltig, Roberto! Jeder weiß es, aber es gibt keine Anklage, nichts.» Totos Augen glühten. Er griff nach der Weinflasche und füllte sein Glas erneut, nicht bis zur 0,2-Liter-Markierung wie in seiner Bar, sondern bis an den Glasrand. «Die Santi-Brüder vagabundieren seit Jahren durchs Land, gründen Firmen in unterschiedlichen Regionen und grasen Subventionsgelder ab für Projekte, die entweder nicht realisiert werden, oder, wenn Kontrolleure aus Brüssel zu penetrant werden oder italienische Staatsanwälte nachhaken, dann rotzen sie irgendwas hin. Zum Beispiel gibt es in Palermo einen kleinen Hochstraßenabschnitt als Teil eines Autobahnprojekts. Den haben sie in aller Eile hochgezogen, aber an allem gespart, Zement, Eisenarmierung, die für die Statik nötigen Querträger. Und was war? Gleich am Tag der Eröffnung ist ein Lkw eingebrochen, seitdem ist die Hochstraße gesperrt, sie wird nicht weitergebaut, aber das Geld ist weg, versickert, verschwunden. Und die Anklage wegen Veruntreuung wurde wieder eingestellt. Und Dank der Gesetzesänderung zu Berlusconis Zeiten ist inzwischen alles verjährt. Ah!»

Umberto balancierte zwei Teller mit den *conigli in porchetta*, gedünstetem Fenchel und Rosmarinkartoffeln. Toto griff nach Messer und Gabel.

«In den Abruzzen haben sie einen Windpark gebaut», fügte er hinzu, ohne die Teller aus den Augen zu lassen. «Mit ausgemusterten Windrädern, die mittlerweile alle kaputt sind. Niemand repariert sie, dafür ist kein Geld da, und auch hier ist das gesamte Subventionskapital weg.»

Umberto servierte. «Wovon redet ihr?»

«Umberto. Diskretion. *Va bene?*» Roberto signalisierte dem *padrone*, sich zu verkrümeln. «Hier laufen Ermittlungen.»

«Was hat Toto denn angestellt?», fragte Umberto.

«Verschwinde! Sonst werde ich ungemütlich.»

Umberto hob beschwichtigend beide Hände und trollte sich. Bis zu einem gewissen Maß und sicherlich mehr als andere konnte er

Roberto ärgern und auf die Nerven gehen, schließlich war La Cerqua Robertos Stammristorante und auf den Rechnungen, die der *padrone* selbstverständlich nicht in die Registrierkasse eintippte, gewährte er dem Poliziotto einen kräftigen *sconto*, aber auf der anderen Seite hatte er ein gutes Gespür dafür, wann er die Grenze überschritt, jenseits deren Roberto zu einem bußgeldeintreibenden Ekel wurde.

Roberto konzentrierte sich, um jetzt keinen Fehler zu machen. «Wir haben es also auf der einen Seite mit einer Firma zu tun, die neunzig Millionen Euro EU-Gelder nur behalten kann, wenn sie bis übermorgen alle für den Bau des Windparks benötigten, notariell beglaubigten Pachtverträge vorlegt. Und auf der anderen Seite mit drei Menschen, die dem im Wege standen, weil sie ihr Land nicht hergeben wollten: Ruggero Grilli, Ernesto Quatriglio und Antonia Del Vecchio.»

«So ist es», nuschelte Toto mit vollem Mund. «Erstklassig, dieses *coniglio.*»

Das wiederum, dachte Roberto, bedeutete: Die Firma Toggi stand mit dem Rücken zur Wand und hatte als letztes Mittel einen Profi beauftragt, der wusste, wie man Menschen dazu brachte, ihre Meinung zu ändern. Er musste an Thilo Gruber denken und daran, was er über die Methoden einer Schutzgelderpresserbande in München erzählt hatte. Da hatte dieser verdammte deutsche Mistkerl doch tatsächlich in gewisser Weise recht gehabt.

«*Il conto*, Umberto!»

Der *padrone* kam herbeigeeilt und deutete vorwurfsvoll auf Robertos Teller. «Willst du mich beleidigen?»

«Pack es mir ein. Ich muss los.»

«Wenigstens probieren. Sonst lass ich dich nicht gehen.»

Toto zog Robertos Teller zu sich herüber. «Ich mach das für dich, Roberto.»

«*Sei matto?*», regte Umberto sich auf und riss Toto den Teller wieder weg. «Was soll er mit einer angebissenen *porchetta*, eh?»

«Gib sie ihm, Umberto.» Roberto erhob sich. «Und die Rechnung auch.»

Toto riss vor Schreck die Augen auf.

«War ein Scherz», sagte Roberto und warf einen Fünfzigeuroschein auf den Tisch.

Wenn stimmte, was Toto herausgefunden hatte, dann war Antonia in größerer Gefahr, als er angenommen hatte.

38.

«Du hast was?», brüllte Roberto in sein Handy.

«Was soll das Geschrei, eh?», regte sich der *notaio* auf. «Das geht dich überhaupt nichts an!»

«Wann haben sie die Unterlagen abgeholt?»

«Auch das geht dich gar nichts an.»

«Jetzt hör mal zu, *notaio*. Wenn die feststellen, dass Antonias Pachtvertrag fehlt, ist sie in höchster Lebensgefahr.»

«Ich weiß nicht, was du da redest. Ist mir auch egal. Ein Bote hat die Mappe vor einer Stunde abgeholt, und darin befindet sich der unterschriebene und von mir beglaubigte Vertrag.»

«Eben nicht! Ich habe ihn rausgenommen!»

«Du hast was?» Jetzt brüllte Papalardo.

«Ich hatte meine Gründe.»

«Du hast aus einer notariellen Mappe ein Dokument herausgenommen?» Der *notaio* sprach plötzlich bedrohlich leise und war kaum noch zu verstehen.

«Non mi rompere le palle!» Roberto legte einfach auf. Irgendwelche Erörterungen über Recht und Ordnung waren das Letzte, was er jetzt gebrauchen konnte. Sein schlechtes Gewissen plagte ihn sowieso schon heftig. Vor einer Stunde abgeholt! Er wählte Antonias Nummer. Es klingelte. Endlos. Roberto checkte seinen Gürtel, die Pistole, das Ersatzmagazin, die halbe Wurst, *porca troia*, wann würde er sie endlich gegen die kleine, äußerst nützliche MagLite ausgetauscht haben! Endlich meldete Antonia sich.

«Hör zu», sagte Roberto, «es ist äußerst dringend. Wo bist du gerade?»

«Ach, weißt du Roberto, mir war plötzlich so schwächlich zumute, nach allem, was –»

«Bitte, Antonia, sag mir, wo du bist.»

«Bei mir zu Hause, in Smirra, was ist denn in dich gefahren, ist etwas mit Oma?»

«Nein. Jetzt pass auf: Du verschließt sofort alle Türen und Fenster und lässt niemanden herein, bis ich da bin.»

«Bei der Kälte, Roberto, sind meine Türen und Fenster doch ohnehin geschlossen und –»

«Es geht um Leben und Tod», unterbrach Roberto sie. «Nimm das Betäubungsspray von Malpomena, greif dir ein Messer oder ein Beil, wenn du eins hast, und verhalte dich mucksmäuschenstill. Hast du das verstanden?»

Stille.

«Antonia?»

«Ja», piepste Antonia. «*Oddio*, beeil dich, Roberto.»

«Ich bin schon auf dem Weg. Sag deinen Schwestern Bescheid, die sollen ins Krankenhaus kommen, aber unten im Foyer warten, ich erzähl euch dann die Einzelheiten, bevor wir zu eurer Oma gehen.»

Als Nächstes wählte er Cottellis Nummer, und auch bei ihm musste er es ewig klingeln lassen, bis er endlich abhob.

«Hör zu, Cottelli, du musst sofort jemanden von uns ins Ospedale Santa Maria della Misericordia schicken, fünfter Stock, zur Baronessa Concetta Del Vecchio Onori. Bewaffnet. Er soll niemanden ins Zimmer lassen, bis ich da bin.»

Stille.

«Cottelli? Hast du mich gehört?»

«Ich habe dich gehört», kam es matt zurück, und der *maresciallo capo* unterbrach die Verbindung ohne ein weiteres Wort.

Maria Corbucci, diese verdammte Venusfalle, dachte Roberto, nichts als Elend brachte sie über die Männer! Cottelli war ja nur noch ein Schatten seiner selbst.

Kaum hatte er aufgelegt, klingelte sein Handy. Stefano Papalardo. «Was gibt's?»

Der *notaio* klang plötzlich sehr geschäftlich. «Ich habe hier den Anwalt der Firma Toggi in der anderen Leitung. Er will wissen, wann Sie den Vertrag von Antonia Del Vecchio beibringen.»

«Gar nicht.» Roberto legte wütend auf, diese verdammten Mistkerle, und rannte los. Zum Glück ging es bergab, die Via Mazzini hinunter, sein Cinquecento stand wie immer auf dem Borgo Mercatale. Natürlich wäre jetzt ein Dienstwagen der Polizia Municipale mit Blaulicht besser, aber dafür hätte er zurück in die Wache gemusst, um einen Schlüssel zu holen – wenn denn überhaupt ein Auto zur Verfügung stand. Das kostete Zeit, und die, das Gefühl war eindeutig, die hatte er nicht.

Als er Carlo Manzonis Schuhgeschäft passierte, kam der Schuhverkäufer herausgeschossen. «Roberto, gut, dass ich dich treffe! Ich muss mit dir reden!»

Roberto hielt sein Tempo, kein sehr hohes, aber gemessen an seinen körperlichen Möglichkeiten, handelte es sich definitiv um eine Bestleistung. Carlo tippelte neben ihm her. «Das muss ich auch. Aber nicht jetzt.»

«Es geht um meine Zukunft, um mein Leben!»

«*Ascolta*, wenn du noch einmal auf Golem machst, zünde ich deinen Laden an, hast du mich verstanden?»

Carlo stolperte vor Schreck und stürzte zu Boden. «Roberto, warte! Lass dir erklären!»

«Ich will nichts hören!», rief er über die Schulter zurück. «Du erzählst Donna Domenica die ganze Wahrheit, oder ich tu es!»

Roberto jagte durch die Porta Valbona, dann nach links. Wie immer standen ein paar Studenten bewundernd vor seinem Topolino. Roberto warf sich hinein. Hoffentlich sprang er dieses Mal ohne Probleme an. Er konzentrierte sich. Fingerspitzengefühl. Er drehte den Zündschlüssel – und als wüsste der Cinquecento, was in dieser Situation wichtig war und was nicht, sprang er, ohne zu mucken, an. Roberto gab vorsichtig Gas, bloß nicht abwürgen. Als der Motor einigermaßen runddrehte, legte er den Gang ein, und nach den ersten fünfhundert Metern gab er mit den ganzen 18 PS Vollgas.

Er nahm die Superstrada. Bis Calmazzo ging es ständig leicht bergab, was sich in der für den Topolino atemberaubenden Geschwindigkeit von 105 km/h niederschlug. Nach der Abzweigung in Richtung Rom ging es genauso stetig wieder bergauf, mehr als 85 km/h waren da nicht drin, an Villa Furlo vorbei, durch den fast zwei Kilometer langen Tunnel unter dem Monte Pietralata, vorbei am Santuario Pelingo, einer Pilgerstätte mit heiliger Quelle, und durch Acqualagna.

Kurz bevor die Superstrada einspurig wurde, bog er rechts ab auf die alte Via Flaminia, die hier in einem äußerst schlechten Zustand war, im Grunde nicht besser als zu Zeiten des Zensors Gaius Flaminius, der sie 220 vor Christus aus mehr schlecht als recht zugehauenen Steinblöcken hatte erbauen lassen. In Smirra, das nur aus ein paar Häusern, einem Kinderspielplatz, zwei Bars und einem *alimentari* bestand, bog er rechts ab und erreichte Antonias Palazzo, ein imposantes Bauwerk mit architektonischen Anleihen bei maurischer und klassischer Baukunst, umgeben von einem äußerst penibel gestalteten und gepflegten Garten. Robertos Pulsschlag beschleunigte sich, als er das geöffnete elektrische Rolltor sah. Wieso hatte Antonia es nicht geschlossen? Die das gesamte Anwesen umgebende Mauer war hoch und bot wenigstens einen gewissen Schutz. Er verspürte eine Angst, die ihm fast peinlich war, immerhin war er Polizist und verfügte über eine Waffe. Doch einem Kerl, der zwei Menschen umgebracht hatte, fühlte er sich nicht gewachsen, zumal es sich, so wie die Dinge standen, um einen eiskalten Profi handelte.

Er parkte den Cinquecento am Straßenrand außerhalb der Mauer, ließ den Schlüssel stecken und stieg aus. Außer Antonias Lancia parkte kein Auto in der Nähe. Er zog seine Pistole, eine Beretta 92, fünfzehn Schuss, und näherte sich dem Eingang. Seit wann konnte der Täter wissen, dass Antonias Pachtvertrag nicht mehr in der Mappe war? Seit knapp zwei Stunden? Konnte er so schnell reagiert haben?

Roberto atmete durch, klopfte mit der Pistole gegen die Eingangstür und wollte gerade «Antonia, ich bin's, Roberto!» rufen, da krachte ein Schuss. Plötzlich klaffte ein kopfgroßes Loch in der Tür, und Splitter flogen ihm um die Ohren. Er warf sich zur Seite und lehnte sich mit dem Rücken gegen die Mauer.

«Antonia, mach dir keine Sorgen, ich hol dich da raus!» Er schob sich vorsichtshalber ein Stück die Wand entlang, durch seine Worte hatte er ja seine Position verraten, wer wusste denn, wie der Killer –

«Oh, Roberto, du bist es!», ertönte Antonias erstaunlich feste Stimme von drinnen. «Habe ich dich getroffen?»

«Eh, eh! Hast du etwa geschossen?»

«Tut mir leid, ich dachte, es wäre, warum hast du denn nichts gesagt, wenigstens deinen Namen, *oddio*, dann hätte ich doch wirklich nicht ...»

«Das ist ja beruhigend zu wissen.» Roberto stieß sich von der Wand ab und schob die Beretta ins Holster. Antonia öffnete die Tür, die abgefeuerte Vorderladerpistole aus dem 15. Jahrhundert in der Rechten, aus deren Lauf noch ein wenig Rauch kräuselte. Über ihrer Schulter hing ein riesiges doppelläufiges Schrotgewehr, und in ihrem Gürtel steckte ein Beil, das gerade groß genug war, um damit ein paar Späne von einem Holzscheit abzuschlagen.

Roberto deutete auf die Vorderladerpistole. «Wie hast du die geladen? Dafür braucht man doch Schießpulver und eine Bleikugel.»

«Na, also Bleikugeln haben wir in unserer Sammlung im Palazzo Ducale nun wirklich genug, und das Schießpulver habe ich aus einer Schrotpatrone für das Jagdgewehr, ich habe sie vorsichtig aufgeschnitten, und hier», sie zog den Ladestab aus einer Röhre unterhalb des sechseckigen Laufs der antiken Pistole, «damit habe ich das Pulver in den Lauf gepresst, dann die Kugel hinein, und ein Zündplättchen habe ich auch noch in unserer Sammlung gefunden, es erschien mir noch funktionsfähig, was es ja auch war, wie wir eben –»

«Modernes Schießpulver ist zehnmal stärker als das alte Schwarzpulver. Dir hätte der Schießprügel leicht um die Ohren fliegen können.»

«Oh!» Erschrocken betrachtete sie die Handfeuerwaffe, als könnte sie jetzt noch explodieren.

Roberto sah sich um. «Wir müssen los, zu deiner Oma. Frag mich jetzt nicht, wieso. Ich erzähl dir und deinen Schwestern alles, wenn wir da sind.»

Antonia wollte sofort losflitzen. Roberto nahm ihr den Vorderlader aus der Hand und zog das Beilchen aus ihrem Gürtel. «Hast du genug Munition für das Schrotgewehr?»

«Selbstverständlich. Rehposten, Kaliber 12.»

«Dann pack's ein.»

Die Rückfahrt verlief wesentlich schneller. Sie hatten Antonias Lancia Ypsilon genommen, den Roberto bis an die Grenze seiner Leistungsfähigkeit beschleunigte, was gemessen an seinem Topolino in etwa dem Unterschied zwischen einem Segelflugzeug und einer Rakete entsprach. Antonia hielt sich mit beiden Händen fest und sagte keinen Ton, bis Roberto mit quietschenden Reifen vor dem Haupteingang des Krankenhauses anhielt.

Im Foyer saßen Raffaella, Malpomena und Talia und warteten nervös, Fidel war ebenfalls da. Roberto klopfte gegen die Scheibe, hinter der Manfredo Benotti, der Pförtner, mit demonstrativer Ernsthaftigkeit zum Fenster hinausstarrte.

«*Ou*, Manfredo, hier hast du den Schlüssel für den Lancia da draußen. Wenn er stört, fahr ihn ein paar Meter zur Seite. Aber nicht zu weit weg.»

Manfredo wandte betont langsam seinen Kopf und deutete mit dem Daumen hinaus. «Da kannst du nicht stehen bleiben, Poliziotto.»

«Hast du nicht gehört, was ich dir gesagt habe?»

«Hier gilt ein anderes Recht», machte der Pförtner auf wichtig. «Weg mit dem Auto.»

Roberto konzentrierte sich, um nicht loszubrüllen. Stattdessen signalisierte er Manfredo, etwas näher zu kommen. «Neulich war ich bei *naturambiente*, um mich wegen der Müllgebühren zu beschweren. Die kassieren von mir im Jahr zweihundertzehn Euro, und dabei muss man seinen Müll auch noch selber zu den Containern bringen.»

Manfredos Blick bekam etwas Alarmiertes. «Du hast recht, aber was hat das –»

«Wo ich schon mal da war, habe ich mich informiert, was andere so bezahlen.»

«Moment mal, das sind doch vertrauliche –»

«Und was sehe ich da? Manfredo Benotti zahlt im Jahr 37,57 Euro. Und warum? Weil er die Nutzfläche seines Hauses mit fünfunddreißig Quadratmetern angibt. Nanu, denke ich, ich kenne doch Manfredo Benottis Haus, das hat doch locker 200 Quadratmeter. Jetzt frage ich dich: Hat *naturambiente* sich geirrt?»

Manfredo starrte Roberto an, er gehörte nicht zu den Schnelldenkern, von denen es in Urbino ansonsten mehr gab als anderswo.

«*Va bene*, lass den Wagen stehen», knurrte er.

«Aber mach keinen Kratzer rein, hast du gehört?» Roberto warf ihm den Schlüssel zu. Natürlich behielt er für sich, dass er seit seinem Besuch bei *naturambiente* selber nur noch 31,06 Euro im Jahr bezahlte.

Er signalisierte den vier Schwestern und Fidel, ihm zum Aufzug zu folgen. Sofort bedrängten sie ihn mit Fragen. Er atmete durch.

«Die Baronessa wurde von einem Unbekannten von der Mauer gestoßen», begann er, zu leise, wie er fand. Er reckte sich und atmete noch einmal durch. «Kurz darauf bekam Antonia von einem Unbekannten – derselbe übrigens, der Antonia gestern Nacht attackiert hat – einen Anruf. Der Mann drohte, der Baronessa würde weit Schlimmeres passieren, wenn Antonia nicht umgehend den Pachtvertrag mit der Firma Toggi unterschreibt, und er drohte dasselbe an, falls Antonia irgendwem von seinem Anruf erzählen würde. Bei dem Unbekannten handelt es sich um den Mörder von Ernesto Quatriglio und Ruggero Grilli.»

Er warf Antonia einen prüfenden Blick zu. War das, was er sich zusammengereimt hatte, richtig? Sie blickte starr an die Decke und vermied jeglichen Blickkontakt.

«Es steht außer Frage», fuhr er fort, «dass der Mörder im Auftrag der Firma Toggi handelt, die eine Neunzig-Millionen-Euro-Subvention an die EU zurückzahlen muss, wenn sie nicht bis übermorgen alle für den Windpark nötigen Pachtverträge beibringt. Und es steht auch außer Frage, dass es praktisch unmöglich sein wird, Toggi irgendetwas nachzuweisen. Die wichtigsten Zeugen sind tot, und wenn der Mörder keinen groben Fehler macht, was bei einem Profi wie ihm unwahrscheinlich ist, wird er seiner gerechten Strafe entgehen. Zumal Antonia den Vertrag inzwischen tatsächlich unterschrieben hat und der Täter sein Ziel damit erreicht hat.»

Roberto fuhr sich nervös durchs Haar. Die kleine Rede hatte ihn vollkommen erschöpft, dabei fehlte noch der entscheidende Teil, nämlich dass er den Vertrag an sich genommen hatte. Er hatte niemanden direkt angesehen, aber Antonias Ablehnung, Raffaellas Misstrauen und Talias Genervtheit deutlich gespürt. Einzig Malpomena hatte sich neutral verhalten, und als er sie jetzt ansah, warf sie ihm sogar einen aufmunternden, warmen Blick zu.

Würden die Del Vecchio ihn unterstützen, trotz der Gefahr, die das womöglich für die Baronessa und vor allem für Antonia heraufbeschwor? Sein Plan war simpel: Neunzig Millionen waren verdammt viel Geld, Toggi würde nichts unversucht lassen, den Vertrag noch vor Ablauf der Frist übermorgen zu bekommen. Das war die letzte Chance, den Mörder in flagranti zu fassen, und das ging nur mit Antonias Hilfe.

Der Aufzug hielt im fünften Stock. Schweigend gingen Roberto und die Schwestern zum Ende des Gangs, klopften und öffneten die Tür, als sie keine Antwort erhielten. Das Zimmer war leer, kein Bett, keine Baronessa, keine Wache.

Die Stationsschwester konnte nur berichten, dass ein Arzt die Baronessa abgeholt und sie sich noch gewundert hatte, wieso der das Bett alleine, ohne Krankenpfleger, zum Aufzug brachte. Außerdem war auf dem Behandlungsplan der Patientin nichts eingetragen.

«Beschreiben Sie den Arzt, wie sah er aus?»

«Gedrungen, kompakt, sehr kräftig, dicker Kopf fast ohne Hals, so in etwa.»

«Und Sie haben ihn nie zuvor gesehen?»

Die Schwester schüttelte den Kopf. «Eigentlich sah der eher aus wie ein Boxer und nicht wie ein Arzt. Bis auf den Arztkittel, die OP-Haube und den Mundschutz.»

«Er trug einen Mundschutz?»

Sie zuckte mit den Schultern und nickte.

«*Che diamine*, kam Ihnen das nicht merkwürdig vor? Warum haben Sie ihn einfach mit der Patientin abziehen lassen?»

«Ach, was glauben Sie denn, was ich mir anhören muss, wenn ich einem Arzt kritische Fragen stelle! Die halten sich doch für den lieben Gott.»

Roberto verkniff sich jedes weitere Wort. Seine Wut war hier bei der armen Stationsschwester wirklich fehl am Platz. Während sie mit dem Aufzug wieder hinunterfuhren, wählte er Cottellis Nummer. Erst nach dem zehnten Klingeln hob der *maresciallo capo* ab.

«Cottelli, wen hast du zur Bewachung geschickt? Warum ist der nicht hier?», fuhr Roberto seinen Chef an.

Cottelli räusperte sich erst ein paar Male. «Bewachung? Hier? Wo ist ‹hier›? Bist du es etwa, Roberto?», krächzte er.

«*Porca puttana*», brüllte Roberto. «Du solltest jemanden ins Krankenhaus schicken!»

Langes Schweigen. «Ich kann mich nicht erinnern», erwiderte Cottelli.

Roberto legte auf und sah die vier Schwestern an. «Ich fürchte, der Mörder hat die Baronessa entführt.»

Die vier Schwestern sahen ihn betroffen an. «Aber warum soll er das getan haben?», fragte Antonia. «Ich habe doch den Vertrag unterschrieben.»

«Ich ...» Roberto räusperte sich und setzte noch einmal an. «Ich habe ihn aus der Mappe entfernt.»

«Was?»

«Weil er sich dann noch einmal melden muss und ich nur so die Chance habe, ihn zu erwischen. Er hat schließlich zwei Menschen getötet.»

Raffaella, Malpomena und Talia sahen ihn fassungslos, vielleicht sogar vorwurfsvoll an. Antonias Blick hingegen war voller Wut. Und Hass? Roberto sah ihr noch einmal in die Augen. Nein, kein Hass. Nur Wut und furchtbare Angst.

«Manfredo, du kennst die Baronessa Concetta Del Vecchio Onori?»

Der Pförtner nickte beflissen. «Aber ja doch. Sie hat mir mal mit ihrem Stock das Schienbein –»

«Ist sie hier kürzlich bei dir vorbei? In ihrem Krankenbett oder zu Fuß, vielleicht in Begleitung von einem Mann im Doktorkittel?»

«Nein», antwortete Manfredo. «Und im Krankenbett sowieso nicht. Alle Betttransporte gehen über das Untergeschoss.»

Unten herrschte dicke Luft. Roberto ahnte, wieso, und sprach den nächstbesten Weißkittel an. Marco Bruglia, den Notarzt. «Fehlt euch ein Krankenwagen, Marco?»

Statt einer Antwort wandte sich der Notarzt an die Pfleger und Sanitäter, die herumstanden. «Wer von euch Idioten hat die Polizei angerufen? Wer, verdammt noch mal?»

Roberto tippte ihm auf die Schulter. «Niemand hat mich angerufen. Also, was ist jetzt?»

Marco Bruglia trat einen Schritt zurück, als hätte Roberto eine ansteckende Krankheit.

«Ja oder nein, Marco», sagte Roberto ohne einen Hauch von Freundlichkeit. Marco warf einen schnellen Seitenblick auf die bitterernsten Del-Vecchio-Schwestern, und irritiert von Malpomenas besonders bösem Blick, nickte Bruglia. «Irgendjemand hat einen Rettungswagen geklaut, vor einer halben Stunde oder so.»

«Könnt ihr dessen Position ermitteln?»

«Wie denn?»

«Was weiß ich?»

«Weiß ich auch nicht. Du bist doch die Polizei.»

Roberto fühlte sich leer und ausgebrannt wie nach einem Marathon, zumindest stellte er sich vor, dass man sich danach so fühlte. Selbst wenn er jetzt sofort die Carabinieri alarmierte, würde es seiner Einschätzung nach locker ein paar Stunden dauern, bis die irgendetwas unternahmen. Zuallererst würden sie seine Zuständigkeit anzweifeln und mit Galdroni sprechen wollen, den man nicht erreichen konnte, dann würden sie mit Cottelli sprechen und den Eindruck gewinnen, es mit einem hirnschwachen Außerirdischen zu tun zu haben, und letztendlich würden sie einen Großeinsatz für absolut übertrieben und nicht gerechtfertigt halten. Wer sagte denn, dass die rüstige Baronessa nicht einfach nur des Krankenbettes überdrüssig geworden und mit Hilfe eines netten Menschen hinausspaziert war? Senile Bettflucht. Außerdem waren sie hier in der *campagna*, es gab nur einen Außenposten der Carabinieri, zwanzig Kilometer von Urbino entfernt, mit vier Autos und acht Beamten, das nächste Einsatzkommando war im über hundert Kilometer entfernten Ancona stationiert, und das konnte man nicht mal eben einfach so auf Verdacht anfordern.

«Wir müssen abwarten», sagte Roberto. Erst jetzt fiel ihm auf, dass Fidel ihm mit freundlicher Hingabe die Schultern massierte.

«Ich kann gar nicht glauben, dass du so etwas sagst!», entrüstete sich Antonia.

«Ich verstehe es auch nicht», pflichtete Raffaella ihr bei.

Talia sah ihn nur mit krauser Stirn an, offenbar mit den Gedanken woanders.

Malpomena schwieg, sichtlich bemüht, durch logisches Abwägen eine Lösung zu finden.

«Wenn eure Oma tatsächlich entführt wurde, wird der Täter sich melden, um seine Forderung zu stellen. Unsere Chance ist dann, den Pachtvertrag nur im direkten Austausch mit der Baronessa herzugeben.»

«Warum hast du das nur gemacht, Roberto!» Antonias Stimme überschlug sich. «Wenn du den Vertrag nicht an dich genommen hättest, wäre die Oma noch in ihrem Krankenzimmer, und alles wäre gut!»

«Es geht auch darum, einen Mörder und Totschläger zu überführen», warf Malpomena ein.

«Das stimmt», sagte Raffaella.

«Wir krrriegen das hin», meldete sich Fidel.

Roberto nickte, dankbar für die Unterstützung, verspürte allerdings wenig Optimismus. Wie denn auch? Ein stechender Schmerz durchzuckte ihn. Fidel hatte einen blockierten Triggerpunkt unter dem rechten Schulterblatt gefunden und drückte ihn mit gnadenloser Kraft. Roberto brach der Schweiß aus.

«Ich habe eine Idee», meldete sich Talia. «Habt ihr euch noch nicht gewundert, dass ich seit Monaten ein und dasselbe Handy habe?»

«Talia, bitte, was soll das?», brauste Antonia auf.

«Ich habe meine Handys ständig an allen möglichen Orten liegenlassen, und später erinnerte ich mich nicht mehr, wo.»

«Das ist ja genau der richtige Moment, uns mit deinem liederlichen Lebenswandel zu konfrontieren», ätzte Malpomena.

«Seit ich aber dieses Handy-Ortungsabo abgeschlossen habe, ist alles einfach. Da kann ich mich jederzeit informieren, wo mein Handy herumliegt. In der Stadt funktioniert das sehr genau. Weil da so viele Antennen sind, haben die gesagt.»

«Herrgott noch mal, Talia!»

«Jetzt warte doch mal!» Talia strahlte wie die aufgehende Sonne. «Für Oma habe ich auch so ein Abo abgeschlossen. Seit die die Klingeltöne ausgeschaltet hat und nur noch auf Vibrieren setzt, verliert sie ein Handy nach dem anderen. Finde mal im Golfclub ein Handy, das irgendwo im Green vor sich hin vibriert.»

Für einen Moment herrschte Stille.

«Wenn sie ihr Handy bei sich hat –» Talia zog ihr Smartphone hervor.

«Im Gips!», rief Roberto. «Los, Talia, frag nach, schnell!»

Talia tippte ein paar Befehle ein. Nach ein paar Sekunden hielt sie das Gerät hoch. Das Display zeigte die Grafik einer kurvenreichen Straße und das Symbol für eine Kirche, neben der ein roter Punkt blinkte. «Im Moment befindet sie sich in Pagino.»

Roberto sprang auf.

«Moment», sagte Antonia. «Es ist doch so: Sobald der *notaio* den unterschriebenen Pachtvertrag wieder vorliegen hat und die Firma Toggi informiert, hat die doch kein Interesse mehr an Oma, und dieser furchtbare Mensch, der sie in seiner Gewalt hat, lässt sie wieder frei.»

«Ich fürchte», kam Malpomena Roberto zuvor, «das ist nicht ganz richtig. Oma hat den Täter ja gesehen.»

«Du meinst –?» Antonia hielt sich ihren Seidenschal vor den Mund. Auch Raffaella zuckte zusammen. Talia griff haltsuchend nach Fidels Arm.

«Wir müssen ihn erwischen, und zwar schnell.» Roberto kämpfte gegen das Gefühl an, an allem schuld zu sein. «Wir brauchen eine Eingreiftruppe.»

39.

Osvaldo brauchte geschlagene zehn Sekunden, bis er zu einer Antwort fähig war. «Mach ich nicht.» Er wollte die Eingangstür wieder schließen, aber Roberto trat so heftig dagegen, dass sie nach innen schlug. Er ignorierte Ivanas Schmerzensschrei, offenbar hatte sie wieder hinter der Tür gelauscht, packte Osvaldo am Kragen und zog ihn heraus.

«Du gehst mit.»

«Lass mich!»

«Ivana, gib ihm eine warme Jacke raus!», rief Roberto nach drinnen.

«Mach ich nicht», antwortete Ivana, ohne sich blicken zu lassen. Osvaldo grinste triumphierend.

«*Porca zozza*, die Sache ist ernst, Osvaldo.»

«Eben. Ich lass mich doch nicht erschießen.»

Fidel tippte Roberto auf die Schulter. «Soll ich ihm ein wenig über meine Kindheit in Kuba erzählen?»

Osvaldo wurde plötzlich sehr hektisch. «Was? Eh?»

Roberto stellte vorsichtshalber seinen Fuß in die Tür, Fidel reckte und streckte sich wie ein Boxer vor dem Kampf und schlug einige Male mit der rechten Faust in die linke Hand. Osvaldo warf Roberto misstrauische und Fidel ängstliche Blicke zu.

«*Tesoro*, was ist?», fragte Ivana von drinnen.

«Ich mach's doch. Roberto ist mein *cugino*. Ich muss.»

Ivana schrie wütend auf und verließ ihre Deckung. Gegen das Licht von drinnen sah man nur ihre Silhouette, die allerdings hatte es in sich: ein gewaltiger Körper, fast so breit wie hoch, ausladende

Hüften, auf denen man leicht je eine Flasche Prosecco abstellen könnte, und eine unglaubliche Masse an Locken, aus denen ihre riesigen goldenen Kreolen hervorblitzten. Ihre Füße steckten in winzigen Schuhen, und wieder einmal wunderte sich Roberto, dass sie nicht einfach umfiel. Fidel riss die Augen auf. Vor Begeisterung.

Auch Ivana schien von ihm angetan zu sein. «Oh», sagte sie und warf ihre Locken zurück.

«Signorrra, ich frrreue mich, Sie kennenzulernen.» Fidel deutete eine Verbeugung an. «Juan, aber Freunde nennen mich Fidel.»

Ivana warf noch einmal ihre Haare zurück und lächelte mit dem Schmelz einer Diva. «Natürlich gehst du mit, Osvaldo.»

Osvaldo schaute misstrauisch drein und hatte es plötzlich sehr eilig. «Geh rein, *cucciolina*, wir haben zu tun.»

Ivana rümpft die Nase und warf die Tür zu, nicht ohne vorher Fidel einen Blick zu schenken, der eindeutiger als eine schriftliche Einladung war. Osvaldo stapfte missmutig los, hoch zu Thilo Grubers Haus.

«Was soll das, *camoscino*? Hier geht's lang», rief Roberto.

Osvaldo ließ sich nicht beirren. «Wir brauchen einen richtigen Polizisten.»

Fluchend und schwer beleidigt folgte Roberto ihm, aber in dieser Situation war es nicht gut, wählerisch zu sein. Außerdem, wenn er ehrlich war und sich sein Sonderkommando ansah? Eine Gurkentruppe. Gruber als einziger wirklicher Profi mit Erfahrung konnte da nicht schaden.

«Was macht sie tagsüber?», flüsterte Fidel in Robertos Ohr.

«Ivana? Nichts», antwortete Roberto.

«Osvaldo arbeitet, und sie ist zu Hause?»

«Wenn sie nicht gerade einkauft. Lebensmittel und riesige Ohrringe.»

Fidel nickte versonnen.

«Denk nicht mal dran, Juan», sagte Roberto. «Osvaldo hat mütterlicherseits sizilianische Vorfahren.»

«Ich komme aus Kuba, *hombre*. Für uns sind Sizilianer so was wie Gartenzwerrrge.» Fidel lächelte versonnen. «Ein propperrres Weibsbild.»

Roberto schüttelte den Kopf. Was war das bloß mit manchen Männern und dicken Frauen? Und warum zwängten sich dicke Frauen immer in viel zu kleine Schuhe und trugen superenge Leggins? Und wieso stand die Größe der Kreolen in einem direkten Verhältnis zu dem auf der Waage angezeigten Gewicht?

Als sie die letzten Kurven hoch zu der Kirche von Pagino nahmen, war die wachsende Nervosität zu spüren. Nur Gruber wirkte regelrecht entspannt und voller freudiger Erwartung und beschäftigte sich fast liebevoll mit seiner Walther PPK, die er bei sich zu Hause aus den Tiefen einer Truhe hervorgezaubert hatte. Sehr zu Robertos Freude, denn es war unmöglich, dass der Deutsche einen gültigen italienischen Waffenschein besaß.

«Halt hier an», sagte Gruber, er war wieder zum Du gewechselt, aber Roberto wollte jetzt keine überflüssigen Diskussionen. «Wir können uns durch diese kleine Schneise da vorne anschleichen.»

«Woher wollen Sie das wissen?», fragte Roberto und verlangsamte das Tempo.

«Mir ist die Anlage vertraut. Die Besitzer sind Deutsche.»

Roberto verdrehte die Augen und hielt an. Was würden die Deutschen als Nächstes kaufen? Den Vatikan?

Sie stiegen aus. Fidel mit Antonias Schrotgewehr, dessen Lauf Osvaldo auf Anraten von Gruber noch schnell mit der Flex in null Komma nichts auf etwa die Hälfte gekürzt hatte, wegen der besseren Streuwirkung auf kurze Distanz, Roberto mit seiner Beretta, Osvaldo mit nichts als seinen bloßen Händen und zwei Schachteln Zigaretten. Sie folgten dem deutschen Exkommissar, der sich erstaunlich geschickt durch die eng beieinanderstehenden Bäume, die Lianen der Schlingpflanzen und die struppigen Ginsterbüsche wand. Links vor ihnen reckte sich der Glockenturm des wunderschönen Kirchleins von Pagino in den Himmel, eingerahmt von viel zu hoch gewachsenen Essigbäumen und lange nicht beschnittenen, breit ausladenden Zypressen. Sie peilten vorsichtig um die Ecke der Kapelle. In der schmalen Gasse, die die Kirche von den niedrigen Wirtschaftsgebäuden und Ställen trennte, stand der Krankenwagen, die hinteren Türen und die Fahrertür waren sperrangelweit offen.

«Ausgeflogen», sagte Gruber und ging ungedeckt auf den Wagen zu.

«Das kann doch eine Falle sein», wandte Roberto ein, und Osvaldo nickte heftig.

«Der ist weg, der hat hier nur das Auto gewechselt, ein Krankenwagen ist viel zu auffällig.»

«Moment mal», entgegnete Roberto. «Wenn er vorher sein Auto hier hochgebracht und dann stehen gelassen hat, wie ist er dann nach Urbino gekommen?»

Gruber zuckte mit den Schultern. «Ein Komplize? Oder er ist zu Fuß runter und hat den Bus genommen.»

«Zu zweit? Du hast nichts davon gesagt, dass die zu zweit sind!», erregte sich Osvaldo und steckte sich eine Zigarette an.

Robertos Handy klingelte. Talia.

«Der Kerl hat angerufen, Roberto. Er will den Pachtvertrag.»

«Hast du eine Handyortung von der Baronessa?»

«Ja, ein paar Kilometer weiter. Wieder bei einer Kirche. Jetzt die Chiesa di Monte Dolciano.»

Roberto fluchte. Die Kirche war etwa zwanzig Minuten von hier entfernt, und gleich oberhalb davon begann unwegsames Gelände, mit einem normalen Auto war man da aufgeschmissen. Sollte der Mörder einen Geländewagen haben, konnte er leicht entkommen.

«Hat Antonia einen Übergabeort ausgemacht?»

Talia schwieg.

«Jetzt sag nicht, dass sie den Vertrag wieder zum Notar zurückgebracht hat.»

«Sie ist gerade los. Ich konnte sie nicht zurückhalten.»

«Hol sie zurück, verdammt! Der Kerl bringt eure Oma um!»

«Oma ist über achtzig», erwiderte Talia, «er wird ihr schon nichts tun.»

«Er wird», sagte Roberto düster, nachdem er aufgelegt hatte.

Die Fahrt hinauf auf den Monte Dolciano war ruppig, die Straße übersät mit Schlaglöchern und tiefen Rissen im Asphalt. Die *comune* Cagli tat so gut wie gar nichts für den Erhalt der Straße. Auf dem Dolciano lebten nur wenige Menschen, und die meisten waren einfache Bauern, die seit Generationen schlechteste Wege und Straßen gewohnt waren und die gar nicht auf die Idee kamen, der *comune* Druck zu machen.

Auf dem Scheitelpunkt der Straße, bevor es wieder bergab ging in Richtung Tarugo, zweigte links eine Sandstraße ab, hinauf zum Monte Dolciano. Sie pendelte durch viele Kurven, wurde immer schmaler, und nach einer kurzen Strecke bergab führte sie in ein weites Tal und in einer langgestreckten Kurve zur Chiesa di Monte Dolciano, um von dort aus sehr steil in die Höhe zu klettern. Roberto hatte sich mehrfach bei Talia versichert, dass sich die Position des Handys der Baronessa nicht mehr verändert hatte.

An einer Madonnina etwa dreihundert Meter von der Kirche entfernt bog Roberto nach links ab und hielt hinter einer hohen Brombeerhecke.

«Mir nach», sagte Roberto. Die letzte Strecke zur Kirche würden sie zu Fuß gehen, ein Auto würde den Täter nur misstrauisch machen.

«Halt», sagte Gruber. «Stellt eure Handys aus, und ich meine aus und nicht auf Vibrieren.»

Recht hat er, ärgerte sich Roberto, warum war er nicht selbst darauf gekommen?

Er kannte sich hier oben ganz gut aus. Im Herbst kam er regelmäßig zum Brombeerpflücken oder suchte nach Trüffelpilzen, die allerdings wegen der zunehmenden Trockenheit in den letzten Jahren immer seltener zu finden waren. Sie überquerten eine Weide, die nur mit einem Stromdraht gesichert war. Die Esel von Ottavio Marzoli standen hier herum und dösten vor sich hin, nass von Regen und Nebel.

Dahinter begann die verfilzte, nahezu undurchdringliche Macchia. Zum Glück endete sie nach etwa fünfzig Metern an einem steilen Hang oberhalb der fensterlosen Nordseite der Kirche. Sie rutschten hinunter, der Lehm war mit Regenwasser gesättigt und bot keinen Halt, drückten sich an die Kirchenmauer und schlichen bis zur Ecke. Auf dem Platz vor dem Eingang parkte ein schwarzer Jeep Commander. Die hölzerne Doppeltür der Kirche, die unmittelbar in den großen Gebetssaal führte, war nur angelehnt.

«Ist das der einzige Eingang?», flüsterte Gruber.

«Es gibt zwei, hier und über eine schmale Treppe durch das angrenzende Pfarrhaus.»

«Was ist mit Fenstern?»

«Nur drei. Zwei oberhalb des Altars, aber viel zu schmal, um hindurchzukriechen, und eins über der Eingangstür. Beide fünf Meter über dem Boden.»

Fidel zog das Schrotgewehr von seiner Schulter. «Dann einfach durch den Haupteingang rrrein. Wir sind zu viert.» Er warf Osvaldo einen kritischen Blick zu. «Mehrrr oder weniger.»

Osvaldo rümpfte arrogant die Nase.

«Nein, zu gefährlich für die Geisel», flüsterte Gruber. «Wir müssen erst wissen, wo genau der Kerl sich aufhält und ob er eine Waffe griffbereit hat.»

Fidel tippte Osvaldo auf die Brust. «Ist es nicht das, was deine besondere Fähigkeit ausmacht, *hombre*? Das Kletterrrn?»

«Mach ich nicht», sagte Osvaldo und zog eine Zigarette hervor.

Roberto nahm sie ihm weg und zerbröselte sie. «Bist du verrückt? Das riecht der doch.»

«Die Idee ist gut, Osvaldo», sagte Gruber. «Du musst nur vorsichtig sein, damit er deinen Kopf nicht sieht.»

Osvaldo verdrehte geringschätzig die Augen, das wusste er selber.

«Los, mach schon», sagte Roberto, als der *camoscino* immer noch zögerte.

Osvaldo reckte sich und sah von einem zum anderen. «Ohne mich seid ihr aufgeschmissen, eh?»

Die drei anderen nickten.

Osvaldo grinste breit. «Dann wollen wir mal.» Er verschwand leisen Schrittes.

«Der hat nur einen so Kleinen», flüsterte Fidel und zeigte mit Daumen und Zeigefinger einen Abstand von fünf Zentimetern.

«Ivana scheint mit ihm zufrieden zu sein», antwortete Roberto und versuchte, sich auf die bevorstehende Aktion zu konzentrieren.

«Vielleicht hat sie noch nichts anderes kennengelerrrnt», sagte Fidel mit versonnenem Lächeln.

Gruber tippte Fidel an. «Das Gewehr taugt drinnen nicht für einen gezielten Schuss. Aber sobald wir reinstürmen, ballerst du gegen die Decke. Das ist laut und lenkt den Gegner ab.»

«Mach ich, *hombre*. Dann dreh ich es um und benutze es als Prrrügel.» Fidel lachte breit und stupste Gruber in die Seite.

Der deutete auf Roberto. «Falls wir schießen müssen, um die Geisel zu retten, lässt du mich das machen, außer du bist sehr treffsicher.»

«Nicht sehr», gab Roberto zu. Gar nicht, hätte er sagen müssen, sein letztes Schießtraining lag etwa fünf Jahre zurück, und da war seine Trefferquote so schlecht gewesen, dass der Schießtrainer ihm geraten hatte, im Notfall besser mit einer Nagelfeile auf einen potenziellen Gegner loszugehen.

«Gut, dann ist ja so weit alles klar.» Gruber sah beide an.

Roberto nickte.

«Wie viele hast du schon erschossen, Gruberrr?», fragte Fidel.

Gruber sah weg und antwortete nicht.

Wenige Minuten später tauchte Osvaldo wieder auf. «Er ist nicht drin. Da sitzt nur die Baronessa.»

Gruber richtete sich auf. «Planänderung. Wir schleichen rein. Leise. Fidel, du bleibst bei der Baronessa, Roberto und ich dringen in das Pfarrhaus ein. Osvaldo, du lässt bei dem Jeep die Luft aus den Reifen, und sobald wir drin sind, verbarrikadierst du die Kirchentür von innen. Alles klar?» Alle nickten. «Dann los.»

Sie schlichen um die Ecke und gingen vor der Tür in Stellung. Osvaldo klemmte Streichhölzer in die Ventile, die sich mit einem Zischen langsam entleerten. Gruber verharrte einen Moment, dann drückte er die Tür auf und schlüpfte in die Kirche hinein. Roberto folgte. Sein Herz klopfte heftig. Bisher hatte er noch nicht einmal eine annähernd ähnliche Situation erlebt. Und auch wenn er sich über Grubers Kommandoton ärgerte, so war er froh, dass der Deutsche die Führung übernahm.

Drinnen war es ziemlich finster, Licht spendeten nur die Kerzen auf dem Altar. Makaber, sie anzuzünden, dachte Roberto und verspürte eine unerwartet kalte Wut auf den Mörder. Die Baronessa saß auf einer Gebetsbank, die Augen geschlossen, der Mund mit einem großen Pflaster zugeklebt. Gruber schlich zu der schmalen Tür neben dem Altar, die ins Pfarrhaus führte. Fidel hielt seine Schrotflinte senkrecht in die Höhe und wartete neben der Tür, bis Osvaldo sie mit dem schweren eisernen Querriegel verschlossen hatte. Roberto ging durch den Mittelgang und tippte die Baronessa sanft an. Sie öffnete ihre Augen langsam wie eine Schildkröte und lächelte, als sie Roberto erkannte. Er signalisierte ihr, leise zu sein, und zog das Pflaster von den Lippen.

«Er ist runter ins Pfarrhaus und hat so eine Pistole mit einem zusätzlichen Rohr vorne drauf.»

«Ein Schalldämpfer.»

«Ein unangenehmer Mensch, nimm dich in Acht.»

Roberto schnitt die Mullbinden durch, mit denen die Baronessa an die Gebetsbank gefesselt war. «Können Sie gehen, Baronessa?»

«Nur mein Arm ist gebrochen, Roberto. Siehst du das nicht?»

«Dann gehen Sie zu Juan. Falls der schießen muss, ist es besser, hinter ihm zu stehen.»

Die Baronessa warf einen Blick auf dessen abgesägte Schrotflinte. «Eine *lupara*. Ein schräger Charakter, dieser Bursche. Ich wusste es.» Sie kniff Roberto in die Wange, wie einem kleinen Jungen. «Viel Glück.»

Roberto lächelte, es störte ihn nicht.

«Der Mann nennt sich übrigens Fini.»

Roberto ging hinüber zu Gruber. «Ich gehe vor», sagte er, «ich war schon ein paarmal hier.»

Gruber zögerte und nickte. Roberto konzentrierte sich. Er erinnerte sich an einen schmalen, um vielleicht fünfundvierzig Grad geschwungenen Gang gleich hinter der Tür, der über ein paar Stufen hinunter in die Küche führte. Dort vermutete er Fini. Bestimmt war das nicht sein echter Name. Wahrscheinlich hatte er Hunger. Die Küche war voll funktionsfähig, es gab eine Menge Konserven, eingekochte Tomatensauce und Nudeln.

«Halt dich nicht mit Vorwarnungen auf», flüsterte Gruber. «Schieß sofort, wenn du ihn siehst.»

Roberto nickte, das war logisch, ein Profi wie dieser würde sich zu wehren wissen. Er legte die Hand auf die Tür, atmete noch einmal durch – und schob sie auf. Krrrrk. Sie knarzte wie eine alte Schatztruhe. Erschrocken stolperte Roberto los, die Treppe hinunter. Plopp-plopp. Schüsse aus einer Pistole mit Schalldämpfer. Die Querschläger machten mehr Lärm als die Schüsse selbst. Roberto feuerte zurück, zweimal, dreimal, ohne auf irgendetwas zu zielen, Gruber direkt hinter ihm auch. Sie stürmten in die Küche. Schritte von der Treppe, die hinunter zum Hauseingang führte. Plopp-plopp von unten – und ein Aufschrei hinter Roberto. Gruber hielt sich das

Bein. Unten zersplitterte die Tür. Roberto hörte schnelle Schritte draußen auf dem Kies. Er wandte sich Gruber zu.

«Hinterher!», stieß der zwischen seinen zusammengebissenen Zähnen hervor. «Mach schon! Ich komm klar.»

In dem Moment jaulte der Motor des Jeeps auf, und er rollte los. Das flappende Geräusch platter Reifen, das Knirschen blockierender Reifen auf Geröll, dann die Fahrertür, die geöffnet und zugeschlagen wurde. Roberto lief hinaus und schob sich mit wild klopfendem Puls an der Wand des Pfarrhauses entlang. Keine Deckung. Wenn der Mörder oben auf ihn wartete, hatte er keine Chance.

Doch dann sah er ihn die *strada bianca* hinunterrennen, schnell, trotz seiner geringen Größe und seiner Kompaktheit. Sehr schnell. Roberto setzte nach, mit all seiner Wut, die er über diesen Kerl empfand, doch der Vorsprung wurde größer. Nach hundert Metern kletterte Fini hoch auf die Eselsweide. Ganz sicher würde er versuchen, querfeldein den Gipfel des Monte Dolciano zu erreichen. Dort oben gab es nichts als unberührte Wildnis, Macchia, Wald, riesige Weiden, zerklüftete Felsschluchten und endlose mit Ginster bewachsene Flächen, von dort aus konnte er in jede beliebige Richtung fliehen, und jede weitere Verfolgung war aussichtslos. Außerdem hatte die Dämmerung schon eingesetzt, in spätestens einer Stunde würde es dunkel sein, vollkommen dunkel.

Roberto erreichte die Eselsweide, als Fini auf der anderen Seite in einem Wäldchen aus Krüppeleichen und Hainbuchen verschwand. Dort führte eine Art Senke, eine kleine Schlucht, den Berg hinauf, die nach oben hin immer enger wurde, ein Bachlauf, der nur zu heftigen Regenzeiten Wasser führte. Vielleicht hundert Meter höher kreuzte ein Wirtschaftsweg der *forestale*. Spätestens ab dort würde Roberto gegen den offensichtlich durchtrainierten Fini chancenlos sein. Wütend hob Roberto seine Waffe. Wenn er die restlichen zwölf Schüsse ungefähr in die Richtung abgab, wo der Kerl durch das Unterholz rannte, traf er ihn vielleicht.

Aber er brachte es nicht fertig. Vorhin, das war etwas anderes gewesen, da hatte er um sein Leben gefürchtet, da hatte er sich verteidigt; jetzt jedoch fehlte die unmittelbare Bedrohung, und allein schon der Gedanke, einen Menschen möglicherweise zu töten, war unerträglich.

Er stolperte zwischen den Eseln hindurch und wollte über den Elektrozaun hinwegsetzen – Esel ... Waren die nicht gute Kletterer, und konnten die nicht erstaunliche Lasten tragen? Ungeachtet der Stromschläge trat Roberto den Zaun zu Boden, packte den nächstbesten Esel bei der Mähne und schwang ein Bein über dessen Rücken. Wenn er die Knie etwas anzog, berührte er nicht den Boden.

«Los!», rief er und schlug dem Grautier mit der Hand auf den Hintern. Nichts. *Porca puttana!* Er versuchte es noch einige Male. Vergeblich. Das Viech rührte sich keinen Millimeter.

Roberto versuchte sich zu erinnern. Er hatte Ottavio ein-, zweimal beobachtet, wie er oben auf dem Monte Dolciano einen Ausritt gemacht hatte. Wie Jesus hatte er ausgesehen mit seinen langen, lockigen Haaren und diesem sanften Gesicht. Er hatte das Tier mit zwitschernden Lauten, nicht mit Schlägen dirigiert. Vor allem aber hatte er sich nicht auf den Rücken, sondern weiter hinten auf den Hüftknochen gesetzt. Vorsichtig verlagerte Roberto sein Gewicht, und als hätte der kleine graue Kerl nur darauf gewartet, setzte er sich in Bewegung, mit schnellen, tippelnden Schritten und trittsicher wie eine Gämse, hinein in die Schlucht.

Roberto hatte Mühe, sich auf dem schmalen Tier zu halten, zum Glück konnte er schnell mal rechts oder links ein Bein auf den Boden setzen, wenn er herunterzurutschen drohte. Fini vor ihm machte eine Menge Lärm, trat Geröll los und furchte lautstark durch das Unterholz, während der Esel leise wie ein Gespenst in einem geheimnisvollen Slalom jede Lücke nutzte und trotzdem sehr schnell vorankam. Bald konnte Roberto den Fliehenden sehen. Er machte sich keine Illusionen, dass er dem Killer in jeder Hinsicht unterlegen war. Sobald der ihn wahrnahm, sah es schlecht für ihn aus. Seine einzige Chance, ihn zu stellen, war das Überraschungsmoment. Jetzt.

Er glitt von dem Esel herunter, verschaffte sich einen sicheren Stand und hob die Pistole. «Bleib stehen, Fini», sagt er so laut und so ruhig wie möglich. «Ich habe eine Beretta auf deinen Rücken gerichtet und noch zwölf Patronen im Magazin. Eine falsche Bewegung, und du wirst die Nacht nicht mehr erleben.»

Fini erstarrte. Roberto krümmte den Zeigefinger bis zum Druckpunkt des Abzugs.

Endlich hob Fini beide Hände.

Vorsichtig tastete Roberto sich auf dem Geröll voran. Wahrscheinlich wollte Fini ihn in Sicherheit wiegen, und sobald er nah genug herangekommen war, würde er ihn mit der Kraft einer gespannten Feder anspringen. Festnahme von körperlich überlegenen Verdächtigen – war das nicht ein Punkt auf dem Lehrplan in Bologna gewesen, bevor er die Ausbildung zum *commissario* abgebrochen hatte? «Ihr müsst für das Schwein» – so hatte der Ausbilder tatsächlich geredet – «die Anzahl der Bewegungsabläufe, die er durchführen muss, um zu einer gezielten Aktion zu kommen, so weit wie möglich erhöhen.» *Madonna!* Zum Glück hatte der Ausbilder ein paar Beispiele gezeigt.

«Leg dich auf den Bauch. Die Hände auf den Rücken. So, dass ich sie gut sehen kann.» Fast erstaunt registrierte Roberto, dass Fini genau das tat, wenn auch widerwillig. «Und die Beine spreizen.»

Das sah schon deutlich besser aus. Aus dieser Position heraus dürfte eine gezielte Aktion sehr schwer auszuführen sein.

«Pistolen-Körperkontakt, Knie in den Rücken, festes Sprechen», in diesem Moment konnte Roberto die Stimme des Ausbilders für physische Kontakte, so hatte der tatsächlich geheißen, regelrecht hören. «Achtet auf eure Stimmlage! Eine tiefe Stimme signalisiert: Ich habe keine Angst.» Erstaunlich, was letztendlich dann doch bei ihm hängengeblieben war, obwohl er damals in Bologna fernab von Urbino und Maria Corbucci so unglücklich gewesen war.

Als die Handschellen einrasteten, atmete Roberto auf. Er zog Fini auf die Beine und trat zwei Schritte zurück.

«Umdrehen, Fini.»

Was für ein unspektakuläres Gesicht, dachte Roberto. Würde er diesem Mann auf der Straße begegnen, käme er niemals auf die Idee, es mit einem gewalttätigen Menschen zu tun zu haben. Lebendige Augen, Lachfältchen, ein Mund, dem man ansah, dass er gerne lachte. Nur dass er praktisch keinen Hals hatte, was ihn ein wenig einfältig wirken ließ.

«Was bist du für einer?», fragte Roberto. «Du machst auf mich einen ziemlich dämlichen Eindruck.»

«Dasselbe wollte ich gerade zu dir sagen, Poliziotto. Bist du nicht bei der Polizia Municipale?»

Fast wäre Roberto über die Geringschätzigkeit, die aus Finis Worten klang, wütend geworden. Aber letztlich war es doch so: Er hatte den Killer gestellt und damit den Kampf gewonnen. «Wie kommt einer wie du darauf, auf Golem zu machen?»

Fini lachte verächtlich. «Ihr Provinzler habt mir eine Vorlage nach der anderen geliefert. Und die dämlichen Typen in der Bar Complotto? Das beste Ablenkungsmanöver der Welt. Da muss man schon blöd sein, wenn man nicht auf den Zug aufspringt.»

«Du weißt doch garantiert bis heute nicht, was ein Golem ist.»

«Internet, Poliziotto», erwiderte Fini geringschätzig. «Seit es das gibt, ist mein Job viel einfacher geworden.»

«Und der Tunnel?»

Finis Augen blitzten vor Vergnügen. «Gute Idee, was?»

«Darüber findest du nichts im Internet.»

«Zufall.» Fini tippte sich an die Stirn. «Und wenn man auf Zack ist, erkennt man jede Gelegenheit. Katasteramt, die Karte?» Er schüttelte sich vor Lachen.

Roberto betrachtete den Killer eine Weile. Er wurde aus dem Kerl nicht schlau. «Was kann ich tun, damit deine Laune noch besser wird, Fini?»

Fini verdrehte die Augen. «Das, was du tun kannst, Poliziotto, reicht gerade mal für eine Nacht in irgendeiner Zelle in diesem witzigen Städtchen. Das war's dann.»

«Du meinst, weil dich dann deine Auftraggeber und deren Anwälte rausholen?»

Fini sah Roberto mitleidig an.

«Weißt du, Fini – oder wie auch immer du wirklich heißt: Emanuele und Fosco Santi, für die du arbeitest, die werden ihre Anwälte für sich selber brauchen. Und für Toggi s.r.l., für die Imperto Holding in Neapel und all die anderen Firmen, mit denen sie Subventionsgelder kassieren.»

Fini bemühte sich, weiterhin einen souveränen Eindruck zu machen.

«Und jetzt marschier los. Aber sei vorsichtig und fall nicht hin. Nicht dass du dir wehtust.»

Roberto warf ein Bein über den Rücken des Esels, platzierte sich genau auf dessen Hüftknochen und schnalzte mit der Zunge. Das Grautier zuckelte los, hinter Fini her. Auch wenn Roberto dessen Gesicht jetzt nicht sehen konnte, war er sich sicher, dass die Lachfältchen sich in veritable Sorgenfalten verwandelt hatten.

40.

Fidel hatte Gruber versorgt, die Verletzung war schmerzhaft, aber nicht gefährlich. Osvaldo hatte die vier platten Reifen mit einem Kompressor, der zur Grundausstattung des Jeep Commander gehörte, wieder aufgepumpt. Osvaldo und Gruber nahmen den Lancia, um den Deutschen unabhängig von den anderen beim *pronto soccorso* versorgen zu lassen – der *camoscino* war darüber stocksauer, er hätte lieber den amerikanischen Spritfresser gefahren –, während Roberto und die Baronessa sich von Fidel im Jeep zurückchauffieren ließen. Fini legten sie in den Kofferraum – auf seine Latexmaske und sein Lehmkostüm. Die Maske war ein Überbleibsel von Halloween, und laut Preisschild, das noch daran klebte, hatte Fini sie in Ancona in einem Ramschladen für fünf Euro gekauft. Dass er sich nicht einmal die Mühe gemacht hatte, diese Beweisstücke verschwinden zu lassen, bewies, wie sicher er sich gefühlt hatte.

Als Roberto sein Handy wieder einschaltete, hatte er Pretoro Galdroni auf der Mailbox, der entgegen Ornellas Protesten, die man im Hintergrund deutlich hören konnte, ankündigte, morgen früh wieder in Urbino zu sein. Er hatte sich bei Maria Corbucci über den Stand der Dinge erkundigt und den Eindruck gewonnen, dringend gebraucht zu werden. Na toll, dachte Roberto, der kommt gerade rechtzeitig, um die Aufklärung des Falles zu verkünden.

In Urbino fuhren sie von der Piazzale Roma in die Via Raffaello ein und brachten den Killer in die Beugehaftzelle im *Palazzo di Giustizia*, während die Baronessa auf dem Beifahrersitz tief und selig schlief. So tief, dass sie sie nicht wach bekamen, als sie etwas später bei Talia vorfuhren. Die vier Schwestern bekamen fast einen

Herzinfarkt, als Fidel ihre Oma hereintrug, und erst ihre entsetzten Schreie weckten die Baronessa wieder auf. Sie brauchte erstaunlich wenig Zeit, um wieder hellwach zu werden. Sie ließ sich auf einen Sessel setzen.

«Jetzt hört mir mal zu, meine Lieben», sagte sie streng, «und ich schicke vorweg, dass ich nach allem, was ich erlebt habe, nicht gedenke, mich unnötig aufzuregen. Wir sind hier in Urbino, in den Marken, und nicht in Palermo oder Neapel. Unsere Familie lebt seit Jahrhunderten hier und hat noch jedem Fürsten, jedem Papst und jedem ausländischen Aggressor und ja, auch den fusseligen Kommunisten getrotzt. Und ihr wolltet einer Mafia-Firma und deren Handlangern nachgeben? Ja, seid ihr denn noch bei Trost?»

Die vier schwiegen, irritiert von der Vehemenz ihrer Oma.

«Antonia, sieh Roberto nicht so böse an. Der Junge hat das einzig Richtige getan. Und zwar das, was ich von dir erwartet hätte.»

Antonia bekam rote Wangen. «Aber Oma, ich wollte dich doch nur schützen!»

«Dem Adel anzugehören bedeutet auch eine Verpflichtung. Ich möchte nicht, dass ihr das noch einmal vergesst.»

Malpomena, Raffaella, Antonia und Talia senkten betroffen ihre Köpfe.

«Welchen Sinn», fügte die Baronessa noch hinzu, «hat es denn, einen Erben in die Welt zu setzen, wenn die Del Vecchio neuerdings zu kneifen belieben?»

Roberto sah aus dem Fenster hinaus. Die Blicke der vier Schwestern waren ihm sicher. Er fragte sich, ob Malpomena sie über ihre bisherigen vergeblichen Versuche auf dem Laufenden hielt.

«Wie geht es jetzt weiter?», fragte die Baronessa.

Malpomena räusperte sich.

«Der Bote mit den Pachtverträgen konnte noch zurückgeholt werden», antwortete Roberto schnell, weil er befürchtete, dass Malpomena die Frage auf den Erben bezog. «Antonia hat sich angeboten, alle Informationen zu sammeln und für den Staatsanwalt aufzubereiten, damit nicht nur Fini wegen Mordes angeklagt werden kann, sondern auch die Firma Toggi wegen Anstiftung zum Mord und Subventionsbetrug. Morgen wird *commissario* Pretoro Galdroni zurückkehren und den Fall wieder übernehmen.»

Die Baronessa nickte. «Ich wünsche in mein Haus zurückzukehren. Talia, du wirst bei mir wohnen und mich versorgen, solange ich diesen furchtbaren Gips tragen muss.»

Talia zog ein langes Gesicht.

«Und zwar du allein, ohne deinen kubanischen Sklaven.»

Fidel grinste, er mochte den etwas rauen Humor der Baronessa.

«Dir, Roberto, möchte ich ganz besonders danken. Ich muss sagen, ich habe mich, seit du ein kleiner Junge warst, nicht in dir getäuscht.» Sie lächelte knapp. «Wobei ich der Meinung bin, dass du im normalen Leben ruhig einen Zahn zulegen könntest. Vermittele ich dir damit ein Bild, mit dem du etwas anfangen kannst?»

«Ich denke schon, Baronessa», erwiderte Roberto, allerdings nur um keine Missstimmung aufkommen zu lassen. Im Gegenteil, dachte er, in Zukunft werde ich die Dinge entschieden ruhiger angehen. Wieso muss ich eigentlich immer Galdronis Fälle lösen? Es gab schließlich einen guten Grund, warum er als Poliziotto bei der Polizia Municipale arbeitete, und der war das exakte Gegenteil von ‹einen Zahn zulegen›.

«Und jetzt verordne ich uns allen Ruhe und frühen Schlaf. Talia, pack schon mal das Nötigste ein für die nächsten Tage. Und damit meine ich weder Lippenstift noch dein alle Menschen betäubendes Parfum. Von dir, Roberto», sie streckte den unbegipsten Arm aus, «verabschiede ich mich und danke dir ein letztes Mal von Herzen für deinen Mut.» Sie drückte ihn, schloss die Augen und entließ ihn mit einem aristokratischen Winken.

Roberto parkte den Jeep auf einem der für die Dienstwagen der Polizia Municipale vorgesehenen Parkplätze im Corso Garibaldi. Morgen konnte Galdroni sich ja um Spurensicherung und den ganzen Kram kümmern, für ihn war ab diesem Moment seine Arbeit für die Polizia di Stato erledigt. Obwohl seine Müdigkeit kaum größer sein konnte, fühlte er sich leicht und beschwingt. Er hatte innerhalb von vier Tagen einen Mörder überführt, hatte einen Subventionsbetrug von schwindelerregendem Ausmaß ans Licht gebracht und hatte der Baronessa das Leben gerettet. Was für eine Bilanz! Eine perfekte, wäre da nicht das klägliche Versagen mit Malpomena gewesen.

Roberto verdrängte diesen peinlichen Gedanken sofort wieder. Er betrat die Wache im Palazzo del Legato Albani und ging hinauf in den ersten Stock. Ohne anzuklopfen, betrat er Cottellis Büro, der mit einer Lesebrille auf der Nase über einem Berg von Papieren gebeugt an seinem Schreibtisch saß.

«Seit wann brauchst du denn eine Lesebrille, Cottelli?»

«Was fällt dir ein?», brauste Cottelli auf. «Seit wann betritt man das Büro eines Vorgesetzten, ohne anzuklopfen?»

«Warum bist du nicht zu Hause bei deiner Frau?», fragte Roberto scheinheilig zurück und warf Cottelli den Autoschlüssel des Jeeps zu. Der griff ins Leere, und der Schlüssel prallte gegen seine Brust.

«Was soll das?»

«Der Mörder sitzt in der Zelle, der Fall ist gelöst. Der Wagen des Täters steht draußen. Galdroni kommt morgen zurück, der kümmert sich um alles Weitere.»

Cottelli brauchte ein paar Sekunden. «Ich will alle Einzelheiten wissen, sofort!»

Na klar, dachte Roberto, damit du morgen früh vor deinem Journalisten-Kumpel behaupten kannst, den Fall praktisch im Alleingang gelöst zu haben. «Nix da, ich gehe nach Hause und schlaf die nächsten zwölf Stunden.»

«Nix da? Nix da?» Cottellis Stimme kippte ins Hysterische. «Ich werde dir eine Abmahnung wegen Insubordination erteilen!»

«Geht nicht», erwiderte Roberto und winkte zum Abschied. «Noch arbeite ich nicht wieder für dich.» Natürlich war es äußerst unklug, Cottelli derart zu reizen, aber Roberto konnte einfach nicht anders, da war eine penetrante kleine Stimme in seinem Kopf, die ihn geradezu gegen seinen Chef aufwiegelte. Er ließ Cottelli toben und brüllen, schloss die Tür wieder, ging zu seinem Schreibtisch zwei Räume weiter und tauschte die *salsiccia piccante* aus seinem Gürtel gegen die MagLite aus. Er hatte sich doch dagegen entschieden, die Wurst an Osvaldos Hund zu verfüttern. Wenn er sie in sehr dünne Streifen schnitt, taugte sie durchaus noch als kleine Zwischenmahlzeit.

Osvaldo wartete schon mit Gruber in Antonias Lancia bei laufendem Motor auf der Piazza, natürlich verfügte die Chefin des Palazzo Ducale über eine Lizenz zum Einfahren in die Altstadt. Auf der Rückfahrt schwadronierte der *camoscino* in einem fort über seinen erheblichen Anteil an der Festnahme eines höchst gefährlichen Mafiakillers, was der Teutone mit erstaunlicher Geduld über sich ergehen ließ, selbst als Osvaldo wieder und wieder mit der Geschichte von vorne begann. Roberto hörte nicht hin. Er kannte seinen *cugino*, der war kein Mann der Worte, da er aber Ivana gegenüber seine Heldentaten nur mit Worten vermitteln konnte, übte er schon mal, die ganze Geschichte so flüssig herunterzuerzählen, dass Ivana nicht dazwischengehen konnte. Sie war ein ungeduldiger Mensch, und außerdem hasste sie es, wenn andere, vor allem Osvaldo, zu viel Aufmerksamkeit einforderten.

In Rombolina hatte sich ein zäher Nebel festgesetzt, deshalb bemerkte Osvaldo die Vespa, die vor seinem Haus parkte, zu spät und fuhr sie über den Haufen. Die Front des Lancia wurde hochgedrückt, und die Vorderräder drehten sich im Leeren.

«Na so was», sagte der *camoschino* und stellte den Motor ab. «Wem gehört die denn?» Misstrauisch stieg er aus.

«Das ist Francos», erwiderte Roberto, niemand sonst hatte seinen *motorino* derart mit Aufklebern zugepappt.

Die Eingangstür wurde aufgerissen, und Ivana kam herausgestürmt. «Ein Glück, du lebst!», rief sie und donnerte auf ihn zu. «Wo sind die anderen?», fragte sie, während sie ihn umarmte.

Armer Osvaldo, dachte Roberto. Wenn er das richtig einschätzte, meinte sie mit den ‹anderen› eigentlich Fidel. Der hatte seinerseits Roberto nach Ivanas Handynummer gefragt und dabei breit gegrinst und mit den Augenbrauen gewackelt. Natürlich hatte Roberto sie ihm nicht gegeben, Familie ist heilig, und Juan war nun einmal nur Sklave bei Talia. Aber so wie der Kubaner bei ihrer ersten Begegnung auf Ivana reagiert hatte, würde er nichts unversucht lassen, nicht nur an ihre Handynummer zu gelangen.

Franco erschien kurz darauf mit einem Mini-Keyboard unterm Arm. «Da seid ihr ja endlich», sagte er, ohne sich besonders um seine demolierte Vespa zu kümmern.

«Die mach ich», sagte Osvaldo. «Neuer Zylinderkopf, Vergaser aufbohren, die Übersetzung kleiner, dann geht die siebzig. Oder mehr.»

«Ich habe ein wunderschönes kleines Stück komponiert, Roberto!» Franco hatte dem *camoscino* gar nicht zugehört. «Willst du es hören?»

«Ein andermal, Franco. Ich leg mich jetzt ins Bett, und das war's für heute.»

Franco sackte regelrecht in sich zusammen. «Aber du hast doch versprochen –», sein Blick wanderte hinüber zu Gruber, der auf einem Bein balancierte – Marco Bruglia, der Notarzt, hatte ihm keine Krücken mitgeben können; Mullbinden, davon gab es reichlich, aber Krücken? Keine einzige. «Thilo wollte doch für uns kochen und mir erzählen, was er über Opa herausbekommen hat.»

Gruber atmete schwer, einerseits angeschlagen und erledigt, andererseits fühlte er sich offenbar seinem Versprechen verpflichtet. Er wandte sich Roberto zu. «Hören Sie, Sie müssen doch auch etwas essen. Warum helfen Sie mir nicht beim Kochen?»

«Helfen?», fragte Roberto zurück. «Sie können doch nicht einmal ein Ei aufschlagen, ohne umzukippen.»

«Ich helfe», sprang Franco ein.

«Auf keinen Fall.» Vom Kochen verstand der Komponist und Musiker so viel wie Roberto von Stricken und Häkeln.

«Ich wollte etwas Deutsches machen», sagte Gruber. «Knödel halb und halb, eine Pilzrahmsoße und ein Schweinekotelett.»

«Was soll das sein, Knödel halb und halb?»

«Kartoffelklöße, die zur Hälfte aus eingeweichten *panini* bestehen.»

Roberto schüttelte sich. «Eingeweichte *panini*?»

«Für mich klingt das gut», sagte Franco, eindeutig von Opportunismus getrieben.

Roberto warf einen flehenden Blick in den Himmel. *Porca troia.* «Wir gehen zu mir, und ich mache *trippa alla marchigiana.*»

«Kalbskutteln?», fragte Gruber mit unverhohlenem Ekel.

«In Streifen geschnittener Rindermagen mit frischen Selleriestauden, Karotten, geschälten Tomaten, würzigen Kräutern und Knoblauch. Noch Fragen?»

«Für mich klingt das gut», sagte Franco und ging in Richtung von Robertos *rustico.*

«Na, da bin ich gespannt», sagte Gruber und stützte sich mit einer Hand auf Robertos Schulter ab.

Porca zozza. Dass er diesem teutonischen Allesfresser einmal helfen würde, als Gast in sein Haus zu humpeln, hätte er niemals für möglich gehalten. Was für ein Niedergang, was für ein elender Abstieg.

«Vielleicht haben Sie ja noch eine Flasche von Ihrem unvergleichlichen Roten», sagte Gruber.

Auch das noch.

Als Erstes holte Roberto die gefrorene *trippa alla marchigiana* aus seiner Kühltruhe, auch eine der kostenlosen Gaben, die der einbeinige Giuseppe Ferri aus Sant'Eufemia ihm hatte zukommen lassen. Dessen Angst, dass Roberto es sich eines Tages anders überlegen und ihn doch bei der *comune* anschwärzen würde, war so groß, dass er sich von Zeit zu Zeit etwas Besonderes einfallen ließ, um den Poliziotto bei Laune zu halten, und *trippa*, das war etwas Besonderes.

Roberto warf den Eisklumpen in einen Tontopf, schob ihn in den Gasbackofen, entzündete die Flamme und drehte auf maximale Hitze. Eine halbe Stunde würde es mindestens dauern.

«Meine Knödel halb und halb mit Pilzrahmsoße und Schweinekotelett hätte ich frisch zubereitet», sagte Gruber mit süffisantem Lächeln.

«Eine *trippa* köchelt insgesamt fast fünf Stunden. Mit Schnippeln, Waschen und Schälen dauert es sechs», erwiderte Roberto so sachlich wie möglich.

«Oh», sagte Gruber.

Oh, wieso sagte ein erwachsener Mann eigentlich immer Oh? Egal, oberstes Gebot: auf keinen Fall ärgern, so schnell wie möglich die Sache abhaken und schlafen gehen. Roberto holte zwei Flaschen von seinem Sangiovese aus seinem Behelfsweinkeller, allerdings nicht den sensationellen 2005er. Der 2008er war gut genug und immer noch besser als alles, was Gruber anzubieten hatte. Als Roberto in die Küche zurückkehrte, spielte Franco gerade seine neue Komposition vor, wobei das kleine Keyboard erstaunlich gute Klänge von sich gab.

«Wunderbar!» Gruber klatschte Beifall. «Und das hast du heute erst komponiert?»

Franco strahlte. «Die letzten Tage war ich blockiert. Aber seit heute fließt es wieder.»

Täuschte er sich? Roberto meinte, einen Schatten über Grubers Gesicht ziehen zu sehen.

«Wie gehst du da vor? Wenn du komponierst? Ich habe von so was keine Ahnung.»

Roberto entkorkte die Flasche. Franco hasste Fragen wie diese, und mochte er sonst ein ruhiger, eher zaghafter Mensch sein, fragte man ihn, wie er denn zu seinen Ideen kam, wurde er augenblicklich unfreundlich und ruppig. Jetzt jedoch antwortete er freudig und schwärmerisch, besang die Kraft der Intuition und dass man als Künstler vor allem lernen müsse, dieser Kraft zu vertrauen, aber nichts von ihr zu erwarten, sonst verberge sie sich und käme überhaupt nicht zum Vorschein. Gruber fand das höchst interessant und fragte dies und das, und Roberto hoffte, dass der Backofen wirklich dreihundert Grad entfachte, wie auf dem Drehregler als höchste Stufe geschrieben stand. Das Geschwiemel und Geschwurbel des Deutschen ging ihm extrem auf die Nerven. Um den Tauprozess zu beschleunigen, stocherte er mit einem Messer in dem Eisklumpen herum, um ihn in möglichst viele kleine Teile zu zerlegen, und als die beiden an der höchst philosophischen Frage der Vergeblichkeit angelangt waren, die einen Künstler immer dann quälte, wenn er in einer Blockade steckte, war die *trippa* endlich fertig.

«Bravo!», sagte Gruber. «Zum Schluss noch eine kleine Geschichte zum Thema Vergeblichkeit, Franco.»

Roberto schaufelte drei Portionen auf drei Teller.

«An einem Strand bei Ebbe liegen Abertausende von Seesternen in der heißen Sonne, dem Tode geweiht. Ein kleiner Junge packt einen Stern nach dem anderen und wirft ihn zurück ins Meer. Da kommt ein Mann vorbei und sagt: Junge, was du da machst, ist völlig nutzlos. Siehst du nicht, wie viele Seesterne es sind? Einer mehr oder weniger, das macht keinen Unterschied. Da nimmt der Junge einen weiteren Seestern, wirft ihn ins Wasser und sagt: Aber für diesen einen macht es einen Unterschied.»

Franco lächelte. «Eine schöne Geschichte», sagte er und wurde plötzlich sehr ernst. «Das Gegenteil stimmt allerdings auch.»

«Was meinst du?», fragte Gruber und schob sich einen Bissen in den Mund. «Oh, was für ein Genuss!»

«Für die Juden, die mein Opa verraten hat, hat es auch einen Unterschied gemacht», sagte Franco bitter.

Niemand sagte etwas. Gruber pikste noch ein Stück Fleisch auf, doch dann legte er die Gabel zurück auf den Teller, wischte sich mit der Serviette den Mund ab und sah Franco an.

«Was ist?», fragte der.

«Ich glaube, ich fühle mich nicht gut, wenn ich zuerst dieses Essen genieße und dir dann erzähle, was meine Recherchen ergeben haben.»

Franco wurde blass, legte sein Besteck sehr sorgfältig zur Seite und sah Gruber mit schweren Augen an. «Bitte ganz einfach geradeaus. Keine Umwege.»

Gruber nickte und konzentrierte sich. «Am 8. September 1943 haben die Nazis Italien besetzt und sofort mit der Deportation von Juden begonnen. Himmler befahl, in Rom 8000 Juden zu inhaftieren und in Vernichtungslager zu deportieren. Aber in einer ersten großen Aktion brachten die Gestapo und die italienische faschistische Polizei unter Commandante Pietro Caruso nur 1259 zusammen. Was zum einen an der undurchschaubaren italienischen Bürokratie und dem lückenhaften Meldewesen lag. Zum anderen versteckten viele Italiener ihre jüdischen Nachbarn oder behaupteten schlicht und einfach, keine Juden zu kennen.»

Gruber nahm einen Schluck Wasser und warf Franco einen prüfenden Blick zu.

Franco nickte. «Ich bin immer noch bereit.»

«Weil es immer unwahrscheinlicher wurde, dass die von Himmler geforderten achttausend tatsächlich inhaftiert werden konnten, kam es zu einer Radikalisierung der Judenverfolgung. An dieser Stelle kommt die 18-jährige Jüdin Celeste di Porto ins Spiel, eine sehr schöne, sehr begehrte Frau. Sie arbeitete als Kellnerin im *ristorante* Il Fantino an der Piazza di Giudia. Daher ihr Spitzname ‹Stella di Piazza Giudia›. Ihr zweiter Spitzname war ‹La Pantera Nera›, die schwarze Pantherin. Den hatte sie, weil sie der Kopf einer gleichnamigen Verbrecherbande war, die einem makaberen Geschäft nachging: Celeste di Porto verriet Juden an die Gestapo, kassierte von den Deutschen ein Kopfgeld von 5000 Lire, was damals in etwa dem Jahresgehalt eines Arbeiters entsprach, und sobald die Verratenen verhaftet worden waren, brach sie mit ihren Kumpanen in deren leerstehende Wohnungen ein.

Celeste di Porto war mit einem Juden verlobt, verliebte sich jedoch in einen italienischen, einen katholischen Soldaten, den sie bei der Arbeit kennengelernt hatte, und das war dein Opa, Franco. Ob er die dunkle Seite seiner Geliebten kannte, weiß ich nicht.»

Erneut nahm Gruber einen Schluck Wasser, erkennbar nervös.

«Am 23. März 1944 haben italienische Partisanen auf der Via Rasella in Rom eine Bombe gezündet, die dreiunddreißig Männer eines SS-Polizeiregiments tötete. Hitler befahl daraufhin, als Vergeltung zehnmal so viele Italiener hinzurichten. Pietro Caruso, der Polizeichef, sollte eine Liste mit 330 Namen erstellen. Caruso wollte so viele Juden wie möglich auf dieser Todesliste haben. Einer von ihnen war Angelo di Porto, Celestes Bruder. Um ihn wieder freizubekommen, verriet dein Opa der Polizei die Verstecke von sieben Juden, die dann am 24. März 1944 zusammen mit den anderen willkürlich ausgewählten Menschen in den Ardeatinischen Höhlen hingerichtet wurden.»

Franco hatte still zu weinen begonnen und sah auf, als Gruber nicht weiterredete. «Selbst wenn es die größte Liebe der Welt war zwischen den beiden, das kann man nicht entschuldigen.»

Gruber atmete schwer und presste die Lippen zusammen.

Franco stutzte. «Das ist noch nicht alles, habe ich recht?»

Gruber nickte. Franco nahm seine Serviette, wischte sich die Tränen weg und richtete sich kerzengerade auf. «Dann will ich den Rest auch noch wissen.»

«Das Kopfgeld für jeden Juden war kurzfristig auf 8000 Lire erhöht worden. Dein Opa hat das Geld genommen und davon nach Kriegsende den *palazzino* gekauft, den er dir vererbt hat.»

41.

Am nächsten Morgen lag Franco immer noch genau so, wie er eingeschlafen war, auf der Couch in Robertos Küche. Er hatte am Abend keinen Ton mehr gesagt, und auch jetzt reagierte er weder auf den *caffè*, den Roberto ihm unter die Nase hielt, noch auf das frisch aufgebackene *cornetto* mit Schokoladenfüllung. Roberto war ratlos, was er mit ihm anfangen sollte. Er schaltete das Radio an, der Jazzsender war noch eingestellt, und hob das Keyboard auf, das Franco mit einem verzweifelten Schrei gestern gegen die Wand geschmettert hatte. Das Gehäuse hatte einen Riss, und das Display war eingedrückt, Roberto schaltete das Instrument ein und fuhr über die Tasten. Es funktionierte noch.

«Ich muss los», sagte er und klapperte mit Antonias Autoschlüsseln, bis er sich erinnerte, dass Francos Vespa unter dem Lancia eingequetscht lag und die Vorderräder des Autos in der Luft hingen. «Bleib hier, nimm dir, was du brauchst, ich sehe mittags noch mal nach dir, *va bene*?»

Beunruhigt, aber gleichzeitig in der Gewissheit, nichts für den verwundeten Musiker tun zu können, verließ Roberto das Haus, kletterte in seine Ape, legte sich die dicke Mikrofaserdecke über die Oberschenkel und knatterte los. Schon nach wenigen Metern drehte er wieder um. Er hatte einfach kein gutes Gefühl, wenn er Franco allein zurückließ. Also wuchtete er sich den Musiker samt Decke auf den Rücken und schaffte es irgendwie, ihn in die winzige Fahrerkabine der Ape hineinzudrücken. Franco saß apathisch neben ihm. In den Kurven, und davon gab es auf der alten Via Nazionale di Bocca Trabaria viele, pendelte sein Oberkörper haltlos hin und her und erschwerte Roberto das Lenken so sehr, dass er kurz vor Urbino anhielt und Franco eine nicht gerade sanfte Ohrfeige verpasste. «Du hältst dich jetzt fest, *hai capito*?»

Franco sah ihn an wie einen Geist. «Ich werde den *palazzino* der jüdischen Gemeinde schenken und dann für immer von hier verschwinden.»

«Ich bringe dich zu Toto, und da bleibst du, bis ich dich wieder abhole. Komm nicht auf die Idee abzuhauen. Ich finde dich, egal wo du hingehst.»

Bei Toto angekommen, schob er den Musiker samt Decke durch die Bar und setzte ihn im hintersten Winkel an einen Tisch. Nachdem er dem *barista* eingeschärft hatte, ihn sofort zu informieren, sollte Franco weggehen wollen, trat Roberto hinaus unter die Arkaden und verbarg sich hinter einer Säule; auf keinen Fall wollte er von Cottelli gesehen werden. Er rief Rabbi Shlomo an und schilderte ihm Francos Situation in allen Einzelheiten.

Der Rabbi, der normalerweise nicht gerne zuhörte, sondern sehr viel lieber selber redete, unterbrach ihn nicht ein einziges Mal.

«Bring ihn zu mir», sagte er, als Roberto fertig war.

«Sofort?»

«In einer Stunde. Ich muss zuerst meine Tochter in die Schule fahren.»

Roberto legte auf. Eine Stunde. Im Grunde müsste er sich jetzt hinsetzen und auf der Wache einen Bericht in den Computer hacken. Eine schreckliche Vorstellung. Allein schon das Suchen der Buchstaben auf der Tastatur machte ihn jedes Mal furchtbar nervös. Aber – wieso sollte er das eigentlich mit den eigenen Händen tun? Arbeitete er nicht immer noch für die Polizia di Stato? Und hatte die nicht, im Gegensatz zur Municipale, eine Sekretärin?

«Roberto, was für eine Freude!», begrüßte Maria Corbucci ihn beschwingt.

Wart's ab, bis ich dir sage, was ich von dir will, dachte Roberto, dann ist es vorbei mit deiner guten Laune. «Ist Galdroni schon da?»

«Kommt bald. Er hat sich vorhin von der Autobahn gemeldet. Kurz vor Mantova. Aber ehrlich gesagt», sie zwinkerte Roberto zu, «so wie ich Ornella kenne, will die noch in den Outlet da. Kennst du den, direkt neben der Autobahn? Da gibt es alle Markenklamotten für die Hälfte. Und sogar noch billiger.»

«Ich werde dir jetzt den Bericht diktieren», sagte Roberto ruppiger, als er eigentlich wollte, und fast, als wollte er einen von Marias berüchtigten Wutanfällen provozieren.

«Selbstverständlich», erwiderte sie und zog die Tastatur ihres Computers zu sich heran.

Roberto starrte sie an, sprachlos.

Sie lächelte, verdammt, sie hatte eine Art, die ihm kleine Blitze durch den Körper schickte. «So können wir uns aufeinander einspielen.»

«Einspielen?» Roberto wollte sie fragend ansehen, konnte aber nicht verhindern, dass sein Blick verrutschte und an ihrem sehr ansehnlichen Dekolleté hängenblieb. Was Maria nicht verborgen blieb und sie mit einem sanften Recken und Strecken ihres Oberkörpers beantwortete.

«Wir haben bei der Zentrale einen Antrag gestellt, dich zu uns zu holen. Als *commissario* der Polizia di Stato. Was sagst du jetzt?»

«Was?»

«Gestern.» Sie klimperte mit ihren Augen wie in Zeitlupe. «Übrigens auf meinen Vorschlag hin.»

Zeng! Roberto brauchte keine Sekunde, um endlich zu kapieren, was hier abging: Maria war ihres cholerischen, unfruchtbaren Ehemannes überdrüssig geworden und hatte ihn zum Teufel geschickt, und jetzt wollte sie sich ihn, Roberto, wieder zurückholen. Aber weil der gesellschaftliche Rang eines Poliziotto bei der Polizia Municipale noch unter dem eines Sachbearbeiters auf dem Einwohnermeldeamt rangierte, hatte sie dafür gesorgt, dass er auf der sozialen Leiter gleich zwei Stufen überspringen würde. *Commissario*, das machte etwas her, damit konnte sie punkten.

«Kein Interesse», sagte Roberto.

Sie lächelte ihn an, wie es nur eine Venusfalle fertigbringt. «Ich habe Nevio schon alles erzählt.»

Auch um das zu kapieren, benötigte Roberto keine Sekunde: Damit war er für Cottelli ab jetzt der Teufel in Person, und es brauchte keine besondere Phantasie, sich vorzustellen, was das für seine Zukunft bei der Polizia Municipale bedeutete: Hölle, Fegefeuer, Inferno und Doppelschichten, Außendienst, wenn das Wetter schlecht war, und Innendienst, wenn die Sonne lachte.

Maria hatte nicht aufgehört zu lächeln und drehte sich sanft auf ihrem Schreibtischstuhl hin und her.

Franco starrte den bronzenen Davidsstern an, den Rabbi Shlomo sich von dem Bildhauer Giacomo Pipistrello als Türklinke hatte machen lassen, und als der Rabbi die Tür mit großem Schwung öffnete, folgten Francos Augen dem Stern.

«Roberto!» Shlomo breitete die Arme aus. «Du hast Urbino von einer Geißel, von einem Albtraum befreit!»

«Sie meinen den Mörder oder den Golem?»

«Alle, die von einem Golem geredet haben, müssen nun beschämt ihr Haupt senken. Mein lieber Franco», der Musiker zuckte zusammen und trat einen Schritt zurück, «kommt herein.» Der Rabbi zog Franco ins Haus. «Ihr müsst entschuldigen, wegen der Unordnung. Meine Frau ist für ein paar Tage verreist, und wir jüdischen Männer lernen zwar jeden Tag, uns mit dem Talmud anzulegen, nicht aber mit dem Staubsauger und der Spülmaschine.» Er lachte dröhnend und dirigierte seine Gäste in sein Studierzimmer am anderen Ende eines langen Korridors.

Ein erstaunlicher Raum, wie Roberto fand, der offenbar dem *studiolo* des Duca da Montefeltro im Palazzo Ducale nachempfunden war. Wunderbar gedrechselte Regale, die mit alten, ledergebundenen Büchern vollgestellt waren, wechselten sich mit kunstvoll mit Intarsien verzierten Holzvertäfelungen ab, an denen bronzene Wandlampen mit gelblichen Tierhautlampenschirmen sich bemühten, Licht zu spenden. Franco schien der düstere Raum noch ängstlicher zu machen.

«Erstaunlich, was ein Gerücht alles in Bewegung setzen kann», sagte Roberto. «Und wie sich Menschen verändern, die man meinte, gut zu kennen.»

Der Rabbi nickte ernst. «Das scheint in der Natur des Menschen zu liegen. Hexenverbrennung, Fremdenhass, Pogrome, Inquisition, sogenannte ethnische Säuberungen – die Liste wäre endlos, wenn ich sie nicht an dieser Stelle beendete. Aber es liegt eben auch in der Natur des Menschen, immer wieder dagegen anzugehen.»

«Wussten Sie von dem Fluchttunnel unter der Synagoge, Rabbi?», fragte Roberto.

«Man hat immer davon gemunkelt, aber gewusst hat niemand etwas, und gezielt danach gesucht haben wir auch nie.»

«Wer weiß, was es noch alles gibt, unter Urbino.»

Der Rabbi lächelte. «Ich bin sicher, dass sich eine Menge Leute ab jetzt auf die Suche machen werden. Aber lasst uns zur Sache kommen.» Er wandte sich Franco zu. «Roberto hat mir deinen Fall geschildert.» Franco sah beschämt zu Boden, aber bevor er etwas sagen konnte, fuhr der Rabbi fort. «Jeder Mensch ist aufgerufen, sich gegen das Böse zu wenden.»

«Deswegen werde ich mein *palazzino* der jüdischen Gemeinde übereignen und Urbino für immer verlassen.»

«Das ist keine gute Idee, Franco. Hör zu: Lass die Vergangenheit ruhen. Was zählt, ist die Gegenwart. Schuld setzt sich nicht durch die Generationen fort. Verantwortung hingegen ja. Deine Verantwortung ist es, mit dem furchtbaren Erbe deines Opas und mit deinem Leben gut umzugehen, und das tust du. Denn was machst du? Du bist Künstler, Musiker, Klangsammler. Du rettest die Stimmen aussterbender Tiere für die Nachwelt, du kümmerst dich um kleine

Lebewesen, die anderen völlig gleichgültig sind. Mit deinem Tun ehrst du die Schöpfung und den Schöpfer, gleichgültig welcher Religion du dich zugehörig fühlst. Ich sage dir: Geh weiter auf deinem Weg, in Urbino, in deinem *palazzino*, und lass die Vergangenheit dem Teufel. Dann ist der beschäftigt und gibt Ruhe.»

Franco brauchte ein wenig Zeit, bis die Worte des Rabbi bei ihm angekommen waren.

«Und was den Golem betrifft», fuhr Shlomo fort, «den gibt es nicht. Das ist wie mit Superman, Batman, Zorro, Spiderman oder dem Terminator. Wenn man sich schwach fühlt, erfindet man Superhelden.» Er lachte übermütig. «Kennt ihr die neueste Verschwörungsvision von Attilio Brozzi aus der Bar Complotto? Er sagt, er habe ein Ufo landen sehen, das den wahren Golem mitgenommen hat, um ihn vor Entdeckung zu schützen und genetisch zu untersuchen. Zusammen mit einer geheimen Gruppierung innerhalb der CIA und der NASA.»

WOCHEN SPÄTER

Die nächsten Wochen vergingen für Roberto wie im Flug. Weitere Berichte, noch mehr Recherchen, Termine beim Haftrichter, beim Staatsanwalt, diverse Gespräche mit Galdroni – in denen dieser allerdings meist von dem Yeti aus Hintertux erzählte und wie er ihm klargemacht hatte, wo der Hammer hing – und vor allem diverse Auseinandersetzungen mit *maresciallo capo* Nevio Cottelli, der alle bürokratischen Möglichkeiten ausprobierte, Roberto bei der Polizia Municipale zu halten. Galdroni wehrte alles ab. Solange der Fall noch aufgearbeitet wurde, deklarierte er Roberto als unabkömmlich, und Mario Luppolo, dem Bürgermeister von Urbino und damit obersten Dienstherrn der Polizia Municipale, blieb nichts anderes übrig, als dem stattzugeben. Cottelli gab sich zähneknirschend drein, auch weil er wusste, dass bis zu Robertos offizieller Ernennung zum *commissario* noch viel Zeit vergehen würde, er würde ihn also in der Zeitspanne zwischen Abschluss des Windparkfalles und dem Wechsel zur Polizia di Stato in seine Fänge bekommen, und dann gnade ihm Gott! Oder der Teufel. Oder beide.

Malpomena hatte sich überraschend zu einem zweiwöchigen Symposium nach Turin begeben. «Bis zum nächsten Eisprung», wie Fidel süffisant anmerkte, aber Roberto hatte in der Zwischenzeit eher den Eindruck gewonnen, dass sie sich langsam, aber sicher mit dem Gedanken vertraut machte, das Erbe zu verlieren, weil ihr der Preis, es zu erhalten, zu hoch erschien. Bestärkt wurde er von ihren letzten Worten, die sie auf seiner Mailbox hinterließ, bevor sie sich auf den Weg nach Turin machte: «In diese Welt ein Kind setzen? Pah, soll sie doch untergehen und allen Besitz mit sich reißen.» Er hatte das zum Anlass genommen, die Baronessa aufzusuchen, um sie auf die leidige Erbschaftsangelegenheit anzusprechen. Vergeblich, sie weigerte sich einzulenken. Ihr Argument war stichhaltig: Adel erhält sich durch Vererbung, Punkt.

Antonia hatte ihm tatsächlich die beiden Turmzimmer für einen symbolischen Euro verkauft. Damit hatte Roberto, zusammen mit Grubers illegaler Walther PPK, zwei Trümpfe gegen den Teutonen in der Hand, die auszuspielen ihm im Moment unpässlich erschien, immerhin hatte der Deutsche ihm ein wenig bei der Klärung des Falles geholfen. Man muss geduldig sein, sagte er sich, so wie mit seinem Roten, dem Sangiovese. Lass die Dinge reifen, achte nur darauf, den richtigen Moment nicht zu verpassen.

Mit Sergio Bonasera und seinem Marihuana-Gewächshaus wollte er kurzen Prozess machen und ihm die Guardia di Finanza vorbeischicken, doch aus irgendeinem Grund hatte der Mailänder Lunte gerochen und hatte ihn zu einem Vieraugengespräch aufgesucht, in dem er ihm eine Liste seiner Kunden zeigte, die er im Falle seiner Verhaftung der di Finanza präsentieren wollte. Darauf standen einige Namen, denen Roberto niemals zugetraut hätte, dass sie Dope konsumierten. Unter anderen Osvaldo und Talia Del Vecchio. Roberto brauchte nicht lange, um eine Lösung zu finden. Er gab Sergio zwei Tage Zeit, sein *rustico* bei einem örtlichen Makler zum Verkauf anzubieten, seine Koffer zu packen und zu verschwinden. Sollte er dies nicht tun, würde Roberto den zu erwartenden Skandal in Kauf nehmen und Sergio auffliegen lassen. Noch vor Ablauf der Frist war Sergio verschwunden.

Nachdem Malpomena wieder aus Turin zurückgekehrt war, ließ sie sich eine Weile bei niemandem blicken, bis sie überraschend Raffaella, Antonia, Talia und die Baronessa zu einem Familienessen in die Osteria L'angelo Divino einlud. Ihre Schwestern hatten keine besondere Lust zu erscheinen, konnten jedoch nicht ablehnen, weil Malpomena androhte, sonst jeglichen Kontakt zur Familie abzubrechen. Natürlich glaubten ihr die Schwestern nicht, und doch schien es um eine Angelegenheit von hoher Dringlichkeit zu gehen. Die Baronessa sagte sofort zu, für sie war es eine nette Abwechslung, der Gips hatte ihr Leben etwas eintönig werden lassen, auf vieles, was sie früher unternommen hatte, musste sie verzichten: kein Golf, kein Schwimmen, keine Sauna, keine ausgedehnten Spaziergänge, kaum noch Restaurantbesuche – wie soll man denn einem kulinarischen Essen frönen, wenn man noch nicht einmal sein Besteck auf angemessene Weise benutzen kann? Zwar war der Gips inzwischen ab, aber der Arm war steif, die Reha zeigte noch keine Wirkung. Ohne Malpomena zu fragen, bat die Baronessa Roberto, sie zu begleiten, weil sie die Strecke quer durch Urbino zu Fuß gehen wollte und sich noch nicht so sicher wie früher fühlte.

Während des Fußmarsches plapperte sie vor sich hin, nichts Wichtiges, aber Roberto hörte ihr gerne zu. Heute pries sie die Umsicht des Fürsten Federico da Montefeltro, dem Erbauer des Palazzo Ducale, der für den unglaublich teuren Bau – mit 200 000 Golddukaten war er sechsmal so teuer wie der Palazzo Strozzi in Florenz – von seinen Untertanen weder Sondersteuern noch Zusatzabgaben verlangt hatte, was die Baronessa als eine geradezu grunddemokratische Leistung bewertete in einer Zeit, die dem herrschenden Adel immer noch jede Willkür zubilligte.

«Und weißt du, woran es lag, Roberto? Federico war kein Mann reiner aristokratischer Abstammung. Sein Großvater, Graf Guidantonio von Urbino, konnte ihn nur durch einen päpstlichen Sondersegen zum legitimen Erben machen. Er war ein adoptierter Bastard, der nicht in der Sattheit des bräsigen Adels aufgewachsen war. Er war einer, der das Gefühl hatte, er müsste für seinen Lebensunterhalt arbeiten. Er war ein hochbezahlter Feldherr, ein *condottiere*, ein Krieger.»

«Der dann folgerichtig am Rande des Schlachtfelds starb», warf Roberto ein. «An Malaria.»

«Fürsten wie ihn gibt es nicht mehr. Der Adel ist verwöhnt und ruht sich auf seinen Besitztümern aus.» Sie machte eine Pause.

«Manchmal überlege ich, ob ich nicht generell meine Enkelinnen enterben soll. Damit sie lernen, mit beiden Beinen im Leben zu stehen. Damit sie einer anständigen Arbeit nachgehen.»

«Aber Malpomena, Raffaella und Antonia arbeiten doch.»

«Ha!», lachte die Baronessa auf. «Welcher normale Mensch kann es sich denn leisten, im 20. Semester zu studieren, ohne dem Abschluss auch nur einen Millimeter näher zu kommen? Die Ländereien für Raffaellas Agriturismo sind uralter Familienbesitz. Antonia wurde Leiterin des Palazzo Ducale, ohne dass jemand ihre Qualifikation jemals überprüft hätte. Und Talia?» Sie winkte ab. «Ohne dich, Roberto, wüssten meine vier Grazien gar nicht, wie ein hart arbeitender Mensch aussieht.»

Roberto zog es vor zu schweigen. Selbst wenn er sich bemühte, außer der Baronessa würde er in ganz Urbino niemanden finden, der ihn als hart arbeitenden Menschen beschrieb.

«Nimm die Stadt Urbino als Metapher für den Niedergang des Adels. Urbino wurde nach Federico immer unbedeutender. Heute gelten wir als Renaissanceperle in Mittelitalien. Bei Touristen, Reiseveranstaltern und amerikanischen Studenten.» Sie stampfte unwillig mit ihrem Stock auf den Boden. «Es schmerzt, sage ich dir. Mehr, als dass der Papst sich die Stadt 1631 in seinen Kirchenstaat einverleibt hat.»

«Sie haben recht, Baronessa», sagte Roberto der Einfachheit halber und schob die Tür der Osteria auf, heilfroh, am Ziel angekommen zu sein.

«Ah, meine Lieben!» Die Baronessa setzte sich, ohne zu zögern, an das Kopfende des geschmackvoll eingedeckten Tisches, als *capo di tavolo*. Sofort erschien der *padrone*.

«Was darf ich Ihnen bringen, Baronessa? Vielleicht einen Aperitif?»

«Sechs Bellini und ein weiteres Gedeck.» Sie deutete auf Roberto, für den Malpomena offensichtlich keines vorgesehen hatte. Überhaupt machte die ewige Medizinstudentin einen geradezu paralysierten Eindruck und starrte Roberto an wie eine Erscheinung aus dem Jenseits.

«Ich hatte ein Familientreffen vorgesehen», stammelte sie mit größter Mühe.

«Eben», erwiderte ihre Oma. Sie lächelte Malpomena aufmunternd an. «Ich schlage vor, du sagst gleich, worum es geht. Dann können wir danach mit Genuss speisen.»

«Ich möchte Malpomenas Wunsch respektieren», sagte Roberto, der stehen geblieben war, weil er seiner Freundin ansah, wie furchtbar sie litt. Warum auch immer.

«Und ich möchte, dass du meinen Wunsch respektierst», entgegnete die Baronessa. «Also?»

Malpomena atmete heftig, ja, fast hechelte sie, und selbst als sie ihre Finger auf die Nasenwurzel drückte und merkwürdige Laute von sich gab, wurde es nicht besser. Die Baronessa wartete geduldig, ließ jedoch keinen Zweifel, dass sie etwas hören wollte. Jetzt.

«Nun –» Malpomena stürzte den inzwischen servierten Bellini hinunter. «Ich bin schwanger. Es wird einen Del-Vecchio-Erben geben.»

Ihre Schwestern sprangen jubelnd auf, umarmten Malpomena, beglückwünschten Roberto, was die Baronessa mit einem huldvollen Lächeln zur Kenntnis nahm, vielleicht weil sie sich genau das insgeheim gewünscht hatte: dass Roberto ein vollwertiges Mitglied der Familie wird. Malpomena ließ die Freude ihrer Schwestern über sich ergehen und sah Roberto mit vor Entsetzen geweiteten Augen an. Er sie ebenfalls. Es dauerte erstaunlich lange, bis ihre Schwestern und ihre Oma bemerkten, dass irgendetwas nicht stimmte.

«Warum, frage ich mich», sagte Antonia und wedelte nervös mit ihrem Seidentuch, «wolltest du Roberto nicht dabeihaben, es ist doch, selbst nach intensivem Nachdenken, unverständlich ungewöhnlich, den Vater außen vor zu lassen.»

Malpomena starrte Roberto weiterhin an, unfähig, ein Wort zu sagen.

«Unbefleckte Empfängnis», sagte Roberto und kippte seinerseits den Bellini in einem Zug hinunter.

Stille. STILLE. Nur Talia lachte gut gelaunt. «Mit wem zur Hölle hast du denn dann ...?»

Alle Blicke ruhten auf Malpomena.

Malpomena murmelte etwas. Die Baronessa stampfte ungeduldig mit ihrem Stock auf. «Lauter und klarer, bitte sehr.»

«Thilo Gruber.»

Roberto sackte auf den nächstbesten Stuhl. Gruber! Nicht nur dass der Teutone sich sein Dorf unter den Nagel gerissen hatte, nicht nur dass er sich an seine Freunde und Bekannten heranschleimte, nicht nur dass er sich sogar in seine polizeiliche Arbeit einmischte – Roberto starrte Malpomena an und fand einfach keine Worte.

«Ein Ausrutscher, eine Entgleisung», beeilte sich Malpomena zu erklären. «Niemals würde ich mit diesem Mann mein Leben teilen wollen! Niemals! Aber an einem Abend, nach einer äußerst angeregten Diskussion über einen Mordfall, bei dem die Leiche nicht wie normal von Schmeißfliegenmaden, sondern ungewöhnlich früh von Speckkäfern befallen wurde, was mit einem laufenden Heizlüfter zu tun hatte, den der Bedauernswerte kurz vor seinem Tod eingeschaltet hatte, sind wir uns unvermittelt sehr nahegekommen. Es war, ich weiß auch nicht, es war – und dann ...»

Irgendwie ging auch dieses Essen zu Ende. Malpomena bemühte sich sehr um Roberto, und er versuchte, ihr nicht zu zeigen, wie verletzt er war. Sobald sich die erste Gelegenheit bot, verabschiedete er sich. Die Baronessa nahm ihn noch einmal zur Seite und flüsterte ihm ins Ohr: «Wie ich dir schon zuvor gesagt habe: Ich bin der Meinung, dass du im normalen Leben ruhig einen Zahn zulegen könntest.»

Ja, ja, dachte Roberto und nahm sich vor, den Rest des heutigen Tages ganz ruhig anzugehen. Einen kleinen Pecorino bei Toto, noch hier und da einen Strafzettel für ein paar Falschparker und vielleicht sogar ein kurzer Besuch beim Schuhverkäufer Carlo Manzoni. Der stand so sehr in seiner Schuld, dass eigentlich ein neues Paar Schuhe drin sein müsste. Überhaupt galt es jetzt, offenstehende Schulden und Zuwendungen einzutreiben, solange er noch Poliziotto bei der Polizia Municipale war. Wer wusste denn schon, wie das werden würde, als *commissario*.

Ganz großer Mist, sagte eine leise, penetrante Stimme in seinem Kopf.

Vielleicht sollte er bei Cottelli mal die Lage sondieren. Vielleicht war sein Leben als Verkehrspolizist alles in allem doch das bessere.

Einen Zahn zulegen konnte er ja immer noch, irgendwann. Vielleicht im Sommer. Oder im nächsten Leben.

ENDE

Großen Dank an Giovanni Lani, Redakteur bei der Tageszeitung «Il Resto di Carlino», der wieder einmal mit vielen Hinweisen geholfen hat. Er inspiriert. Seine Liebe für diese geheimnisvolle und geschichtsträchtige Stadt ist einfach ansteckend.

Francesco Peroni danke ich, dass er mir für eine Woche seinen Cinquecento Giardiniera geliehen hat, um ein Gefühl für diesen kleinsten aller italienischen Kleinwagen zu bekommen.

Großen Dank an Nicole, wie immer.